CITA CON LA PASIÓN

Amor y Aventura

CITA CON LA PASIÓN

Shirlee Busbee

Traducción de Laura Paredes

VERGARA
GRUPO ZETA

Barcelona • Bogotá • Buenos Aires • Caracas • Madrid • México D.F. • Montevideo • Quito • Santiago de Chile

Título original: *Scandal Becomes Her*

Traducción: Laura Paredes

1.ª edición: mayo 2009

© 2007 by Shirlee Busbee
© Ediciones B, S. A., 2009
    para el sello Vergara
    Bailén, 84 - 08009 Barcelona (España)
    www.edicionesb.com

Printed in Spain
ISBN: 978-84-666-4157-9
Depósito legal: B. 15.899-2009

Impreso por LIBERDÚPLEX, S.L.U.
Ctra. BV 2249 Km 7,4 Polígono Torrentfondo
08791 - Sant Llorenç d'Hortons (Barcelona)

*A mi hermano, Bill Egan, que ha tenido que esperar
demasiado tiempo su libro. Hay hermanos y hermanos;
tengo suerte y estoy orgullosa de que tú seas el mío.
Lo has hecho bien, chico*

*Y, por supuesto, a Howard, mi marido,
que comparte la aventura conmigo...
¡y menudas aventuras vivimos!*

1

La pesadilla surgió inesperadamente de las profundidades de un sueño apacible. Nell estaba profundamente dormida y, de repente, cayó en sus garras. Se retorció bajo las sábanas para intentar huir de las horrendas imágenes que le pasaban por la cabeza, pero fue en vano; lo sabía de otras noches terribles.

Como otras veces presenció impotente la sucesión de atrocidades. La situación era la misma: un lugar oscuro que debía de encontrarse en alguna mazmorra olvidada, oculta bajo los cimientos de una antigua casa solariega. Las paredes y el suelo eran de enormes piedras grises cortadas a mano y manchadas de humo... la temblorosa luz de las velas mostraba instrumentos de tortura de un período anterior, más bárbaro, de Inglaterra: instrumentos que él usaba cuando le apetecía.

Esa noche, como otras veces, la víctima era una mujer joven, hermosa y asustada. Tenía los ojos azules desorbitados, llenos del más absoluto terror, un terror que parecía complacer a su torturador. La luz de las velas siempre iluminaba las caras de las mujeres, y aunque el hombre permanecía en la oscuridad de modo que jamás le veía por completo el rostro o la figura, Nell podía observar con horripilante claridad todo el daño que infligía a cada joven. Y, al final, después de que hubiera acabado con ella y hubiera tirado su cadáver por la compuerta de la cloaca de la mazmorra, la luz se iba apagando y Nell lograba abandonar, por fin, el mundo de las pesadillas.

Esa noche no fue distinta. Liberada de las aterradoras imágenes, Nell se incorporó de golpe a punto de gritar, con los ojos llenos de lágrimas y el horror todavía fresco en la memoria. Contuvo el grito mientras echaba un vistazo a su alrededor y sintió un gran alivio al darse cuenta de que sólo había sido, efectivamente, una pesadilla; al ver que estaba a salvo en la casa de su padre en Londres, y observar el resplandor del fuego casi apagado de la chimenea y la tenue luz del alba que entraba por las ventanas a través de las cortinas de terciopelo, que iba dando forma a los vagos contornos de los muebles de su habitación. Oía el familiar ruido procedente del exterior: los cascos de los caballos y las ruedas de los carros, las carretas y los carruajes de los que tiraban los animales en las calles adoquinadas. De lejos llegaban los gritos de los vendedores ambulantes que pregonaban su mercancía: escobas, leche, verduras y flores.

Un escalofrío le recorrió el cuerpo. Hundió la cara en sus manos temblorosas preguntándose si las pesadillas desaparecerían algún día. Lo único que le impedía enloquecer era que fuesen esporádicas; estaba convencida de que nadie podía mantenerse cuerdo si presenciaba semejante violencia noche tras noche.

Inspiró hondo y se apartó un mechón de pelo leonado que le había caído sobre el pecho. Se inclinó hacia delante para buscar a tientas la jarra de agua que su doncella le había dejado en la mesa de mármol rosa que había junto a la cama. La encontró, y también el vasito que había a su lado; se sirvió un poco de agua y bebió con avidez.

Sintiéndose mejor, se sentó en el borde de la cama y contempló la penumbra que la rodeaba mientras intentaba ordenar sus pensamientos y reconfortarse sabiendo que estaba a salvo... a diferencia de la pobre muchacha de su pesadilla. Tuvo que esforzarse por llevar su cabeza por otro derrotero. Se recordó que, después de todo, sólo había sido una pesadilla. Espantosa, pero irreal.

Eleanor Anslowe, Nell, no había tenido pesadillas de pequeña. Ningún sueño terrible había turbado su sueño hasta después del trágico accidente que casi acaba con su vida a los diecinueve años.

Se dijo que era extraño lo maravillosa que había sido la vida antes de ese momento y lo mucho que la habían cambiado los meses posteriores a su encontronazo con la muerte. En la primavera de aquel año nefasto había triunfado en la temporada social de Londres y se había prometido con el heredero de un ducado.

Torció el gesto. Acababa de celebrar su vigésimo noveno cumpleaños en septiembre y, cuando recordaba lo sucedido hacía una década, le parecía increíble que fuera ella misma la joven despreocupada y segura de sí que se había prometido con el mejor partido, el hijo mayor del duque de Bethune. Cuando esa primavera de 1794 Aubrey Fowlkes, marqués de Giffard, heredero del ducado de su padre, había manifestado su intención de casarse con la hija de un simple, aunque muy acaudalado *baronet*, la pareja había dado mucho que hablar. Y más aún, pensó Nell con un resoplido, cuando el compromiso se había cancelado ese mismo año. El mismo en que había sufrido la terrible caída del caballo que casi la había matado y que la había dejado con una pierna que jamás se le había curado por completo, de modo que seguía cojeando, sobre todo cuando estaba cansada.

Se levantó de la cama y se acercó a una de las altas ventanas que daban al jardín lateral de la casa. Descorrió la cortina de tonos rosados y abrió la puerta doble para salir al balcón. Una vez fuera, echó un vistazo a la terraza de piedra inferior y a los arriates y los arbustos que la rodeaban mientras la luz malva del amanecer se iba apagando y los primeros rayos dorados del sol empezaban a tocar los rosales más altos. Iba a ser un precioso día de octubre, la misma clase de día frío y soleado de octubre en la que había dado ese fatídico paseo a caballo que le había cambiado la vida para siempre.

Esa mañana, diez años antes, en Meadowlea, la finca que la familia poseía cerca de la costa de Dorset, se había levantado temprano y había ido enseguida a las cuadras. Sin hacer caso de las advertencias de su exasperado padre de que no cabalgara sola por los acantilados, había prescindido de los servicios del mozo de cuadra. En cuanto su montura favorita, *Firefly*, una impetuosa yegua castaña, estuvo ensillada, se alejó al galope de la casa y de sus cuidados terrenos. Tanto a ella como a la yegua les gustaba mucho disfrutar del sol de la mañana. A lo largo del recorrido, el aire frío había sonrosado las mejillas de Nell y los ojos le brillaban de placer.

Jamás llegó a aclararse la causa del accidente, y Nell, una vez volvió en sí, no había logrado recordarla nunca. Al parecer, su caballo había tropezado o se había encabritado y precipitado con su amazona por el borde irregular de un acantilado. Lo único que había evitado que Nell muriera ese día había sido un pequeño saliente en el que había aterrizado, a unos diez metros de la cima del escarpadísimo precipicio. *Firefly* había muerto al pie del acantilado, estrellada contra las rocas bañadas por el mar.

Pasaron horas antes de que alguien se diera cuenta de la ausencia de Nell, y cuando la encontraron ya empezaba a anochecer. A la luz insegura de un farol, uno de los miembros de la partida de búsqueda había detectado la tierra removida al borde del acantilado y se le había ocurrido mirar hacia abajo. Su grito había atraído al lugar a los demás. Habían tardado horas en subirla desde el pequeño saliente sobre el mar y, afortunadamente, Nell no había recobrado la conciencia en ningún momento. Ni siquiera se había movido cuando finalmente la habían llevado a casa y el médico la había atendido para entablillarle los huesos rotos del brazo y de la pierna. Esos primeros días, mientras yacía como muerta, habían temido por su vida.

Por supuesto, habían avisado inmediatamente a lord Giffard. Y Nell tenía que decir en su honor que había ido inmediatamente a Meadowlea, donde se había quedado dos semanas mientras todos esperaban a que ella despertara, preguntándose si llegaría a hacerlo.

Una vez hubo vuelto en sí, estuvo varios días confundida, y todo el mundo creía que había quedado mal de la cabeza. Ante semejante perspectiva, a nadie le sorprendió demasiado que su padre, sir Edward, comunicara a Giffard y al duque que entendería que quisieran romper el compromiso. Giffard había aceptado la oferta al instante; después de todo, su esposa sería duquesa algún día, y la mujer lisiada y balbuceante que yacía en la cama en Meadowlea no era la esposa que había tenido en mente cuando había hecho su propuesta matrimonial. El compromiso se rompió discretamente ese noviembre, cinco meses después de haberlo anunciado.

La recuperación de Nell había sido lenta, pero la primavera siguiente su confusión mental había desaparecido, su brazo había sanado por completo y podía cojear por los terrenos de Meadowlea con la ayuda de un bastón con la empuñadura de marfil. Pasado el tiempo, las únicas secuelas de su encuentro casi definitivo con la muerte eran su cojera y las pesadillas.

No recordaba la mayor parte de lo que había sucedido durante su recuperación. Lo único claro de ese período era la pesadilla que la había asediado durante su inconsciencia. La primera, que se había repetido una y otra vez al principio, no era como las que perturbaban su sueño últimamente. En ella, la víctima era un hombre, creía que un caballero, y se desarrollaba en un bosquecillo. Pero el final era el mismo: una muerte terrible a manos de una figura misteriosa. Después, las presas de sus pesadillas empezaron a ser mujeres, y la mazmorra, el escenario de la brutalidad y de los asesinatos.

A medida que se recuperaba, Nell tenía la esperanza de que las pesadillas remitieran, de que fueran una especie de secuela extraña de su caída. El primer verano sin ellas estaba eufórica. El otoño y el invierno posteriores disfrutó mes tras mes de un sueño profundo y tranquilo. Estaba feliz, segura de que por fin había dejado la tragedia y sus consecuencias atrás. Hasta que la pesadilla, en su forma actual, había vuelto a asediar sus noches.

Dejó de mirar el jardín con un suspiro y se acercó lentamente a la chimenea para atizar el fuego casi apagado. Las pesadillas, como su cojera intermitente, parecían haberse convertido en algo permanente. Pensó, agradecida, que no la afligían con la misma frecuencia que su cojera. A veces transcurría un año entero sin que tuviera ninguno de esos sueños terribles, y después de tener uno rezaba para que fuera el último. Pero nunca lo era, claro. Siempre volvía a tenerlos. Lo único que cambiaba eran las caras de las mujeres y el grado de violencia. Se percató con un escalofrío de que esa noche era la tercera vez que pasaba por aquella espantosa experiencia ese año.

La tercera vez ese año. Contuvo el aliento. La idea que había estado eludiendo desde que se había despertado le vino de repente a la cabeza: la frecuencia de las pesadillas iba en aumento y el rostro de las mujeres cambiaba con una regularidad espantosa. Peor aún, tenía la sensación de haber visto antes, de conocer a la joven de la pesadilla de aquella noche.

Se alejó de la chimenea, recogió la bata de una silla cercana y se la puso. Que creyera haber reconocido a la víctima de esa noche significaba que realmente se estaba volviendo loca. Era una cosa absurda. El sueño era desagradable, terrible, sí, pero irreal. Y si era tan tonta que creía haber reconocido a la mujer, pues, bueno, era mera coincidencia. ¡Sólo era una maldita pesadilla, por Dios!

En el vestidor contiguo al dormitorio vertió agua de una jarra con un dibujo en tonos violeta en la jofaina. Se frotó la cara y se lavó los dientes mientras alejaba esas inquietantes imágenes de su cabeza. La esperaba un día ajetreado; faltaba una semana para que la familia se trasladara a Meadowlea a pasar el invierno y quedaba mucho por hacer.

Cuando Nell llegó al comedor, no le extrañó encontrar allí a su padre a pesar de lo temprano que era.

Le dio un beso en la calva cuando pasaba a su lado camino de un aparador de caoba situado contra una pared. Eligió una tostada y unos arenques ahumados entre los distintos alimentos expuestos, se sirvió una taza de café y se reunió con él en la mesa.

A sus sesenta y nueve años, sir Edward seguía siendo, salvo por su calvicie, un hombre apuesto. Su hija había heredado sus ojos y su constitución alta y esbelta, pero el pelo leonado y los rasgos hermosos eran de su madre, Anne, lo mismo que la mirada risueña que solía alegrar esos ojos verdemar de pestañas doradas.

Esa mañana, la mirada de sus ojos no era risueña y, al ver las sombras oscuras bajo ellos, sir Edward la observó atentamente.

—¿Otra pesadilla, cielo? —preguntó a su hija.

—Nada por lo que tengas que preocuparte —aseguró Nell tras asentir con una mueca—. He logrado dormir casi toda la noche antes de tenerla.

—¿Quieres que avise al médico para que venga a verte? —insistió sir Edward con el ceño fruncido.

—¡No, ni hablar! Me hará tomar algún brebaje repugnante con aspecto de tenerlo todo controlado y te cobrará una fortuna por sus servicios. —Sonrió de oreja a oreja—. Sólo ha sido una pesadilla, papá, no te preocupes.

Como tiempo atrás lo habían despertado de vez en cuando sus gritos cuando las pesadillas eran insoportables, sir Edward tenía sus dudas, pero no insistió. Nell era muy testaruda. Sonrió. Eso también lo había heredado de su madre.

Se entristeció un momento. Hacía catorce años que su esposa había muerto, y aunque había aprendido a vivir sin su dulce presencia, había veces en que la seguía extrañando muchísimo, especialmente cuando Nell lo preocupaba. Anne hubiese sabido qué hacer. Una joven necesitaba los consejos de una madre.

14

El ruido de la puerta al abrirse lo sacó de sus cavilaciones. Al ver a su hijo, sonrió.

—Te has levantado temprano, hijo —comentó—. ¿Tienes algo importante que hacer hoy?

Robert hizo una mueca y se sirvió una loncha gruesa de jamón y unos huevos cocidos del aparador.

—Prometí a Andrew que lo acompañaría a ver no sé qué caballo que, según él, ganará sin ninguna duda al rucio de lord Epson. El animal está no sé dónde, en el campo, y tuve que aceptar salir esta mañana antes de las ocho. Debo de haberme vuelto loco.

Con treinta y dos años, Robert era el heredero y el mayor de los tres hijos varones de sir Edward. Se parecía bastante a su padre: alto y delgado, con el mismo color de ojos, el mismo mentón resuelto y la misma mandíbula fuerte. Pero, como Robert agradecía a menudo a la providencia, había heredado el pelo leonado de su madre, que, por suerte, era grueso y seguía en su sitio.

Normalmente, Robert no se alojaba en la casa familiar de Londres. Tenía su residencia en la calle Jermyn. Sin embargo, la había cerrado en julio para irse a Meadowlea, y sólo la necesidad de conducir hasta allí el nuevo faetón que había ordenado al constructor de carruajes de Londres le había hecho regresar a la ciudad. Su hermano Andrew se había ofrecido a llevarle el vehículo, pero Robert no había querido ni oír hablar del asunto.

—Le agradezco su oferta —había dicho a su padre ese jueves, a su llegada a la ciudad—. Te aseguro que sí. Pero preferiría que lo condujera un ciego antes que ese cabeza hueca de mi hermano. Drew iría a parar a la cuneta antes de haber recorrido diez kilómetros.

En su fuero interno, sir Edward estaba de acuerdo con él. Todo el mundo sabía que Drew era imprudente.

—¿Te habló sobre ese caballo que está tan empeñado en comprar? —preguntó Robert a su hermana mientras empezaba a desayunar.

—Ya lo creo —afirmó Nell tras tomar un sorbo de café—. Lleva quince días cantándome sus alabanzas.

—¿Crees que hay alguna posibilidad de que el animal sea la mitad de bueno de lo que asegura Drew?

Nell sacudió la cabeza con un brillo alegre en los ojos.

—Lo vi el primer día que su propietario lo trajo a la ciudad. Es un semental bayo precioso, muy bonito a la vista, pero no tiene madera ni resistencia: la típica cara bonita que atrae siempre a Drew.

—¡Oh, diablos! Lo sabía —gimió Robert—. Esperaba que hubiera aprendido la lección la última vez, cuando compró ese jamelgo.

—No seas tan duro con el muchacho —murmuró sir Edward—. Él no tiene la culpa de no tener tan buen ojo para los caballos como Nell y como tú.

—¿Muchacho? —soltó Nell con una carcajada—. ¿Has olvidado que tanto Andrew como Henry ya tienen treinta años, papá? Ninguno de los dos es un «muchacho».

Los temas de conversación entraron en el comedor y saltaba a la vista que eran gemelos; Andrew apenas unos centímetros más alto y diez minutos mayor que Henry. Pocas personas, salvo aquellas que los conocían bien, podían distinguirlos, ya que ambos tenían la misma nariz aguileña y la misma mandíbula firme, además de los ojos castaños y el pelo leonado de su madre. Ambos, que medían algo más de metro ochenta, eran más bajos que Robert, pero tenían la misma constitución esbelta que el resto de la familia.

Andrew, comandante de caballería, servía bajo las órdenes del coronel Arthur Wellesley en la India. Como había resultado herido de gravedad durante los últimos días de la guerra contra los mahrattas, llevaba varios meses recuperándose en Inglaterra. Tenía que reincorporarse justo después de fin de año. Henry, también comandante, como era mucho menos gallardo que su hermano gemelo, había elegido servir en un regimiento de infantería. Había combatido mucho en Europa, pero, para su disgusto, lo habían destinado a la Guardia Montada de Londres. Que el año anterior se hubiera reanudado la guerra contra Napoleón le daba esperanzas de abandonar pronto sus tareas detrás de un escritorio para volver a entrar en acción en la Europa continental.

—Vaya —comentó Andrew con una sonrisa en la cara—. Te has levantado. Había apostado con Henry a que tendríamos que despertarte.

—Pues has perdido —sentenció Robert a la vez que corría la silla de la mesa y se levantaba—. Estoy listo. Vayamos a ver ese caballo tan increíble que encontraste.

Por encima del hombro de Andrew, Henry hizo una mueca y sacudió la cabeza. «Es una pérdida de tiempo», articuló silenciosamente a Robert.

Robert se encogió de hombros, se despidió de sir Edward y de Nell, y se fue. El comedor se quedó un momento en silencio tras la partida de los tres hombres.

—¿Y qué piensas hacer hoy, cielo? —preguntó entonces sir Edward.

—Nada tan apasionante como comprar un caballo —respondió Nell con una sonrisa—. Si vamos a irnos el lunes como dijimos, tengo que organizar los últimos detalles con la señora Fields y con Chatham. ¿Vas a dejar algunos criados aquí o va a venir todo el mundo a Meadowlea con nosotros?

—No se me ocurre ninguna razón para tener que dejar a nadie aquí, ¿y a ti?

—¿Por si entran ladrones?

Sir Edward negó con la cabeza.

—Nos llevaremos toda la plata y no habrá mucho que robar, salvo los muebles —aseguró.

—¿Y la bodega? —sugirió Nell, y el brillo de sus ojos se había intensificado.

—Está bien protegida por una puerta maciza cerrada con aldaba. Chatham me asegura que mis vinos no correrán ningún peligro.

—Muy bien entonces. Voy a ponerme manos a la obra —dijo antes de levantarse—. Nada más lejos de mi intención que contradecir a Chatham.

Al pasar junto a su padre, éste le sujetó una mano.

—¿Qué pasa? —le preguntó, sorprendida.

—¿Te lo has pasado bien, Nell? —le preguntó su padre en voz baja—. Es la primera vez que has estado conmigo en Londres desde hace muchos años. ¿Ha sido una mala experiencia? —La miró con preocupación y añadió—: ¿Te resultó difícil ver a Bethune y a esa esposa suya?

—¿Bethune? —soltó Nell, asombrada—. Oh, papá, lo superé hace mucho. Al fin y al cabo, han pasado diez años. —Al ver que no estaba del todo convencido, le besó la cabeza y murmuró—: Estoy bien, papá. No tengo el corazón roto, aunque alguna vez creyera que sí. Y en cuanto a esa esposa suya —dijo con una sonrisa burlona—, Bethune tiene lo que se merece. No tendría que haberse dado tanta prisa en dejarme.

—Si yo no me hubiera dado tanta prisa en ofrecerle la posibilidad de liberarse del compromiso, ahora serías duquesa, alguien prominente en la sociedad, en lugar de estar encerrada en el campo haciendo de señora de mi casa —comentó mientras la miraba atentamente.

—Y estaría muy aburrida y sería tremendamente desdichada —aseguró Nell, arrugando la nariz—. Me alegro de que le ofrecieras romper el compromiso, y de que él lo aceptara. Si me quería tan poco que pudo deshacerse tan deprisa de mí, estoy mucho mejor sin él. —Le dio unas palmaditas en el brazo—. No paro de decírtelo, papá, soy muy feliz con la vida que llevo. Me gusta el campo. Sé que podría acompañarte a Londres siempre que quisiera, pero prefiero quedarme en Meadowlea —aseguró, y cuando su padre iba a protestar, le cerró los labios con un dedo—. Y no, no me quedo allí porque me dé miedo encontrarme con Bethune y su esposa, ni con ninguna otra persona, en realidad. Ocurrió hace diez años. Estoy segura de que poca gente recuerda que estuvimos prometidos. Yo no me lamento de ello, y tú tampoco deberías hacerlo —dijo con suavidad, y sonrió al añadir—: A no ser que lo único que desees sea un título para tu hija, claro.

—¡No digas tonterías! Sabes muy bien que mi máxima preocupación es que seas feliz. A la porra el título. —Parecía pensativo—. Aunque debo confesar que estaba orgulloso de lo bien que ibas a casarte. Pero, ya sea con o sin título, me gustaría ver a todos mis hijos casados y con familia —suspiró—. Te seré franco, Nell, me desconcierta que ninguno de vosotros se haya casado. Robert es mi heredero. A estas alturas, debería estar casado y tener un montón de hijos. Me gustaría mecer en las rodillas a un nieto o dos antes de morir. Y en cuanto a los gemelos... me imaginaba que por lo menos uno de los dos ya estaría casado.

Nell no supo qué decir. Daba por sentada su soltería. Enseguida se había dado cuenta de que, a pesar de su fortuna, había muy pocos hombres que quisieran tener una esposa tullida. No importaba que su cojera no fuera ni remotamente tan evidente como los primeros años después de la caída; el estigma seguía ahí. Y también estaba el hecho de que, al menos por una temporada, había sido del

18

dominio público en la alta sociedad que, al principio, después de recobrar la conciencia, había estado, bueno, un poco rara. Ningún caballero de alcurnia quería una esposa que pudiera terminar en Bedlam, la casa de los locos. Su mirada se endureció. Tenía que agradecer a Bethune que ese rumor hubiera arraigado. Como se había querido asegurar de que nadie pudiera culparlo por romper el compromiso, él y su familia se habían cerciorado de que se pregonara a los cuatro vientos que su salud mental era mucho peor de lo que había sido en realidad. El muy cerdo.

Conmovida por la preocupación de su padre, se sentó en una silla, cerca de él, y se inclinó hacia delante para hablarle de todo corazón.

—Sabes que no quiero casarme, papá. Lo hemos comentado muchas veces, y no, no es porque Bethune me rompiera el corazón. Simplemente, no he conocido a ningún caballero que despierte mi interés —explicó con una sonrisa—. Con mi fortuna, no tengo necesidad de casarme. Incluso cuando tú ya no estés, para lo que ruego que falten todavía muchos años, mi situación económica será holgada. No tienes que preocuparte por mí.

—Pero no es natural que sigas soltera —murmuró—. Eres una joven hermosa y, como acabas de decir, eres rica, y aunque puede que no poseamos un título, nuestro linaje no tiene nada que envidiar a ningún otro de Inglaterra.

Nell bajó la mirada y adoptó una actitud recatada.

—Bueno, está lord Tynedale... —sugirió arrastrando las palabras.

Sir Edward inspiró con fuerza, horrorizado.

—¡Ese sinvergüenza! Se ha jugado o gastado en prostitutas toda su fortuna. Se rumorea que debe tanto dinero que, por muy par que sea, acabará en la cárcel para deudores. —La señaló con un dedo—. Todo el mundo sabe que está desesperado y ansioso por encontrar una esposa rica. Lord Vinton me contó que había intentado raptar a la heredera de los Arnett. Dijo que su padre los alcanzó antes de que hubiera podido perjudicarla. Ten cuidado con él. Si no, podrías encontrarte en la misma situación —advirtió a la vez que la amonestaba con más firmeza con el dedo—. No estoy ciego, ¿sabes? Este último mes lo he visto rondándote. Es probable que crea que tu fortuna le iría la mar de bien. Recuerda lo que te digo, cielo, te va a dejar sin blanca para salir a flote. No te estarás planteando en serio semejante unión, ¿verdad? —preguntó, ansioso.

—¡Papá! —exclamó Nell, que miró a su padre con ojos alegres—. ¡Cómo se te ocurre! Claro que no me plantearía nunca entregarme a semejante personaje. Conozco su reputación, incluso el rumor sobre la heredera de los Arnett, y te aseguro que voy con mucho cuidado cuando estoy cerca de él. Si tuviera que casarme, no sería nunca con alguien tan penoso como Tynedale.

Sir Edward sonrió, relajado.

—No deberías gastar estas bromas a tu padre, cielo —la reprendió—. Podrías provocar que me reuniera con Nuestro Señor antes de lo que ninguno de nosotros querríamos.

Nell resopló. Se puso de pie, besó de nuevo la calva de su padre y se acercó a la puerta.

—Te preocupas demasiado por nosotros, papá —dijo con la cabeza vuelta hacia él—. El día menos pensado, Robert se casará, y estoy segura de que los gemelos no lo harán mucho después. Podrás mecer en las rodillas a tus nietos, como deseas, dentro de pocos años. Ya lo verás.

Unas horas después, al otro lado de la ciudad, en la majestuosa casa londinense de los condes de Wyndham, tenía lugar una conversación de similar argumento. Después de haber tenido que soportar un matrimonio infeliz por el bien de su título y de su familia, el actual lord Wyndham, el décimo conde, no iba a contraer otro. Daba igual las lágrimas que derramara y las escenas que hiciera su joven madrastra.

—A ver si te he entendido bien —murmuró lord Wyndham con la mirada puesta en los ojos humedecidos de lágrimas de su madrastra cuando estaban acabando de desayunar—. ¿Quieres que me case con tu ahijada porque, si me muriera, tu ahijada, que seguramente me habría dado un heredero, se aseguraría de que no me faltara nada en el futuro?

La condesa de Wyndham, que parecía demasiado joven para ser su madrastra, le devolvió la mirada con resentimiento. Era una mujer hermosa, con unos expresivos y aterciopelados ojos castaños y unos encantadores rizos morenos que enmarcaban un rostro igualmente encantador. Con treinta y cinco años era, además, tres años más joven que su hijastro.

—No entiendo por qué tienes que hablarme en ese tono —murmuró—. ¿Tan difícil de comprender es mi situación? Si te mueres sin tener un heredero, tu primo Charles tendrá que sucederte. Pero qué digo; no tendrá que hacerlo, lo hará encantado. Y sabes muy bien que nos dejará a mi pobre hija y a mí en la calle.

—Creía que Charles te caía bien —replicó lord Wyndham inocentemente, con un brillo malicioso en los ojos.

—Y me cae bien —admitió su madrastra—. Puede ser muy divertido, pero es un calavera, y un alocado. ¡Y sus mujeres! Sabes muy bien que si Charles hereda, no nos querrá a Elizabeth y a mí a su lado. Sabes que nos dejará en la calle.

—Sí —sonrió lord Wyndham—, seguro que os dejará en la calle, donde Elizabeth y tú pediréis un carruaje que os lleve a la casa viudal de Wyndham.

Su madrastra aferró la taza de té con sus delicados dedos.

—Es verdad que podríamos vivir ahí... sepultadas en el campo, en una casa que lleva décadas vacía y que necesita reformas. También es cierto que tu querido padre, que en paz descanse, dejó una buena cantidad a mi nombre cuando nos casamos —dijo, y se inclinó hacia delante para añadir—: Pero no se trata sólo de dinero, Julian. Tienes que recordar que a lo mejor no será Charles quien herede; no olvides que el año pasado casi perdió la vida cuando su yate se hundió y que el mes pasado tuvo ese terrible accidente con sus caballos. Con lo imprudente que es, puede que Charles muera antes que tú y que sea Raoul quien herede.

»Me cae bien Sofie Weston —prosiguió, pensativa—, pero tienes que admitir que la madre de Raoul es una mujer muy resuelta. Si Raoul heredara, se encargaría de que se casara enseguida, y puedes estar seguro de que lo haría con alguna mujercita a la que la señora Weston pudiera dominar. La señora Weston sería la condesa de Wyndham a todos los efectos salvo en el nombre, no mi dulce ahijada, Georgette. Si Charles o Raoul heredan, es probable que no pueda volver a pisar estos salones nunca más. —Hundió la nariz en un pañuelo de encaje—. Los mismos salones a los que tu queridísimo padre me trajo hace cinco años al salir de la iglesia —comentó—. ¡Qué distintas serían las cosas si te pasara algo y tú estuvieras casado con Georgette! Ella se encargaría de que fuera siempre bienvenida. Y también Elizabeth. Eso si no se ha fugado antes para casarse con el espantoso capitán Carver. —Lo miró por encima del pañuelo—. Ya sabes a quién me refiero; a ese capitán de caballería tan apuesto que tiene un aspecto tan romántico con el brazo en cabestrillo. Estoy convencida de que no lo necesita y de que sólo lo lleva para impresionar a mi querida hija.

Julian suspiró. Seguir el hilo de los pensamientos de Diana acababa siempre con su paciencia, pero lo que decía esa mañana le parecía más deslavazado y confuso que de costumbre. Observó sus curvas y sus rasgos delicados, y comprendió, al menos en parte, por qué había cautivado tanto a su padre. Pensó con ironía que ésa era la diferencia esencial entre su padre y él: él habría tenido un romance discreto con la joven viuda en lugar de casarse con ella. Suspiró de nuevo. Pero no culpaba a su padre. Su madre había muerto hacía alrededor de veinte años, y él había estado casi doce solo, salvo por alguna que otra amiguita, antes de fijarse en la atractiva viuda Diana Forest.

La alta sociedad se había quedado anonadada cuando el noveno conde de Wyndham se había casado de repente con la pobretona viuda de un teniente de infantería. No sólo era pobre, y más joven que su único hijo, sino que también aportaba al matrimonio una hija, Elizabeth, de doce años.

Pero el matrimonio había funcionado, y Diana había hecho feliz a su padre. Y mucho. Su padre la había adorado, y también a Elizabeth, hasta el punto de haber destinado una buena suma de dinero a su hijastra para evitar que pudiera quedarse sin un centavo. Fue una lástima que muriera a los dos años de casarse, hacía tres, y que dejara a su hijo encargado del cuidado de su joven madrastra y de su hermanastra. Aunque Elizabeth no le causaba ningún problema. La joven, risueña y complaciente, lo adoraba, y Julian tenía debilidad por ella. Por supuesto, también la tenía por Diana... cuando no le colmaba la paciencia.

Como la experiencia le indicaba que Diana había llegado por fin al tema crucial de su conversación, se dirigió a ella como si tal cosa.

—¿Quieres que hable con alguien de la Guardia Montada sobre el tal capitán Carver? —dijo—. Quizá puedan destinarlo a algún otro sitio. ¿Por ejemplo, a Calcuta?

—¿Podrías hacer eso? —se sorprendió Diana.

—Sí —respondió Julian, con una sonrisa en su rostro de rasgos severos, muy atractivo de repente—. Si eso te hace feliz.

—Bueno, no creo que Calcuta sea demasiado saludable para un hombre herido, ¿verdad? —comentó ella, indecisa—. Me sentiría muy mal si le pasara alguna desgracia. ¿No podrías pedir a tus amigos de la Guardia Montada que se encargaran de tenerlo muy ocupado, demasiado ocupado para andar detrás de mi hija? —Se detuvo, asaltada por una nueva preocupación—. Vaya, puede que no sea prudente. Supón que se descubre que los mantienes separados. Puede que se sientan obligados a cometer una insensatez —soltó con voz asustada—. No creerás que Elizabeth aceptaría fugarse para contraer matrimonio con él, ¿verdad, Julian? Es tan inocente, tan dulce y acomodadiza que es imposible saber de qué sería capaz de convencerla ese hombre.

Julian, al límite de la paciencia, se levantó. Tenía que huir de allí antes de cometer él mismo una insensatez.

—No te preocupes, Diana —dijo con una reverencia—. Me encargaré de ello. —Y añadió con ironía—: Como siempre.

2

Como era sábado y dudaba de encontrar a su amigo, el coronel Stanton, en la Guardia Montada, Julian pospuso la tarea de decidir el destino del capitán Carver. El problema podría esperar hasta principios de semana. Pero Diana no estaba tan segura, y para anticiparse al histerismo incipiente que había detectado en ella, esa tarde, antes de salir de la casa para dedicarse a sus cosas, escribió a Stanton para pedirle una reunión privada el lunes por la tarde. No le preocupaba la situación, y dudaba de que Elizabeth fuera a liarse la manta a la cabeza por un simple capitán, por más apuesto que fuera. Elizabeth tenía la cabeza muy bien puesta. Torció el gesto. A diferencia de su madre.

Varias horas después, cuando bajaba por la calle St. James en dirección a Boodle's, decidió que su madrastra estaba loca. Lo estaba si creía que volvería a casarse alguna vez sólo para complacer a su familia. Frunció los labios. ¡Su matrimonio con Catherine le había enseñado que eso era una locura!

Catherine, una heredera, hija única del duque de Bellamy, había sido una mujer muy hermosa. A su padre le había satisfecho esa unión; Julian tenía entonces veintinueve años y, para desesperación de su padre, no había mostrado el menor interés en casarse.

—Piensa en el título —lo había exhortado lord Wyndham muchas veces—. Cuando yo ya no esté, y tú te vayas de este mundo, quiero que sea tu hijo y no el de Daniel, a pesar de lo buen chico que es, quien te suceda. Tienes que casarte, hijo, y darme nietos. Es tu

24

obligación. —Su padre le había guiñado el ojo—. Una obligación muy agradable, por cierto.

Cuando unos meses después la atractiva lady Catherine se había cruzado en su camino, Julian había pedido su mano para complacer a su padre. Su boda había sido el evento social más esperado de la temporada el año 1795. Cuando su nueva esposa y él se marcharon del banquete, lord Wyndham se había frotado las manos con regocijo al pensar en los nietos que, sin duda, iban a bendecir pronto la unión.

Pero, como recordó Julian con tristeza, Catherine no tenía demasiados deseos de tener hijos, y él averiguó casi enseguida que, tras ese rostro hermoso, había una niña malcriada y caprichosa. Antes de que hubieran transcurrido demasiados meses, ya se estaban atacando abiertamente, y antes de que llevaran casados un año, rara vez se los veía juntos si no era estrictamente necesario. Admitía que ninguno de los dos había sido feliz, y era probable que Catherine lo encontrara tan aburrido, insípido y exasperante como él a ella. Pero habían aguantado así unos cuantos años, como muchas otras parejas en su situación, y todavía podrían seguir juntos si Catherine, embarazada y sin ningunas ganas de estarlo, no hubiera fallecido en un accidente de carruaje. Julian suspiró al recordarlo.

A pesar de que el matrimonio había sido un error, no había deseado nunca la muerte de Catherine, y que ésta se produjera lo dejó anonadado. Se había sentido culpable y apesadumbrado, y habían pasado años antes de que pudiera pensar en ella y en el niño que no llegó a nacer sin una punzada de dolor. Todo eso había ocurrido hacía más de seis años, pero Julian no habría sido sincero si no hubiera admitido que a cada año que pasaba aumentaba su intención de no volver a casarse nunca.

«Que Charles o Raoul me sucedan —pensó con amargura—. ¡Que me aspen si vuelvo a unirme a otra mujer simplemente para complacer a la familia!»

Cuando llegó a Boodle's, fruncía el ceño. Como no se había dado cuenta de la expresión de ferocidad que había adoptado, se sobresaltó cuando su amigo, el señor Talcott, lo abordó, sorprendido, en el gran salón.

—¡Por Dios, qué enojado estás hoy! ¡Y eso que la temporada de caza acaba de empezar! —Examinó el semblante de Julian—. Seguro que tu madrastra te ha puesto de mal humor —aventuró, y sus ojos, normalmente alegres, adoptaron un aire pensativo—. No te negaré que es muy atractiva, pero creo que a mí me volvería loco.

Julian soltó una carcajada, ya de mejor humor.

—Eres muy astuto —aseguró dando unas palmaditas a Talcott en la espalda—. Ven a tomarte una copa conmigo y dime que has aceptado mi invitación para pasar unos días en Wyndham Manor.

Cuando iban a salir del gran salón, Julian vio a un hombre rubio y delgado.

—¿Desde cuándo admite Boodle's a chusma como ésa? —preguntó, muy serio.

Talcott pareció sorprenderse y, tras seguir la mirada de Julian, se envaró.

—¡Tynedale! Está tentando la suerte, ¿no te parece? Ni siquiera él se atrevería a... —Al observar el hombre fornido que Tynedale le tenía a su izquierda, murmuró—: Bueno, eso lo explica todo; debe de haber convencido a Braithwaite para que lo avale.

Julian hizo ademán de acercarse a los dos hombres, pero Talcott lo sujetó por un hombro y se lo llevó a un rincón.

—¡No hagas locuras! —susurró—. Ya te batiste en duelo con él y ganaste. Déjalo correr. Retarlo de nuevo no va a resucitar a Daniel.

—Él lo mató —soltó Julian sin apartar los ojos de la figura apuesta de Tynedale—. Fue como si él mismo le hubiera puesto la pistola en la cabeza. Y tú lo sabes.

—Estoy de acuerdo —aseguró Talcott en voz baja—. Tynedale arruinó a Daniel, pero Daniel no es el primer joven inexperto que cae en las garras de un sinvergüenza sin escrúpulos como Tynedale y pierde su fortuna en la mesa de juego. Ni tampoco es el primero que prefiere suicidarse a enfrentarse a las consecuencias de lo que ha hecho... ni será el último.

Julian miró fijamente a su amigo con una expresión de angustia y de rabia.

—Recuerdo el día que nació Daniel y su padre me preguntó si querría ser su tutor si le pasaba algo a él —suspiró—. Los dos estábamos un poco alegres, celebrando el nacimiento de su hijo, y ninguno creía que eso llegara a ocurrir nunca. ¿Por qué iba a ocurrir? John sólo tenía veintidós años y yo ni siquiera era mayor de edad; todavía no había cumplido los dieciocho. ¿Quién iba a imaginárselo? —Julian bajó la mirada mientras sus pensamientos lo llevaban lejos de allí, y siguió hablando con gravedad—: ¿Quién iba a imaginarse que asesinarían a mi primo cuando su hijo apenas tenía once años? ¿Quién que iba a convertirme realmente en el tutor de Daniel? —Julian hizo una pausa y cerró con fuerza un puño, imponente—. John me confió el cuidado de su hijo para que lo mantuviera a salvo —prosiguió—; no sólo de un calavera como su propio hermano, sino de cualquier otro peligro que pudiera cruzarse en su camino. Y yo estaba tan ocupado asegurándome de que su tío Charles no corrompiera a Daniel que no logré protegerlo de gentuza como Tynedale —terminó con amargura.

—Daniel no estaba bajo tu tutela cuando Tynedale lo desplumó y se suicidó —replicó Talcott sin rodeos, y añadió con cierta impaciencia—: Sé que querías mucho al padre de Daniel, sé que John era tu primo favorito y también sé que su asesinato te dejó destrozado. ¡Pero nada de todo eso fue culpa tuya! Ni el asesinato de John, ni el suicidio de Daniel. ¡Por el amor de Dios, hombre! Si tú ni siquiera estabas en Inglaterra cuando Tynedale lio al chico. Estabas haciendo de espía para Whitehall. —Sujetó con fuerza el hombro de Julian—. No tienes nada de que culparte. Olvídalo —insistió, y al ver que sus palabras parecían dejar indiferente a Julian, añadió en voz baja—: Esta primavera lo venciste en duelo y le marcaste esa cara tan bonita. Y no olvides que dispones de los medios para arruinarlo. ¿No es eso venganza suficiente?

Julian sonrió de golpe, como un depredador ante una presa fácil.

—¡Qué amable por tu parte recordármelo! Por un momento se me había olvidado. —Observó a Tynedale—. Sospecho que, a estas alturas, ya ha averiguado que soy el tenedor de todos sus pagarés. Tiene que estar bastante desesperado, preguntándose cuándo voy a exigirle su pago, y sabe muy bien que no voy a permitirle aplazarlo. —Adoptó una expresión pensativa—. Había pensado que me complacería verlo retorcerse un poco antes de exigirle el pago, pero he cambiado de parecer. Mañana iré a verlo —anunció con una sonrisa desagradable—. Bueno, olvidémonos de Tynedale por hoy. Me apetece un trago. ¿Vamos?

Nell tenía por costumbre cenar temprano con sir Edward y pasar después unas horas tranquilas dedicadas a la lectura en la biblioteca. En sus ocasionales viajes a Londres, solía visitar librerías y museos. Nunca le habían interesado demasiado los bailes, las veladas y esas cosas. Pero como había aceptado a regañadientes una invitación a uno de los últimos bailes de la temporada en casa de lord y lady Ellingson, esa noche no siguió su rutina.

Los Ellingson eran viejos amigos de su padre; ésa era una de las razones por las que había accedido a asistir al baile. Ésa, y la insistencia de su padre, que la acompañó feliz.

Una vez que sir Edward vio que su hija se había reunido con unas amigas, y lord Ellingson hubo hecho las veces de anfitrión, los dos hombres se fueron a la sala de juego. Pasaron varias horas antes de que sir Edward volviera al salón principal a buscar a Nell.

Le llevó un rato encontrarla; estaba escondida en un rincón tranquilo, conversando muy concentrada con un hombre rubio. Al reconocer a lord Tynedale, frunció el ceño. ¿Qué rayos estaba haciendo allí ese hombre? Entonces recordó que Tynedale estaba emparentado con lady Ellingson. Lord Ellingson se había quejado muchas veces en su presencia de tener que invitar a ese sinvergüenza sólo para que su mujer pudiera tener una deferencia con él. Ella lo adoraba. Como la mayoría de las mujeres.

Al ver su estupenda figura ataviada con una chaqueta ajustada de color azul oscuro y unos pantalones negros, bien almidonados y relucientes, sir Edward tuvo que admitir que su aspecto era inmejorable. Con el pelo rubio y rizado, y esos ojos azules de pestañas larguísimas, era muy apuesto. Sus rasgos eran aristocráticos, desde la nariz fina hasta la mandíbula fuerte, tenía una sonrisa encantadora y hacía gala de una estudiada elegancia. A pesar de los signos evidentes de libertinaje en su rostro y de una cicatriz fina que le cruzaba una mejilla, no era extraño, dados todos sus encantos, que las mujeres se dejaran engañar por sus modales y hasta consideraran su cicatriz muy atractiva. Cuando estaba a punto de reunirse con su hija para alejar a un hombre al que calificaba claramente de crápula, sir Edward recordó la conversación que había tenido esa mañana con ella y vaciló. A Nell no iba a gustarle que hiciera las veces de padre indignado. Se dijo, además, que su hija se bastaba sola para cantarle las cuarenta a Tynedale.

Con el rabillo del ojo, Nell había visto a su padre salir de la sala de juego y había sentido un alivio enorme. Tynedale había sido irritantemente atento con ella desde su llegada hacía un rato y no había dejado de revolotear a su alrededor como una abeja alrededor de una flor. Las atenciones de un hombre atractivo la impresionaban como a la que más, pero era consciente de que lo que despertaba el interés de Tynedale era su fortuna y no ella, así que había intentado mantenerlo a distancia; pero había sido en vano. Concluyó que era muy burro, que estaba muy desesperado o que los insultos no hacían mella en él.

—Ah, ahí está mi padre —dijo, mirándolo a los ojos—. Seguro que cree que ya es hora de que nos vayamos. Yo lo creo. Tengo ganas de irme a descansar.

—¿Tiene que irse? —preguntó Tynedale con una mirada afectuosa—. Me temo que la velada se volverá anodina sin que su encantadora presencia la anime —dijo con una expresión seductora en el atractivo rostro.

—¿De veras? —Nell le sonreía con dulzura—. ¿Cuando hay por lo menos dos herederas más a la vista?

—¿Por qué cree que sólo estoy interesado en su fortuna? —se quejó Tynedale. Su mirada se había vuelto dura—. ¿No se le ha ocurrido que, entre todas las féminas que hay en este salón, usted y solamente usted es la que me ha llamado la atención?

—¡Oh, tiene toda la razón! —Se dio unos golpecitos con un abanico de seda pintada en los labios—. ¿Cómo he podido pensar otra cosa? ¡Qué tonta soy! Después de todo, sólo se sospecha que estoy medio loca y se sabe que estoy lisiada y que soy lo más parecido que hay a una solterona. Claro que tengo una fortuna bastante considerable —dijo con aire pensativo. Al ver su expresión, sonrió burlona y añadió—: Eso debe de situarme muy arriba en su lista de posibles esposas, por supuesto.

—No es el momento ni el lugar que yo hubiese elegido para abordar el tema —murmuró Tynedale con los puños cerrados y la cicatriz de la mejilla enrojecida por la rabia—, pero podríamos formar una buena pareja, usted y yo. No se puede negar que me iría bien su fortuna... y a usted le iría bien un marido. Puede que ahora mismo no tenga dónde caerme muerto, pero eso cambiaría con su fortuna. —Tynedale se inclinó hacia ella, impaciente—. Debería plantearse la posibilidad; podría ser una unión ventajosa para usted después de todo. Recuerde que poseo un título antiguo y valioso.

—No, gracias —respondió Nell, ofendida y molesta—. Como esta conversación ya es impropia, le dejo con un comentario: prefiero que me consideren un muermo a estar casada con usted.

Se volvió para irse, pero Tynedale la sujetó por el brazo y la obligó a girarse de nuevo hacia él.

—Lamentará estas palabras —soltó, inclinándose para acercar su cara a la de Nell y, a continuación, vaciló—. Entiéndame: he recibido malas noticias y estoy en un apuro, desesperado. —Su voz adquirió un cariz amenazador—: Y los hombres desesperados adoptan medidas desesperadas. Le advierto que no es buena idea jugar conmigo.

—Quíteme la mano de encima —exclamó Nell, airada. Los ojos le brillaban de indignación—. Mire, le daré un consejo: el lunes me voy de Londres. No sé cuándo volveré a la ciudad pero, cuando lo haga, no se me acerque. ¡No me apetece su compañía!

Tynedale la soltó con una sonrisa desagradable en la cara.

—Eso ya lo veremos. Hasta la vista —dijo con una reverencia.

Nell se marchó sin dignarse a responder, con la falda de su vestido de color crema adornado con lentejuelas ondeándose al moverse.

Sir Edward la vio acercarse y achicó los ojos al ver la expresión de su hija. Miró hacia donde estaba Tynedale.

—¿Debería retar a duelo a ese petimetre? —preguntó tras sujetar el brazo de Nell.

—¡Oh, no, Dios mío! No pienses más en él —exclamó Nell, y después sonrió con picardía—. Te prometo que yo no lo haré. —Pellizcó cariñosamente la mejilla de su padre—. No te preocupes, papá. Te confieso que fue lo bastante descarado como para sugerir una unión entre nosotros; supongo que sus acreedores lo están acosando. No dejes que te altere. Te aseguro que le he parado los pies. No volverá a molestarnos.

—Así que te ha sugerido matrimonio. ¿Y sin decirme nada a mí? —comentó sir Edward, ofendido—. ¡Sinvergüenza insolente! ¿Cómo se atreve? Voy a decirle unas palabritas.

—¡Papá! —Nell sujetó el brazo de su padre—. No lo hagas, te lo suplico. Por favor, recuerda que no soy ninguna jovencita inocente deslumbrada en su primer viaje a Londres. No necesito que nadie me ayude a rechazar las atenciones de alguien tan despreciable como él. Te ruego que no perdamos ni un segundo más de nuestro tiempo pensando en ese hombre.

Su padre la examinó atentamente y, satisfecho con lo que vio en el semblante de su hija, asintió, y aparte de gruñir un poco sobre el descaro de ciertos individuos no dijo nada más sobre el tema.

Cuando sir Edward bajó con su hija la escalinata de la residencia de los Ellingson para subir a su carruaje, estaba lloviendo. Nell había visto los nubarrones a última hora de la tarde, pero había esperado que se quedaran sólo en una amenaza y que el viento se los llevara.

Llegó empapada al automóvil y, una vez en su interior, se cerró bien la capa de terciopelo e hizo una mueca al oír cómo el agua golpeaba el techo. Si la tormenta era violenta y no cesaba, el lunes, cuando se marcharan, las carreteras se encontrarían en pésimas condiciones.

Un relámpago rasgó el cielo negro. Se estremeció. «Vaya por Dios.» Seguramente el viaje a Meadowlea sería largo, húmedo, embarrado y, sin duda, angustioso.

Unos momentos después, Nell y sir Edward llegaban a casa y corrían para refugiarse de la lluvia. Tras dar las buenas noches a su padre, Nell subió enseguida la escalera y se dirigió a sus aposentos para cambiarse y acostarse.

Veinte minutos después, cómodamente metida en la cama tras haberse quitado el traje de noche mojado y haberse puesto, encantada, un camisón de batista suave, se quedó dormida al instante.

Al principio no soñó nada, pero, después, se fue sintiendo más incómoda, empezó a respirar con dificultad y a notar que tenía las extremidades atrapadas. Gimió dormida y se retorció en la cama, intentando escapar de las ataduras invisibles que la inmovilizaban. Mientras intentaba despertarse, pensó que estaba teniendo otra pesadilla.

Y se trataba de una especialmente desagradable, que le producía una sensación de agobio y de asfixia casi insoportable. Todavía medio dormida, se esforzó para huir de aquella negrura opresiva,

31

pero se le enredaron las manos en la misma oscuridad envolvente de su sueño.

Al notar que se deslizaba por la cama, abrió los ojos de golpe y descubrió, horrorizada, que estaba realmente atrapada, cubierta por una tela pesada que la asfixiaba, y que la sacaban apresuradamente de la cama. Aterrada, se retorció y se agitó, y se aferró con los dedos a la tela que la sepultaba.

—¡Estate quieta! —susurró una voz que reconoció de inmediato.

—¡Tynedale! —exclamó—. ¿Está loco? Mi padre lo matará por esto... ¡Si no lo hago yo antes!

—Correré el riesgo —dijo Tynedale tras soltar una risita nerviosa—. Creo que, cuando seas mi mujer, tu padre cambiará de parecer.

—¡Pero yo no! —juró, y se esforzó más por liberarse.

Cuando Tynedale se la cargó al hombro, la dejó sin aire. Y, tras rodearle el trasero con un brazo, salió a toda velocidad de la habitación.

A Nell, totalmente despierta entonces, las ideas se le agolpaban en la cabeza. Tynedale sólo podía haber entrado en la casa de una forma: por su balcón, cuya puerta de cristal no estaba cerrada con llave. Pero ¿cómo había sabido en qué habitación dormía? Un escalofrío le recorrió la espalda. Tenía que haberla espiado, seguido a casa desde el baile de los Ellingson. Habría supuesto que su padre no se acostaría de inmediato, pero que lo más probable era que ella sí. Prácticamente le había dicho que lo haría. Eso la enfureció. Lo único que había tenido que hacer era observar el piso superior y fijarse en qué habitación se apagaban pronto las velas. ¡Desgraciado! Y pensó con tristeza la mala suerte que había tenido de que su habitación fuera una de las pocas que tenían balcón. Se le cayó el alma a los pies. Por los ruidos y por el movimiento, parecía que se la estaba llevando por el mismo sitio por donde había entrado.

Como sabía que cada segundo contaba, consciente de que en cuanto se hubiera alejado de la casa y de la protección de su padre todo estaría perdido, inspiró hondo y gritó.

Tynedale, con los nervios de punta, se sobresaltó al oírla. Casi se cayó del balcón sin dejar de maldecir.

—¡Hija de puta! Vuelve a hacer eso y te estrangulo —la amenazó, iniciando el peligroso descenso.

Nell cerró los ojos al notar, aterrada, que se balanceaba en el aire. Debía de haber utilizado una cuerda. La había sujetado de algún modo al balcón para subir por ella. Y ahora la estaba bajando. ¡Que Dios los ayudara!

Pensar que si se le caía a Tynedale o si a éste se le resbalaba la cuerda se estrellaría contra la terraza de piedra inferior la asustaba tanto que se quedó inmóvil durante el descenso. En cuanto notó que los pies de su raptor tocaban el suelo, volvió a gritar, y empezó a dar patadas y a retorcerse en su hombro.

—Te lo he advertido —gruñó Tynedale.

La dejó de pie en el suelo. Acto seguido recibió un golpe en la cabeza y todo se oscureció.

Pero los gritos de Nell no habían pasado desapercibidos. Por encima del ruido de la tormenta, Robert apenas oyó el primero. Pero había oído algo y, a punto de entrar en la casa, se detuvo en la puerta a escuchar. Justo cuando acababa de decidir que estaba imaginando cosas, le llegó otro tenue sonido. El viento, la lluvia y el eco lo habían distorsionado, pero estaba convencido de haber oído algo. ¿Un gato? ¿El aullido de un perro?

Entró en la casa con el ceño fruncido. Sir Edward estaba recorriendo el vestíbulo de mármol blanco y negro y le sonrió.

—Ha comprado Drew el caballo? —preguntó con una ceja arqueada.

—Ha estado a punto —rio Robert—, pero Henry y yo lo hemos convencido de que no sería prudente. —Volvió a fruncir el ceño—. ¿Has oído algo raro esta noche? —dijo a su padre.

—¿Raro? No. Sólo los crujidos y los chirridos acostumbrados de una tormenta. ¿Por qué?

—Me ha parecido oír algo... —Se encogió de hombros—. Seguro que no será nada, pero creo que echaré un vistazo antes de irme a la cama.

Unos minutos después, como no había visto que pasara nada, Robert llamaba a la puerta de Nell sintiéndose bastante tonto. No lo alarmó que no respondiera; sir Edward había mencionado que se había acostado nada más llegar a casa. Estaría, sin duda, dormida. Sonrió porque Nell dormía como un tronco incluso cuando había tormenta, y nada, salvo un rayo que cayera junto a su cama, la sacaría de su sueño. Su sonrisa se desvaneció: un rayo o una de aquellas dichosas pesadillas.

Se quedó allí, sin saber si molestarla, pero la intuición lo incitó a llamar de nuevo y, al no obtener respuesta, abrió la puerta y entró. Cruzó la antesala con una vela en la mano y se asomó a la alcoba, donde distinguió el contorno de la cama y del resto del mobiliario gracias a la luz del fuego que danzaba en la chimenea. Un relámpago hizo que dirigiera los ojos a la puerta doble.

Y vio dos cosas: la cama de Nell se encontraba vacía, y las puertas de cristal de su balcón estaban abiertas de par en par. La llamó por su nombre mientras, con tres zancadas, recorría el espacio que lo separaba del balcón. No había nadie. Sólo la tormenta bramaba en respuesta a los gritos casi frenéticos con que llamaba a su hermana.

Tuvo una sensación terrible al recordar las noches en que Nell había despertado a toda la casa con los alaridos que le provocaban las pesadillas que la asediaban. ¿Habría salido al balcón, dominada por Dios sabía qué espantos, y se habría caído? A oscuras, bajo la lluvia, con el corazón en un puño, se obligó a asomarse por encima de la barandilla para echar un vistazo abajo. Cuando la llama parpadeante de su vela le mostró que el cuerpo de Nell no yacía en la terraza de piedra inferior, sintió un alivio enorme.

Pero el alivio le duró poco. Si Nell no estaba en la cama, ¿dónde estaba entonces? Una búsqueda rápida en sus aposentos no sirvió para encontrarla. La llamó una y otra vez, con creciente nerviosismo, pero sólo oía el ruido de la tormenta. Corrió a la planta baja con una gran inquietud, y encontró a su padre sirviéndose una copa de coñac en la biblioteca.

—¿Estás seguro de que Nell se ha acostado? —le preguntó.

—Eso dijo —respondió sir Edward, sorprendido por el interés de Robert por el paradero de su hermana—. ¿Has entrado en su alcoba?

—Sí, y no está. No la encuentro por ninguna parte. La he buscado. —Robert se mordió el labio—. Las puertas de su balcón están abiertas de par en par.

Sir Edward dejó la copa, alarmado, y pasó junto a su hijo. Se dirigió entonces a los aposentos de Nell con Robert pisándole los talones.

El viento y la lluvia entraban por el balcón, que Robert, debido a su ansiedad, había dejado abierto. Sin hacer el menor caso de eso, los dos hombres encendieron deprisa unas cuantas velas.

La habitación de Nell quedó completamente iluminada y, a esa luz, ambos vieron asustados las huellas de barro que unas botas habían dejado en la alfombra crema y rosa que cubría el suelo. Unas huellas de barro que iban del balcón a la cama, y regresaban al balcón...

—¡Lo sabía! Sabía que no tenía buenas intenciones. ¡Ha sido ese malnacido de Tynedale! —soltó sir Edward con una mezcla de horror y de rabia en la cara—. ¡La ha raptado! Y lo más seguro es que en este momento la esté llevando a Gretna Green para casarse con ella. Tenemos que detenerlos.

—¡Espera! —dijo Robert cuando sir Edward se disponía a salir corriendo de la habitación—. Sé que parece sospechoso, pero ¿cómo sabes que Tynedale se ha llevado a Nell? Estoy de acuerdo en que parece que alguien se la ha llevado, pero antes tenemos que registrar a fondo la casa. Quedaremos como unos imbéciles rematados si todo esto tiene una explicación sencilla.

—Tú despierta a los criados y pídeles que la busquen —le espetó sir Edward, que miró a su hijo como si hubiera perdido la razón—. Yo llamaré el carruaje y enviaré una nota a los gemelos; puede que necesitemos su ayuda. No hay tiempo que perder.

Drew y Henry llegaron poco después, ansiosos y llenos de curiosidad. Tras oír sus temores, ambos, indignados y sedientos de la sangre de Tynedale, estaban impacientes por salir en su busca. El registro de la casa terminó y, aparte de un pedacito de delicada tela enganchado en un arbusto próximo a la casa, no había ni rastro de Nell.

Pocos instantes después de encontrar el pedacito de tela, sir Edward y Robert recorrían las calles de Londres en el carruaje familiar. Drew y Henry, envueltos en sobretodos, con la cabeza agachada bajo la lluvia, habían decidido ir a caballo, y sus monturas chapoteaban junto al vehículo.

Hasta que el coche salió de Londres, sir Edward y Robert estuvieron sentados con una expresión seria y los labios fruncidos, sin ganas de hablar. Cuando por fin dejaron la ciudad tras de sí, sir Edward dio unos golpecitos en el techo y se asomó por la ventana.

—¡Hostíguelos! —gritó al cochero.

Éste restalló el látigo y los caballos salieron disparados hacia delante. El vehículo, escoltado por los gemelos, iba dando bandazos en la oscuridad de la noche, iluminada de vez en cuando por la luz plateada de los relámpagos.

Tynedale no tenía nada tan lujoso como un carruaje; lo había vendido unas semanas antes para pagar sus deudas más urgentes. Conducía su carrocín e, incluso con la capota puesta, Nell y él tenían que soportar la lluvia mientras azuzaba los dos caballos alquilados. No creía que nadie hubiera oído los gritos de Nell, pero no iba a correr ningún riesgo. Además, tenía que esconderla antes de que se hiciera de día. Desde el principio había sabido que Gretna Green, en la frontera escocesa, no era una opción porque sería el primer sitio donde la buscaría su familia. Sonrió feliz. Había otras formas de precipitar una boda... Estaba convencido de que, cuando la hubiera comprometido, su matrimonio se celebraría de inmediato. Sólo tenía que seguir con ella las siguientes veinticuatro horas y se habrían solucionado todos sus problemas.

Miró a Nell, sentada a su lado. Vio que se mantenía rígida mientras se sujetaba con una mano a la correa de cuero para no perder el equilibrio, sin apartar los ojos de los caballos al galope que tenía delante. Envuelta de pies a cabeza en la capa de Tynedale, era poco probable que nadie, de haber alguien lo bastante loco como para salir en una noche como ésa, la reconociera. Aunque la oscuridad los hubiera protegido de todos modos, la tormenta había sido un golpe de suerte.

Hubiese preferido planear mejor el rapto y no haber elegido un carrocín para escapar, desde luego, pero al enterarse de que Nell iba a irse de Londres el lunes no había tenido tiempo para organizar otra cosa. Enterarse de eso y saber que Wyndham había comprado todos sus pagarés. ¡El muy cabrón! ¿No le bastaba con haberlo vencido ese mismo año en un duelo y haberlo marcado para toda la vida? No era culpa suya que el muchacho que estaba bajo la tutela de Wyndham hubiese sido débil e incapaz de afrontar la pérdida de su fortuna. Su lema era «juega o paga», y si el muchacho no podía soportarlo, no debería haber jugado... Tynedale sonrió. Sobre todo porque los dados estaban cargados. Era una lástima que hubiera pasado aquello, y tenía que admitir que de haber sabido que el muchacho iba a hacer algo tan drástico y definitivo podría no haberlo arruinado por completo. Pero sus necesidades estaban antes, y había necesitado la fortuna de Weston para salir adelante.

«Tendría que haber seguido mi primer impulso y, una vez tuve la fortuna de Weston en mis manos, haber arreglado mis asuntos», se dijo con tristeza. Suspiró al pensar en la oportunidad perdida. Pero quien nace jugador muere jugador, y en aquel momento estaba convencido de que por fin le había cambiado la suerte. Con el respaldo de la fortuna que había conseguido con malas artes, estaba seguro de que podría recuperar todas sus pérdidas anteriores. Si una fortuna era agradable, dos todavía lo serían más. Con esa idea en mente, había seguido jugando y frecuentando prostitutas sin moderación. Hasta que, hacía unos meses, no se había encontrado de nuevo al borde de la ruina, no había empezado a buscar una forma de resolver sus dificultades. El matrimonio con una heredera parecía la única salida.

Miró de nuevo el rostro decidido de Nell. Sí. El matrimonio con una heredera era la solución más sencilla. Y Eleanor Anslowe le venía bien. Había visto mundo y, como había alcanzado la mayoría de edad, podía disponer de su fortuna, que pasaría a pertenecerle a él cuando se hubieran casado. Sir Edward podría resoplar y clamar en contra, pero no podría hacer nada. Cuando Nell estuviera casada con él, se habrían acabado todas sus preocupaciones.

Nell contemplaba la oscuridad de la noche y su valor disminuía con cada kilómetro que se alejaban de Londres. Estaba agotada. El miedo le estaba pasando factura, y la pierna le dolía de un modo insoportable. Pero no estaba derrotada. No iba a facilitarle las cosas a Tynedale. Tenía una idea bastante clara de lo que había planeado y, con gran desazón, sabía que no podría impedir que la violara. Se juró a sí misma que no se casaría con él, aunque consiguiera llevar a cabo sus malvados planes y tuviera que vivir avergonzada y escondida lo que le quedara de vida. Inspiró hondo. Huiría de él. De algún modo.

Como no era probable que hubieran oído sus gritos ni que descubrieran su ausencia hasta la mañana, su huida tendría que ser cosa suya. Examinó el paisaje empapado de lluvia que los relámpagos iluminaban. No sabía cuánto se habían alejado de Londres y, en cualquier caso, todo tenía un aspecto distinto a oscuras. Dudó de que Tynedale fuera a detenerse pronto, pero decidió que, cuando por fin lo hiciera, sería el mejor momento para intentar escapar. Y si había más gente por los alrededores, mucho mejor. No era nada reacia a dar a conocer la maldad de aquel individuo.

La oportunidad de huir se le presentó antes de lo que esperaba. Un rayo cruzó el cielo y cayó delante de los caballos, a menos de veinte metros de distancia. El suelo se estremeció y el carrocín se bamboleó. Tras el rayo gigantesco, un trueno resonó como si el mundo se acabara en ese instante. Los caballos relincharon, se encabritaron y se rebelaron contra el tirón de riendas nervioso de Tynedale. Uno de los animales resbaló en el barro de la carretera y se enredó con los tirantes del vehículo. El otro no dejaba de encabritarse ni de intentar escapar. Tynedale no pudo dominarlos y el carrocín se desplazó hacia la cuneta. Cuando cayó en ella dando tumbos, un caballo se soltó y salió disparado al galope hacia la oscuridad.

En el accidente, Nell estuvo a punto de salir despedida del carrocín, pero logró permanecer dentro del vehículo. Tynedale no tuvo tanta suerte. La sacudida y la caída del coche lo lanzaron a la cuneta.

Se puso de pie sin dejar de maldecir. Se sujetó el hombro con una mano y revisó los desperfectos. En medio de una de las peores tormentas que había visto en su vida, había perdido un caballo, su vehículo estaba atascado en una cuneta embarrada y, si no se equivocaba, se había fracturado la clavícula. La noche no podía empeorar demasiado.

Pero sí que podía. Nell no dudó ni un instante. En cuanto el carrocín se detuvo, salió como pudo de él sin prestar atención al dolor de su pierna y corrió hacia la protección que le ofrecían los árboles que flanqueaban ese lado de la carretera. Oyó los gritos de Tynedale tras ella, pero eso sólo dio alas a sus pies.

Los árboles la envolvían y agradeció fervientemente que fuera de noche y hubiera tormenta. Siguió adelante sin hacer caso de las ramas que la azotaban ni del barro que se le pegaba a los pies, y se adentró cada vez más en el bosque que la ocultaba. Con la capa de Tynedale le costaba avanzar, pero no se atrevía a deshacerse de ella porque su camisón blanco la delataría en caso de que él la siguiera. Se detuvo una vez y escuchó atentamente, pero aparte del rugido furioso de la tormenta, no oyó nada salvo el latido frenético de su corazón y su respiración jadeante. De repente sonrió. No tenía la menor idea de dónde estaba; tenía frío y estaba empapada y asustada, pero, gracias a Dios, se había escapado de él.

3

Nell estuvo unos instantes bajo las ramas de un roble recobrando el aliento y decidiendo su siguiente paso. La violencia de la tormenta no había disminuido, y era consciente del peligro de quedarse bajo el objeto más alto de la zona.

Se tapó la cabeza con la capa para protegerse de la lluvia torrencial, dejó su cobijo y empezó la ardua tarea de encontrar la salida del bosque. No era fácil; se cayó de rodillas muchas veces porque resbalaba con las ramas y los arbustos que pisaba con los pies descalzos. El agua, los rayos y los truenos no la ayudaban demasiado. Ni tampoco la completa oscuridad nocturna y el viento que ululaba en las copas de los árboles.

El tiempo parecía haberse detenido, y Nell se desorientó por completo. De vez en cuando, avanzando a ciegas, tuvo la espantosa sensación de que andaba en círculos y temía encontrarse de cara con Tynedale. La euforia inicial por haber logrado librarse de él se había desvanecido hacía mucho. Con el paso de los minutos estaba más empapada y exhausta, todo le dolía y empezaba a arrastrar los pies. Casi deseaba tropezarse con él. Casi.

Se oyó un trueno y, un segundo después, un relámpago rasgó la oscuridad justo delante de ella. Cayó tan cerca que lanzó a Nell al suelo. Varios minutos después, aturdida y temblorosa, pero ilesa, se levantó con dificultad. Y lo más importante era que, gracias a ese destello cegador, sus incrédulos ojos habían visto una casita o una choza unos cuantos metros más adelante.

Con esperanzas renovadas, corrió a trompicones hacia la promesa de un refugio. Otro relámpago le confirmó que no se había equivocado, y jadeante, se abrió paso como pudo hacia el pequeño edificio que estaba en el claro, muy cerca de los árboles.

Era, efectivamente, una casita, y sintió un alivio inmenso. ¡Estaba a salvo! Iba a conseguir ayuda. Pero entonces se percató, consternada, de que no había ningún parpadeo de velas en las diminutas ventanas ni ningún otro indicio de que estuviera habitada. Contuvo un sollozo y se apoyó en la jamba de madera, decepcionada al comprobar que la casa estaba abandonada y desierta.

Pero, por lo menos, le ofrecía cobijo. Con las pocas fuerzas que le quedaban, empujó la puerta. Ésta cedió sin dificultad, y otro relámpago reveló que dentro de la casa no había nada aparte de una mesa, tres o cuatro sillas destartaladas y un jergón contra la pared.

A pesar de la suciedad del suelo, de las hojas, las ramas y los desperdicios que habían dejado sus anteriores habitantes, el interior le pareció un palacio, y entró para guarecerse de la tormenta. Una vez dentro, aprovechó los relámpagos para explorarlo con pasos vacilantes.

La casa era pequeña, de sólo dos habitaciones, la primera en la que acababa de entrar y otra. En una burda chimenea de piedra todavía quedaban unos haces de leña, pero no le servían de nada porque no tenía forma de encender un fuego.

Una vez terminó la inspección, se acercó a una de las sucias ventanas y miró fuera. A través de la lluvia, vislumbró, gracias a la luz de los relámpagos, un tramo de carretera ancha y embarrada, y supuso que había ido a parar a la casita abandonada de un puesto de peaje. En su día, los viajeros tenían que pagar peaje por recorrer esa carretera, pero ya no, desde hacía tiempo, a juzgar por el estado de la casa.

En aquel momento, nada de aquello importaba a Nell, que simplemente agradecía haberse librado de la tormenta y de Tynedale. Maltrecha y exhausta, demasiado cansada para pensar qué haría un segundo después, se arrebujó en la capa mojada y se acomodó con cuidado en el jergón.

Se sentó con la espalda apoyada en la pared y las piernas dobladas bajo el cuerpo y vio cómo los relámpagos rasgaban la oscuridad y deslumbraban el paisaje con su luz. Tiritaba de frío, le dolían los pies, magullados y lastimados, y no podía con su alma. Pensó, soñolienta, que por lo menos la tormenta estaba remitiendo: los truenos eran un gruñido lejano y los relámpagos ya no caían tan aterradoramente cerca.

Dio un bostezo descomunal y parpadeó de sueño. Tynedale seguía siendo un peligro para ella, pero estaba derrotada. Ya no podía correr más y era posible, realmente probable, que lo hubiera despistado. Torció el gesto. Claro que también era posible que la carretera que había delante de la casita fuera la principal, la que conducía al norte, la que Tynedale había tomado al salir de Londres, y que en cualquier momento entrara por la puerta. Bostezó otra vez. Le daba igual. Había corrido mucho y ya no podía más. Se le cayó la cabeza y, un segundo después, la siguió el resto del cuerpo. Se quedó dormida en el jergón, con el cuerpo menudo oculto bajo la capa.

Julian fustigó el caballo maldiciendo la tormenta, a su madrastra y, muy especialmente, a su hermanastra. ¡Lo que había ocurrido era de lo más molesto y desconsiderado! Todavía no acababa de creerse que estuviera en la oscuridad, lejos de Londres, de madrugada, cabalgando bajo una de las tormentas más fuertes que había visto en muchos años. ¡Maldita Elizabeth! Si iba a fugarse para casarse con Carver, ¿no podría haber elegido un día que no hiciera tan mal tiempo?

El viento le atravesaba el sobretodo y la lluvia le caía encima. Los rayos y los truenos asustaban al caballo, que avanzaba a trompicones por la carretera. No culpaba al animal, él también lo estaba pasando mal. Y estaba empapado. Y cansado. Los rayos que iluminaban el cielo oscuro no gustaban demasiado al semental bayo, que resoplaba y se encabritaba cada vez que caía uno. Era un viaje absolutamente desagradable.

Julian pensó con amargura que a esa hora tendría que haber estado en casa, calentito y dormido en su cama, y lo habría estado si Diana no se hubiera abalanzado sobre él en cuanto había regresado a casa. Mientras intentaba zafarse de ella, se había dado cuenta de que su espacioso vestíbulo estaba lleno de gente. Al cruzar su mirada con la de Dibble, el mayordomo, éste había aspirado por la nariz y había manifestado que no sabía nada del asunto. La doncella de Elizabeth había dejado de repente de retorcerse las manos y había gemido que ella sólo estaba cumpliendo las órdenes de la señorita Elizabeth al no entregar antes su nota a lady Wyndham. Aferrada a él, Diana le había plantado la nota, húmeda de lágrimas, bajo las narices, diciéndole entre sollozos que tenía que salvar a su niña. De inmediato.

Sin prestar atención a la nota que Diana insistía en darle, Julian se la apartó de la cara y sujetó el brazo de su madrastra, se la llevó al salón y le pidió que le contara lo sucedido. Al parecer, la señorita Forest, acompañada de lady Milliard, la tía abuela de Julian, todavía no había vuelto del baile que se celebraba en la residencia de los Ellingson. No era tarde, y lady Wyndham, que había asistido a un acto social, hacía poco rato que había vuelto a casa. No le había alarmado la ausencia de Elizabeth hasta que la doncella de ésta le había entregado, hacía apenas diez minutos, una nota en la que su hija le anunciaba que se fugaba con el capitán Carver.

Julian era reacio a salir en su busca. En el trayecto a casa en la silla de manos que había pedido al salir de Boodle's había visto que se avecinaba una tormenta violenta. Y si Elizabeth era lo bastante tonta como para arruinar su futuro con Carver, allá ella. Pero, al final, el llanto y las súplicas de Diana habían podido más que su sentido común y lo habían convencido de que su deber era impedir esa unión tan imprudente.

Ordenó refunfuñando que le prepararan el caballo y se cambió de ropa. En cuestión de minutos, con un sombrero de ala ancha calado sobre la frente y envuelto en un sobretodo muy grueso, cabalgaba como alma que lleva el diablo para salir de Londres. Mientras avanzaba obstinadamente en medio de unas condiciones meteorológicas que parecían empeñadas en convertir su trayecto en una pesadilla, no tenía pensamientos demasiado amables hacia su hermanastra. De hecho, tenía ganas de darle un buen bofetón a Elizabeth y de estrangular al joven Carver si los atrapaba.

La tormenta siguió empeorando y se planteó buscar refugio hasta que hubiera pasado lo peor, pero si quería alcanzar a Elizabeth y a su galán, tenía que apresurarse. El tiempo y el estado de la carretera, que poco a poco se estaba convirtiendo en un lodazal resbaladizo, eran muy adversos, y Julian maldijo otra vez haber tenido que salir en una noche como ésa. Su único consuelo era saber que

Carver y Elizabeth estaban también por ahí fuera, y esperaba que lo estuvieran pasando tan mal como él.

Esbozó una sonrisa forzada cuando se le ocurrió que aquella tarea ingrata era el final apropiado para un día que se había torcido en cuanto había visto a Tynedale en Boodle's. Había pasado un rato bastante agradable, sí, pero incluso cuando estaba más relajado había tenido a Tynedale y la muerte absurda de su sobrino en la cabeza. Faltaba poco más de un mes para que se cumpliera un año del suicidio de Daniel, y sospechaba que podría afrontarlo con mucha más serenidad si había llevado a Tynedale ante los tribunales.

Pero antes de sellar el destino de Tynedale tenía que atrapar a su hermanastra y rescatarla, tanto si ella lo deseaba como si no, del apuesto capitán Carver.

Al distinguir un vehículo tumbado al borde de la carretera, se le aceleró el pulso. ¿Estaría la suerte de su parte? ¿Habría desbaratado los planes de los enamorados la tormenta?

Detuvo el caballo y observó el carrocín, indignado. Sólo un idiota, y perdidamente enamorado además, habría elegido un vehículo así para fugarse con su amada, y en una noche como ésa. Analizó la escena a la luz de los relámpagos. El par de caballos que habían tirado del carruaje ya no estaban, ni tampoco los ocupantes del vehículo.

Cuando la luz incandescente de un rayo iluminó de nuevo el cielo, echó un vistazo a la carretera y sonrió. Ahora podría atraparlos. Conociendo a Elizabeth, le pareció improbable que le apeteciera cabalgar bajo una tormenta tan violenta. Seguramente se habrían refugiado en la casa o en la taberna más cercana. Y concluyó que ésa era la primera decisión razonable que habrían tomado esa noche.

El tramo de carretera que estaba recorriendo estaba desierto, y después de cabalgar unos cuantos kilómetros más, empezó a perder la confianza. No creía que le hubiera pasado desapercibida ninguna morada, pero con la oscuridad y la lluvia era posible.

Un relámpago cegador provocó que su caballo relinchara y se encabritara. El semental, nervioso, perdió el equilibrio en el suelo resbaladizo de la carretera y, a pesar de los intentos de Julian por controlarlo, cayó hacia atrás con su jinete.

Instintivamente, Julian sacó los pies de los estribos y se echó hacia la derecha. No quería que el animal lo aplastara. Ambos se dieron un buen golpe, y Julian hizo un gesto de dolor al chocar con el hombro contra el suelo enfangado. Ambos se levantaron con dificultad y Julian se abalanzó hacia las riendas que colgaban del cuello del caballo sin tener en cuenta su brazo lastimado. El semental se asustó, dio media vuelta, y Julian observó, consternado y furioso, cómo desaparecía en la oscuridad.

Maldijo su suerte mientras se sacudía el sombrero destrozado en los pantalones de cuero. ¡Por Dios! ¡Sólo le faltaba eso!

Se olvidó por completo de Elizabeth. Encontrar cobijo y comprobar la gravedad del daño que se había hecho en el hombro habían pasado a ser sus prioridades. Como los últimos lugares habitados por los que había pasado quedaban kilómetros atrás, no tenía sentido seguir al caballo. Resignado a una caminata espantosa, partió en dirección contraria a la que había tomado su montura al huir.

Cuando antes había creído que su situación era deprimente, no había imaginado lo mucho más deprimente que podía llegar a ser, pero pronto lo averiguó. El barro se le pegaba a las botas, el viento lo azotaba sin piedad y la lluvia caía sin cesar. Eso sin contar con que podía partirlo un rayo o caerle un árbol encima. De hecho, después de haber avanzado penosamente tres kilómetros desde donde se había separado de su caballo, casi lo deseaba.

Había empezado a plantearse buscar refugio en el bosque cuando se dio cuenta de que reconocía la zona, en particular un roble nudoso, medio muerto, que había junto a la carretera. Si no se equivocaba, un poco más adelante estaba la casita abandonada de un antiguo puesto de peaje. Agachó la cabeza para enfrentarse al viento y siguió avanzando. Finalmente, tras doblar una curva, su perseverancia se vio recompensada; a través de la lluvia divisó la construcción que buscaba.

Corrió los últimos metros hasta la puerta, la empujó y entró en la casita oscura que olía a cerrado. Estaba extasiado. Daba igual que fuera poco más que una casucha: lo que importaba era que había dejado de estar a merced de los elementos. Cerró la puerta y dejó fuera la tormenta y su violencia.

Se abrió camino cuidadosamente por la habitación desordenada a la luz brillante de los relámpagos del exterior, con la mano se hizo con una de las sillas y se sentó delante de la chimenea fría. Estuvo así varios minutos dejando que lo invadiera el silencio de la casita después de la fuerza incontrolable de la tempestad.

Helado y tiritando, se obligó a moverse. Ante todo tenía que encender un fuego. Los haces de leña eran viejos y estaban secos, y como llevaba la caja de yesca en un bolsillo del sobretodo, además de un par de pistolas, poco después había conseguido que una pequeña hoguera parpadeara en la chimenea manchada de hollín. La leña no duraría demasiado, así que sacrificó sin piedad una de las sillas para mantener el fuego encendido.

Dado que ya había satisfecho su necesidad más inmediata, echó un vistazo general a la habitación; observó el jergón y los andrajos revueltos que había encima, por si tenía que utilizarlos más adelante. El junco del jergón le serviría para que el fuego no se apagara, y también la mesa y las sillas; desde luego, no tenían ninguna otra utilidad.

Se quitó el sobretodo empapado y usó una silla para dejar la pesada prenda junto al fuego. Apoyándose en la mesa, se quitó las botas y los calcetines, consciente de que estaban echados a perder. Se encogió de hombros y buscó el cuchillo que llevaba escondido en la bota derecha. Llevaba cuchillo desde que en un recado en el continente para el duque de Roxbury había estado a punto de perder la vida. Lo localizó y se lo metió despreocupadamente bajo la cinturilla del pantalón. Dejó las botas, con los calcetines encima, cerca de la silla del sobretodo. Sentado en otra, estiró las piernas hacia el fuego y movió los dedos de los pies desnudos con un placer sibarita mientras el calor de las llamas se los calentaba.

Se miró el hombro y le alegró ver que lo que se había hecho al caer no era grave y se curaría solo. Suspiró satisfecho mientras se quitaba la chalina del cuello. Después, la lanzó sobre la mesa y se desabrochó distraídamente la camisa de lino.

«Ahora me vendrían bien un pastel de cordero, una botella de oporto y una moza servicial», pensó medio dormido, y sonrió. Se le inclinó la cabeza hacia delante y el sueño lo venció.

El padre y los hermanos de Nell no podían dormir tan fácilmente. Habían salido de Londres y llegado al carrocín accidentado antes que Julian. Después de inspeccionar superficialmente el vehículo abandonado, habían seguido adelante. Nada les permitía comprobar que el carrocín perteneciera a Tynedale; podía ser de algún otro desventurado. Pero, por si ése era de hecho el vehículo utilizado para llevarse a Nell, siguieron adelante bajo la lluvia torrencial intentando detectar a cualquiera que fuera a pie. Pasaron ante la casita abandonada del antiguo puesto de peaje, pero como no había nada que delatara su presencia, la oscuridad y el aguacero les impidió verla.

Sir Edward y sus hijos viajaban deprisa con una mezcla de ansiedad y de rabia en el corazón. La máxima prioridad de sir Edward era que su hija volviera a casa sana y salva; la de sus hijos era de un cariz más agresivo. Cuando finalmente alcanzaran a Tynedale, y no había duda de que acabarían haciéndolo, éste tendría suerte si vivía para contarlo.

Se paraban el tiempo suficiente en cada posada o taberna, e incluso en las pocas casas próximas a la carretera que encontraban, para convencerse de que Tynedale no había buscado refugio en ellas. Con el paso de las horas, se fueron cansando y desanimando, y los gemelos empezaron a perder la confianza. Como habían optado por hacer el trayecto a caballo, habían sufrido más las inclemencias del tiempo infernal que hacía esa noche, y cuando, llegada la madrugada, vieron una desvencijada taberna a su derecha, decidieron detenerse en ella.

La taberna estaba algo apartada de la carretera, casi oculta tras un bosquecillo espeso; de no ser por la parpadeante luz amarilla que procedía de una de las ventanas, habrían pasado de largo. Había unos cuantos caballos huesudos atados al amarradero, con el lomo encorvado bajo la lluvia.

Tras dejar sus monturas al cuidado del cochero de la familia y al mozo de cuadra mugriento que había salido a trompicones de la taberna al oírlos llegar, los cuatro hombres entraron en el edificio. La taberna no tenía aspecto de servir a la aristocracia, pero estaban demasiado desanimados y agotados para que les importara que la frecuentaran salteadores de caminos y gente por el estilo más que caballeros como ellos. Lo único que querían era entrar en calor junto al fuego y tomar un ponche caliente y quizás algo de comer.

La llegada de cuatro caballeros causó revuelo. Tras mirarlos disimuladamente, unos cuantos parroquianos se marcharon por la puerta de atrás. Los demás observaron a los aristócratas con curiosidad.

Sir Edward había empezado a quitarse el sobretodo cuando detectó al hombre sentado a una mesa de roble cerca del fuego.

—¡Tynedale! —bramó, y cruzó a zancadas la habitación. Llevaba a sus tres hijos, que habían visto a su presa a la vez, pisándole los talones con una expresión asesina en la cara.

Al oír su nombre, Tynedale dejó de contemplar ensimismado la jarra que tenía delante y alzó los ojos. Palideció y se levantó de un salto. Buscó con la mirada una vía de escape, pero no había ninguna, ya que los Anslowe lo habían acorralado en el oscuro rincón que ocupaba. Los demás parroquianos observaban la escena con interés, pero ninguno de ellos hizo ademán de intervenir.

—¿Dónde está? —preguntó Robert, con el rostro contraído por la rabia mientras sujetaba a Tynedale por el cuello y lo zarandeaba como un perro haría con una rata—. ¡Hable! Si quiere vivir un segundo más, díganos qué ha hecho con ella.

Tynedale barboteó una respuesta.

—Hijo —dijo sir Edward con una suavidad engañosa a pesar de su mirada gélida—, quizá si lo sujetaras con un poquito menos de fuerza...

Robert, a regañadientes, relajó un poco los dedos.

—¿Se han vuelto locos? —masculló Tynedale, que dirigía los ojos a todas partes menos a las caras de los hombres que tenía delante—. ¿Por qué me atacan?

—Sabe muy bien por qué estamos aquí —gruñó Robert, enseñando los dientes—. ¡Maldito sea! ¿Dónde está? ¿Dónde la tiene?

—Me doy cuenta de que están muy tensos —dijo Tynedale, algo recuperado—, y por eso no les consideraré responsables de sus actos. —Levantó el mentón y añadió—: Me temo que no sé de qué me están hablando. Y en cuanto a una mujer... viajo solo; puede que hayan visto mi carrocín accidentado unos kilómetros atrás.

Señaló con la cabeza en dirección al propietario de la taberna, un hombre musculoso que observaba su conversación desde detrás de un largo mostrador.

—Si no se creen que estoy solo —prosiguió Tynedale—, pregúntenselo a él. Él les dirá que llegué aquí solo hará más o menos una hora y que nadie más, hombre o mujer, estaba conmigo.

Robert apretó el cuello de Tynedale y éste intentó abrirle la mano con los dedos.

—¿Qué ha hecho con ella? Dígamelo o lo estrangulo aquí mismo.

—Esto, perdone, señor —dijo el propietario de la taberna, algo cohibido—. No nos visitan demasiados aristócratas y no es mi intención entrometerme en sus asuntos, pero puedo asegurarle que lo que dice el caballero es cierto: ha llegado solo.

Sir Edward, no satisfecho con la palabra del propietario de la taberna, insistió en llevar a cabo un registro concienzudo del local. No tardaron mucho y no encontraron ni rastro de Nell. Ni siquiera la inspección del edificio destartalado que hacía las veces de cuadra, en la parte trasera de la taberna, proporcionó ninguna pista de su paradero.

Tynedale proclamó vehementemente su inocencia a pesar de las serias amenazas de Robert y de los gemelos. A medida que pasaban los minutos, sir Edward empezó a tener dudas. Tal vez se hubiera equivocado. A Nell se la habían llevado de su habitación, de eso estaba seguro, y Tynedale era el culpable más probable. Pero ¿era posible que se hubiera equivocado? Lo invadió el miedo. ¿Y si algún infame se hubiera llevado a su hija con algo más desagradable que casarse con ella en mente? ¿Estaría todavía en Londres, quizás, y se la habrían llevado a algún antro de vicio y perversión, donde la habrían obligado a prostituirse? Se estremeció. No era algo sin precedentes que una mujer bonita se encontrara en esa situación, pero que le hubiera sucedido a alguien de la posición de Nell parecía imposible, y sir Edward no podía creer que su hija hubiera corrido semejante suerte. Sin embargo, alguien la había raptado. Una vez eliminado Tynedale, no sabía quién podría haberlo hecho. Ni por qué razón.

No sonsacarían nada más a Tynedale y, al final, sin dejar de lanzarle miradas de odio, se retiraron a una mesa, lo más lejos posible de él, para comentar la situación. Como no sabían qué hacer a continuación, decidieron que sir Edward y Robert volvieran a Londres, pendientes de encontrar pistas de Nell por el camino. Estuvieron de acuerdo en no descartar a Tynedale como sospechoso de haber raptado a Nell. Debido a eso y a la imposibilidad de poder pasar desapercibidos con el carruaje, Drew y Henry fingirían irse con ellos, pero se quedarían cerca y vigilarían y seguirían a Tynedale. Era posible que hubiera escondido a Nell en algún sitio cercano. Y si lo había hecho...

El dolor de la pierna despertó a Nell. Al incorporarse vio que la luz de la mañana se colaba en la casita. Hacía frío, sin embargo, y el cielo estaba nublado, y cuando miró por la ventana se percató de que el día sería gris.

Había pasado lo peor de la tormenta; todavía llovía sin parar, pero no era la lluvia torrencial de la noche anterior. Y Tynedale no la había encontrado. Con la espalda apoyada de nuevo en la pared, se desperezó y se frotó los ojos, todavía desorientada después de lo acaecido la noche anterior.

La habitación estaba más caldeada, y Nell se despojó de la capa de Tynedale y la dejó a un lado. Se miró el camisón e hizo una mueca. A pesar de la protección de la capa, estaba desgarrado, salpicado de barro y a saber qué otras porquerías.

Oyó un ruido: ¿un ronquido? ¿Una tos? Eso la alertó de que no estaba sola. Se levantó insegura, con el corazón a punto de estallarle en el pecho. Vio el sobretodo y las botas un segundo antes de observar la cabeza morena del hombre que dormía en una silla delante del fuego medio apagado.

Soltó un grito ahogado y retrocedió, aterrada. Lo de Tynedale había sido terrible, pero estar a merced de un desconocido, puede que un bandido, un asesino o un salteador de caminos, era mucho peor. Tynedale, por lo menos, no la asustaba. No de veras.

Había sido un grito muy bajo, pero había bastado, y con un movimiento ágil el hombre de pelo negro se levantó de un salto y se volvió hacia ella con un cuchillo reluciente en la mano.

Nell abrió unos ojos como platos mientras el despeinado pelo leonado le caía precioso sobre sus finos hombros. Se quedó mirando, impotente, al hombre alto que se enfrentaba a ella, pensando que no había visto nunca una cara tan sombría y peligrosa. Tenía el ceño fruncido y unos centelleantes ojos verdes; iba despeinado, y el pelo negro, enmarañado, le cubría la frente ancha. Al mirarlo, la palabra «peligroso» le acudió de nuevo a la mente.

No lo habría llamado apuesto, pero esos rasgos cincelados tenían algo que le hicieron pensar que, en otras circunstancias, podría haberlo encontrado atractivo. La nariz recta y altiva era, desde luego, atractiva, y los ojos color jade, de párpados caídos y con las pestañas espesas, eran fascinantes. Tenía la boca ancha y bien formada, con el labio superior delgado y el inferior carnoso. Al verla, sus labios perdieron su expresión adusta y esbozaron una sonrisa. Una sonrisa muy, pero que muy atractiva.

—Perdóneme —dijo con una voz muy refinada para un hombre de aspecto tan rudo—. No pretendía sobresaltarla.

Ante la mirada atónita de Nell, el cuchillo desapareció.

—No me di cuenta de que aquí vivía alguien —añadió.

—Oh, yo no... —Nell se contuvo y desvió la mirada, maldiciendo su lengua impetuosa.

Una vez superada la primera impresión al descubrir que no era el único habitante de la casita, Julian frunció el ceño mientras estudiaba a la persona esbelta que tenía delante. Echó un vistazo alrededor de la habitación y frunció aún más el ceño. La casa era un cuchitril, apenas cuatro paredes y un techo, y no había ninguno de los objetos que solían encontrarse hasta en el más pobre de los hogares. Y la muchacha... No, decidió que no era ninguna muchacha; era una mujer, joven, desde luego, pero ya había dejado atrás la inocencia de la juventud. Aquél no era sitio para esa mujer. La puntilla del cuello y de los puños de su camisón hecho jirones era demasiado fina, y aquella cara... La intuición le decía a gritos que no era lo que parecía.

Ver ese rostro tan hermoso lo había dejado aturdido, como si le hubieran dado un puñetazo en el vientre. Estaba sin aliento y mareado a la vez. La sensación había sido tan fuerte, tan inesperada, que era asombroso que hubiera podido recuperarse tan deprisa de la impresión que le había causado. Intranquilo, tanto por el efecto que esa mujer tenía en él como por la sensación de que había algo muy raro en todo aquello, entrecerró los párpados para observarla.

Tenía los ojos clavados en el suelo y se mordía, nerviosa, el labio inferior. Un labio inferior fascinante y que de repente le hizo desear que los dientes que lo mordían fueran los suyos. Ese labio sería cálido y muy dulce... Recorrió su figura esbelta con la mirada y notó una reacción de lo más indecorosa en la entrepierna. Maldijo, enojado por su distracción, el rebelde miembro que cobraba vida bajo su pantalón y, tras rechazar la inesperada e inoportuna idea del coqueteo, analizó la situación.

Ése no era sitio para aquella mujer, de eso estaba convencido. Esa mujer tenía algo... Su atuendo nocturno indicaba riqueza, aunque fuera pasada, y aparte del efecto que tenía en él, sus facciones eran aristocráticas. Su piel era demasiado pálida y fina para haber sufrido los efectos de una mala alimentación y las condiciones insalubres de mucha de la gente corriente. Y ella no tenía nada de corriente. No era ninguna tabernera tosca, ninguna campesina corpulenta ni ninguna lechera de mejillas rosadas. Tenía algo, un aire, un aspecto de ser de alta cuna, que lo desconcertaba. Su figura era delicada y atractiva; el cabello leonado le brillaba lleno de vida, sin piojos por lo que parecía.

Se encogió de hombros. No iba a averiguar nada si se limitaba a observarla, aunque, para su desasosiego, le resultaba de lo más agradable.

—Ah, ¿no? —preguntó en voz baja, siguiendo el hilo de la conversación.

Nell alzó los ojos y lo miró, confundida. Tardó un momento en caer en la cuenta de que se refería a lo que ella había exclamado antes. Ordenó rápidamente sus pensamientos y decidió ajustarse todo lo posible a la verdad.

—Ésta casa no es mía... Yo no vivo aquí —comentó con cautela—. Quizás haya visto mi carrocín al venir hacia aquí. Los caballos se asustaron con la tormenta y se soltaron de los tirantes. No tuve más remedio que quedarme aquí mientras... mi... cochero iba a buscar ayuda.

Dejó sin explicar por qué, para empezar, había salido en una noche tan mala y en camisón.

—Comprendo.

—Espero que así sea —añadió, mirándolo por encima del hombro; un hombro precioso, por cierto. Después, le preguntó con atrevimiento—: ¿Y usted? ¿Por qué está aquí?

Él esbozó aquella sonrisa tan particularmente atractiva. Para consternación de Nell, le flaquearon las piernas.

—Yo también soy víctima de la tormenta —admitió Julian—. El caballo me tiró y salió disparado, así que busqué refugio aquí. No me di cuenta de que usted ya se había adueñado del lugar.

—Bueno, son cosas que pasan —admitió Nell, muy digna—. Y ahora, si me da unos minutos de intimidad, recogeré mis cosas y me marcharé.

—¿No me dirá siquiera su nombre? —preguntó Julian, arqueando una ceja.

—No... no es necesario. No nos conocemos. Dejémoslo así.

—No me parece bien. Permítame que me presente. —Hizo una reverencia—. Me llamo Julian Weston —dijo su apellido en lugar de su título—, y estoy a su disposición para lo que necesite.

Nell vaciló, convencida de que debía de tratarse de uno de esos caballerosos salteadores de caminos que solían mencionar los periódicos.

—Gracias —respondió con timidez—. Pero no será necesario. Mi... cochero llegará en cualquier momento. Puede irse.

El ruido lejano de un vehículo que se aproximaba dio peso a sus palabras, pero Julian no le prestó atención. Sabía que debía dejarla, pero no podía. Era un misterio por resolver y Dios sabía que la curiosidad lo había puesto en más de un atolladero a lo largo de su vida.

Fascinado en contra de su voluntad, Julian, que sabía que debía alejarse de ella, la miró de arriba abajo, y se fijó, con una sonrisa, en los dedos rosados de los pies que le asomaban del camisón desaliñado. Encontró encantadores aquellos deditos sucios y, tras decidir que estaba loco, se obligó a alzar los ojos, que fueron a posarse en un pecho pequeño y firme, del que no pudo apartarlos mientras sentía impulsos lascivos. Desvió de golpe la mirada y tragó saliva con fuerza. ¡Diablos! ¿Tanto tiempo hacía que no estaba con una mujer?

—No sería nada caballeroso por mi parte dejarla sola en este sitio —murmuró, evitando mirar su problemática figura.

—Le aseguro que no correré el menor peligro —afirmó Nell, que casi había dado un taconazo de impaciencia.

—¿De veras? —preguntó Julian con los ojos puestos en los labios de Nell—. ¿Está segura de eso? ¿Quiere que le muestre exactamente lo peligrosa que es su situación?

Cuando alargó la mano hacia ella, Nell dio un salto hacia atrás con los ojos desorbitados, pero la maldita pierna le falló justo cuando él la sujetaba por los hombros, con tan mala fortuna que cayó al suelo y lo arrastró a él con ella.

Acabaron tumbados uno sobre otro, y al notar que el peso cálido del cuerpo de Julian la aplastaba contra el suelo, Nell lo golpeó asustada.

—¡Suélteme! —exclamó—. ¡Ningún caballero me trataría así! Mi padre lo despellejará vivo si se atreve a tocarme.

Julian le sonrió, pensando que el contacto del esbelto cuerpo de esa mujer bajo el suyo era la sensación más deliciosa que había experimentado nunca. Pero él era incapaz de violar a nadie, y había dos cosas evidentes: aquella mujer era inocente y no quería saber nada de él. Pero su boca era una tentación irresistible.

—Un beso, encanto —intentó engatusarla—. Sólo uno.

—¡Jamás! ¡Suélteme, animal! —Nell puso toda su indignación en la voz. Le costó, porque el desconocido, criminal o salteador de caminos, era el hombre más atractivo que había visto en su vida; pero el orgullo, sumado a una gran dosis de sentido común, le exigió salir inmediatamente de aquella ingrata situación. Así que añadió con dureza—: Insisto en que me suelte. Ahora mismo.

—Yo, de usted, lo haría —advirtió sir Edward desde detrás de él—. Haga lo que le pide la dama. De otro modo, me veré obligado a dispararle por la espalda, como a la basura que es.

—Y si él fallara —intervino Robert, situado junto a su padre—, yo no lo haré. Si desea vivir, suéltela de inmediato.

4

Julian se había encontrado antes en situaciones comprometidas, pero en ninguna que le hubiera hecho sentir tan imbécil. Rodó sobre sí mismo para apartarse de la mujer y quedar tumbado boca arriba en el suelo mientras se planteaba y descartaba planes apresurados para huir con vida, y tal vez con su dignidad intacta. Al ver que tenía delante de él a dos hombres que lo observaban con los ojos entornados y que la pistola del más joven lo apuntaba directamente al corazón, dejó al instante de preocuparse por su dignidad y se concentró en salvar su vida. No reconoció a los dos hombres que lo observaban de forma tan amenazadora, pero se percató de que eran caballeros. Suspiró. Iba a estrangular a Elizabeth cuando finalmente diera con ella. Si no se le hubiera ocurrido fugarse con su apuesto capitán, nada de aquello habría pasado. Pero Julian era un hombre justo, así que reconoció enseguida que no era culpa de su hermanastra el que lo hubieran encontrado rodando por el suelo con una joven que, evidentemente, no era de las que disfrutan con que les roben un beso; aunque fuera culpa de Elizabeth que él estuviera allí. Y si lograba evitar que le dispararan esa mañana, tenía la intención de ponerla al corriente del problema en que lo había metido.

Miró a los dos hombres que tenía delante y se planteó usar el cuchillo, pero vaciló. Era probable que tuvieran un buen motivo para estar tan indignados y agresivos, y sospechaba que su actitud obedecía a algo más que a su, bueno, que a su forcejeo amistoso con la joven que yacía a su lado. A pesar de sus expresiones y de las pistolas, tuvo la sensación de que no iban a dispararle, por lo menos de inmediato. ¿Quién eran, pues, y qué relación guardaban con su preciosa acompañante?

Ella misma se encargó de responderle. Se puso de pie con dificultad y, arrastrando de modo muy evidente la pierna izquierda, se lanzó a los brazos del hombre mayor. Cuando éste la estrechó con fuerza contra su pecho, soltó un sollozo.

—¡Oh, papá! —exclamó—. ¡Me has encontrado! Esperaba que lo hicieras.

Julian torció el gesto. ¡Vaya por Dios! No había duda de que aquella vez se había metido en un buen lío. La atractiva joven era hija del caballero. Su situación se complicaba todavía más; ni siquiera el padre más indulgente se muestra amable al encontrar a su hija retozando en el suelo con un caballero soltero. Frunció el ceño. En realidad, ningún hombre lo hace. Pero se preguntó, desconcertado, qué diablos había estado haciendo la joven sola en esa casa, y en camisón. La inadecuada vestimenta era un misterio más relacionado con ella y, por supuesto, siempre lo habían intrigado los misterios...

Los dos hombres se olvidaron de Julian mientras se aseguraban de que la mujer estaba ilesa. Como no le prestaban atención, Julian se incorporó. El hombre joven recordó al instante su presencia y lo fulminó con la mirada.

—¡No se mueva, maleante! ¡Cómo se atreve a tocar a mi hermana!

Bueno, eso era un alivio. A Julian le había preocupado un poco que el más joven fuera el marido de la mujer, porque los maridos, en su opinión, no eran nada de fiar cuando se trataba de sus esposas... especialmente de esposas que estaban en los brazos de otros hombres.

—¿Lo conozco? —preguntó entonces el joven, que lo miraba desconcertado—. Me resulta familiar. ¿Lo he visto antes? ¿En Londres quizá?

—Dice que se llama Weston —dijo la mujer, que se había vuelto entre los brazos de su padre para mirar a Julian con ojos inquietos.

—¡Weston! —exclamó el hermano—. ¿Tiene algo que ver con Wyndham?

Julian sonrió con ironía.

—A pesar de lo poco elegante que estoy en este momento y de la necesidad imperiosa de tomar un baño y de ir al barbero, estoy, efectivamente, relacionado con Wyndham. Yo soy Wyndham.

—¡Nunca lo hubiese dicho! —exclamó el hombre mayor. Estudió el semblante de Julian y, a pesar de que éste iba sin afeitar, llevaba la ropa arrugada y parecía un bandido peligroso más que el elegante conde de Wyndham, sir Edward vio que decía la verdad—. Sí, ahora lo reconozco —dijo—. Me lo habían señalado. Lo he visto en Londres. —Parecía perplejo, pero la cortesía se impuso. Dejó la pistola y pidió a Julian con un gesto que se levantara—. Yo soy sir Edward Anslowe —se presentó con frialdad—. Éste es mi hijo Robert, y ella mi hija, la señorita Eleanor Anslowe.

—Encantado —respondió Julian con una reverencia, tras ponerse de pie—. Aunque me hubiera gustado conocerlo en unas circunstancias más agradables.

—No entiendo nada —empezó a decir sir Edward tras mirar primero a su hija y después a Julian con el ceño fruncido—. ¿Por qué diablos se llevó a mi hija de su cama ayer por la noche, hombre? ¿Fue por alguna apuesta infame que haya hecho? No puedo creer que un caballero de su categoría cometiera un acto tan deshonroso y buscara simplemente arruinar la reputación de una joven. —Con un aspecto todavía más enojado y confundido, preguntó—: Si mi hija le gustaba, ¿por qué no vino a verme? No somos tan adinerados ni tan poderosos como su familia, pero nuestro apellido tiene abolengo y mi hija es heredera por derecho propio; tenía que saber con certeza que habría aprobado que la cortejara.

Nell soltó un grito ahogado y miró horrorizada a su padre.

—¡Papá! —exclamó— ¡No había visto nunca a este hombre hasta esta mañana! Y él no es la persona que se me... llevó ayer por la noche; ese ser despreciable fue Tynedale.

—¿Qué tiene que ver Tynedale en este asunto? —quiso saber Julian, que se había envarado.

—Tengo una pregunta mejor —dijo Robert mientras se guardaba la pistola—: ¿Qué tiene que ver usted con el rapto de Nell?

Julian apoyó las caderas en la mesa y se cruzó de brazos antes de hablar.

—Yo no tuve nada que ver en el, esto, en el rapto de Nell —aclaró—. Lo que nos ha reunido aquí ha sido una desafortunada cadena de incidentes. —Miró a sir Edward—. Mi presencia aquí es accidental; ayer por la noche el caballo me tiró y salió disparado durante la tormenta. Entonces recordé este sitio, de modo que vine a refugiarme. No tenía ni idea de que hubiera alguien más.

Sir Edward bajó los ojos, intranquilo, hacia Nell.

—Si fue Tynedale quien te raptó ayer por la noche, ¿cómo es que esta mañana te encontramos a solas con lord Wyndham? Y en una situación de lo más comprometedora.

Julian se olvidó de momento de la posición precaria en la que estaba y observó las distintas emociones que cruzaban el semblante de la señorita Anslowe, que lo fulminó con la mirada.

—¡No es culpa mía que nos encontraras en esa situación tan embarazosa! —aseguró.

Julian le sonrió encantado, pensando que realmente era muy atractiva, con esos rasgos tan hermosos y el pelo enmarañado. Lo que le pareció una suerte porque tenía una idea bastante clara de cómo iba a acabar aquel asunto. Suspiró. Había jurado no volver a casarse, pero el destino parecía tener otros planes para él. En ese momento, la única salida honrosa que se le ocurría, dadas las circunstancias, era el matrimonio. Y habían mencionado a Tynedale. No era idiota, y ya había deducido lo que había debido de ocurrir la noche anterior. Tynedale había raptado a la joven, pero la muy lista se había escapado y había logrado llegar hasta el puesto de peaje abandonado. Que la joven fuera una heredera lo decía todo; Tynedale había planeado casarse con ella tras llevársela. Contempló a Nell y se fijó de nuevo en el pecho firme y la figura esbelta, sólo oculta parcialmente bajo su fina prenda. Y conociendo a Tynedale como lo conocía, su interés no se limitaba a la fortuna de esa mujer. Era preciosa, y si podía privar a su enemigo de ella, bueno, estaba dispuesto a pasar por la vicaría.

Nell apretó los dientes al ver la sonrisa de Julian. Se volvió para evitar su molesta presencia y habló con su padre y su hermano. Tras asegurarles que había huido de Tynedale con su virtud intacta, terminó contando la secuencia de acontecimientos que la habían conducido hasta el puesto de peaje.

—Dormía tan profundamente que no lo oí entrar en la casa. —Dirigió una mirada sombría a Julian—. No me enteré de que había alguien más conmigo hasta que me he despertado esta mañana.

Sir Edward se frotó el mentón mientras pasaba los ojos con tristeza de Julian a Nell. Julian supo lo que estaba pensando.

—Sir Edward —dijo después de suspirar y erguir la espalda—, comprendo su dilema y, aunque nada de esto es culpa de nadie, salvo de Tynedale, estoy dispuesto a hacer lo honorable y casarme con su hija.

—¡Casarme con usted! —gritó Nell con una expresión de desdén en los ojos—. ¡Creo que no, milord! Ni siquiera lo conozco. —Entrecerró los ojos—. Y lo poco que sé de usted no me gusta. ¡Es el último hombre de Inglaterra con el que me casaría!

—Bueno, me temo que no tienes otra opción —murmuró sir Edward.

—¿A qué te refieres? —preguntó ella mirando a ambos hombres, que estaban muy serios.

—Nell —explicó entonces Robert—, has pasado la noche a solas con él. No importa que no pasara nada entre vosotros. La cuestión es que estuviste con él en un ambiente íntimo sin acompañante. Si llegara a saberse, tu reputación quedaría arruinada.

—¡No me importa! —replicó Nell levantando la barbilla, airada—. No me casaré con él. Mi reputación es cosa mía y me importa un comino lo que puedan pensar ciertas personas de mente retorcida.

—Pero a mí sí que me importa —dijo Julian con suavidad—. No quiero que se diga que voy por ahí seduciendo a jóvenes y arruinando su reputación. No avergonzaría deliberadamente a mi familia ni la involucraría en un escándalo, aunque a usted le dé igual hacerlo.

—Jamás haría nada que pudiera deshonrar a mi familia —replicó Nell entre dientes, con los puños cerrados a sus costados—, aunque eso signifique tener que casarme con usted. Pero no olvide que nadie más sabe lo que ocurrió. —Miró, nerviosa, uno tras otro, los rostros adustos de los tres hombres—. Y si nosotros no hablamos de ello, nadie tiene por qué saberlo.

—¿Qué me dice de Tynedale? —la pinchó Julian—. Él lo sabe.

—¡Sabe que me escapé, pero no sabe nada de este sitio ni de usted!

Robert y sir Edward intercambiaron una mirada.

—Nosotros nos encargaremos de Tynedale —indicó sir Edward—. Aunque su rapto fracasara, hay que pedirle cuentas.

—¿Y cómo van a hacerlo? —quiso saber Julian—. No pueden llevarlo ante el magistrado; no, si quieren que lo sucedido esta noche permanezca en secreto. Si se decantan por un duelo para resolver la cuestión, eso daría lugar a especulaciones sobre su causa. Tarde o temprano, el motivo saldría a la luz. Y deberían tener en cuenta que Tynedale es muy capaz de hacerles chantaje.

—¿Chantaje, pero cómo? —preguntó Nell—. Podría amenazar con contar que me raptó, por supuesto, pero ¿de qué serviría eso? Y si revelara lo que ocurrió, se enfrentaría al rechazo y al desprecio de los demás. No se atrevería.

—¿Está segura de eso? —dijo Julian con la ceja arqueada—. Está desesperado, y es un hombre vengativo. Podrían no importarle las consecuencias.

—Hummm... tiene razón, no podemos correr el riesgo de que intente extorsionarnos —concedió sir Edward, a la vez que asentía. Y tras suspirar, añadió—: Y nosotros le pagaríamos para que mantuviera la boca cerrada.

—¡Todo eso es una tontería! —afirmó Nell—. Podríamos quedarnos aquí todo el día sin llegar a ninguna conclusión. —Miró a su padre—. Papá, estoy muy cansada. Estoy helada, sucia y hambrienta. ¿Podríamos ir a casa y olvidarnos de esta terrible experiencia, por favor?

El ruido de un vehículo que viajaba por la carretera los paralizó a todos. Escucharon atentamente cómo el sonido de unos cascos de caballo y el tintineo de unos arreos se iban acercando. Un momento después, el vehículo redujo la marcha, y Nell contuvo el aliento, semiescondida detrás de su padre.

«Por favor —rogó en silencio—, que no se detenga.»

Pero su plegaria no fue escuchada.

—¿Hay alguien en la casa? Sir Edward, ¿está usted aquí? —gritó una voz de hombre.

Sir Edward miró a los demás, indeciso.

—Es Humphries, debe de haber reconocido mi carruaje, estacionado fuera —explicó.

—No se referirá a lord Humphries, casado con lady Humphries —soltó Julian con suavidad.

Y entonces se oyó la voz estridente de una mujer.

—Claro que está aquí. ¿Estás ciego? Ese coche es suyo; lleva su emblema en la puerta. Y ése es su cochero, Travers, como sabes perfectamente. ¿Qué estará haciendo aquí sir Edward? Ayúdame a bajar para que podamos averiguarlo.

Sir Edward miró a Julian y sonrió con tristeza.

—El mismo. Y, por su expresión, veo que sabe que su esposa pasa por ser la mujer más chismosa de Londres. —Suspiró—. Me temo que esto cambia las cosas, milord.

—Ya me había ofrecido a casarme con su hija —dijo Julian encogiéndose de hombros—. La llegada de lady Humphries no cambia nada.

—No voy a casarme con usted —siseó Nell.

—No tiene más remedio que hacerlo —contestó Julian, que sentía una injustificada satisfacción.

Un momento después, un caballero vestido con gran elegancia y una mujer menuda, que no le desmerecía en absoluto, entraron en la habitación.

—Ah, está aquí, amigo mío —comentó lord Humphries con sus amables ojos azules puestos en sir Edward. Echó entonces un vistazo a su alrededor y frunció el ceño—. ¿Ocurre algo?

Lady Humphries se fijó en Nell, y al ver su aspecto desaliñado sonrió entusiasmada. Tenía la completa seguridad de que allí pasaba algo escandaloso.

Su mirada inquisidora recayó en Julian, y abrió unos ojos como platos. ¡Wyndham! ¡Qué interesante!

Se recogió la falda de su vestido de viaje beige y rojizo a un lado para acercarse a Nell y le preguntó:

—¡Por Dios, Nell! ¿Qué te ha pasado? Tienes un aspecto espantoso. Julian, muchacho, ¿qué ocurre?

Como Nell se quedó mirándola, horrorizada, Julian salió al paso.

—Sus palabras me ofenden, lady Humphries —murmuró. Hizo una reverencia y besó la mano tendida de la señora—. Está hablando de mi futura esposa, ¿sabe? —añadió con la sonrisa encantadora por la que era famoso—. Así que no toleraré que insulte su innegable belleza.

La sonrisa tuvo su habitual efecto en lady Humphries, que, en contra de su voluntad, sonrió como una jovencita... a pesar de que había cumplido setenta años el mes anterior.

—¡Su futura esposa! —exclamó—. ¡Cuántos corazones van a romperse cuando se haga público el anuncio! —Echó un vistazo a su alrededor—. Pero cuéntenme, ¿por qué están todos aquí?

Su pregunta paralizó a los Anslowe. Pero no a Julian.

—Un accidente —explicó con gran soltura a lady Humphries sin soltarle la mano—. La tormenta, ¿sabe? Sir Edward me había dado permiso para pretender a su hija, y pensé que un prado particular que conozco sería el lugar ideal para expresar mis sentimientos a la señorita Anslowe. —Sonrió con complicidad a lady Humphries—. Mi intuición estaba en lo cierto y, una vez recibida la respuesta que tanto ansiaba, cuando volvíamos a Londres, nos pilló la tormenta. Mi carruaje perdió una rueda y nos dejó tirados, de modo que nos vimos obligados a refugiarnos aquí.

Se detuvo un momento para hacer un gesto que abarcaba a la silenciosa familia Anslowe.

—Por fortuna —prosiguió—, como sabían que viajábamos en un carruaje abierto y que la tormenta nos pillaría desprevenidos, sir Edward y Robert llegaron antes de que pudiera haber la menor sospecha de falta de decoro. Como la tempestad estaba en su momento álgido, decidimos que no sería prudente regresar a Londres entonces. De modo que hemos pasado la noche aquí, juntos. Nos disponíamos a partir cuando ustedes han llegado.

—Comprendo —murmuró lady Humphries. Sabía que le estaban soltando un cuento chino. Había muchas cosas que quedaban sin explicar, pero a menos que acusara a Wyndham de mentir descaradamente no tenía forma de averiguar más. Ahora bien, lo que sabía ya era bastante fascinante. Porque cuando se supiera, e iba a asegurarse de que se supiera, que se había encontrado con la pareja recién prometida en unas circunstancias tan extraordinarias, sería la persona más solicitada de Inglaterra aquel invierno. Todo el mundo querría oír la historia de sus labios, y ella se moría de ganas de contarla.

Sonrió al cuarteto.

—Bueno —dijo—, si no podemos hacer nada por ustedes, nos iremos. Espero con impaciencia leer su anuncio en el *Times* —añadió con picardía.

Nell observó cómo lord y lady Humphries se iban con el mismo entusiasmo que un prisionero condenado a muerte se acerca a la horca. Puso los ojos en los rasgos enigmáticos de Julian e hizo una mueca. Estaba prometida. ¡Con él!

—Creo que la presencia de lord y lady Humphries decide el asunto —comentó Julian a sir Edward cuando el carruaje de los Humphries se alejaba—. A partir de este momento, su hija y yo estamos oficialmente prometidos; puede estar seguro de que lady Humphries hará correr la voz entre todos los miembros de la alta sociedad. Le sugiero que nos marchemos de inmediato a Londres, antes de recibir ninguna otra visita. Yo me encargaré de poner el anuncio en el *Times*.

Sir Edward estuvo de acuerdo, y poco después los cuatro se hallaban en el coche de los Anslowe camino de Londres. Aparte de planear los detalles de las próximas nupcias, ya que se había decidido, a pesar de las objeciones de Nell, que el matrimonio se celebrara enseguida, la conversación entre el cuarteto, especialmente entre la pareja recién prometida, fue escasa. Mientras el vehículo iba dando tumbos por la carretera, salvo para responder lacónicamente a las preguntas que le hacían, Nell se contentó con fulminar con la mirada a Julian, y éste se pasó el rato preguntándose si se había vuelto loco.

Después de la muerte de Catherine había decidido no volver a casarse nunca, y en los años posteriores no había sucedido nada que le hiciera cambiar de opinión. Y ahora se estaba planteando el matrimonio. Era cierto que se había visto obligado a ello, al ser la única salida honrosa que tenía, pero estaba descubriendo que la idea de casarse con Eleanor Anslowe no le provocaba la aversión y el resentimiento que tendría que haber sentido. Al final llegó a la conclusión de que estaba definitivamente loco. ¿Por qué, si no, iba a aceptar ese giro inesperado del destino con tanta alegría?

Su alegría se desvaneció en cuanto bajó del carruaje de los Anslowe y se dispuso a subir la escalinata de su casa en la ciudad. Se detuvo para contemplar el automóvil que se alejaba y le volvieron a la cabeza los hechos con los que se había iniciado todo lo sucedido la noche anterior. Su madrastra estaría dentro, sin duda frenética, esperando noticias de su hija. Hizo una mueca. Lamentablemente, no tenía nada que contarle sobre Elizabeth, y estaba seguro de que el anuncio de su inminente boda no iba ser acogido con una sonora aclamación. Más bien al contrario. Puede que lady Wyndham deseara que se casara, pero ya le tenía elegida una esposa; una esposa sumisa que se sometería a su madrastra política en todo. Julian dudaba de que la señorita Anslowe fuera a obtener la aprobación de su madrastra. Sonrió de oreja a oreja. No, definitivamente no. Los ojos inteligentes y la lengua afilada de la señorita Anslowe dejaban claro que no era una persona dócil a la que su madrastra, ni nadie, pudiera manipular fácilmente. Sacudió la cabeza. Su vida familiar iba a animarse mucho, muchísimo, las siguientes semanas. Sin saber muy bien si reír o maldecir, subió la escalinata y entró en la casa.

Julian había esperado que saliera a recibirlo una angustiada lady Wyndham, de modo que lo sorprendió que la primera persona que corriera a saludarlo fuera Elizabeth. La pesada puerta principal apenas había acabado de cerrarse antes de que Elizabeth, con los ojos castaños llenos de ansiedad, saliera disparada al vestíbulo con la falda de su vestido amarillo pálido ondeando con su movimiento.

El alivio se reflejó en sus rasgos mientras corría hacia él y le rodeaba el cuello con los brazos.

—¡Oh, Julian! —Lo abrazó con una expresión de arrepentimiento en la cara—. Lamento tanto que madre te enviara a hacer algo tan inútil. Cuando ayer por la noche volví de Ranelagh Gardens... —Se interrumpió al ver la expresión de Julian. Sonrió con ironía—. Sí, allí es donde fui ayer por la noche en lugar de asistir al baile de los Ellingson. ¡El capitán Carver me llevó a Ranelagh Gardens, no a Gretna Green! Aunque no hubiera habido ninguna tormenta a la vista, sabía que acabaríamos tarde y que mamá no aprobaría ni la hora ni el lugar, aunque la querida Millie estuviera con nosotros, así que le dejé una nota para que no se preocupara. —Suspiró—. Jamás se me ocurrió pensar que creería que yo era tan tonta como para fugarme con el capitán Carver o que tú, ante su insistencia, saldrías a buscarme. Me halaga que lo hicieras y te agradezco mucho que seas tan amable —dijo con una sonrisa que le marcó los hoyuelos—, pero tendrías que haber sabido que, como me has dicho muchas veces, soy demasiado buena para un mero capitán.

Procuró parecer modosa, pero le salió fatal. Julian soltó una carcajada.

—¡Será posible, jovencita! Por tu culpa he pasado una noche terrible, aunque me alegro de ver que mi juicio sobre ti era acertado.

—Me imagino que tienes muchas ganas de tomar un baño y acostarte, pero entra y dile a mamá que todo va bien —le pidió Elizabeth con una sonrisa tomándolo del brazo y llevándolo hacia el salón—. Temía que te enfadaras mucho cuando descubrieras que tu galantería había sido en vano. —Alzó los ojos hacia él para preguntar—: ¿Hacía muy mal tiempo? ¿Y estás muy enojado con mamá?

No lo estaba, y eso fue lo que más sorprendió a Julian. Lo lógico hubiese sido que su reacción al descubrir que no había habido ninguna razón para su viaje bajo la tempestad, un viaje que había conllevado su posterior compromiso con una joven a la que resultaba evidente que él no gustaba, fuera colérica. Pero, en cambio, descubrió que, de hecho, no estaba en absoluto enfadado con lady Wyndham y que, en realidad, tenía la sensación de que debía darle las gracias. Y se preguntó otra vez si se había vuelto loco.

—No —aseguró a Elizabeth mientras le daba unas palmaditas en la mano que le apoyaba en el brazo—, no estoy enojado con tu madre. Y sí, la tormenta ha sido muy violenta.

Elizabeth dejó de andar y se lo quedó mirando.

—La verdad es que te lo estás tomando muy bien, Julian. Yo estaría furiosa si me hubiera pasado la noche cabalgando en medio de una tormenta para acabar descubriendo que no era necesario que lo hiciera. Estoy muy contenta de que Flint te alcanzara con el mensaje de madre para que regresaras a casa. No soportaría que todavía siguieras viajando hacia Escocia. —Al ver la cara de sorpresa de Julian, comentó—: No creerías que íbamos a dejarte continuar el viaje sin intentar avisarte de que ya no era necesario, ¿verdad? Ayer por la noche, en cuanto volví a casa y hube tranquilizado a madre, lo enviamos a buscarte. Le llevabas casi tres horas de ventaja, de modo que no creímos que pudiera alcanzarte hasta última hora de esta mañana a no ser que te pararas por el camino, y eso en el mejor de los casos.

Elizabeth se dio cuenta de repente de que Julian estaba en casa mucho antes de lo esperado.

—No viste a Flint, ¿verdad? —preguntó entonces.

—Pues no. Esperemos que le guste Escocia. ¿O acaso se os ocurrió darle instrucciones por si no lograba cumplir su objetivo?

—¡Claro que sí! No soy idiota. Le dije que si hoy por la mañana no había logrado alcanzarte, diera la vuelta y regresara a casa.

—¿Y dejara que yo siguiera adelante hacia Escocia? —quiso saber con ironía.

—¿Qué más podíamos hacer? No había razón para que los dos fuerais corriendo hasta Gretna Green. Además, sabía que si esta mañana no habías encontrado ningún rastro de mí, decidirías que era inútil seguir adelante y regresarías a casa. —Lo miró y esbozó una sonrisa tímida—. ¿Podemos decir que bien está lo que bien acaba?

—Desde tu punto de vista, sí.

—¿Qué quieres decir? —preguntó Elizabeth con el ceño fruncido.

—Sólo que ha sido una noche trascendental para mí. —Suspiró. Había esperado dejar las explicaciones para algo más tarde, cuando se hubiera recobrado un poco, pero daba la impresión de que podía olvidarse de ese plan. Y, al recordar que Talcott había mencionado la temporada de caza, pensó, irónicamente, que de unos cuantos más—. Venga, vamos a ver a tu madre. Tengo que anunciaros algo que nos afectará a todos.

Cuando Julian entró, lady Wyndham se levantó de la silla. Estaba pálida y se había llevado una mano al pecho.

—Oh, sé que tienes todo el derecho del mundo a estar furioso conmigo, Julian —exclamó—, pero, por favor, trata de entender cómo me sentía ayer por la noche. Me porté como una tonta, pero es que me cegaba el amor de una madre por su única hija. Seguro que lo comprendes, ¿verdad?

—No pasa nada, mamá; no está enfadado contigo —intervino Elizabeth deprisa. Se situó junto a su madre y la apremió a sentarse de nuevo.

Lady Wyndham no le prestó la menor atención.

—No te culparé si no quieres volver a verme en tu vida —dijo teatral, mirando a Julian. Luego se mordió el labio inferior y desvió la mirada para añadir—: No tengo adónde ir, pero si no puedes perdonarme, desapareceremos de tu vista esta misma tarde.

—Oh, no digas tonterías, Diana —suplicó Julian—. No estoy de humor para que conviertas un simple malentendido en una tragedia. La culpa ha sido en parte mía; tendría que haber leído la dichosa nota. Estoy seguro de que hubiera interpretado de otro modo las palabras de Elizabeth y no habría salido a toda velocidad a enfrentarme con una tormenta. Los dos tenemos la culpa de que haya pasado una noche incomodísima. Te perdono. No estoy enfadado contigo. Comprendo tus sentimientos. Así que te ruego que nos olvidemos del asunto.

—Es... muy amable por... por tu parte —tartamudeó lady Wyndham que, desconcertada, se arrellanó de nuevo en la silla.

Elizabeth se sentó junto a su madre y le tomó una mano entre las suyas.

—¿Qué querías decirnos? —preguntó a Julian—. Has dicho que querías anunciar algo.

De repente, Julian se quedó sin aire y sintió una opresión en el pecho. Las dos mujeres lo observaban expectantes, y se planteó, cobardemente, posponer el momento. Pero se preguntó de qué le serviría eso y no encontró respuesta. Así que carraspeó y habló.

—Voy a casarme —soltó sin rodeos—. Con Eleanor Anslowe. El miércoles que viene.

—¿Cómo? —gritó lady Wyndham, que se puso de pie de un salto—. Creo que no te he oído bien. No puedes haber dicho que vas a casarte c... con Eleanor Anslowe.

—¿Casarte, Julian? ¿Tú? —preguntó Elizabeth, abriendo mucho los ojos—. No sabía que pensaras en casarte. ¿Y con la señorita Anslowe? No sabía que la conocieras siquiera.

—Oh, ya lo creo que la conozco —admitió Julian—. Y es verdad que hasta hace muy poco jamás me había planteado volver a contraer matrimonio. —Dirigió una mirada al rostro anonadado de lady Wyndham. No le gustaba mentir, pero no veía ningún motivo para que las mujeres de su casa supieran toda la verdad sobre su decisión de casarse. De hecho, para que su matrimonio fuera bien y para que la señorita Anslowe se sintiera más cómoda, sólo se le ocurrían buenas razones para no contarles la verdad. Pero tenía que decirles algo, y en un momento de inspiración, sentenció—: En realidad, fue idea de tu madre.

—¿Idea mía? —exclamó lady Wyndham con los ojos prácticamente desorbitados—. ¿Te has vuelto loco? Es cierto que te mencioné la posibilidad de contraer matrimonio, pero te propuse como esposa a mi ahijada Georgette, no a una mujer que hace años que se quedó para vestir santos. Y, para colmo, tullida.

—Yo no volvería a usar nunca la palabra «tullida» para referirme a mi futura esposa —le advirtió Julian con suavidad, pero con una expresión en los ojos color jade que cortó en seco a lady Wyndham—. A mí me gusta, y no hay nada más que decir.

—Por supuesto —intervino Elizabeth enseguida—. Tienes que perdonar a mamá; ha sido la impresión.

—Sí, sí, una impresión muy fuerte —asintió lady Wyndham siguiéndole la corriente a su hija antes de preguntar con curiosidad—: Pero ¿cómo ha sido? No habías dado nunca señal alguna de que estuvieras pensando en volver a casarte.

Julian solía decirse que espiar para el duque de Roxbury era peligroso. Con frecuencia se había visto en situaciones que lo habían obligado a pensar con rapidez si quería salir con vida de ellas, pero jamás se había sentido tan al borde de la muerte como durante la media hora siguiente. Las dos mujeres le hicieron muchas preguntas y él las sorteó lo mejor que pudo. Se ciñó a la premisa de que se había tomado a pecho la indicación de lady Wyndham de que debía contraer matrimonio. Y, a su edad, no quería una esposa muy joven. Aseguró, mendaz, que había visto a la señorita Anslowe varias veces a lo largo de los años, y que le habían llamado la atención su carácter apacible, su sentido común y su, esto... conducta. Cuando lady Wyndham protestó, sacó a relucir el hecho indiscutible de que los Anslowe eran una familia antigua y respetada, y que la señorita Anslowe era su heredera.

Cuando por fin escapó del interrogatorio para dirigirse a sus aposentos, lo peor ya había pasado. Lady Wyndham se había resignado; Elizabeth, que había coincidido varias veces con la señorita Anslowe y le había caído bien, estaba intrigada, y por el brillo de sus ojos recelaba de su historia, que consideraba más bien falsa. Pero Lizzie era buena persona, y no era probable que fuera a ponerle pegas.

Se sumergió en la bañera llena de agua caliente y siguió pensando en su conversación con ambas mujeres. Estaba convencido de que contarles que la noche anterior se había encontrado con los Anslowe y que, por culpa de la tormenta, los cuatro se habían quedado tirados en la casa abandonada de un antiguo puesto de peaje había sido una genialidad. Era cierto que difería un poco de lo que había explicado a los Humphries, pero tenía sentido, y como imaginaba que en unos días circularían por Londres varias versiones de la historia, una más no importaba. Además, los hechos eran básicamente los mismos: Nell y él iban a casarse, y habían encontrado a los Anslowe con él en un antiguo puesto de peaje abandonado.

Evidentemente, la versión para lady Wyndham y Elizabeth tenía que ser más detallada, así que había empezado a explicar lo mucho que lo habían impresionado la resignación y la nobleza de la señorita Anslowe a lo largo de la noche. Había recordado las palabras de lady Wyndham y, de repente, se le había ocurrido que la señorita Anslowe sería la esposa perfecta para él. Antes de darse cuenta se había declarado, y ella lo había aceptado. La historia también difería un poco de la realidad, pero satisfizo a las mujeres.

Hundido en la profunda bañera de cobre, Julian gimió de placer cuando el agua caliente empezó a hacer maravillas en su cuerpo exhausto. ¡Qué delicia! Mientras sorbía una copa de vino templado que le entregó afectuosamente su mayordomo, Dibble, decidió que tal vez fuera a sobrevivir después de todo. Y quizá, tras una comida y unas cuantas horas de descanso, podría desarrollar su historia. Sacudió la cabeza al recordar lo que había contado. Era posible que Elizabeth recelara, pero le había parecido todo muy romántico y, con una sonrisa de oreja a oreja, Julian pensó que eso tal vez bastara para evitar que hiciera más preguntas.

A pesar de lo agotado que se sentía, estaba satisfecho con el resultado. Había superado lo peor de la mejor forma y se había ceñido a la verdad, o por lo menos, a la verdad que se le ofrecería a la gente. Los hechos de su relato encajaban bien con lo que habían visto los Humphries. Iba a haber muchas habladurías y muchas especulaciones, pero nadie podría demostrar que él o los Anslowe estuvieran mintiendo. Una vez él y la señorita Anslowe estuvieran casados, nadie se atrevería a cuestionar las circunstancias. Frunció los labios. A no ser alguien que quisiera batirse en duelo con él. Y los duelos se le daban muy, pero que muy bien.

Empezó a pensar en Tynedale. Tynedale tenía que estar furioso porque la heredera se le había escapado de las manos. Y lo estaría todavía más cuando supiera en manos de quién había caído. Julian sonrió, pero la alegría no le llegó a los ojos. Fastidiar a Tynedale era motivo suficiente para casarse con la señorita Anslowe, pero también contaba la inesperada fascinación que sentía por ella. Sobresaltado, se dio cuenta de que se hubiese ofrecido a casarse con ella incluso sin el placer de provocar la furia de Tynedale.

Frunció el ceño mientras contemplaba la copa de vino. Tendría que ir con cuidado. Se casaría con ella pero, desde luego, no sería tan imbécil como para cometer la mayor tontería del mundo y acabar enamorándose. De su propia esposa. Ni hablar.

5

—¿Estás seguro de que tengo que casarme con él, papá? —preguntó Nell en voz baja.

Era martes, a media mañana, y padre e hija estaban en la biblioteca, donde sir Edward se había retirado para leer el periódico y saborear las noticias que publicaba. Asintió con aprobación. El conde no había perdido ni un segundo y había logrado que se publicara el anuncio de su inminente matrimonio con la señorita Eleanor Anslowe en la edición de ese día.

—¿Qué? ¿Qué pasa, cielo? —preguntó sir Edward, con la satisfacción de que el futuro de su hija estuviera resuelto reflejada en la cara.

Nell suspiró. No soportaba defraudar a su padre, ni tampoco a sus hermanos, y era evidente que todos ellos estaban contentísimos con el giro inesperado de los acontecimientos. A su llegada a casa, sir Edward había enviado a un criado a buscar a Drew y a Henry para que les dijera que volvieran de inmediato a Londres. Los gemelos habían llegado esa misma noche, muy tarde, cansados y sucios, pero después de un baño y un cambio de ropa, se habían reunido con su padre y sus otros dos hermanos para una celebración improvisada que había durado hasta la madrugada del lunes, para festejar la buena suerte de Nell. Los hombres de la familia Anslowe habían estado contentos y habían ignorado el semblante triste de la joven. Pero, claro, ellos podían estar como unas castañuelas porque a ellos no los estaban entregando a un desconocido.

No había dormido bien, y el lunes no había salido de su habitación hasta pasado mediodía. Ni siquiera saber que su padre había ordenado a un criado fornido que vigilara al pie de su ventana para impedir la entrada de más intrusos la había tranquilizado. Lo que temía no eran los intrusos, sino el futuro. Y, para ser sincera, no temía al conde de Wyndham; simplemente, no quería casarse con él.

No negaba que lo había encontrado atractivo, y mucho, y tenía que admitir que era impresionante, incluso cuando lo vio por primera vez, con barba de un día, desaliñado y con la ropa manchada. Tampoco podía ignorar que, como posible marido, cumplía varios de los requisitos que cualquier joven dama sensata y sin duda la familia de esa joven dama exigirían. Era de alta cuna; de hecho, tenía título. Y, para empeorar las cosas, se trataba de un título antiguo y venerado. Era un hombre respetado en la alta sociedad. Y era rico. Muy rico.

Todas esas cosas eran importantes para su padre y para sus hermanos. A sir Edward le entusiasmaba la idea de que se casara tan bien, aunque hubiera sucedido de una forma tan poco ortodoxa. Suponía que, para ser justa, tenía que estar agradecida de que lord Wyndham hubiera demostrado ser tan honorable. Y debía admitir que no lo había encontrado repugnante. Más bien todo lo contrario si era sincera consigo misma al recordar la inesperada emoción que sintió cuando lo tuvo encima de ella con la boca tan cerca de la suya.

Pero eso no significaba que quisiera casarse con él. Sabía que no tenía que tratar inmediatamente del asunto con su padre, ni tampoco había querido sacar el tema cuando él y sus hermanos estaban medio borrachos debido al alivio y a la satisfacción que sentían por el afortunado resultado. Estaban contentísimos con la idea de que su hermana se convirtiera en la condesa de Wyndham.

Pero aun teniendo todo eso en cuenta, a Nell la incomodaba que la entregaran al conde de una forma tan tumultuosa. El matrimonio era para toda la vida, y lo que estaban tan atareados organizando era el resto de su vida. Le estaba agradecida al conde, pero otra solución habría que no fuera el matrimonio. Con eso en mente, esperó para hablar con su padre hasta que Robert se marchó de casa esa mañana. Encontró a su padre en la biblioteca y no perdió ni un segundo para hacerle la pregunta.

—¿Tengo que casarme con él? —repitió cuando sir Edward la miró, perplejo.

—¡Pues claro que sí! Además de la falta de decoro de lo que ocurrió y de que los Humphries llegaron en un momento bastante inoportuno... ¡Sale en el *Times*! —Se la quedó mirando—. ¿Qué te pasa, cielo? ¡Es el conde de Wyndham! Todas las madres de Inglaterra han intentado casarlo con sus hijas desde que enviudó. ¡Y pensar que mi hija es la que se lo lleva justo delante de sus narices...!

—¡En el *Times*! —gimió. El alma se le había caído a los pies. Arrancó de las manos de su padre el periódico que éste le ofrecía y leyó el anuncio. Sus esperanzas de evitar el matrimonio fueron desapareciendo con cada palabra de tinta negra.

Pálida, se dejó caer en la butaca de cuero de color rojo oscuro que había junto a sir Edward. El periódico, olvidado, le resbaló de los dedos.

—Es un matrimonio muy bueno, hija. Deberías estar contenta —le aseguró su padre en voz baja—. Es la clase de matrimonio que siempre había esperado que contrajeras. —Calló un momento y la miró con cariño—. Sabes que tu felicidad es lo más importante para mí, Nell; siempre lo ha sido. Y si creyera por un instante que Wyndham va a ser un marido indiferente, me daría igual el escándalo. No consentiría el enlace. Pero es un hombre distinguido. Puede que no nos movamos en un círculo tan elevado de la alta sociedad, pero tus hermanos y yo conocemos su reputación. Es inmaculada. Los amigos que tenemos en común con Wyndham siempre hablan muy bien de él, y no veo ningún motivo para considerarlo inaceptable, aunque no tuviéramos que evitar un escándalo.

Nell sabía que la intención de su padre era ayudarla, pero lo único que estaba consiguiendo era acorralarla.

—Pero no lo conozco —masculló—. No lo amo. —Y añadió en tono acusador—: Madre y tú os amabais, y ella no era ninguna desconocida para ti. No es justo que quieras que me case con alguien a quien no conozco... y a quien no amo.

—Hija —suspiró sir Edward—, el matrimonio entre tu madre y yo estaba concertado casi desde nuestro nacimiento. Ninguno de los dos pudo opinar al respecto. Ella era hija única, como yo. Nuestros padres eran unos buenos amigos cuyas tierras colindaban y que anhelaban estrechar el vínculo entre ambas familias, y es innegable que también querían unir nuestras propiedades. —Al ver que Nell iba a interrumpirlo, levantó una mano para evitarlo—. Sí, crecimos juntos sabiendo que algún día nos casaríamos, pero no estábamos enamorados el uno del otro en el momento de contraer matrimonio. Nos gustábamos y nos respetábamos, y nuestra unión hacía feliz a nuestras familias; con esa razón nos bastaba. —Con la mirada perdida, siguió hablando—: El amor llegó después, a medida que nuestra relación iba siendo cada vez más profunda —murmuró—. A los pocos meses, qué digo meses, a las pocas semanas de nuestra boda, ya no podíamos concebir la vida por separado y advertimos que nuestros padres habían sabido muy bien lo que hacían al concertar nuestra unión, aunque las cuestiones prácticas también tuvieran algo que ver en su decisión. No he lamentado nunca ni un solo día de mi matrimonio con tu madre. Todavía la echo de menos.

Nell observó a su padre, derrotada, con una sensación aún mayor de estar atrapada. No había ningún argumento con el que pudiera rebatir sus palabras. Y como conocía muy bien a su padre, sabía que ya se había decidido; no iba a ayudarla a eludir su boda con Wyndham.

Consciente de que le había dado un golpe, sir Edward le cubrió las manos con la suya.

—No será tan malo como temes, Nell. Wyndham me parece un hombre agradable y razonable, y aunque no lo ames ahora, recuerda que el amor no es un requisito para casarse entre la gente de nuestra clase. —Acarició la mejilla de su hija y sonrió—. Puede que te sorprendas a ti misma enamorándote de él, ¿sabes?

—Pero ¿y si él no se enamora nunca de mí? —replicó con la agitación que sentía reflejada en sus ojos—. ¿Qué pasará entonces?

—No puedo predecir el futuro, cielo —respondió sir Edward con una mueca—. Tu matrimonio será lo que tú hagas que sea. Y puedes hacer que sea feliz... o puedes hacer que sea desdichado. Tú eliges.

Julian no había relacionado nunca las palabras «amor» y «matrimonio», y cuando pensaba en su boda no era el amor lo que más pesaba. Se planteaba su matrimonio con realismo. Y analizándolo desde un punto de vista meramente práctico, casarse con la señorita Eleanor Anslowe tenía varias ventajas.

De hecho, cuando lord Talcott llegó esa mañana para preguntar cómo diablos el *Times* podía haber cometido un error tan atroz, se las enumeró una vez lo hubo calmado.

Tras llevar deprisa a su enfurecido amigo a la parte posterior de la casa, Julian procedió con cuidado. Normalmente habría contado a Talcott toda la historia. Confiaba en su amigo, y entre ellos había pocos secretos, si es que había alguno. Pero esa vez las cosas eran distintas, esa vez estaba el honor de una dama de por medio, una dama que iba a convertirse en su esposa, y le pareció que, cuantas menos personas supieran la verdad, mejor. Adrian Talcott, que lo conocía íntimamente, podía sospechar que había algo oculto, pero Julian no tenía la menor duda de que su amigo le seguiría la corriente, aunque estuviera desconcertado y muerto de curiosidad. Sofocó el sentimiento de culpa por no contarle la verdad y se ciñó a los puntos básicos de la historia que ya había explicado. Aun así, tardó varios minutos en convencer a Talcott de que no había habido ningún error: el *Times* estaba en lo cierto. Iba a casarse con Eleanor Anslowe. El miércoles siguiente. Talcott, por supuesto, estaba invitado a la boda.

—¡Pe... pero si ni siquiera conoces a esa chica! Por lo menos —añadió tras vacilar un instante—, eso creo. ¡Y casarte! Me has jurado muchas veces, cuando estabas bebido, que el matrimonio era una trampa en la que no volverías a caer nunca.

Julian estaba arrellanado en una butaca de mohair verde oscuro, al lado de Talcott, con las largas piernas cruzadas por los tobillos y el mentón apoyado en los dedos. Tenía los ojos puestos en el pequeño fuego que chisporroteaba en la chimenea de mármol gris que tenían delante y, por un momento, Talcott pensó que no lo había oído. Pero un segundo después, Julian murmuró:

—Lo sé. Y admito que contraer matrimonio otra vez es algo que no entraba en mis planes, a pesar de que no casarme significaba que mi maldito primo Charles heredaría el título y todo lo que lo acompaña, y que lo perdería jugando en menos que canta un gallo.

—Bueno —sonrió Talcott—, me alegro de ver que por lo menos tu opinión sobre él no ha cambiado. Con todo lo que decías sobre lo acertado que es este matrimonio, esperaba que, a continuación, empezaras a alabar a Charles.

—Ni hablar. Pero si lo piensas bien, este matrimonio puede ser muy positivo. Necesito un heredero y una esposa; poseo propiedades que necesitan de la mano de una mujer y yo no tengo ganas de supervisar el funcionamiento de mis diversas casas. Diana lo hace suficientemente bien, pero todavía es joven, además de hermosa, y podría, como es mi más ardiente deseo, volver a casarse. ¿Y cómo quedaría yo entonces? Tener mi propia esposa resolverá el problema antes de que surja.

Cuando vio que Talcott iba a interrumpirlo, levantó una mano para impedírselo.

—Sé lo que vas a decir: ya que he decidido casarme, ¿por qué no elijo a una de las damiselas cotizadas de la última hornada? ¿Por qué no elijo a una mujer en la inocencia de la juventud? —Se frotó la barbilla—. Sinceramente, la idea de encadenarme a una de esas muchachitas caprichosas vestidas de muselina que pululan actualmente por el club Almack's hace que la idea de recluirme en un monasterio me parezca de lo más placentera. —Julian sacudió la cabeza—. No. He analizado la situación desde todos los puntos de vista, y la señorita Anslowe es la candidata ideal para mí, quizá la única. ¡Piénsalo, Adrian! Es lo bastante joven para darme una buena descendencia y, aun así, lo bastante mayor para conocer el mundo. No me va a crear problemas exigiéndome que le dedique atención, ni va a cargarme con el mocoso de nadie. Su apellido y su respetabilidad no tienen igual, y no olvides que es una heredera. Cuanto más lo pienso, más convencido estoy de que casarme con ella es un acierto.

—Debo de estar oyendo mal. ¿Es éste el mismo hombre que lleva años afirmando que el matrimonio es el peor destino de un hombre?

—Habrá compensaciones, ¿sabes? —sonrió Julian—. Cuando me dé un heredero, Charles ya no podrá heredar, y recuerda que será mi esposa quien tenga que soportar a Diana y todos sus ataques y soponcios. Por lo menos me habré librado de eso.

—Una mala razón para cargar con una mujer que se quedó hace años para vestir santos. —Talcott parecía malhumorado—. Y no olvides esos rumores que hay sobre ella.

—¿Qué rumores? —preguntó Julián en un tono que puso algo nervioso a Talcott.

—Bueno, ¿sabes que hace años estuvo prometida con Bethune? —Después de que Julian asintiera, explicó—: Todo el mundo sabe que sufrió un accidente que la dejó tullida... Pero el motivo por el que Bethune pudo librarse del compromiso sin que lo tildaran de canalla fue que, según se decía, no estaba, bueno, del todo en sus cabales.

Julian se imaginó a Nell como la había visto por primera vez: sucia y desaliñada. Tenía que admitir que no había sido una imagen tranquilizadora, pero lo que más recordaba de ese momento era la inteligencia que reflejaban sus recelosos ojos verdemar. Sonrió para sus adentros, porque la imagen le resultaba entrañable. Si había algo evidente era que esa mujer no estaba loca. Ni siquiera medio loca.

—¿Te das cuenta de que estás hablando de la mujer con la que voy a casarme? —preguntó Julian en voz baja.

Talcott tragó saliva con fuerza, y fue como si la chalina que llevaba impecablemente atada al cuello lo asfixiara. Reconoció la suavidad engañosa del tono de Julian. La experiencia le decía que un hombre prudente iba con pies de plomo cuando su amigo ponía aquella voz, o bien aceptaba las consecuencias... que no eran nunca agradables.

—No la emprendas conmigo, hombre —pidió Talcott tras carraspear—. Sólo repito lo que se dice.

—Pues no lo hagas si quieres seguir siendo amigo mío. También te sugeriría que hagas salir de su error a cualquier otra persona que piense eso, por su propio bien.

—Oh, por supuesto. Naturalmente.

Julian le dedico esa sonrisa cálida, arrebatadora, que siempre desarmaba a quien era objeto de ella.

—Sé que lo harás. Y sé que deseas que sea feliz.

—Por supuesto. No lo dudes. —No paraba de moverse, inquieto, en la butaca—. Lo que pasa es que me ha sorprendido. Seguro que esto dará que hablar.

Julian se puso de pie y atizó el fuego de la chimenea.

—La gente lleva años hablando y chismorreando sobre mí, ¿qué más da que lo haga otra vez?

—Ya lo sé —suspiró Talcott—, pero esta vez es diferente. No es sólo que te casas; es con quién. Y la rapidez de la boda va a provocar, sin duda, cierto revuelo entre las viejas chismosas.

—¿Y por qué tendría que preocuparme eso?

—Puede que a ti no te preocupe... pero ¿y a tu futura esposa?

Julian reflexionó un momento. Él podía soportar esas tonterías, pero con un inquietante instinto protector, quería evitar que la alta sociedad clavara sus garras colectivas en Nell.

—¿Qué sugieres? Voy a casarme con ella. Y la boda será el próximo miércoles.

Talcott carraspeó antes de hablar.

—Tal vez si diéramos algún tipo de explicación —sugirió, y dirigió una mirada a Julian para tratar de evaluar su reacción antes de añadir, vacilante—: Lady Humphries va a estar muy atareada propagando la forma en que te encontró con los Anslowe en la casita abandonada del antiguo puesto de peaje, por supuesto. —Se detuvo un momento para asegurarse de que contaba con toda la atención de Julian, y de que el conde no estuviera a punto de retarlo. La expresión que vio en el rostro de su amigo lo animó a seguir, y así lo hizo—. Conociendo a lady Humphries, dará la peor interpretación posible a la situación. Tienes que aclarar la historia para quitar credibilidad a lo que ella cuente, contar algo que satisfaga a las chismosas más decididas, o que, por lo menos, desvíe su atención.

—¿Se te ocurre algo? —preguntó Julian con una ceja arqueada.

Talcott se recostó en la butaca y analizó el asunto. Después de haber constatado que, fueran cuales fuesen sus razones, Julian estaba decidido a casarse con la señorita Anslowe, se dispuso a apoyar a su amigo. Así que se preguntó qué motivo podría esgrimir Julian para haber mantenido su cortejo rodeado de tanto secreto. Esbozó una sonrisa al pensar en uno.

—Supongo que el motivo más evidente para que guardaras en secreto tu, bueno, tu creciente pasión por la señorita Anslowe es que no deseabas angustiar a lady Wyndham introduciendo a una desconocida en la casa.

Julian dejó el atizador en su sitio con un brillo de diversión en los ojos.

—Sí —afirmó—, eso resulta verosímil. A Diana le gusta ser la condesa de Wyndham; no le apetecerá tener que aceptar el título de duquesa viuda, no a su edad.

—Pues sí. Eso explica que lo guardaras en secreto: querías que lady Diana se acostumbrara a la idea.

Julian asintió; el brillo de sus ojos se había intensificado.

—Pero ¿por qué he decidido revelar ahora esta... creciente pasión, creo que la has llamado? —le preguntó a Talcott.

—Pues verás, mi querido amigo —respondió éste, que empezaba a pasárselo bien, con una sonrisa—, después de tu desafortunado accidente con el carruaje, que te dejó tan cerca de la atractiva señorita Anslowe, no pudiste contener más tu pasión. ¡Tuviste que hablar y que fuera lo que Dios quisiera!

—Por supuesto —dijo Julian con una carcajada—. Eso hará que las viejas chismosas se entretengan pensando en cómo sufría en las garras del amor. Verán a la señorita Anslowe como la diosa vengadora que me metió en cintura.

—¿Y lo ha hecho? —preguntó Talcott con picardía.

—No sé qué decirte —contestó Julian, que recordó las emociones que Nell había despertado en él—. Ni yo mismo conozco la respuesta a esa pregunta —sentenció sin dejar de sacudir la cabeza.

Talcott encontró esa respuesta muy interesante. ¿Sería posible que esa mujer hubiera atrapado realmente a Julian?

—Dime, ¿por qué razón va a celebrarse tu boda tan precipitadamente? —le preguntó mientras observaba el brillo de sus botas—. Quiero decir, aparte de la imposibilidad de controlar tu creciente pasión por la dama. ¿Por qué no esperas y te casas con ella en primavera? ¿Por qué tanto apresuramiento?

Julian repasó el plan que había elaborado con tanta rapidez con los Anslowe el día anterior durante el trayecto de vuelta a Londres. Habían tenido la mala suerte de que lord y lady Humphries los encontraran en el puesto de peaje, y les había parecido lógico organizar algo deprisa. Julian sabía que su compromiso con cualquier joven provocaría habladurías y especulaciones, y no todas ellas agradables. Que Eleanor Anslowe fuera a ser su esposa haría resurgir las viejas historias sobre Bethune y ella, lo que aumentaría el escándalo. Dicho de modo sencillo: cuanto más durara el compromiso, más tiempo serían la señorita Anslowe y él el centro de las habladurías. Y, por supuesto, estaba la intervención de Tynedale en todo el asunto. Julian frunció los labios un momento. Los Anslowe desconocían su relación con lord Tynedale, y él no había creído que hubiera ninguna razón para revelársela. Pero que Tynedale raptara a la señorita Anslowe había sido otro motivo para precipitar el matrimonio; si la dama estaba casada con él, ni siquiera Tynedale se atrevería a insinuar un rapto fracasado.

Julian suspiró. Había creído sensato acabar con aquella situación lo más rápido posible: cuanto antes se casaran, antes terminaría el revuelo que levantaría su inesperado compromiso. Y también había una razón práctica. Al cabo de una o dos semanas, el grueso de la alta sociedad, a excepción de algunos rezagados, abandonaría Londres. Si se casaban el miércoles siguiente, habría una cantidad considerable de gente para celebrar sus nupcias y propagar la noticia. Para la temporada siguiente, su compromiso y su matrimonio con la señorita Anslowe serían un chismorreo antiguo y se olvidarían enseguida.

—No hay nada sospechoso en lo precipitado del matrimonio. Quiero ahorrar a la dama el máximo de habladurías. Es mucho mejor que soportemos todas estas tonterías de golpe que ir arrastrándolas a lo largo del invierno hasta la primavera próxima.

Talcott no pudo sacarle nada más y tuvo que contentarse. Se separaron y su amigo le prometió ir inmediatamente a Boodle's para empezar a lamentarse por el destino de Julian. Y éste decidió ir a visitar a su futura esposa.

Cuando Julian llegó a la elegante casa de sir Edward en la ciudad, Chatham lo llevó al estudio, donde encontró a sir Edward sentado a su mesa.

Al ver entrar a Julian, sir Edward se levantó y le estrechó la mano con una amplia sonrisa en los labios.

—Lord Wyndham —dijo—. Me alegra verlo. Siéntese, por favor. ¿Le apetece tomar algo?

Si bien los temas más urgentes ya estaban decididos, todavía no se habían ultimado los preparativos del matrimonio, el dinero y la asignación. Los dos hombres trataron rápidamente estas cuestiones: Julian aceptó una generosa asignación para su futura esposa, y sir Edward expuso la totalidad de la fortuna de su hija; una fortuna que pasaría a controlar Julian tras la boda.

Como Nell tenía poco que decir sobre el asunto, ni siquiera se enteró de que su futuro esposo estaba en la casa hasta que una criada llamó a la puerta de sus aposentos para decirle que su padre quería que se reuniera con él y con lord Wyndham en la biblioteca.

Se planteó un instante enviarles un mensaje diciendo que estaba indispuesta. Pero como sabía que no tenía escapatoria, se miró deprisa en el espejo basculante, se agitó los pliegues del vestido de lana fina y se pellizcó las mejillas para darles color. Dirigió una mirada crítica a los rizos que le enmarcaban la cara y al resto de su pelo, que llevaba peinado en una trenza en la nuca, y la satisfizo ver que no se parecía nada a la bruja que había visto el conde al conocerla. Luego se reprendió por preocuparse de lo que lord Wyndham pudiera pensar de ella, se volvió y salió de la habitación.

Al llegar a la puerta doble de la biblioteca, inspiró hondo, contuvo el impulso de salir corriendo y la abrió. Entró en la habitación con la majestuosidad de una fragata con las velas desplegadas.

Julian se quedó paralizado con una copa de vino blanco cerca de los labios. Contempló, anonadado, a la preciosa mujer que cruzaba la biblioteca para detenerse delante de él.

—Milord —dijo, muy rígida.

Julian le respondió educadamente mientras ordenaba sus pensamientos. Apenas podía creer que esa mujer tan fascinante fuera la misma que había conocido hacía sólo veinticuatro horas. Era mucho más alta de lo que recordaba, pero tenía muy presentes las suaves curvas de la figura esbelta que se ocultaba bajo el vestido verde salvia. Sus ojos verdemar seguían con la misma expresión recelosa, y su boca de fresa seguía siendo igual de tentadora, pero la jovencita desaliñada que él había conocido había desaparecido. Ocupaba su lugar una atractiva joven que lo hubiese incitado al instante a pedir que se la presentaran de haberse cruzado antes sus caminos. ¿Dónde diablos se había estado escondiendo todo aquel tiempo?

—Gracias por reunirte tan deprisa con nosotros, cielo —dijo sir Edward, que tendió la mano para acercar a su hija.

Mientras se situaba junto a su padre, Nell esperó que su rostro no reflejara la sorpresa que se había llevado al ver al caballero que lo acompañaba. El recuerdo que tenía de su primer encuentro era el de un hombre alto con aspecto de granuja, barba de un día y la mirada dura, que le había parecido un salteador de caminos o un rufián, y le estaba costando casar ese recuerdo con el caballero elegante que tenía delante. Iba meticulosamente arreglado, con el espeso pelo oscuro peinado en ondas cerca de las sienes, y las hermosas líneas de su mandíbula y sus labios eran claramente visibles una vez afeitada la barba; la chaqueta azul oscuro y los pantalones de nanquín le caían estupendamente, y llevaba la chalina blanca muy bien atada. El efecto era asombroso. Estaba segura de que había conocido a otros hombres tan atractivos y corteses como el conde de Wyndham, pero en aquel momento no conseguía recordar a ninguno.

Aturdida, dejó que su padre tirara de ella hacia él, y sólo fue consciente a medias de la calidez y del consuelo que su mano le ofrecían. Apartó los ojos de lord Wyndham para bajarlos al suelo; la cabeza le daba vueltas.

Al ver el efecto que ambos se causaban mutuamente, sir Edward contuvo una sonrisa.

—Os dejaré solos unos minutos... —dijo con un brillo en los ojos mientras daba unas palmaditas a su hija en el hombro—. Creo que lord Wyndham quiere hablar contigo en privado.

Nell observó, turbada, cómo su padre se iba de la habitación. No le gustaba nada lo que estaba pasando. Ni que la casaran a toda prisa con un hombre al que apenas conocía, ni que ella encontrara a ese mismo hombre demasiado atractivo para su propio bien. Lo miró llena de resentimiento y el corazón le dio un vuelco al ver que la estaba observando atentamente.

—¿Qué? —Levantó el mentón, airada—. ¿Por qué me mira así?

Julian sonrió, y Nell parpadeó hechizada por el encanto de esa simple expresión.

«¡Demonios! —pensó—. Debo de haber perdido completamente la cabeza si una mera sonrisa me deslumbra.»

—Perdóneme —dijo Julian con regocijo—. No he podido evitarlo. No esperaba que mejorara tanto al asearse. Es muy hermosa, mucho más de lo que recordaba.

Nell resopló e ignoró el placer que sintió al oírlo.

—No hace falta que me corteje, milord —murmuró—. Mi padre me ha dejado muy claro que vamos a casarnos el miércoles que viene y que nada, salvo la muerte, podrá impedirlo.

Sir Edward le había insinuado que la situación no complacía a su hija, pero Julian no se lo había creído del todo. Aunque no era vanidoso, sabía que, al fin y al cabo, era un buen partido. Pero las palabras y la actitud de la joven demostraban que sir Edward no había exagerado el hecho de que él no la impresionaba en absoluto, ni tampoco lo hacían su título ni su fortuna. ¡Y pensar que en lugar de aquella fierecilla de ojos enojados podría haber tenido una esposa dulce y dócil; una mujer aduladora que no le causara el menor disgusto...! Contuvo una sonrisa mientras la recorría de arriba abajo con la mirada antes de volver a fijar los ojos en su cara y contemplar la mandíbula testaruda y la boca resuelta. Decidió que su nueva esposa iba a ser un reto... y difícil, a juzgar por la conducta retadora que adoptaba.

—¿Y preferiría la muerte a casarse conmigo? —se limitó a preguntarle.

Nell frunció los labios. Era un comentario impropio de un caballero.

—Claro que no —respondió, mirándolo con hostilidad—. No soy idiota.

—Pues no actúe como si lo fuera.

Su sequedad la sobresaltó. Parte de su agresividad desapareció, pero no demasiada.

—¿Qué quiere decir? —preguntó.

—Quiero decir, querida, que estamos juntos en esto. La vida de los dos ha cambiado de una forma que ni siquiera habríamos podido imaginar hace veinticuatro horas. No olvide que no es la única que se ve obligada a casarse con alguien a quien no conoce. Ambos podemos sacar el mayor partido posible de la situación o podemos dedicarnos a hacernos desdichados. La decisión es nuestra. Yo, por mi parte, no tengo intención de pasarme amargado el resto de mi vida.

—Pero ¿no está enfadado por lo que ha pasado? ¿No le enfurece verse obligado a casarse con alguien a quien apenas conoce? —Nell bajó los ojos al suelo y la sinceridad la llevó a añadir con labios temblorosos—: Va a contraer matrimonio con una mujer a la que la sociedad ha tildado de medio loca y que, además, como habrá observado, es una tullida.

Julian le levantó el mentón y Nell sintió la calidez de su mano en la piel. Vio que los ojos de Julian brillaban con una emoción que no supo identificar.

—¿Sabe que he estado a punto de retar a duelo a uno de mis mejores amigos por referirse a usted en esos términos? —replicó Julian en voz baja.

Nell abrió mucho los ojos y el corazón le latió dolorosamente en el pecho.

—¿De... de veras? —logró decir con un cosquilleo en la piel allí donde él la tocaba.

—Y si estaba dispuesto a batirme en duelo con él —respondió Julian tras asentir—, ¿qué debería hacerle a usted por atreverse a decir lo mismo sobre la mujer con la que voy a casarme, hummm...?

Nell no podía pensar. Aquel hombre estaba demasiado cerca de ella. Era demasiado consciente de la mano con que le sujetaba el mentón, demasiado consciente de su cuerpo ancho de hombros y de su ostensible virilidad para hacer otra cosa que no fuera mirarlo de un modo que delataba su reacción a él.

Al ver su expresión desconcertada, algo se desató en el interior de Julian, que cedió al antojo que había tenido desde que la había visto por primera vez en el puesto de peaje y le rodeó los labios con los suyos. Sintió la suavidad de la boca de Nell, cuyo sabor y textura superaban todo lo que había imaginado. Sabía que le gustaría besarla, que sus labios serían dulces y cálidos, pero jamás hubiese sospechado el deseo intenso y apasionado que sentiría en cuanto su boca tocara la de ella.

Nell soltó un grito ahogado y se aferró con los dedos a los hombros de Julian cuando éste le cubrió los labios con los suyos. La besó con firmeza, sabiendo muy bien lo que estaba haciendo, y Nell no había experimentado nunca emociones parecidas a las que él le estaba despertando. Se le aceleró el pulso y sintió un calor intenso en su interior mientras todo su cuerpo reaccionaba a la caricia de los labios de Julian como un capullo al sol de abril. Instintivamente arqueó la espalda para acercarse más a él anhelando que prolongara su beso.

La proximidad de Nell tenía un efecto no menos espectacular en Julian, pero aunque no había sentido jamás un deseo tan explosivo, reconoció los signos... y el peligro. Si no detenía de inmediato aquel dulce flirteo, en pocos minutos le habría subido ese encantador vestido hasta la cintura y se le habría instalado entre las piernas. Separó, con un gran esfuerzo, los labios de los de ella y la apartó de su cuerpo.

—Ésta no es la razón por la que tu padre nos ha dejado solos —dijo con voz pastosa.

—¿Y por qué lo ha hecho? —preguntó con un dominio de sí misma que resultaba verosímil, una vez logró combatir el mareo que le había causado su beso.

—Para que pudiera pedirte formalmente la mano —contestó

Julian con una ligera sonrisa—. Ambos creímos que tal vez te gustara oír una propuesta de matrimonio como Dios manda.

El resentimiento volvió a apoderarse de Nell, que se dio la vuelta antes de hablar.

—Está perdiendo el tiempo, milord. Le seré franca: no deseo casarme, ni con usted ni con nadie. Y que me pida formalmente la mano no me hará cambiar de parecer.

—¿Tan segura estás de no querer casarte conmigo? —insistió Julian, tras obligarla a volverse de nuevo hacia él—. ¿Tan desagradable te resulto?

—Podría nombrarle a varios caballeros que no me resultan desagradables —respondió saliéndose por la tangente—, pero eso no significa que desee casarme con ellos.

Julian hizo una mueca. Consciente de lo que valía y acostumbrado a que el sexo opuesto lo buscara y flirteara con él, no sabía si debía divertirlo o molestarlo que no quisiera aceptarlo. Pero sabía algo: la deseaba, y su rechazo despertaba al cazador que llevaba dentro. Que una mujer se le resistiera era una novedad para él. No recordaba la última vez que había desplegado sus encantos y se había encontrado con que sus insinuaciones no eran bien recibidas. Sonrió ante la expectativa. Iba a tener que esforzarse para conquistar a su renuente esposa... y le pareció que iba a disfrutarlo... muchísimo.

6

Los días posteriores al encuentro con Julian en la biblioteca se sucedieron de una forma espantosamente vaga para Nell. La noticia del compromiso levantó el revuelo que el conde y la familia Anslowe habían previsto. En los escasos actos sociales a los que asistió antes de la boda, todos miraban y señalaban a Nell como la futura esposa del conde de Wyndham. Las conversaciones se interrumpían cuando ella entraba en un salón, y era consciente de los susurros que la seguían. Sabía, por supuesto, que estaban especulando sobre las razones que motivaban una boda tan repentina, y que se habían desenterrado todas las antiguas habladurías sobre Bethune y ella. A medida que pasaba el tiempo, Nell empezó a comprender por qué el conde se había mantenido tan firme en su decisión de casarse de inmediato. Por más que le pesara, llevaba razón: cuanto antes se casaran, antes pasaría la tormenta.

No todo el interés por las futuras nupcias era desagradable. Los amigos de la familia del *baronet*, y había muchos, invadieron la casa de los Anslowe en la ciudad, sinceramente encantados, aunque asombrados, de que se casara tan bien. A la casa londinense del conde de Wyndham también acudieron amigos nobles y distinguidos del conde, y también ellos parecían contentos de que Julian hubiera elegido por fin una esposa. ¿Y quién podía culparlos si su elección los desconcertaba? Wyndham podía aspirar tan alto como quisiera a la hora de elegir esposa, y años después de desesperar a todas las madres de Inglaterra que intentaban casar a sus hijas, había ofrecido su mano, sin previo aviso, a la hija de un simple *baronet*, aunque se tratara de un hombre rico y respetado.

Nell suponía que el hecho de que la casaran con el conde tenía algunas compensaciones. Su padre no dejaba de sonreír, y hasta sus hermanos parecían creer que había logrado algo impresionante atrapando a Wyndham. Nell no sabía si reír o gritar. Jamás había sospechado que su padre, ni tampoco sus hermanos, desearan una posición más elevada en la alta sociedad. Verlos disfrutar del aura de poder y de la influencia del conde, sin embargo, la llevó a replantearse su opinión. Con amargura, pensó que ella era la única que no estaba dispuesta a caer de rodillas y besarle los pies. Lo que no significaba que no le resultara atractivo... demasiado para su gusto. Estaba resuelta a no sucumbir a su encanto, aunque le costaba, especialmente cuando le sonreía de esa forma... Se maldijo por ser tan idiota y esperó el día de su boda con el mismo entusiasmo que hubiese esperado dormir desnuda en un ortigal.

Julian esperaba su próxima boda con una impaciencia y un ansia que lo sorprendieron. Se dijo a sí mismo que era sólo porque quería dejar atrás el revuelo que rodeaba su matrimonio, pero sabía que se estaba engañando. Cada vez que veía a Nell o le tocaba la mano, cada vez que sus miradas se cruzaban, el aire olía a azahar y adquiría el inquietante don de flotar. Daba igual que no hubieran vuelto a compartir un momento a solas o que sus encuentros fueran siempre en público. Sólo tenía que verla al otro lado de una habitación para que el corazón le diera un vuelco y se le aligerara el paso. No le gustaba cómo reaccionaba al verla, en especial porque hacía todo lo posible para resultarle irresistible y ella lo seguía tratando con frialdad y resignación. Pero estaba dispuesto a esperar lo que fuera necesario; al fin y al cabo, iban a estar casados mucho tiempo. El conde era un hombre seguro de sí mismo, no vanidoso, pero de vez en cuando se preguntaba si no lo estaría siendo al dar por sentado que podría conquistarla. Como admitió con ironía, Nell parecía inmune a sus encantos. Sonrió de oreja a oreja: eso no hacía más que incrementar su deseo.

No todo el mundo estaba entusiasmado con el anuncio del compromiso del conde con la señorita Anslowe. Lady Wyndham se tambaleó hasta su cama con sus sales, convencida de que la señorita Anslowe era un ogro y de que estaba decidida a arrebatarles el cariño de Julian a ella y a su hija. La futura boda la aterraba y, cuando conseguían alejarla de su cama y de sus sales, se paseaba con una expresión tan compungida que la mayoría de la gente se convencía de que el conde había guardado su interés por la señorita Anslowe en secreto sin duda para no herir a la viuda de su padre.

Elizabeth, mucho menos histriónica, no estaba exactamente disgustada por la incorporación de un nuevo miembro en la familia, pero era consciente de que la vida que ella y su madre habían compartido con Julian iba a cambiar para siempre, y de vez en cuando se preocupaba por su futuro.

Talcott también tenía reservas sobre el inminente matrimonio. Sin embargo, para su sorpresa, la señorita Anslowe, a la que conoció en una cena privada en la residencia del conde el martes por la noche, le encantó. Se inclinaba a creer que, si su amigo tenía que casarse, la joven Anslowe podía irle muy bien. Al pensar en su mentón firme y en la inteligencia que reflejaban sus hermosos ojos, sonrió convencido de que haría ir de cabeza a Julian.

Transcurrió algún tiempo, pero incluso algunos de los amigos y familiares del conde que ya se habían ido de Londres a sus propiedades en el campo o a sus acogedores pabellones de caza regresaron a la ciudad para ver por sí mismos a la mujer que por fin había doblegado a Julian.

Una semana después de que se publicara el anuncio en el periódico, Marcus Sherbrook fue conducido hasta la biblioteca, donde encontró a Julian solo, despatarrado en una butaca cercana a la chimenea.

—¿Ya te arrepientes, primo? —murmuró al verlo absorto, al parecer, en sus pensamientos—. ¡Y solamente faltan dos días para la boda!

Una sonrisa de felicidad iluminó los rasgos sombríos de Julian, que se puso inmediatamente de pie.

—¡Marcus! —exclamó—. No creí que volvería a verte tan pronto en la ciudad.

—¿Cómo? ¿Y perderme lo que promete ser el acontecimiento más comentado del año? Pero, hombre, ¿tan soso me encuentras?

Los dos hombres altos y morenos se abrazaron en el centro de la habitación con evidente aprecio mutuo.

—Seguro que no imaginaste nunca que llegaría este día —dijo Julian estrechando la mano de Marcus con una amplia sonrisa.

—Me temo que me has pillado —admitió Marcus con un brillo de diversión en sus fríos ojos grises—. Admito que me muero por conocer a ese dechado de virtudes que ha atrapado al único hombre al que estaba convencido de que no volvería a ver pasar nunca más por la vicaría.

Julian se encogió de hombros y le señaló una butaca junto a la chimenea para que se sentara.

—Hay momentos en que a mí mismo me cuesta creerlo, pero cuando la conozcas... —Sonrió con ironía—. Cuando la conozcas o bien creerás que estoy loco o me maldecirás por haberla visto primero.

Tras acomodarse con una elegancia natural en la butaca situada frente a Julian, Marcus lo examinó en busca de algún significado oculto en sus palabras. Conocía bien a Julian y lo que vio debió de satisfacerlo, porque se relajó en la comodidad del mullidísimo asiento y estiró las piernas.

Julian era el mayor de los dos, aunque sólo se llevaban dos años. Marcus era hijo de la hermana mayor del anterior conde, y podía decirse que los dos primos se conocían casi desde la cuna. Lady Barbara Weston se había casado con el señor Sherbrook, un caballero muy acaudalado de un linaje impecable cuyas propiedades estaban situadas a menos de cincuenta kilómetros de Wyndham Manor, y Marcus y Julian habían crecido juntos. Habían compartido los miedos de Eaton, las alegrías de Oxford y las vacaciones en el campo, ambos igual de cómodos en sus respectivos hogares. Aparte del cabello oscuro y del cuerpo alto y atlético, tenían pocos rasgos en común, aunque existía un ligero parecido familiar en los ojos y la nariz.

Julian llamó al mayordomo, y la conversación fue bastante insulsa hasta que Dibble les hubo llevado una licorera con coñac y dos copas, y se hubo marchado de nuevo.

—Supongo que leíste el anuncio en el periódico —dijo Julian mientras servía un trago a su primo.

Marcus hizo girar la copa y dejó que el aroma del coñac se elevara.

—Pues, en realidad, no —contestó—. Me enteré de la noticia

por uno de nuestros estimados primos. —Hizo una mueca—. Charles se presentó hace unos días en casa. Él sí que había leído el anuncio en el periódico.

—Esperemos que Charles use un poco el sentido común que sé que tiene y no suponga que me estoy casando para fastidiarlo —murmuró Julian. Cabeceó, compungido—. Si a mi tío no se le hubiera metido en la cabeza la idea de que mi padre le había robado de algún modo el título y no hubiera indispuesto a Charles en mi contra, no habría este resentimiento entre nosotros.

—Esperemos que tu nueva esposa sea fértil y que a estas alturas del año que viene estemos brindando por el nacimiento de tu hijo para acabar con las vanas ilusiones de Charles —comentó Marcus, que levantó la copa y añadió con una sonrisa—: El primero de muchos, espero.

—Como has dicho, esperémoslo. —Julian levantó también su copa.

—Vamos, háblame de esa joven y de tu breve noviazgo —le pidió Marcus una vez finalizado el brindis—. Me he devanado los sesos intentado recordar si la conozco, ¿y sabes qué? No caigo.

Julian le narró la misma historia que había contado a Talcott, y sólo la ceja que Marcus arqueaba irónicamente delataba que creía que todo era un embuste.

—¡Menuda historia! —exclamó cuando Julian hubo terminado—. Y se pasa de romántica, primo. Ahora cuéntame la verdad y no ese cuento de Canterbury.

—Me temo que soy una tumba —rio Julian—, pero sé que no me desagrada el giro inesperado de los acontecimientos, y creo que te gustará la señorita Anslowe, lo mismo que su familia. Sir Edward es un hombre afable, y sus tres hermanos también. Su linaje y su fortuna son irreprochables, y no parece que haya ningún pariente crápula por ahí. —Torció el gesto—. A diferencia de lo que ocurre en nuestra familia. De algo estoy seguro: no van a estar pendientes de mi dinero. Los Anslowe son una familia agradable y respetable, mucho más respetable que algunos miembros de la nuestra.

—Ah, de modo que la dama procede de una larga saga de dechados de virtudes.

—Por supuesto —sonrió Julian—. ¿Se conformaría con menos el conde de Wyndham?

—¿Y tu encantadora madrastra? —Marcus le devolvió la sonrisa—. ¿Cómo se está tomando este giro inesperado de los acontecimientos?

—¡Oh, por Dios! He estado sometido a una cantidad inimaginable de llantos y de ataques. Diana está segura de que la señorita Anslowe tiene intención de dejarlas a ella y a Lizzie en la calle prácticamente con lo puesto.

—¿Y es verdad? —preguntó Marcus con el ceño fruncido.

—Lo dudo mucho. La señorita Anslowe no me parece estúpida ni cruel. —Julian hizo una mueca—. Estoy seguro de que hará algunos... esto... cambios, pero no espero alteraciones importantes.

—¡Y yo que creía que eras un blandengue! —exclamó Marcus con un brillo alegre en los ojos—. Es como si lanzaras un gato dentro de un palomar. No te envidio los conflictos domésticos a los que vas a tener que enfrentarte.

—Puede que tengas razón —comentó Julian encogiéndose de hombros—, pero como Diana y Elizabeth han elegido quedarse indefinidamente aquí, en la ciudad, cuando vuelvan a Wyndham Manor, Nell debería haberse convertido ya en la señora de la casa.

—¿Y mientras tanto? Supongo que traerás aquí a tu esposa un día o dos por lo menos antes de ir a Wyndham Manor. ¿No será algo peliagudo, dada la actitud de lady Diana?

—Ya me he ocupado de eso. Inmediatamente después del banquete nupcial en la casa londinense de su padre, mi esposa y yo iremos a pasar una semana al campo —explicó Julian—. Talcott me ofreció, nos ofreció, muy amablemente su casa de Surrey. Si tengo suerte, Diana y mi esposa no tendrán oportunidad de llegar a las manos en varias semanas, puede que en meses.

—¡No me digas que lady Diana no irá a tu boda!

—Oh, no te preocupes: ella y Elizabeth allí estarán —dijo muy serio—. Después de una escena más emotiva de lo que puedas imaginar, aseguré a Diana que, si quería tener una buena relación con mi esposa y conmigo, le convenía asistir a la boda. —Sonrió forzadamente—. Comprendió lo que quería decirle... y añadí el aliciente de que, ya que voy a llevarme a Dibble y a varios de los miembros más antiguos del servicio a Wyndham Manor, tenía carta blanca para contratar a sus propios criados. Espero que la próxima primavera pueda convencerla de que estaría feliz en una casa de su propiedad, que yo le proporcionaré encantado, en la ciudad, y Nell y yo tengamos ésta para nosotros solos.

Quedaban muchas cosas sin decir, y Marcus no envidió los meses que esperaban a Julian. La conversación pasó a otros temas, pero, al final, regresó a las futuras nupcias.

—¿Sabes algo de Stacey? No me lo imagino perdiéndose tu boda.

Julian sonrió al pensar en el honorable Stacey Bannister, el hijo de la hermana menor y más querida de su padre.

—¿Stacey? No, no lo he visto ni he tenido noticias suyas, pero espero que aparezca por aquí en cualquier momento, como tú.

—¿Y Charles y su hermano, y la querida tía Sofie? ¿También aparecerán por aquí?

—Charles es consciente de que, además de nuestras otras diferencias, lo considero parcialmente responsable de la muerte de Daniel. Sé que lo quería, y estoy seguro de que no vio nada malo en presentárselo a Tynedale y a su desenfrenado grupito; es probable que creyera que le estaba haciendo un favor, pero ese favor desembocó en el suicidio de Daniel. Dudo de que Charles ni nadie de su familia asista a la boda.

Con la mirada puesta en el licor ámbar que contenía su copa, Julian pensó en la muerte de Daniel y en el distanciamiento entre él y Charles, al que tiempo atrás había considerado su primo favorito.

Pasado un momento alejó esas ideas lúgubres de su mente y preguntó de golpe:

—¿Dónde vas a alojarte? Me imagino que no has vuelto a abrir tu casa en la ciudad para una estancia tan breve.

—No —confirmó Marcus a la vez que negaba con la cabeza—, he tomado unas habitaciones en Stephen's y el jueves volveré a mi pabellón de caza.

Los dos hombres se levantaron y Marcus se dirigió a la puerta.

—¿Serás mi padrino? —preguntó Julian.

—Por supuesto. Me habría ofendido si no me lo hubieras pedido.

El día de la boda amaneció gris y lluvioso, y al ver el tiempo tan desapacible, Nell pensó que coincidía exactamente con su estado de ánimo. Los últimos días se le habían pasado volando con los preparativos, pero ya estaba todo dispuesto. Se había obtenido la licencia especial, se había elegido la iglesia, y su padre había ordenado a Chatham que se encargara de que todo estuviera a punto para el banquete nupcial, que se celebraría en la casa inmediatamente después del enlace. El personal de la cocina, incitado y amonestado por la cocinera, había estado trabajando a la carrera en el poco tiempo que se le había dado para preparar unos platos y unas bebidas dignas de un pachá.

La ceremonia estaba prevista para las once y media de la mañana, y aparte de algún que otro instante de pánico, Nell se sentía muy distanciada del evento. Había intervenido poco y había dejado que su padre y el conde lo organizaran como quisieran. Si iban a entregarla como un botín que pasaba de manos de un pirata a otro, ¿qué más daba su opinión?

Al subir al carruaje para el breve trayecto hasta la catedral, apenas prestó atención a las quejas de su padre sobre la persistente lluvia. En la iglesia, fría y húmeda, se quitó la capa, se sacudió los pliegues del vestido lila pálido, se ajustó el tocado de capullos de rosa amarillos y recorrió el pasillo al lado de su padre para reunirse con el hombre que iba a ser su marido.

La comitiva nupcial era reducida: sólo Nell, Julian, sir Edward, los hermanos de Nell, Marcus Sherbrook, que era el padrino de Julian, Elizabeth y lady Diana, que sollozaba delicadamente en su pañuelo de encaje. Pero había varios bancos llenos, ocupados por miembros de la alta sociedad. Nell sospechaba que habían ido tanto por curiosidad como por el deseo de compartir la celebración. Afortunadamente, la ceremonia fue breve, y estaba tan aturdida que no se enteró de nada. Sólo fue consciente de la alianza de oro que llevaba en el dedo y de que el desconocido alto y fornido que tenía al lado era ahora su marido. Ni siquiera el rostro radiante de su padre o la expresión orgullosa de sus hermanos, ni siquiera la sonrisa amable que le dirigió el padrino de Julian lograron atravesar la tristeza que la envolvía.

A pesar de su distanciamiento, Nell intentó participar en la celebración por el bien de su familia. En el banquete nupcial, comió, charló y aceptó con amabilidad las felicitaciones que recibía de los diversos invitados sin dejar de preguntarse si estaría teniendo otra pesadilla, distinta, pero no menos aterradora.

Finalmente llegó la hora de irse, y entre risas y buenos deseos, con la capa forrada de marta ondeando con el viento de la tormenta, subió al carruaje de Wyndham para recorrer el trayecto hasta la mansión que Talcott poseía a unos kilómetros de Londres. Julian y ella pasarían allí una semana, el tiempo suficiente para que el formidable mayordomo de su marido, Dibble, volviera con otros criados del conde a Wyndham Manor, su nuevo hogar en el campo, y lo preparara todo para la llegada de la nueva señora de la casa.

Mientras tanto, había que abordar el presente. Pensó de repente en la noche y, tragando saliva, se atrevió a mirar al hombre alto y moreno que estaba sentado delante de ella. ¡Dios santo! Aquel desconocido, un hombre del que apenas sabía nada, iba a compartir su cama esa noche y, si así lo quería, todas las noches durante el resto de su vida.

A la luz tenue del interior del carruaje, lo observó como una yegua enfrentada a un semental desconocido.

«Y ni siquiera estoy en celo», pensó, histérica.

—Todo esto te debe de parecer un poco extraño —dijo Julian con una sonrisa al verla.

—Un poco —admitió antes de bajar los ojos hacia sus manos enguantadas.

—Lo siento. Siento la precipitación con que nos hemos casado.

—¿Sólo la precipitación? —preguntó Nell con sequedad.

—El nuestro no es un matrimonio usual, pero tampoco es la primera vez que dos desconocidos se casan —comentó Julian con un encogimiento de hombros. Al ver que Nell no decía nada, se inclinó hacia delante, y ella retrocedió un poco para mantener una buena distancia entre ambos. Julian se fijó en ello y frunció los labios. Una esposa asustadiza no auguraba una buena vida en común—. Como ya te dije —prosiguió en voz baja—, podemos hacer que nuestro matrimonio sea como queramos. No puedo obligarte a estar complacida, ni puedo hacer, no ya que seas feliz, sino simplemente que por lo menos te contentes con la situación. Eso sólo puedes hacerlo tú.

—¡Qué fácil es para ti decir eso! —le espetó Nell con la mandíbula tensa—. No es tu vida la que ha dado un vuelco. Voy a vivir en tu casa, donde están tus criados. Todos ellos me son desconocidos y están acostumbrados a tu madrastra. ¡Y ahora, de repente, yo voy a sustituirla en una casa que lleva años siendo su hogar! ¡Preferiría enfrentarme con una manada de jabalíes! Aparte de mi doncella, Becky, y de mi ropa, no habrá nada que me resulte familiar. ¿Y tengo que estar feliz? ¿Debo contentarme con ello? —Le brillaron los ojos—. He dejado atrás todo lo que he conocido hasta ahora: mi padre, mi hogar. ¿Y para qué? Para vivir con un hombre con el que no quiero casarme y al que no conozco.

—Todo eso es cierto —admitió Julian con tristeza—. Pero confío en que con el tiempo ya no pensarás que todas esas cosas son mías, sino nuestras.

—¿Eres siempre tan razonable? —preguntó, irritada por su actitud tranquila y sensata.

—No, no siempre —rio Julian—. Alguna vez he perdido los estribos, aunque no a menudo, y puedo enfurruñarme cuando las cosas no salen como había previsto. —Alargó los brazos para tomar una de las manos de Nell entre las suyas—. Sé que nada de esto es fácil para ti —aseguró, y cuando Nell iba a hablar, se apresuró a proseguir—: Y que es mucho más fácil para mí que para ti. Pero estamos casados, y aunque ahora todo es extraño y nada nos resulta familiar, tenemos toda la vida para conocernos.

—¿No te molesta en absoluto que te hayan endosado a una desconocida como esposa? —preguntó Nell con curiosidad.

—No cuando es tan encantadora y agradable como tú, querida —respondió con chispitas en los ojos.

—Te equivocas —rio Nell muy a su pesar—. No he sido en absoluto encantadora y, desde luego, yo no diría que me haya portado de forma agradable.

—¿Cómo voy a contestar a eso? Soy demasiado educado para llamar mentirosa a mi esposa —aseguró, y el brillo de sus ojos se había intensificado—. Pero, como valoro mi vida, tampoco me atrevería a decir que eres desagradable.

—Un dilema, sin duda. Pero estoy segura de que un caballero tan hábil como tú lo resolverá con facilidad —replicó Nell, y una sonrisa pícara le iluminó el semblante.

Julian soltó una carcajada e, inexplicablemente, el estado de ánimo de Nell mejoró lo suficiente como para poder disfrutar del trayecto. El conde se dedicó a divertir a su renuente esposa y, cuando, un rato más tarde, el carruaje se detuvo frente a una hermosa mansión, Nell bajó, si no feliz con la situación, por lo menos no tan triste.

Como se había alojado en casa de Talcott muchas veces, el conde conocía a los criados, y cuando el mayordomo de su amigo los hubo acompañado hasta un elegante salón, le preguntó:

—Diga, Hurst, ¿han llegado ya mi ayuda de cámara y la doncella de la señora?

—Sí, milord, hace unas horas —respondió Hurst con una reverencia.

Julian se volvió hacia Nell.

—¿Te apetecería ver tu habitación, y cambiarte y refrescarte antes de cenar? —preguntó.

Nell aceptó agradecida su sugerencia. La acompañaron a su dormitorio, en el piso de arriba, donde encontró a Becky esperándola con unos ojos como platos. Becky, nacida y criada en el campo, seguía atónita por el repentino matrimonio.

—Oh, señorita... —Se sonrojó y se corrigió—. Milady, no sabe cómo me alegra verla. Me daba miedo estar esperándola en el dormitorio del conde y no sabía qué haría si el señor entraba.

Nell soltó una carcajada y se relajó por primera vez desde que se había despertado por la mañana.

—¿Va todo bien? —preguntó mientras echaba un vistazo a la elegante habitación.

—Oh, sí, señorita... ¡milady! Todo el mundo se ha portado muy amablemente.

Con su cara cándida y pecosa, y su rizado pelo rojizo, Becky Farnsworth era lo menos parecido a una doncella como Dios manda, lo que no importaba a Nell en absoluto. En Meadowlea solía prescindir de tener doncella personal, pero para ese viaje a Londres, cediendo a la insistencia de su padre, había pedido a Becky, normalmente una de las criadas principales, que hiciera esa función. A Becky, que no se había alejado nunca más de ocho kilómetros de Meadowlea, le había entusiasmado la idea, y su carácter alegre y su plena disposición a hacer lo que se le pidiera habían demostrado que era la clase de doncella que Nell deseaba.

—No sabía a qué hora pedir que trajeran el baño —empezó a explicar Becky mientras seguía a Nell a la alcoba—, ni qué sacar de los baúles, señorita... esto, milady, pero he preparado sus cosas para dormir y he pedido que le plancharan el vestido verde bronce para esta noche.

—Gracias —dijo Nell deambulando nerviosa por la habitación.

Se sentía impotente y, a pesar de las acciones y las palabras de Wyndham durante el largo trayecto hasta allí, un poco asustada. Temía la noche. No era ninguna niña y se había criado en el campo; había supervisado la cría de sus caballos desde que tenía dieciséis años, y sabía lo que se esperaba de ella. El conde, tenía que reconocerlo, era un hombre apuesto. La aliviaba no encontrarlo repulsivo, pero, aun así, no le apetecía hacer el amor con él. No era que no la atrajera, como le resultaba evidente al recordar los momentos pasados en el puesto de peaje justo antes de que su padre y su hermano los interrumpieran, y estaba ese beso... A lo mejor, si el conde era paciente con ella, podría entusiasmarse algo por el acto.

Mientras Julian se arreglaba para reunirse con Nell en el comedor, recordó las palabras de ésta en el carruaje y trató de imaginarse cómo se sentiría él si lo alejaran de todo lo que le resultaba familiar. Incluso aquella casa y sus criados, aunque no fueran suyos, le eran conocidos; pero para Nell, salvo la doncella, todo era extraño.

Julian, que se sentía atraído por su esposa más de lo que hubiese creído posible, estaba impaciente por pasar su noche de bodas con ella, pero se le ocurrió que era posible que Nell no tuviera sus mismas ganas. Confiaba lo bastante en sus habilidades amatorias como para saber que podría hacer que la noche fuera, si no totalmente placentera, por lo menos no tan terrible, pero la idea de hacer el amor a una esposa que no lo deseaba le provocaba incertidumbre. Durante el viaje en carruaje hasta la casa se había dado cuenta de que su esposa seguía sin estar contenta con su matrimonio y de que recelaba de él y de su futuro. Sonrió sin ganas. De nada le había servido con ella su cacareada posición en el mundo, y le complacía que a Nell no le impresionaran ni su título ni su fortuna... pero esa noche eso le hubiese facilitado las cosas. Sin embargo, pensar en una esposa aduladora que le permitiera acostarse con ella sólo por ser quien era le desagradaba. Al recordar cómo Nell levantaba obstinada el mentón, estuvo seguro de que no lo adularía nunca y sospechó que no era probable que esa noche pudiera acostarse con ella contando con su participación entusiasta. ¿Cómo podría, entonces, conseguir lo que quería sin que se mostrara todavía más recelosa y distante de lo que ya se mostraba?

La propia Nell resolvió su dilema. Ambos habían consumido frugalmente el suntuoso banquete dispuesto para ellos en el comedor. No fue una comida cómoda, y la conversación había resultado forzada, así que los dos se levantaron aliviados de la mesa cuando acabaron de comer.

Como no le apetecía tomar una copa solo, Julian siguió a Nell a un saloncito. Una vez Hurst hubo cerrado la puerta al salir, el conde se acercó a la reluciente mesa en la que descansaban varias licoreras de cristal al lado de unas cuantas copas. Se volvió hacia Nell, que se había sentado rígidamente en un pequeño sofá de satén azul.

—¿Te sirvo una copita de vino blanco del Rin?

Nell asintió porque decidió que, si sujetaba una copa, tendría algo que hacer con las manos. Después de darle la copa, Julian tomó la suya y se sentó delante del sofá, en una butaca a juego. Se hizo un silencio incómodo.

—Milord —soltó Nell tras inspirar hondo y dar un traguito de vino—, me gustaría hablarte sobre esta noche.

—¿Sí? ¿Qué quieres decirme sobre esta noche? —dijo Julian antes de tomar un sorbo de vino.

—No te quiero en mi cama —soltó Nell, coloradísima.

—Ah —respondió Julian, disimulando su consternación—, si la memoria no me falla, somos marido y mujer, y creo que se habla mucho de las alegrías de la cama matrimonial. —Le dirigió una sonrisa encantadora—. Esperaba averiguar si eran ciertas.

—Bueno —replicó Nell entre dientes—, ¿te importaría no averiguarlo esta noche?

Julian la observó y notó la rigidez de su cuerpo, el brillo de miedo mezclado con desafío en sus ojos verdemar. Había temido encontrarse con una esposa poco dispuesta, sólo que no se había percatado de lo poco dispuesta que estaba.

—¿Estás sugiriendo que el matrimonio no se consuma nunca? —preguntó en voz baja, recordando lo desagradable que había sido su anterior matrimonio.

—No —respondió con firmeza Nell a la vez que negaba con la cabeza—. Sólo te suplico que seas indulgente y me concedas algo de tiempo para conocernos mejor antes de... —Tragó saliva con fuerza—. Antes de consumar nuestro matrimonio.

—¿Y cuánto tiempo crees que haría falta? ¿Una semana? ¿Un mes? ¿Seis meses?

—No lo sé, pero no creo que podamos fijar un plazo para ello. —Le sonrió timidamente—. Me imagino que tú tampoco tendrás demasiadas ganas de acostarte con una mujer a la que apenas conoces, ¿no?

Dada la impaciencia con la que había esperado que llegara esa noche, Julian habría querido sacarla de su error diciéndole exactamente las ganas que tenía de llevársela a la cama, de no haber sido porque suponía que huiría despavorida de la habitación. Era más habitual que las mujeres se acostaran encantadas con él que lo contrario, y apenas recordaba un día que hubiera tenido que esforzarse a fondo para lograrlo. Como no conocía el terreno, eligió con cuidado dónde pisaba. La petición de Nell era lógica, aunque a él no le gustara. Estarían casados mucho tiempo. ¿Qué eran una semana, un mes o hasta dos meses de espera por su parte en comparación con toda una vida juntos?

La miró con los párpados entornados. Nell no tenía ni idea de lo atractiva que estaba allí sentada, en el sofá, con la luz de las velas que le teñía el pelo de un tono dorado, le acariciaba los hombros desnudos y le parpadeaba en el cautivador pecho que dejaba al descubierto el escote del vestido. Su cuerpo sería suave y cálido, y sus labios, complacientes. Julian se tensó al pensar en los placeres carnales que iban a ser suyos. Todos sus instintos le incitaban a recorrer el breve espacio que los separaba para mostrarle lo experto que era en el arte del amor; pero la cautela, y el temor de destruir algo que apenas podía imaginar, lo contuvo.

Como vio que no contestaba, Nell levantó el mentón y carraspeó para insistir:

—¿Y bien, milord?

El conde se puso de pie y cruzó la habitación para situarse frente a ella. Y, entonces, le tomó una mano para besarle cariñosamente el dorso.

—Quizá seguir tu idea sea lo mejor... —Sonrió con ironía al ver su expresión; daba la impresión de haber escapado de un destino peor que la muerte.

—¡Oh, gracias, milord! —exclamó Nell, que apartó la mano con una rapidez que habría ofendido a cualquier hombre de menos valía. Acto seguido, se levantó y se alejó de él—. Bueno, me alegro de que lo hayamos aclarado y, como ha sido un día muy largo, creo que será mejor que me retire. Buenas noches, milord.

Prácticamente voló hacia la puerta. Pero se detuvo al oír a Julian.

—Sólo una cosa, querida —dijo éste.

Se quedó inmóvil y se volvió. La sobresaltó encontrárselo justo detrás de ella. Observó el rostro moreno e inescrutable de su marido con ojos recelosos.

—¿Sí? —preguntó.

—Te prometo que no te obligaré a acostarte conmigo —dijo con una leve sonrisa mientras le recorría suavemente la mejilla con un dedo—. Pero, a cambio, tendrás que dejar que te corteje.

—¿Que me cortejes? —masculló—. ¿Qué quieres decir?

—Pues que pueda tocarte de vez en cuando. —Le rodeó la cintura con los brazos y tiró de ella hacia él—. Y que pueda robarte algún que otro beso...

Puso los labios sobre los de ella y la estrechó con fuerza entre sus brazos. El beso que le dio fue largo y apasionado, y tuvo que esforzarse por no dar rienda suelta a su pasión, por contener el deseo de disfrutar de algo más que de la dulzura de su boca.

Cuando por fin se obligó a separarse de ella, Nell se mostraba dócil entre sus brazos, tenía la mirada turbia y jadeaba. Satisfecho consigo mismo, le hizo dar la vuelta y le murmuró con una palmadita en el trasero:

—Buenas noches, querida. Dulces sueños.

7

Nell subió la escalera hasta sus aposentos como si la persiguiera el diablo. Y sí, mientras entraba a toda velocidad en su habitación y cerraba la puerta, tuvo que admitir que huía, no encontraba otra palabra mejor para definirlo. El corazón le palpitaba dolorosamente en el pecho. Contempló la puerta y buscó frenética la llave, un cerrojo, algo. No lo había. Pero sabía que, aunque pudiera mantenerlo alejado físicamente de ella, nada en este mundo podría mantenerlo alejado de su mente; el recuerdo de aquel beso largo, dulce y seductor se le había grabado en el cerebro.

Apenas consciente de que Becky iba y venía detrás de ella. Se preparó para acostarse y, a pesar de tener los sentidos aguzados, evitó pensar en lo que no ocurriría esa noche. Se puso el camisón de seda y encaje sintiéndose una farsante, y se metió en la cama mientras los buenos deseos de Becky todavía le seguían resonando en los oídos.

Sola en la habitación oscura, pensó en el beso. Se recordó que no era una jovencita inocente. Tenía veintinueve años, y tiempo atrás había estado prometida. Su compromiso con Aubrey sólo había durado unos meses, antes de su accidente, pero había habido algún que otro beso robado en el jardín o en un rincón apartado, de modo que no era como si ningún hombre ajeno a su familia la hubiera besado nunca. Recordó los escasos y torpes momentos con Aubrey y resopló. Por Dios, comparar los besos de Aubrey con los de Julian era como comparar el agua con el champán. ¡No había comparación! Peor aún, en su momento habría jurado que estaba perdidamente enamorada de Aubrey. Y se preguntaba, inquieta, por qué el beso de un hombre al que no conocía, con el que no quería haberse casado y que ni siquiera estaba segura de que le gustara, la hacía sentir como si todo el cuerpo se le abrasara. Nell no encontró ninguna respuesta a estas preguntas antes de sumirse en un sueño agitado.

Por la mañana se reunió con su marido en el comedor temiendo que el desayuno sería, con toda seguridad, violento. Para su alivio, el conde se portó como un perfecto caballero y no dijo ni hizo nada que pusiera de manifiesto que pasara algo en su matrimonio.

Aunque, como Nell se recordó categóricamente, no pasaba nada. La alivió que Julian no volviera a intentar buscar una mayor intimidad con ella. Como era un acompañante ameno, que siempre tenía una historia divertida que contar o que procuraba discretamente que se sintiera cómoda, terminó relajándose en su presencia y encontrando que el tiempo que pasaba con él era de lo más agradable. Tan agradable que, de hecho, esperaba ansiosa estar con él y tal vez no le hubiese disgustado del todo otro beso...

Por un acuerdo tácito, ella y Julian desayunaban juntos todas las mañanas y decidían juntos qué harían durante el día. Se pasaron buena parte de su estancia montando a caballo y disfrutando de la belleza del paisaje de Surrey. Le encantó descubrir que su marido compartía su pasión por los caballos, y en esas largas cabalgadas pasaban horas seguidas hablando de caballos y de su crianza y su cuidado. Pasaron algunas tardes paseando por los extensos jardines que se extendían en todas las direcciones desde la mansión y en los que las rosas seguían en flor a pesar del frío cada vez más intenso del otoño. Un día particularmente soleado incluso hicieron un picnic cerca del estanque. Las veladas eran tranquilas y terminaban pronto, cuando ambos se iban a pasar el rato a sus habitaciones. A medida que fueron pasando los días, sin embargo, Nell se quedaba cada vez más tiempo en el comedor riendo y charlando con Julian.

A Julian le irritaban las limitaciones que le había impuesto Nell.

Desempeñar el papel de acompañante amistoso cuando su instinto le mandaba un mensaje completamente distinto no le resultaba fácil. Aun así, mantener a raya sus necesidades más básicas obtuvo recompensa: al final de la semana, cuando se preparaban para ir a Wyndham Manor, Nell lo trataba de una forma tan relajada y con tanta confianza que no sabía si reírse o desesperarse. Antes de la boda, no habían tenido tiempo ni siquiera para charlar. Pero esa semana habían averiguado muchas cosas el uno del otro, lo que les había ido bien a ambos, y la incomodidad inicial prácticamente había desaparecido. Aunque no poder acostarse con ella impedía que Julian se sintiera satisfecho, por lo menos se había resignado, de momento, a la situación.

Nell no lamentaba dejar la mansión de Talcott. Tenía demasiado tiempo libre, demasiado tiempo para pensar en su marido y, para su asombro, descubrió que tenía ganas de ver por fin su nuevo hogar y de tomar las riendas como señora de la casa.

Siguió haciendo buen tiempo; ninguna tormenta les causó más problemas ni los retrasó, y el viaje hasta Wyndham Manor, cerca de Dawlish y de la costa de Devonshire, transcurrió sin incidentes. Nell se pasó la última hora del trayecto moviéndose muy nerviosa, ansiosa por escapar del encierro del carruaje, impaciente por llegar a su destino; pero cuando el coche se detuvo por fin en el largo camino de entrada flanqueado de robles, tuvo un ataque inesperado de nervios.

En cuestión de días había pasado de ser simplemente la señorita Anslowe a ser la condesa de Wyndham, y la magnitud de su cambio de posición la asaltó de repente. Miró a Julian, del que sólo pudo distinguir sus apuestos rasgos a la luz del crepúsculo, y cuando sus ojos se encontraron, el corazón le latió irregularmente. Se dio cuenta entonces de que la situación entre ellos había cambiado. Ya no estaban en terreno neutral, sino en su terreno, y se preguntó si eso haría que cambiara su forma de tratarla. ¿Se convertiría en un tirano en su casa? No tenía motivos para pensar que fuera a transformarse de la noche a la mañana en un hombre distinto al que había conocido esos últimos días, pero la duda seguía ahí, y la inquietud se apoderó de ella. ¿Qué sabía realmente de él? Una semana, aunque fuera una semana a solas como la que acababan de pasar, no era demasiado tiempo. A lo mejor era muy buen actor y ocultaba su auténtico carácter tras una sonrisa educada y unos modales corteses. Aunque sabía que estaba siendo absurda, no consiguió sofocar del todo la ansiedad.

Sin embargo, cuando el carruaje se detuvo y Julian la ayudó a bajar delante de una casa de estilo isabelino cubierta de hiedra, sujetó con fuerza su mano. Él había sido lo único constante en un mundo que había cambiado por completo y, fuera lo que fuese lo que le deparara el futuro, ahora que iba a enfrentarse a su nuevo mundo agradecía su presencia.

La casa era enorme y estaba muy iluminada. En la oscuridad de ese anochecer de otoño, los rayos amarillos que salían por las ventanas con parteluz le daban la bienvenida y la atraían hacia sí. Los pies apenas le tocaban el suelo antes de que la alta puerta principal se abriera de para en par y saliera más luz cálida del interior de la casa.

Para su incomodidad, todos los criados, desde el puntilloso mayordomo, Dibble, hasta la más simple fregona, la estaban esperando, al parecer, en el vestíbulo de mármol blanco y gris para recibirla. Irguió la espalda y, con una sonrisa afable, los saludó uno a uno, preguntándose si alguna vez llegaría a recordar la mitad de sus nombres y sus cargos. A medida que avanzaba por la fila de criados que hacían reverencias, se relajó. Era evidente que algunos la miraban con curiosidad, que otros la estudiaban disimuladamente, pero en general se sintió bien recibida y más cómoda de lo que había esperado.

Después de guardar su capa y sus guantes, Dibble los condujo a un saloncito donde los aguardaba una comida ligera. Un fuego danzaba en la chimenea de mármol. A Nell le gustó mucho la comida y pensó que tendría que preguntar a la cocinera cómo lograba que la crema de pollo le quedara tan rica y ligera. La comida informal terminó, entre otros platos, con una *mousse* de pistachos que casi se le deshizo en la boca.

Apartó el plato vacío a un lado y echó un vistazo a la encantadora habitación decorada con sedas color verde y crema.

—Tienes una casa preciosa.

—Ahora también es tuya —sonrió Julian—. ¿Te gustaría verla un poco más? —Cuando vio que Nell vacilaba, añadió con chispitas en los ojos—: Estoy seguro de que Dibble está ansioso por enseñártela.

—Bueno. —Nell lo miró insolente—. Pues que no se diga que decepcioné a tu mayordomo. Llámalo, por favor.

Julian se acercó a un tirador de terciopelo.

—También es tu mayordomo, querida.

—Siempre se me olvida —dijo Nell con una mueca.

Y, mientras llamaba a Dibble, Julian pensó que eso lo ponía en su lugar.

Dibble apareció al instante y, cuando Julian le hubo explicado la situación, el mayordomo hizo una reverencia y aseguró que sería un placer mostrar la casa a la señora. Con la diversión reflejada en los ojos, Julian los siguió y observó la expresiva cara de su mujer cuando pasaban de un salón majestuoso a otro. Al ver que los ojos se le ponían vidriosos cuando Dibble le enseñaba orgulloso otro grupo de habitaciones, Julian se apiadó de ella y decidió detener la procesión. La tomó de la mano y le sonrió.

—Agobia un poco, ¿verdad? —dijo. Mirando a Dibble, añadió—: Creo que la señora ya ha visto bastante por hoy. Ésta es ahora su casa y tendrá toda una vida para familiarizare con ella. El viaje ha sido largo, y estoy seguro de que querrá retirarse a sus aposentos. —Se volvió hacia Nell y murmuró—: Seguro que Becky te está esperando. Si me disculpas, yo también tengo asuntos que atender. Te veré por la mañana —indicó, antes de darle un beso en el dorso de la mano.

Nell le dirigió una mirada agradecida y subió la amplia escalera de mármol tras Dibble.

—Sus aposentos, milady —anunció el mayordomo abriendo con una floritura una puerta—. Si desea algo, llámeme y me ocuparé de conseguírselo.

Tras darle las gracias, Nell entró en sus aposentos, cerró la puerta y, apoyada sin fuerzas en ella, echó un vistazo a la amplia antesala, decorada en dorado y rosa, repleta de adornos.

Bueno, ya estaba en casa. Le resultaba extraño considerar aquel edificio enorme y laberíntico su casa, pero mejor que fuera acostumbrándose porque era eso: su casa a partir de entonces. Se apartó de la puerta para ir hacia una puerta doble que, si no se equivocaba, daba a la alcoba, y se preguntó cuánto tiempo tardaría en sentirse realmente en casa y no como si estuviera de visita en la casa de otra persona.

Cuando entró en la habitación, Becky estaba deshaciendo el equipaje. Al ver a su señora sonrió de oreja a oreja.

—Oh, milady, ¿había visto alguna vez un sitio como éste?

—Sí —rio Nell—, pero jamás esperé vivir en él.

Al ver la inmensa cama con dosel de seda rosa en la tarima que había al fondo de la alcoba, parpadeó. ¡Por Dios santo! ¡Parecía una explosión de crema de fresas! Ignoró la cama y recorrió las habitaciones. Se asomó al vestidor, que era casi tan grande como su querido salón familiar de Meadowlea. Abrió otra puerta y se encontró en la alcoba de su marido. Con la sensación de ser una fisgona, volvió a cerrarla de inmediato.

—¿Te has podido instalar? —preguntó entonces a Becky—. ¿Te están tratando bien los criados?

—Oh, sí, señorita... ¡milady! Han sido todos muy amables —aseguró la chica antes de añadir, impresionada—: Hay cuatro fregonas. ¿Se lo puede creer?

Nell sonrió e hizo un comentario banal. La vida en Wyndham Manor iba a ser distinta a la de Meadowlea, pero no le parecía que fuera a serlo tanto. Llevar una casa, aunque tuviera el tamaño de la del conde, no le planteaba problemas... ser esposa, sí. Dirigió una mirada a la cama.

Su marido había sido muy considerado. Sabía que la mayoría... que muchos hombres que se enfrentaban a una esposa renuente no hubiesen dudado en ejercer sus derechos conyugales. Pero ahora que estaban en el hogar del conde, entre su gente, ¿seguiría siendo tan paciente? Frunció el ceño. ¿Y le importaría a ella que no lo fuera? Un ligero escalofrío de placer le recorrió la espalda ante la idea de que Julian estuviera en la cama con ella, besándola como esa primera noche, tocándola mientras ella lo tocaba a él...

Sonrojada, con un cosquilleo en el cuerpo que le era desconocido, alejó de su mente tales pensamientos.

Un repentino alboroto procedente del vestidor captó la atención de Becky.

—Será su baño, milady —indicó—. Pedí que lo prepararan antes de subir.

Un poco después, tras un lujoso baño caliente, cansada del viaje, Nell se acercó a la cama. Apartó las colgaduras, se metió con agilidad entre las sábanas y descubrió que, aunque pareciera una explosión de fresas, la cama era comodísima.

Había pensado que tal vez le costaría conciliar el sueño en esa habitación grande y desconocida, pero se durmió en cuanto la cabeza le tocó la almohada. Y lo hizo profundamente varias horas, hasta que la pesadilla fue insidiosamente a perturbarla, como una víbora que asoma de debajo de una piedra.

El espanto de la pesadilla se desplegó despacio con todo lujo de detalles. La misma mazmorra gris manchada de humo, la misma figura vaga del hombre que ejercía esa terrible y salvaje crueldad sobre la mujer llorosa y suplicante. Nell observó que esa noche era otra mujer. Ésta era mayor, morena en lugar de rubia, pero, como el de las demás, su cuerpo era terso y firme hasta el primer destello de la hoja... Nell se revolvió bajo las sábanas, gimiendo lastimeramente y moviendo la cabeza de un lado a otro mientras veía en sueños unas imágenes terribles, brutales. Y la sangre... Dios santo, la sangre... Notó el sabor amargo y asqueroso del miedo en la boca y, cuando la reluciente hoja asestó la última cuchillada, se incorporó de golpe. Con los ojos desorbitados, pero sin ver nada, gritó una y otra vez, incapaz de parar.

Con el primer grito, Julian se levantó de la cama de un salto, dispuesto a pelear, aunque aturdido y sobresaltado. Un segundo grito aterrado le heló la sangre en las venas. Identificó al instante su origen y cruzó corriendo la puerta que separaba su alcoba de la de su esposa sin prestar atención al hecho de que iba completamente desnudo y deteniéndose únicamente a tomar el cuchillo que siempre tenía cerca.

La oscuridad era absoluta, pero sabía dónde estaba la cama y los alaridos asustados de Nell le permitieron dirigirse directamente a la tarima. Al apartar las colgaduras, distinguió enseguida la silueta de su esposa, vestida de blanco, que gritaba una vez más y empezaba después a sollozar.

—¡Oh, por favor! —suplicó Nell con voz entrecortada—. Basta. No más, por favor.

Al percatarse de que tenía una pesadilla, Julian metió el cuchillo bajo la almohada y se sentó en la cama, a su lado.

—Tranquila, Nell. Estás a salvo. Es una pesadilla, cariño. Nadie va a hacerte daño; no lo permitiré.

Alargó la mano para intentar abrazarla, pero en cuanto notó que le tocaba el hombro, chilló y forcejeó con él. Le clavó las uñas en la mejilla, y se retorció como una loca, arañándolo, luchando desesperadamente por zafarse.

Consciente de que seguía dormida, Julian la soltó.

—¡Despierta, Nell! —dijo en voz alta, con firmeza—. Es una pesadilla. Despierta.

Su voz penetró la capa de terror que la rodeaba. Se quedó inmóvil. Pestañeó, se estremeció y se despertó.

—¿Ju... Julian? ¿Eres tú?

Julian se levantó y encendió una vela. Luego regresó a la cama y se sentó de nuevo en ella.

—¿Estás bien? —preguntó en voz baja mientras recorría el cuerpo de su mujer con la mirada y veía sus lágrimas, la palidez de su rostro y los escalofríos que la seguían estremeciendo.

Nell, que a medida que pasaban los segundos estaba cada vez más despierta, asintió y se secó las mejillas. Esbozó una sonrisa forzada.

—Sí, ahora sí —respondió. Y, consciente del cuerpo maravillosamente masculino que estaba sentado a escasos centímetros de ella, desvió la mirada—. Te he despertado —masculló—. Perdona.

—Tenías una buena pesadilla —comentó Julian, encogiéndose de hombros—. Creía que, como mínimo, te estaban matando.

—Estaban matando a alguien —dijo conmocionada—. Siempre matan a alguien.

—¿Qué quieres decir? —preguntó Julian con el ceño fruncido—. ¿Siempre? ¿Tienes pesadillas con frecuencia?

Nell asintió y, después, negó con la cabeza.

—No exactamente. Últimamente más a menudo, pero durante mucho tiempo... —Se quedó mirando al vacío.

—Pero durante mucho tiempo... —la animó Julian con cariño.

Nell lo miró y se quedó sin aliento por lo apuesto que era. Iba despeinado, y el pelo negro le caía sobre la frente de modo que el parpadeo de la vela realzaba y oscurecía partes de su rostro patricio: el arañazo en la mejilla donde le había clavado las uñas, los hombros anchos y las piernas largas y musculosas. Insoportablemente consciente de su presencia, consciente del aire que respiraba, volvió a apartar la mirada. Pero la imagen de su cuerpo desnudo no se alejaría de ella. Se atrevió a mirarle la mejilla.

—Siento haberte arañado. No he pretendido hacerlo —masculló—. Creía que... —Tragó saliva con fuerza—. Creía que eras él.

—No me has hecho daño. Me he lastimado más cayéndome del caballo.

Vio que Nell asentía, pero tuvo la impresión de que estaba muy lejos de allí. Le tocó ligeramente el hombro, lo que la sobresaltó.

—Ese hombre —dijo a su mujer con una sonrisa, aunque sus ojos verdes reflejaban preocupación—, el de tu pesadilla. ¿Quieres hablarme de él?

Nell se mordió el labio inferior y bajó los ojos hacia las manos, entrelazadas en su regazo.

—Antes no tenía pesadillas —empezó a contar—. Pero desde que me caí por el acantilado... cuando me quedé tullida..., desde entonces las tengo. —Inspiró hondo, con un escalofrío—. A veces estoy meses sin tenerlas y luego... Siempre es lo mismo... —Frunció el ceño—. Bueno, en la primera asesinaban a un hombre... y no era en la mazmorra, pero desde entonces siempre son mujeres, y siempre en el mismo lugar.

—¿La mazmorra? —repitió Julian, inclinado hacia delante con los ojos clavados en ella.

—No es un sitio en el que haya estado —aseguró—, pero lo reconozco de las pesadillas. El tamaño, el color de las piedras, las cadenas en las paredes, las manchas de sangre... —Tragó saliva—. El hombre, el que hace daño a esas pobres mujeres, siempre está en la penumbra. Es el mismo hombre, pero nunca le veo la cara. Aunque sé que es el mismo; no podría haber dos monstruos tan depravados en el mundo. —Calló mientras las lágrimas le resbalaban por las mejillas, y contuvo un sollozo—. Lo que les hace en ese sitio horroroso es inhumano —prosiguió—. Y no importa lo que lloren, rueguen y supliquen; jamás se detiene. —Le temblaba la voz—. Disfruta lastimándolas. Se deleita con el poder que tiene sobre ellas.

Sollozó en voz baja, y Julian la estrechó entre sus brazos sin otra intención que consolarla. Se apoyó en las almohadas de la cama, la acurrucó a su lado y le rozó el pelo con los labios.

—¡Chis! —murmuró—. Ahora estás a salvo. No puede hacerte daño.

—Pero les hace daño a ellas, y yo no puedo impedirlo —dijo con la mejilla recostada en el pecho cálido de su marido—. Sólo puedo mirar y desesperarme.

—No es real, Nell —le indicó Julian con cariño—. Es una pesadilla.

—Creo que sí que es real —aseguró tras ladear la cabeza para mirarlo a los ojos—. A mí me parece real, y una vez creí reconocer a una de sus víctimas —confesó.

Julian negó con la cabeza.

—Tal vez parezca real, cariño, pero puede no serlo. —Le sonrió—. A no ser que me haya casado con una bruja y puedas ver cosas incomprensibles para un simple mortal.

—Puede que vea cosas, cosas de verdad —insinuó Nell con cara de preocupación—. ¿Cómo iba a creer si no que reconocía a una de las mujeres? ¿Por qué creería que la mujer era una persona de verdad y no el producto de un sueño?

—Es posible que la vieras días o semanas antes y que, por alguna razón, tu memoria la incluyera en tu pesadilla —respondió Julian de modo razonable.

—¿Tú crees? —preguntó en voz baja, en absoluto convencida aunque quisiera estarlo.

—Estoy seguro —respondió él acariciándole distraídamente la espalda como si fuera un niño asustado.

Estuvieron tumbados así varios segundos, bañados por la luz parpadeante de la vela solitaria. Nell recibía su consuelo y Julian le murmuraba en voz baja, contribuyendo con su presencia y su actitud a disipar cualquier resto de la pesadilla. Ninguno de los dos supo en qué momento exacto cambió su humor, en qué momento preciso sintió Julian la necesidad de hacer algo más que consolarla ni cuándo fue Nell consciente de sentir un calor insistente en su interior y una curiosidad incontenible por el cuerpo viril acostado a su lado.

Tanto si Julian notó el cambio en ella como si Nell lo notó en él, cuando ella levantó la cabeza y sus miradas se cruzaron, el aire siseó; fue una sensación eléctrica, como si un rayo hubiera caído cerca, como si lo hubiera hecho entre los dos. Y sin que supieran si Julian la besó a ella o si Nell lo besó a él, sus bocas se unieron y se besaron como si su vida dependiera de ello.

La pasión se apoderó de Julian, y aunque una parte de él le aconsejaba contenerse, otra parte, una parte hambrienta, primitiva, no quería escucharlo. La besó intensamente; su lengua conquistó y se apoderó de la boca de Nell. Que ella le devolviera el beso con el mismo fervor acabó con el poco dominio de sí mismo que le quedaba, de modo que deslizó una mano hacia el pecho de Nell, hacia su muslo...

Cuando le levantó el camisón, Nell le clavó los dedos en el pecho, pero no se quejó ni lo detuvo, ni tampoco lo hizo cuando le pasó la prenda que le molestaba por la cabeza y la dejó desnuda junto a él. Al sentir el roce de sus pezones contra el vello del pecho de su marido, el contacto de sus piernas contra las de ella, Nell sintió un deseo enorme, y se apretujó más contra él, llena de sensaciones tan antiguas como el mundo y tan nuevas como el futuro.

Los labios de Julian, los dedos con los que le toqueteaba los pezones, la mano con que le acariciaba los pechos la volvían loca. Su reacción era todo lo que Julian hubiese podido desear: gemía bajo su boca y arqueaba la espalda para acercar más el pecho suave a su mano insaciable. Julian lo tomó, junto con todo lo demás que le ofrecía, y le acarició el esbelto cuerpo explorándolo, deleitándose, y pasando después a la siguiente curva tentadora, a la siguiente inclinación sedosa de piel...

En el cuerpo de Nell fue creciendo una necesidad que no había sentido nunca, mientras los besos y las manos expertas de Julian la iban alimentando hasta que se volvió apremiante, hasta que se convirtió en algo físico que la desgarraba, que exigía más de ella, de él. Y Julian se lo dio. Le acarició con los dedos el vello rizado de la entrepierna, y unos escalofríos de placer le recorrieron el cuerpo.

Insegura, pero incapaz de contenerse, lo acarició, descubriendo con las manos los contornos de la espalda firme, de los brazos y el tórax musculosos. Guiada tanto por la curiosidad como por la necesidad, alargó la mano hacia el miembro rígido que yacía entre ambos, y se estremeció al oír cómo su marido gemía de placer cuando lo tocaba vacilante. Julian le cubrió la mano con la suya y le enseñó los movimientos que le gustaban más. Nell era una alumna muy capaz, y pronto Julian se retorcía complacido entre sus manos.

—Un día me mostrarás qué es lo que más te complace, cariño —le murmuró Julian en los labios—. De momento, esperemos que te dé placer.

Le introdujo un dedo y ella se arqueó, jadeante.

—¡Oh! ¡Me lo das, milord, me lo das!

Julian soltó una mezcla de gruñido y carcajada. La tumbó boca arriba, se deslizó entre sus muslos y la acarició con los dedos para excitarla, asegurándose de que estuviera a punto para recibirlo. Cuando ella empujó su cuerpo hacia arriba para profundizar su contacto, la besó apasionadamente y se situó bien. Una vez estuvo en contacto con la abertura de su cuerpo, se fue desplazando hacia delante con movimientos suaves, y la lentitud con que se introducía en ella lo volvió medio loco. El placer que sintió al penetrarla así, centímetro a centímetro, cada vez un poco más profundamente, fue tal que pensó que no le habría importado morirse entonces.

Pero al alcanzar la fina barrera de carne que le impedía avanzar más, vaciló.

—Puede que te haga daño —murmuró en los labios de Nell—. Pero nunca más, te lo prometo.

—Ya lo sé —contestó con sus enormes y luminosos ojos fijos en los de él. Y, con los dedos clavados en sus hombros, balanceó las caderas contra él para añadir—: Hazlo, por favor. Ya.

El movimiento de Nell casi acabó con el poco control que le quedaba a Julian, que al oír sus palabras emitió un sonido ahogado y volvió a besarla apasionadamente a la vez que superaba con un empujón el obstáculo y la penetraba por completo. Y entonces, envuelto en su calidez sedosa, rodeado por los brazos delgados de Nell, gruñó de placer.

Nell se aferró a él, con una mezcla de dolor y de goce, mientras el dolor disminuía y el goce aumentaba. Cada vez que él se movía para penetrarla, un escalofrío de placer le recorría el cuerpo y la obligaba a retorcerse desenfrenadamente bajo su cuerpo. El mundo había dejado de existir, y sólo quedaban Julian y lo que estaban haciendo: el cuerpo de Julian dentro de ella, el suyo reaccionando a sus exigencias. Mientras se movían juntos, empezó a sentir algo, algo que no habría sabido definir, en la entrepierna. La increíble sensación aumentó, y una dulce agonía le recorrió el cuerpo. Soltó un grito ahogado, tensa, al notar una explosión de placer en su interior.

Julian, dentro de ella, notó cómo había llegado al clímax, y con un escalofrío perdió el poco control que había conservado hasta entonces. Con un último movimiento, alcanzó el éxtasis con ella.

Saciado como nunca antes, se separó de Nell con la respiración entrecortada y el corazón latiéndole como un tambor de guerra. Cerró los ojos y la acercó a él para disfrutar de la calidez suave de su cuerpo mientras ella se acurrucaba confiada contra él.

Nell oía el latido del corazón de su marido, contenta de saber que el suyo no era el único que se había acelerado. Seguía sintiendo unos pequeños escalofríos de placer en su interior. La asombraba que un acto tan simple, tan básico, pudiera dar tanto placer. Arrugó la nariz. ¡Y pensar que podría haber conocido esa parte tan deliciosa del matrimonio hacía días!

—¿En qué estás pensando? —quiso saber Julian.

—En lo tonta que he sido manteniéndote a raya —dijo a la vez que le dirigía una sonrisa.

Julian sonrió, encantado.

—Supongo que eso quiere decir que te he complacido.

—Oh, sí. Ya lo creo —aseguró con un brillo en los ojos antes de murmurar—: ¿Haremos esto a menudo?

Tras soltar una carcajada, Julian acercó sus labios a los de ella.

—Tan a menudo como quieras, cariño. Siempre estaré a tu... esto... servicio. —La besó—. Pero espero que me des un momento para recuperarme antes de exigirme que ejerza de nuevo mis derechos conyugales —murmuró.

Nell rio y se desperezó. Tal vez estar casada con Julian no fuera un destino peor que la muerte. Contempló su apuesto rostro moreno y el corazón le dio un vuelco. No estaba enamorada de él. Por lo menos, no creía estarlo; pero en ese momento no se le ocurría ningún otro hombre que la cautivara ni que la hubiera cautivado nunca tanto.

No había ninguna duda de que ejercía un atractivo enorme sobre ella; ¿cómo, si no, se explicaba que yaciera desnuda en la cama a su lado, con el cuerpo vibrándole aún por la forma en que le había hecho el amor? No podía negar que su matrimonio no había sido de su gusto pero, ¿lo habría evitado ahora de haber podido? Hizo una mueca. Probablemente. Un buen revolcón no valía un matrimonio. Y ella tenía una aversión innata a ser obligada a hacer algo.

Examinó la cara del conde. Parecía resignado a su matrimonio, y Nell suponía que debía estar agradecida por ello. Habría podido toparse con un hombre resentido, empeñado en castigarla por su destino compartido, pero no era así; Julian había sido siempre más razonable que ella en cuanto a su matrimonio. De hecho, no se había mostrado nunca reacio a casarse con ella. Frunció el ceño. ¿Por qué no había puesto ningún reparo? Era una completa desconocida para él y, dadas las circunstancias que habían rodeado su matrimonio, ¿no debería éste haberlo amargado un poco? ¿Acaso no le importaba demasiado con quién se casara? Era una idea sombría. Pero no entendía por qué razón había aceptado su matrimonio con tanta docilidad. Ella no lo había hecho, y seguía sin estar lo que se dice resignada a ello, pero él parecía de lo más satisfecho. Por supuesto, hasta ella estaba dispuesta a admitir, aunque fuera a regañadientes, que el hecho de que los hubieran encontrado en una situación tan comprometedora no le había dejado otra opción. Pero, aun así... ¿Aceptaba con tanta facilidad su matrimonio porque ya había estado casado antes? ¿Había estado tan enamorado de su primera esposa que ninguna otra mujer podría volver a conquistarlo? No había tenido hijos de esa unión; no tenía un heredero directo. ¿Había empezado a pensar que había llegado el momento de tenerlo?

Al notar que se movía, Julian la miró y vio algo en su expresión que acabó de golpe con su satisfacción.

—¿Qué? —preguntó—. ¿En qué estás pensando?

—¿Amabas mucho a tu primera esposa? —soltó Nell.

Julian se envaró y se puso serio.

—Preferiría no hablar de ella. Forma parte del pasado y no tiene cabida en nuestro matrimonio; desde luego, no en nuestra cama.

—¡Oh! ¿Significa eso que puedo preguntarte por ella mañana durante el desayuno? —preguntó alegremente Nell para ocultar la inquietud que su respuesta le había generado.

Julian se incorporó y se levantó de la cama.

—No —murmuró con la boca tensa—. Significa que no quiero hablar de Catherine ni ahora ni nunca.

¡Por Dios! ¿Cómo iba a hablar del período más desdichado de su vida, de la desesperación de haberse equivocado por completo al casarse, de la angustia de perder a un hijo aún no nacido? Especialmente a esa cautivadora mujer que, milagrosamente, de algún modo, había conseguido que creyera que podía ser muy feliz y dichoso en su actual matrimonio. Sabía que Nell se merecía una respuesta mejor, pero no era capaz de hablar de esos días desgraciados. Por lo menos, todavía. Tal vez más adelante, cuando ambos confiaran más en su matrimonio, ¡pero no en aquel momento!

—¿Por qué no? —insistió Nell, que sabía que no estaba siendo prudente, pero no podía contenerse. A no ser que Catherine importara mucho a Julian, habría debido poder hablar de ella, y se le había caído el alma a los pies al ver que no lo hacía.

—Porque no tiene nada que ver con nuestro matrimonio —respondió Julian con fiereza, y alargó la mano para recoger el cuchillo que había dejado debajo de la almohada—. Y no quiero que su fantasma presida nuestra cama matrimonial ni nuestra mesa. —Desvió la mirada, pero no antes de que Nell hubiera visto el dolor en su cara—. Catherine pertenece a otro momento y a otra parte de mi vida. No quiero compartir esos recuerdos con nadie.

Había recuperado el cuchillo para irse antes de decir algo que pudiera lamentar, pero se había olvidado por completo de la pesadilla de Nell y del hecho de que ella no había visto que lo llevara cuando había entrado en la habitación.

Al ver la hoja desnuda en su mano, inspiró asustada. Con los ojos desorbitados, se levantó con dificultad por el lado opuesto de la cama y lo observó, preparada para huir, llena de preguntas y de dudas.

Julian se dio cuenta de lo que había hecho y se maldijo mientras guardaba enseguida el cuchillo debajo del colchón.

—Perdona —dijo en voz baja—. No era mi intención asustarte. He traído el cuchillo cuando te he oído gritar porque creía que te estaban atacando y venía a protegerte, no a lastimarte. Y en cuanto a mi negativa a desenterrar mi primer matrimonio... perdóname, pero no quiero abrirme a ti: es demasiado doloroso.

Nell lo observó con el corazón helado, olvidado el cuchillo. ¿Eran sus recuerdos de su primera esposa tan preciados que ni siquiera soportaba hablar de ellos? Y volvió a sorprenderse por la facilidad con que había aceptado su matrimonio. ¿Podría ser que, después de tantos años, sólo quisiera un heredero y que mientras pudiera casarse y tener un hijo...? Al pensar en cómo habían hecho el amor un momento antes, sintió un escalofrío.

Julian sabía que había metido la pata, pero no sabía cuánto. La mujer apasionada que había tenido en los brazos apenas unos instantes antes se había convertido en otra que lo miraba como si la hubiera traicionado de algún modo.

—Creo que deberías volver a tu cama —dijo Nell con una voz que lo dejó helado—. Ya has hecho aquello para lo que viniste.

8

A la mañana siguiente, cuando se encontraron en el comedor para desayunar, la conversación fue tensa. De hecho, toda la semana posterior fue violenta para ambos mientras intentaban adaptarse a la vida matrimonial.

Julian sabía que tenía que reparar el daño que había hecho sin querer, como se recordaba con amargura, pero no tuvo ocasión. Por supuesto, la reserva con que lo trataba su esposa no facilitaba que pudiera abordar el tema. Que, además, lo evitara y se pusiera bajo la tutela satisfecha de Dibble sobre los usos y costumbres de Wyndham Manor era una dificultad añadida, y también estaban los asuntos que ocupaban su propio tiempo, lo que tampoco ayudaba a resolver la situación. Había estado unos meses fuera de la finca, y había muchas cosas que reclamaban su atención.

Cuando tenía un rato libre para pasarlo con Nell, salvo las contadas comidas que tomaban juntos, ella casi siempre tenía prisa para ir a otro sitio, donde, irónicamente, no estuviera él. Se planteó abordarla en su dormitorio, pero la idea no le convencía. No tenía la sensación de que presentarse junto a la cama de su esposa para suplicarle fuera a servirle de nada. De hecho, la idea lo repugnaba, porque le recordaba los últimos meses de su primer matrimonio, cuando había hecho todo lo que había estado en su mano para que Catherine se resignara al embarazo. No creía que Nell estuviera hecha de la misma pasta, pero como sólo podía guiarse por su primer matrimonio, recelaba.

Se sentía mal porque sabía que podría haber manejado mejor el incidente. Podría y debería haberlo hecho. Sacudió la cabeza. Era famoso por su agilidad mental, por reaccionar deprisa en las situaciones más complicadas, pero había reaccionado a la pregunta de Nell como un pardillo.

Era el primero en admitir que su anterior matrimonio era un tema muy personal y doloroso para él. Como Nell le había planteado la pregunta justo después del mejor sexo de toda su vida, lo había pillado completamente desprevenido. Podría haber manejado la situación con mucha más habilidad, pero no lo había hecho. Y el cuchillo... Bueno, eso había sido un accidente que, sin el desconcierto por las preguntas de Nell sobre Catherine, habría podido evitar.

Se dijo por enésima vez que no debería haberse ido nunca de su habitación dejando preguntas sin respuesta entre ambos. Y pensó con tristeza que, cuanto más tiempo durara el distanciamiento, mayor sería la barrera que existiría entre ellos. Era un dilema ridículo, irresoluble.

Julian no era el único que sabía que había cometido errores. Nell extrañaba el compañerismo relajado que existía entre ellos antes de esa noche, y le disgustaba que su situación actual fuera culpa suya tanto como de Julian. Aunque él tampoco se había propuesto ser demasiado conciliador. No parecía importarle en absoluto que fueran cada uno por su lado. ¿Era así como quería que fuese su matrimonio?

Mientras sólo escuchaba a medias cómo Dibble le explicaba la historia del excelente tapiz flamenco que colgaba en una de las partes más antiguas de la casa, Nell se preguntaba cómo sanar la herida abierta entre Julian y ella. Por desgracia, era evidente que el tema de su primera esposa le resultaba doloroso y que no iba a hablar pronto de Catherine, lo que le dejaba el asunto del cuchillo... Se estremeció al recordar a Julian de pie delante de ella con un cuchillo en la mano. No lo conocía demasiado bien, pero no creía que fuera normal que un caballero tuviera un cuchillo tan a mano durante la noche, ni que lo manejara con tanta naturalidad. Cuando pensó que había ido a su dormitorio dispuesto a defenderla, se sintió reconfortada y protegida, pero no podía dejar de sentirse intranquila al recordarlo blandiéndolo ante sus ojos. Estaba convencida de que le había dicho la verdad, y aunque había conseguido olvidarlo, de vez en cuando le venía a la cabeza la imagen de esa hoja reluciente que su marido sujetaba con tanta pericia y se preguntaba...

El cuchillo era un problema, pero un problema pequeño. Su primer matrimonio con lady Catherine Bellamy sin embargo... ¡Julian no había sido demasiado comunicativo al respecto, desde luego! Y decidió que eso podía convertirse en un problema muy grave. El conde se había negado rotundamente a hablar sobre su primer matrimonio, lo que, como tenía que admitir con tristeza, hacía que su curiosidad aumentara... especialmente en lo relativo a lo que Julian sentía por su primera esposa.

Frunció el ceño mientras seguía a Dibble por el largo pasillo. Supuso que ése era el meollo de la cuestión. Su unión no había empezado de la mejor forma y, si tenían alguna posibilidad de encontrar la felicidad juntos, no debían persistir sombras de su anterior matrimonio. Desalentada, decidió que el hecho de que Julian todavía amara a su primera esposa lo explicaba todo. Lo mismo que su buena disposición a casarse con ella: si había enterrado su corazón con la difunta, daba igual con quién contrajera matrimonio.

Casarse con un hombre del que pudiera llegar a enamorarse y que pudiera llegar a enamorarse de ella era una cosa; hacerlo con un hombre enamorado de un fantasma era otra completamente distinta. ¿Cómo iba a competir con una difunta? Y, más importante aún, ¿quería competir? Sí, creía que sí. Aunque las circunstancias de su matrimonio le disgustaban, tenía intención de ser feliz y, aunque sobre el corazón no se manda, quería enamorarse de su marido. Entonces se percató, sobresaltada, de que no sólo quería enamorarse de Julian, sino que también quería que Julian la amara a ella, no a una mujer que se pudría en su tumba.

Tras dar las gracias a Dibble por su tiempo, salió a dar un paseo por uno de los muchos caminos que recorrían los extensos jardines. Para ser casi noviembre, hacía un tiempo excepcionalmente agradable. Ajena a las rosas y las petunias en flor, deambuló sin rumbo, absorta en sus pensamientos.

Encontró un banco de piedra encantador, con vistas a una de las masas de agua del tamaño de un lago que había esparcidas por los inmensos jardines, y se sentó para analizar la situación. La solución a una de las razones que los separaban era sencilla: preguntarle por el cuchillo. Pedirle que le contara por qué lo tenía tan a mano y por qué lo manejaba con tanta pericia. Lo habría entendido de ser una pistola o una espada, pero un cuchillo... Un cuchillo no era un arma que soliera utilizar un caballero. En su opinión, los cuchillos eran para los maleantes que merodeaban por peligrosos callejones oscuros y para los monstruos que poblaban las pesadillas. Alejó de su cabeza esas ideas inquietantes.

Pensó apenada que preguntarle por Catherine no era tan sencillo. Ya lo había intentado y él se había enojado mucho. No, tardaría tiempo en preguntarle por Catherine. Pero ¿qué hacer con la frialdad que existía en ese momento entre los dos? Se recordó que era básicamente por su culpa, aunque no se le había escapado el hecho de que Julian no se desviviera por intentar arreglar las cosas. Quizá su vida en común iba a ser así a partir de entonces. ¿Quería Julian que compartieran la misma casa, y de vez en cuando la misma cama, pero que sus caminos rara vez se cruzaran y que vivieran vidas separadas? Deprimida y algo perdida, se quedó mirando distraídamente el agua.

El ruido de unos pasos la sacó de su ensimismamiento y, al alzar los ojos, vio que Julian se le acercaba.

—Hola —lo saludó con una sonrisa, sin prestar atención a la forma en que el corazón se le había acelerado al ver su alta figura elegantemente vestida—. ¿Has terminado con tus obligaciones?

—Sí. —Julian le devolvió la sonrisa—. Le he dicho a Farley que hacía una tarde demasiado bonita para pasarla dentro revisando los polvorientos libros de la finca —comentó antes de sentarse a su lado y tomarle una mano—. Y más cuando podía estar haciendo algo que me gusta mucho más... como estar sentado junto a mi esposa disfrutando de una vista preciosa.

La estaba mirando a la cara, y sus ojos color jade la observaban de tal forma que se sonrojó.

—No estás contemplando la vista —replicó.

—Ah, te equivocas. Y es realmente deliciosa.

—¿Estás flirteando conmigo? —preguntó Nell tras soltar una risita.

—¿Con mi mujer? Pues sí, creo que sí. ¿Te importa?

—No, en absoluto —respondió mirándolo a los ojos. Le estrechó con fuerza los dedos y añadió sin pensar—: Te he echado de menos. Últimamente has estado muy ocupado.

—Y tú también —murmuró Julian, ocultando el placer que le había producido oír sus palabras.

—Tal vez ya no volvamos a estar tan ocupados —dijo Nell, con la mirada fija en las plácidas aguas que se extendían ante ellos.

—No, ya no volveremos a estar tan ocupados —aseguró el conde tras levantarle la mano para besársela.

Se quedaron en silencio, sin que ninguno de los dos supiera muy bien qué decir a continuación. Pero Julian no estaba dispuesto a permitir que pasara la ocasión de intentar arreglar las cosas entre ambos, así que habló:

—Me gustaría explicarte lo de la otra noche.

—¿Lo del cuchillo?

Aliviado de que no mencionara a Catherine y sabiendo que era un cobarde por sentirse así, abordó la cuestión.

—Sí. Debí de asustarte, tan poco rato después de tener la pesadilla. Lo siento.

—¿Tienes siempre un cuchillo tan a mano? —le preguntó Nell mirándolo a los ojos.

El conde hizo una mueca y, tras soltarle la mano, se agachó para sacarse un cuchillo que llevaba escondido en la bota.

—Sí, me temo que sí.

Nell retrocedió un poco al verlo.

—Hummm... ¿Hay alguna razón para ello? No creo que muchos caballeros vayan armados así. Sé que mi padre y mis hermanos, no, y dos de ellos están en el ejército.

—No —coincidió Julian mientras volvía a guardarse el cuchillo—, estoy seguro de que la mayoría de los caballeros no llevan un cuchillo en la bota. Pero no tienes nada que temer; es simplemente una costumbre... una vieja costumbre.

—¿Y llevar un cuchillo escondido en la bota se convirtió en una costumbre porque...?

—Porque un condenado anciano metomentodo llamado Roxbury se cree muy listo enviando como espías a nobles jóvenes y aventureros a la Europa continental para que le consigan información —admitió Julian sin rodeos—. Y lo malo del caso es que tiene razón. Le llevé uno o dos chismes que sirvieron para desbaratar los planes de Napoleón e impedir que se apoderara de todo el mundo conocido.

—¿Eres un espía? —preguntó Nell, asombrada.

—No exactamente, y ya no. Pero hubo un tiempo, y de eso no hace mucho, en que cruzaba sigilosamente el Canal para averiguar lo que podía sobre los planes de Napoleón.

—¡Oh! —exclamó Nell dando una palmada—. ¡Qué apasionante!

—Solía ser aburrido, créeme —le aseguró Julian con una mueca—. Unas veces me limitaba a llevar mensajes a nuestros aliados en Francia y, otras, a husmear por ahí para averiguar lo que podía. Pero siempre cabía la posibilidad de que estuviera en peligro, lo que era parte del atractivo de trabajar para Roxbury. Debido a ello, se convirtió en una necesidad para mí llevar un arma que pudiera ocultarse pero a la que tuviera fácil acceso. —El conde esbozó una sonrisa torcida—. Es así de sencillo: a raíz de lo que hacía para Roxbury, me acostumbré a tener siempre un cuchillo a mano, y aunque dudo de que vaya a usarlo, es, no sé, reconfortante saber que lo tengo cerca. —Calló un momento para mirarla—. Y ésa, querida, fue la única razón de que entrara en tu habitación armado con un cuchillo, además de para protegerte —explicó y, tras tomarle la mano y besársela, preguntó—: ¿Me perdonas por haberte asustado?

—Si tú me perdonas por ser tonta de remate y haber reaccionado mal —respondió Nell.

—Oh —murmuró Julian, que la había estrechado entre sus brazos, con la boca a pocos centímetros de la suya—, creo que eso puede arreglarse sin el menor problema.

Nell recibió sus labios y le devolvió el beso con el mismo fervor a la vez que le rodeaba el cuello con los brazos y se apretaba contra su tórax. El deseo se apoderó de Julian... La generosa respuesta de Nell y el recuerdo de la última noche juntos hicieron que se volviera loco de pasión. Ávidamente le puso la mano sobre un pecho, y el gritito ahogado de placer de Nell lo incitó a seguir adelante. En vista de la buena disposición de Nell, necesitó toda su fuerza de voluntad para no subirle el vestido y hacerle el amor allí mismo, en el jardín. Sólo lo detuvo la idea de que algún criado pudiera verlos.

—Es una suerte que estemos casados —dijo con la voz ronca y un brillo de deseo en los ojos—. Si no, me temo que nos deshonraría a ambos.

—¿Es una suerte? ¿Nuestro matrimonio? —preguntó Nell en voz baja.

El conde sonrió mientras le acariciaba con un dedo los labios húmedos.

—Pregúntamelo dentro de veinte años —contestó.

No era una respuesta demasiado satisfactoria, pero Nell podía aceptarla de momento. La herida entre ambos parecía haber sanado, y si bien las preguntas sobre su primera esposa seguían ahí como una pequeña úlcera en el corazón de una rosa, sólo llevaban casados unas semanas. Tenía toda una vida para averiguar cosas sobre Catherine... y sobre los sentimientos de su marido por una difunta.

«Ahora soy yo quien está casada con él —se dijo, resuelta—, no Catherine.»

Y cuando Julian fue a su habitación esa noche, lo recibió encantada en su cama y en su cuerpo, decidida a alejar de la cabeza de su marido el fantasma de la otra mujer. Lo hizo mejor de lo que creía, porque lo último que tenía Julian en la cabeza cuando Nell estaba entre sus brazos era el recuerdo de la mujer que le había causado tanta angustia.

Encantada con la forma en que su marido le hizo el amor y con el restablecimiento de una relación amistosa entre ambos, Nell decidió que estar casada con un hombre tan apuesto y excitante como su marido no era nada terrible. Las visitas nocturnas a su dormitorio se convirtieron en un ritual que esperaba con mucha más ansia de lo que jamás habría creído posible. Como admitió una noche después de haber hecho el amor de una forma particularmente satisfactoria, le estaba gustando mucho aquel aspecto del matrimonio.

Aunque seguía aprendiendo cosas sobre la casa y adaptándose a la vida conyugal, cuando llegó el mes de diciembre y el invierno se hizo notar con unas lluvias gélidas y unos vientos borrascosos, había empezado a pensar en Wyndham Manor como en su hogar. Hacía poco había conocido a algunos de los notables de la región, y Marcus, acompañado de su madre, había visitado la casa varias veces. Los dos le gustaban, y pronto se sintió cómoda con ellos, de modo que trataba a Marcus como a un hermano y a la señora Barbara Sherbrook como habría tratado a su tía favorita, de haber tenido alguna tía. Empezaba a conocer el distrito, pero en muchos sentidos era consciente de que seguía siendo una forastera. Cuando pensaba en las circunstancias que habían rodeado su matrimonio, le sorprendía lo bien que se había adaptado a su nuevo papel como condesa de Wyndham. Tenía un marido cuya mera sonrisa le subía el ánimo y cuyas caricias había llegado a anhelar. Sólo admitía, y a regañadientes, que estaba medio enamorada de él. Los sentimientos de su esposo seguían siendo un misterio para ella, pero sabía que disfrutaba con su compañía y las muchas veces que acudía a su cama dejaban claro que hacer el amor con ella no le resultaba una obligación. Y aunque a veces la sombra de la primera mujer de Julian ensombrecía su creciente felicidad, la alejaba enérgicamente de su mente. Ella estaba viva. Lady Catherine no.

A pesar de todo, echaba un poco de menos su casa y a su familia. La llegada cada semana de una carta de su padre o de alguno de sus hermanos hacía que pareciera que no estaban tan lejos. Drew y Henry se habían quedado en Londres, y sus cartas estaban llenas de noticias sobre la guerra y sus fervientes esperanzas de infligir unas cuantas derrotas a Bonaparte. Su padre y Robert se habían ido de Londres poco después de la boda y estaban de vuelta en Meadowlea. Robert iba tomando cada vez más las riendas de la finca, lo que dejaba a sir Edward tiempo para entretenerse en el pequeño invernadero que habían construido hacía unos años. Según le contaba su padre en una carta, empezaban a dársele muy bien las plantas.

Esa mañana fría y gris de principios de diciembre, tanto Nell como Julian habían recibido sendas cartas. Como reconoció la letra de su padre en el sobre, Nell abrió la suya y, poco después, estaba felizmente inmersa en los asuntos cotidianos de Meadowlea. Julian también había reconocido la letra de su carta, pero ver la delicada escritura lo había llenado de aprensión. Y, al leer el contenido, supo que su aprensión estaba justificada.

Su maldición contenida captó la atención de Nell, que alzó los ojos en el otro extremo de la mesa.

—¿Malas noticias?

—Eso depende de lo mucho que te apetezca que tu madrastra política y su hija vengan dentro de unas semanas a vivir con nosotros hasta que la casa viudal esté reformada al gusto de Diana, lo que es probable que lleve meses —contestó Julian con cuidado.

—Creía que lady Diana iba a quedarse todo el invierno en Londres —dijo Nell, cuya alegría se estaba disipando. No le había pasado inadvertido que no le gustaba a lady Diana. La condesa viuda no había dicho ni hecho nada que pudiera echársele en cara, pero el tono decididamente frío y la actitud reservada que había adoptado cuando estaba en su compañía dejaban claro que no estaba contenta con el enlace. Nell no creía que fuera a tener ningún problema con Elizabeth, quien le había parecido una joven alegre y simpática, y estaba segura de que, sin la injerencia de lady Diana, ella y Elizabeth se llevarían bien enseguida. El problema era su madre.

—Yo también lo creía. Pero, al parecer, cambió de opinión y anhela regresar a Wyndham Manor.

—Bueno, es su hogar —comentó Nell con una sonrisa forzada.

El conde le dirigió una mirada inquieta desde el otro lado de la mesa, recordando las palabras de Marcus sobre conflictos domésticos. Nell se había adaptado a la rutina de Wyndham Manor sin dificultad. Trataba con mano firme, pero amablemente, a los criados, y aunque ninguno se hubiera atrevido a expresarse en un sentido o en otro ante él, era evidente que el servicio estaba muy contento con su nueva señora. No servía de nada, no obstante, fingir que la llegada inesperada de su madrastra no iba a provocar algunas alteraciones. No sólo los ataques y los soponcios de Diana podían ser un inconveniente, también temía las riñas femeninas. Si Diana se ponía mandona con Nell... Le vino a la cabeza la imagen espantosa de estar entre dos mujeres furiosas.

—¿No lo es? —insistió Nell cuando él se quedó callado—. ¿No es su hogar?

—No exactamente —respondió con indiferencia—. Era su hogar, y lo último que querría es que no se sintiera bien recibida. Pero ahora es nuestro hogar; tú eres la señora de Wyndham Manor, no mi madrastra. Ella y Elizabeth serán nuestras invitadas.

Cuando, varias horas después, Julian seguía dando vueltas al inesperado deseo de lady Diana de regresar al campo, Dibble anunció a Marcus. Julian, que siempre estaba contento de ver a su primo, pero especialmente cuando la presencia de Marcus le distraía de sus problemas, le sonrió al verlo entrar en su estudio.

El estudio de Julian era una habitación grande, masculina, llena de libros y, básicamente, de muebles tapizados. Una alfombra turca en tonos azules, dorados y burdeos cubría el reluciente suelo de madera, y unas cortinas de terciopelo negro azulado colgaban en las ventanas. El día se había vuelto húmedo, lloviznaba desde mediodía, y un fuego acogedor ardía en la chimenea; un ligero perfume de madera de manzano perfumaba el ambiente.

Los dos hombres intercambiaron saludos y eligieron un par de butacas mullidas de piel negra cerca del fuego. Dibble les sirvió unas jarras de ponche de whisky caliente y les dejó el cuenco de plata lleno de la fuerte bebida humeante antes de irse.

—Un mal día para andar por ahí, ¿no? —dijo Julian, despatarrado en la butaca con los pies cerca del fuego.

Marcus tomó un sorbo de ponche, y los aromas del limón, la canela y el clavo mezclados con el whisky le llegaron a la nariz.

—Pues sí, pero por este ponche de Dibble casi vale la pena salir —dijo y, a continuación, comentó con el ceño fruncido—: Pensé en esperar, y es probable que no sea importante... pero no quería que te pillara desprevenido como a mí. —Hizo una mueca—. Seguramente al botarate de Raoul le parecería muy divertido, y Charles llega a ser tan... Bueno, Charles podría invitarse a sí mismo a cenar aquí y traerse a ese sinvergüenza con él si le apeteciera hacer algo especialmente atrevido... y estúpido.

—¿Ese sinvergüenza? Evidentemente, se trata de alguien a quien no querría ver.

—Evidentemente —respondió Marcus—. Ayer por la tarde estaba en Dawlish, ¿y quiénes subían más frescos que una lechuga por la calle? Charles y Raoul... acompañados de lord Tynedale. —Torció el labio superior—. Seré justo con Charles: él no parecía contento de estar con Tynedale, pero el sinvergüenza de Tynedale habló con entusiasmo de lo mucho que le gustaba Stonegate y de cómo ansiaba quedarse más tiempo con sus amigos. Raoul, tan petimetre como siempre, no dejaba de decir que quería aprender a llevar la chalina como Tynedale, como si Tynedale supiera cómo se ata una chalina. Fue nauseabundo. Te aseguro, Julian, que no sabía si vomitar o matarlos a los tres. —Se quedó un momento pensativo—. Debería haberlos matado —sentenció.

Desde que había visto a Nell por primera vez, Tynedale era lo último en lo que Julian pensaba. Sintió una culpa desgarradora al darse cuenta de que, absorto en el deleite de su matrimonio, se había olvidado del suicidio de Daniel y de la participación de Tynedale en la ruina y la muerte absurda de su joven pariente. Recordó que tenía la posibilidad de arruinar a Tynedale, y al pensar en todos los pagarés que obraban en su poder parte de esa culpa desapareció. Daniel sería vengado, con total seguridad; sólo era cuestión de tiempo. Pero que Tynedale hubiera raptado a Nell complicaba las cosas. No creía que éste fuera tan idiota como para exponerse a la condena pública a fin de mancillar la reputación de la nueva condesa de Wyndham. Sin embargo, estaba en una situación desesperada y era imposible saber qué se proponía. Conociéndolo como lo conocía, Julian lo creía muy capaz de provocar su propia perdición si con ello perjudicaba a Nell, y a través de Nell, a él. No dudaba de que Tynedale fuera lo bastante vil como para plantearse semejante acción.

Y Charles... Julian suspiró. Puede que Charles hubiera presentado a Tynedale a su sobrino, pero, a pesar de todos los defectos de Charles, y Dios sabía que tenía muchos, Julian no dudaba de que su primo quisiera al muchacho y jamás había tenido intención de hacerle daño. Su primo era un calavera, con todas las malas costumbres de un calavera, pero Julian lo exculpaba de desearle ningún mal a Daniel. Suspiró de nuevo. Su primo era un problema, aunque sólo fuera porque nunca se sabía con qué iba a salir. Si Charles se enteraba de la verdad sobre su matrimonio, tanto podría proteger el apellido de la familia con uñas y dientes como sacar todo el jugo posible a las circunstancias del inesperado enlace. Con Charles, nunca se sabía.

Julian maldijo entre dientes.

—Lo mismo digo —convino Marcus—. No se me ocurre otra cosa que el asesinato para lograr que Tynedale deje el castillo. Por supuesto, si tú quieres, estaría encantado de acabar con él. Me la debe por lo de Daniel tanto como a ti.

Julian frunció el ceño. Tenía que enfrentarse a un problema más:

Marcus desconocía la implicación de Tynedale en su matrimonio con Nell. ¿Cómo diablos iba a guardar eso en secreto? No era que temiera que Marcus fuera a chismorrear acerca de los detalles, pero cuanta más gente estuviera al corriente de las circunstancias, más probable sería que a alguien se le escapara algo. Ya se había hablado mucho sobre lo repentino que había sido el enlace, y lo único que faltaba para que estallara un escándalo mayúsculo era que la participación de Tynedale en el asunto fuera de dominio público.

—¿Qué vas a hacer, pues? —le preguntó Marcus—. Eres el cabeza de familia, pero no creo que Charles te haga demasiado caso si le ordenas que eche a Tynedale.

—Es realmente complicado, más de lo que te imaginas —admitió Julian. Observó a su primo, sentado cerca del fuego. Le habría confiado su propia vida, ¿por qué no confiarle entonces la historia completa de su matrimonio con Nell? Porque, como tuvo que admitir con ironía, el secreto no era sólo suyo, también era de Nell.

Impulsivamente se levantó y llamó a Dibble.

—¿Está la señora en casa? —le preguntó en cuanto éste entró en el estudio.

—Sí, señor. Está arriba, en su antesala, contestando cartas, creo.

Julian se volvió hacia Marcus, que lo estaba mirando con el ceño fruncido.

—Discúlpame un momento, por favor —le pidió Julian—. Enseguida vuelvo.

Dejó a Marcus desconcertado y subió los escalones de dos en dos. Al llegar a los aposentos de su esposa, entró en la antesala. Nell estaba sentada a un escritorio con cajones delante de la ventana, escribiendo. Al oír que se abría la puerta, a su espalda, se volvió y sonrió cuando vio que quien la interrumpía era su marido.

—Hola. ¿Has terminado con tus obligaciones?

—No exactamente —contestó Julian, que cruzó la habitación, acercó una silla a su mujer y, tras sentarse, le tomó una mano entre las suyas para decirle sin rodeos—: Acabo de enterarme de que Tynedale está en esta zona, alojado en casa de mi primo.

—Pero ¿cómo es posible? —preguntó Nell, pálida y tensa—. No me imagino a Marcus relacionándose con alguien tan infame.

—Todavía no conoces a toda mi familia —contestó Julian con una mueca—. Tengo muchos primos, pero lo que ahora nos ocupa es el par de primos que viven a apenas quince kilómetros de aquí, Charles y Raoul Weston. Su padre era hermano gemelo del mío, y el siguiente en la línea sucesoria al título, por detrás de mí. —Julian suspiró—. Por diversos motivos, entre los que destaca que yo ostento ese título, no nos queremos demasiado, aunque no siempre fue así. Pero, en la actualidad, puede que a uno de ellos o a ambos les gustara que me salpicara un escándalo.

—Comprendo —aseguró Nell con cara de preocupación. Y, entonces, de repente cayó en la cuenta del significado de lo que su marido le estaba diciendo y abrió unos ojos como platos—. ¿Crees que Tynedale se atrevería a contarles que esa noche me raptó? —Se le ocurrió algo más—. Oh, Dios mío, no tendremos que alternar socialmente con él, ¿verdad?

—Eso es lo que no sé. Tynedale podría explicárselo todo a Charles y a Raoul. En cuanto a lo de alternar socialmente con él, no tienes nada que temer. —Soltó una carcajada—. Charles no es idiota, y sabe que es mejor no permitir que Tynedale asista a ningún acto en el que yo vaya a estar presente. Mi principal preocupación es que Tynedale intente jugar al gato y al ratón con nosotros —aclaró y, en voz baja, añadió—: Tengo la forma de destruirlo; por motivos propios, he logrado obtener bastantes pagarés suyos como para arruinarlo económicamente. Estoy seguro de que lo sabe, y tal vez cree que puede hacerme chantaje para que se los entregue a cambio de su silencio: él se va y no dice nada si yo le doy los pagarés.

—¡No debes hacer eso! —exclamó con vehemencia Nell, que le había apretado la mano y se había inclinado hacia él para hablar—. Es una mala persona y no puede confiarse en que cumpla su palabra. Perderías esos pagarés.

—Estoy de acuerdo contigo. Hace un momento me he enterado de su presencia en Stonegate, el hogar de Charles, y todavía no he decidido cómo manejar la situación. Pero ese hombre representa un peligro para nosotros. No quiero asesinarlo, pero sí que desaparezca. Y que tenga la boca cerrada; si cuenta a Charles o a Raoul lo del rapto, no sé cuáles podrían ser las consecuencias.

—¿Tienen tus primos en tan poca estima su propio apellido que participarían en un plan que lo deshonrara? ¿No les disgustaría que su nombre quedara mancillado?

—Las temeridades de Charles me llevan a veces a pensar que,

aparte de necesitarlo para heredar mi título y mi fortuna, el apellido Weston le trae sin cuidado. —Julian sonrió con amargura—. No tengo forma de saber si se pondrá de nuestra parte o si arrastrará nuestro apellido por el fango.

—Sólo te he ocasionado problemas y tú has sido muy amable conmigo —comentó Nell con tristeza—. Y ahora, por mi culpa, tu apellido y tu familia pueden acabar sometidos al escarnio público. —Apartó la mano de las de Julian y se puso de pie—. ¡Oh, si no me hubiera cobijado en ese puesto de peaje, nada de esto habría pasado!

—No he sido «amable» contigo —replicó Julian, que también se levantó, crispado—. Me he complacido a mí mismo.

Nell asintió levemente con la cabeza de una forma que indicaba claramente que no lo creía.

—Fueran cuales fuesen las razones —prosiguió Julian con frialdad tras contenerse para no zarandearla—, estamos casados, y tenemos a Tynedale cerca. Tendremos que conservar la calma y reunir nuestras fuerzas si queremos salir de ésta con la reputación intacta.

—Hablas como si fuera una batalla.

—En muchos sentidos, lo es, y tengo intención de ganarla. Pero necesito tu ayuda para lograrlo.

—¡Cuenta con ella! —exclamó Nell vehementemente—. Haré lo que me pidas. Ganaremos a Tynedale con sus propias armas.

El conde sonrió al ver la fiereza con la que hablaba.

—De momento, lo único que te pido es tu permiso para explicar a Marcus la implicación de Tynedale en nuestro matrimonio.

Dispuesta a tomar la espada para enfrentarse a Tynedale, la petición de su marido la sobresaltó. Parpadeó, reflexionó un momento y, acto seguido, dedicó una sonrisa encantadora a Julian.

—Si eso va a ayudarnos a vencer a Tynedale, díselo a tu primo, no faltaba más.

Aquella sonrisa aceleró el corazón de Julian, que la estrechó entre sus brazos y la besó.

—Y no soy «amable» contigo —soltó con brusquedad tras separarse de ella un buen rato después.

9

Julian dejó a Nell mirándolo, desconcertada, y regresó al estudio. Tras cerrar la puerta, se sentó en su butaca, cerca de la chimenea, delante de Marcus.

—¿Algo urgente? —preguntó su primo con una de sus hermosas cejas arqueada.

—No exactamente —sonrió Julian—, pero lo que tengo que contarte no sólo me afecta a mí y necesitaba el permiso de mi esposa antes de explicártelo.

—¡Por Dios bendito! —se asombró Marcus, con los ojos chispeantes de alegría—. Pero ¿será posible? No me creo lo que estoy oyendo. ¿Es el hombre que tengo delante de mí, el solicitado Julian Weston, que rompía corazones de un extremo a otro de Inglaterra? ¿Y resulta que ahora es un juguete en manos de su esposa? Quién me iba a decir que vería el día en que se doblegaría ante una mujer... ¡qué vergüenza!

—Ríete si quieres, pero ten cuidado; puede que algún día nuestras posiciones se hayan invertido y seas tú el recién casado.

—No, por favor, te lo suplico —dijo Marcus con un estremecimiento—. No menciones nunca mi nombre en la misma frase que la palabra «matrimonio». Me gusta mi vida tal como es y, a diferencia de ti, no tengo título que dejar a mi descendencia.

—Es verdad —concedió Julian—, pero tienes una fortuna y tierras, algún día alguien tendrá que heredarlas.

—Mi futuro fallecimiento y la distribución de mis propiedades

131

no eran el tema de esta conversación. Lo era la... esto... consulta a tu esposa.

Julian abandonó el tono de broma y se inclinó hacia delante para contar a su primo los hechos que habían desembocado en su boda con Nell. Cuando terminó de hablar, se recostó en la butaca y esperó la reacción de Marcus.

—¿Sabes qué? —dijo éste después de tomar un sorbo de ponche de whisky—. Siempre he estado contento de ser perspicaz, pero esta vez habría preferido estar en la higuera. Cuando me hablaste por primera vez de tu futura boda, supe que lo que me estabas contando era un cuento chino, pero jamás sospeché algo así. —Frunció el ceño—. ¿Mantendrá Tynedale la boca cerrada? ¿O crees que su único objetivo al venir aquí y alojarse con Charles es perjudicaros?

—Podría ser coincidencia, pero lo dudo —dijo Julian encogiéndose de hombros.

—Me pregunto si Tynedale sabe que Charles, dependiendo del día, podría ser un fuerte aliado para arruinar la reputación de tu esposa —especuló Marcus en voz alta y, tras dirigir una mirada penetrante a Julian, preguntó—: ¿Te das cuenta de que es ella quien más sufrirá con todo esto? Después de todo, tú eres el conde de Wyndham, mientras que ella, hasta que se casó contigo, no era nadie, por más rica y encantadora que fuera. Será la más vulnerable a los chismes y las insinuaciones. Puede que la gente te compadezca por caer en sus garras y que haya quien piense que eres un cornudo por haberte casado con una mujer que Tynedale ya no quería, pero es tu esposa quien va a ser objeto de más calumnias.

—Ten cuidado con lo que dices, primo —soltó Julian en un tono mortífero—. Estás hablando de mi mujer, y no me gusta que te refieras a ella como «una mujer que Tynedale ya no quería». Fue la víctima inocente de sus maquinaciones, y no permitiré que tú ni nadie hable de ella en términos que no sean respetuosos. Me batiría en duelo con cualquier hombre que no fueras tú por decir lo que has dicho.

—¡Oh, no la emprendas conmigo! ¡Yo no soy el enemigo! Tengo a lady Wyndham en la más alta estima y te apoyaré incondicionalmente en este asunto; sólo te digo cómo podrían ver los demás la situación. —Sonrió a su primo—. Personalmente, creo que tu esposa será importantísima en tu vida y, si no fuera en contra de mis principios, estrecharía la mano de Tynedale por haber propiciado tu matrimonio con ella.

—Somos más parecidos de lo que creemos —aseguró Julian con una sonrisa torcida en los labios—. Más de una vez he pensado lo mismo, o algo muy similar.

—¿Qué hacemos entonces? No me gusta quedarme quieto esperando a que me ataquen. Preferiría presentar batalla al enemigo.

—Coincido contigo, pero, de momento, no se me ocurre ninguna forma de salir de este atolladero; que no sea el asesinato, claro. Si me enfrento a Tynedale, puedo hacerle creer que tiene una baza mejor que la que tiene. Decididamente, no puedo decirle que no se lo cuente a mis primos; iría inmediatamente corriendo a hacerlo. En este momento, los pagarés no me sirven de nada. Como ha sugerido Nell, si se los ofrezco para que guarde silencio, en cuanto los tenga no habrá nada que le impida difundir la historia del rapto. Me da la impresión de que él tiene mejores cartas —aseguró con el ceño fruncido. Al ver la expresión escéptica de su primo, se vio obligado a aclarar—: Si cambia la historia sólo un poco, podría presentarse como la parte perjudicada. Podría afirmar que, debido a las objeciones del padre de Nell, los dos se habían fugado para casarse, que no hubo rapto alguno sino que ella fue con él por propia voluntad, y que se separaron debido a la tormenta. Mi aparición en escena arruinó sus planes, de modo que yo soy el malo de la obra. Comprometí a Nell y la arranqué de los brazos de su verdadero amor. —Frunció más el ceño—. Puede que sea eso lo que tiene previsto hacer, de esa forma me mancilla a mí, monta un escándalo sobre Nell, y él se convierte en alguien merecedor de compasión.

Marcus se enderezó de golpe.

—¡Dios mío! Tienes razón. —Descendió la mirada hacia sus botas y murmuró—: Bueno, no hay nada que hacer. Tendré que matar a Tynedale. Puede que también a Charles, pero te aseguro, Julian, que va contra mis principios matar a un familiar —dijo con tristeza.

—Y sé que lo harías —rio Julian—, pero no permitiré que libres mis batallas por mí. Todavía no sé cómo voy a resolver esto, pero de algún modo nos las arreglaremos.

El tiempo empeoró, la llovizna se convirtió en una lluvia torrencial, y Marcus, a petición de Julian, se quedó a cenar. Cuando se reunió con los dos caballeros en el comedor, Nell miró con nerviosismo a Marcus, pero éste la tranquilizó enseguida, y pronto los temores de que el primo de Julian pudiera pensar mal de ella ahora que conocía los hechos que habían rodeado su matrimonio se aplacaron. Cuando la cena terminó, Nell sabía que Marcus era un amigo querido y leal, no sólo de Julian, sino también suyo.

Antes de dejar a los dos hombres tomando una copa, oyendo el aullido del viento y el ruido de la lluvia, Nell sugirió que Marcus pasara allí la noche. Y éste aceptó la invitación encantado.

Nell se retiró al salón verde, en la parte trasera del edificio. A diferencia de muchas de las habitaciones de la casa, el salón verde no era grande y su acogedora informalidad le encantaba. Poco después de su llegada a Wyndham Manor, se había convertido en su estancia favorita, donde pasaba la mayoría de las veladas invernales. Cuando Dibble llegó con la bandeja del té, Nell le informó de que tendrían un huésped esa noche. Dibble se marchó tras asegurar que iba a ordenar de inmediato que se preparara un dormitorio para el señor Sherbrook y a asignar a uno de los criados para que lo atendiera.

Cuando los caballeros se reunieron con ella en el salón verde, mencionó a Marcus que todo estaba dispuesto para acomodarlo.

—Espero que no le importe que un lacayo le sirva como ayuda de cámara.

—Mi querida señora, su hospitalidad me honra, y como mis necesidades están a su merced, le agradezco las molestias que se ha tomado.

—Y supongo que yo tendré que dejarte ropa limpia para volver a tu casa mañana —bromeó Julian con una sonrisa.

—¡Hombre, desde luego, no me gustaría ponerme tu ropa sucia!

La velada pasó de modo muy agradable y, unas horas después, cuando los caballeros iniciaron una partida de naipes, Nell los dejó para ir a sus aposentos.

Tras ponerse el camisón, Nell dijo a Becky que podía retirarse y se metió en la cama, más cansada que de costumbre. Siempre había disfrutado de la compañía de Marcus, pero hasta que lo había visto en la cena y, con su actitud, había disipado su temor de que pudiera pensar mal de ella, había pasado unas cuantas horas de ansiedad a solas. Ahora, esas horas le pasaban factura.

Aun así, una vez en la cama no consiguió conciliar el sueño y se pasó horas dando vueltas y más vueltas. Las ligeras náuseas que había intentado ignorar desde la cena se volvieron más insistentes y se incorporó con la idea de llamar para pedir un vaso de leche caliente. El movimiento vertical fue un error; la habitación le dio vueltas, se levantó rápidamente de la cama y apenas llegó a tiempo al orinal. Entre arcadas, devolvió la cena.

La puerta del dormitorio de Julian se abrió y él entró en la habitación. La expresión del rostro que se volvió a mirarlo era de angustia.

—¡Nell! —exclamó Julian corriendo junto a ella—. ¿Qué te pasa, cariño?

Avergonzada porque la había encontrado vomitando en el orinal, le hizo un gesto para que esperara y entró tambaleándose en el vestidor. Tomó agua de la jarra de cerámica rosa y crema del lavamanos, se la echó en la cara, y también se enjuagó la boca. Tras apartarse un mechón de pelo lacio de la cara, se miró en el espejo que colgaba sobre el lavamanos de mármol e hizo una mueca. Tenía un aspecto espantoso, con los ojos demasiado grandes para su cara y la piel pálida y sin vida. Pensó, desconsolada, que eso era exactamente lo que deseaba ver un marido apasionado que llevaba casado apenas unos meses.

Volvió al dormitorio y dirigió una sonrisa irónica a Julian.

—Debería haber recordado que la langosta a la mantequilla no me sienta nunca bien.

—¿Quieres que pida que te suban té o leche caliente? —preguntó Julian, preocupado, mientras repasaba sus rasgos pálidos con la mirada.

—Leche, por favor —pidió Nell.

Después de ayudarla a meterse en la cama, Julian llamó a alguien del servicio. Poco después, una criada dejó una bandeja con unas cuantas tostadas y un vaso de leche humeante en una mesa cercana a la cama. Todavía mareada, sorbió prudentemente la leche. Julian se sentó en el borde de la cama, a tan sólo unos centímetros de ella, para mirarla. Seguía teniendo el estómago revuelto y rogaba a Dios para que su cuerpo aceptara la leche y no se humillara más vomitándole encima.

Y le faltó poco. La leche ni siquiera le llegó al estómago antes de regresar por donde había entrado. Nell trató de salir desesperada de la cama y Julian, que intuyó lo que iba a pasar, se inclinó hacia el orinal y se lo ofreció justo a tiempo.

Si antes había estado avergonzada, no había sido nada en comparación con lo que sentía ahora que Julian le sostenía la cabeza mientras devolvía la leche en el orinal, con el cuerpo sacudido por violentos espasmos. Cuando terminó la terrible experiencia, Julian le tomó el orinal de las manos temblorosas y, tras dejarlo, desapareció en su vestidor, de donde volvió con un paño suave y húmedo que utilizó para limpiarle la boca y la cara. La humillación de Nell era completa. No podría volver a mirar a su marido a los ojos.

—Lo siento —dijo con las mejillas encendidas.

—No tienes por qué sentirlo. Cualquiera puede estar enfermo. ¿Ya te encuentras mejor?

Asintió sin mirarlo, deseando que no estuviera allí para poder morirse en paz.

Julian le apartó el pelo de la cara y le ahuecó las almohadas.

—Recuéstate y duerme un poco. Me encargaré de que el médico esté aquí a primera hora de la mañana.

—Oh, no es necesario. Para entonces ya estaré bien —protestó—. Sólo ha sido la langosta a la mantequilla.

—Seguro que sí —sonrió Julian—, pero, aun así, creo que será buena idea que te vea el doctor Coleman, nuestro médico local. Es muy bueno, te gustará.

Nell discutió con él, pero Julian se limitó a sonreír.

—Duérmete —dijo tras besarla en la frente—. Llámame si necesitas algo. Dejaré la puerta abierta para oírte.

Al final, Nell se durmió.

A la mañana siguiente, cuando se despertó, lucía un pálido sol de invierno, pero la tormenta del día anterior había pasado y, con ella, su malestar estomacal.

Se levantó de la cama de un salto y se deleitó con un largo baño caliente. Un rato después, oliendo deliciosamente a claveles, con los mechones leonados recogidos con una cinta de seda verde en la nuca y un precioso vestido de muselina verde claro, entró corriendo en el comedor. Marcus y Julian ya estaban allí, y ambos se levantaron cuando entró en la habitación. Les hizo un gesto con la mano para que se sentaran y se acercó al largo aparador para llenarse el plato con varias tiras de beicon, una loncha de jamón, unos huevos revueltos, unos cuantos arenques ahumados y dos tostadas con mantequilla.

Sonrió a Marcus al ver cómo le sorprendía la cantidad de comida que llevaba en el plato.

—Es alarmante, ¿verdad? Pero siempre he tenido mucho apetito y mi padre siempre ha insistido en que la primera comida del día fuera abundante.

—Veo que no tienes secuelas de lo mal que te sentó ayer la langosta a la mantequilla —comentó Julian después de examinarle a conciencia la cara.

—Pues no. Ya te dije que no era necesario que me viera ningún médico.

—Es verdad —estuvo Julian de acuerdo—, pero me temo que tendrá que verte uno. Ya he enviado a un criado para pedirle que viniera esta mañana a visitarte.

Nell arrugó la nariz al oírlo.

—¿No te ha dicho nadie que a veces eres autoritario y dictatorial? —soltó.

—¡Qué perspicaz es, milady! —exclamó Marcus tras inclinarse íntimamente hacia ella—. Yo no paro de decírselo. —Suspiró—. Desafortunadamente, mi bella dama, es el gran conde de Wyndham, y no entiende lo que decimos los seres inferiores.

—A ver, recuérdame por qué eres uno de mis primos favoritos —pidió Julian a Marcus.

Fue un desayuno alegre, y, cuando terminó, Nell lamentó ver a Marcus prepararse para partir. Julian y ella lo despidieron desde la amplia escalinata de la casa.

—Me gusta —aseguró cuando volvían a entrar.

—Me alegro. Marcus es más un hermano que un primo para mí. Lo quiero mucho.

—¿Pero no a Charles y a Raoul?

—Es difícil explicar mi relación con Charles a alguien que no conoce los antecedentes de la familia —comentó Julian mientras la acompañaba hasta su estudio—. Hubo una época en que estábamos muy unidos, pero...

—¿Pero...?

Tras invitarla a sentarse junto al fuego, ocupó la butaca situada delante de ella.

—Es complicado, y es necesario hablar antes un poco de la genealogía familiar para que resulte comprensible. —Hizo una mueca—. Es una larga historia.

—No voy a irme a ninguna parte —indicó Nell, arrellanándose en la mullida butaca.

Julian le lanzó una mirada.

—Eres muy insistente, ¿no? —comentó.

—Y tú eres autoritario y dictatorial —sonrió Nell.

—Oh, muy bien —sonrió Julian—, si de verdad quieres saberlo... —vaciló.

Nell vio cómo su buen humor decaía y creyó que no seguiría hablando, pero lo hizo.

—Como tus hermanos, mi padre también era hermano gemelo.

—¿Idéntico, como Drew y Henry? —quiso saber Nell.

—Sí —asintió Julian—. Mi padre, Fane, y su hermano, Harlan, nacieron con apenas unos minutos de diferencia y eran como dos gotas de agua, por lo menos físicamente. En cuanto a su personalidad... —Calló un instante y se quedó mirando al vacío antes de proseguir—. En cuanto a su personalidad, eran bastante distintos. —Dirigió una sonrisa irónica a Nell—. Mi abuelo, el viejo conde, como nosotros lo llamábamos, era un calavera con fama de seductor, bebedor y jugador legendario, y me temo mucho que Harlan salió a él, mientras que mi padre se parecía más a la familia de mi madre.

—Es decir, que, si no hubiera sido porque tu padre nació unos minutos antes que él, Harlan habría sido quien heredara.

—Sí, y créeme, durante sus últimos años, Harlan insistió demasiadas veces en ello. Recuerdo que una vez que estaba bebido, poco antes de morir, incluso se atrevió a sugerir que él era, en realidad, el primogénito y, por lo tanto, el heredero, pero que, por razones que sólo tenían sentido para un borracho, los habían intercambiado a él y a mi padre al nacer.

—No es demasiado lógico.

—No, pero a veces el tío Harlan no era demasiado lógico. En otras ocasiones podía ser el mejor tío del mundo, pero...

—No siempre —comentó Nell con delicadeza.

—No, no siempre —dijo Julian a la vez que le dirigía una mirada agradecida—. Cuando yo era joven, mi padre y Harlan estaban muy unidos, como suelen estarlo los gemelos. Discutían y se peleaban, claro, pero existía un vínculo entre ellos que parecía inquebrantable. Cuando la primera mujer de Harlan falleció, y John y Charles eran aún unos críos, mi padre fue quien los enderezó durante ese período tan desdichado de sus vidas. Y cuando mi madre murió unos años después, Harlan lo ayudó a superar ese doloroso trance. Nuestras dos familias fueron casi inseparables hasta más o menos la muerte de John.

—Has mencionado a John y a Charles... —dijo Nell con el ceño fruncido—. ¿Dónde encaja Raoul en la familia?

—Raoul es hijo de la segunda esposa de Harlan, Sofie, que es francesa.

—Ah, eso explica lo del nombre. Ahora lo entiendo.

—El matrimonio de Harlan con ella provocó cierta sorpresa —sonrió Julian—. No fue lo que sería ahora con la guerra contra Napoleón, pero en aquel momento causó revuelo.

—¿Sigue viva?

—Oh, sí. La tía Sofie vive en Stonegate y aporta cierta respetabilidad a esa casa. Dios sabe que, sin ella, Charles y Raoul serían capaces de convertirla en un burdel.

—No parece que sean demasiado agradables.

—Son bastante afables —aseguró Julian con una mueca—. Como sucedió con mi tío, hubo un tiempo en que los veía con los mismos buenos ojos que a Marcus. Durante mi juventud, pasé mucho tiempo en Stonegate con mis primos, igual que ellos aquí. Marcus formaba parte del grupo; todos crecimos juntos. —Se le quebró la voz—. John era cinco años mayor que nosotros; yo era el siguiente. Él y yo estábamos muy unidos, y cuando nació su hijo, Daniel, me pidió que fuera su tutor en caso de que algo llegara a sucederle. Era una petición extraña, y creo que en aquel momento los dos estábamos borrachos, pero acepté, convencido de que jamás iba a encontrarme en esa situación.

—¿Le pasó algo a John? —insinuó Nell al ver que se quedaba callado varios minutos con una expresión sombría en la cara.

—John murió asesinado cuando Daniel tenía doce años —soltó Julian sin más.

—¡Asesinado! —exclamó Nell—. ¡Qué horrible!

—Es la peor tragedia que haya ocurrido nunca en nuestra familia, incluso peor que la pérdida de mi tía o de mi madre; quedamos todos desolados. John era... —Calló, controló la voz y prosiguió—: No puedo decirte la angustia que sentimos entonces. A menudo creo que fue la pérdida de su hijo mayor lo que condujo a Harlan a su propia destrucción. Bebía más que de costumbre, a pesar de que siembre había sido un gran bebedor, y jugaba... —Suspiró—. Siempre había despilfarrado el dinero a manos llenas, pero en cuestión de meses perdió la mayor parte de su considerable fortuna jugando. Que John me hubiera nombrado tutor de su nieto y heredero lo había enfurecido, y una vez empezaron a acuciarlo las deudas, su resentimiento hacia mi padre y hacia mí fue mucho mayor.

—Pero nada de eso era culpa tuya —lo defendió Nell, vehemente—. Tú no asesinaste a John ni te nombraste a ti mismo tutor de su hijo y, desde luego, no perdiste su fortuna jugando.

—Te equivocas —dijo Julian con una sonrisa torcida—. Harlan nos culpaba a mi padre y a mí de todos sus males, y su animadversión predispuso a Charles y a Raoul en nuestra contra. Los dos eran muy leales a su padre, y si Harlan nos guardaba rencor y nos culpaba, ellos también. Su actitud no era lógica ni razonable y quizá, si Harlan hubiera vivido más tiempo, la herida podría haber sanado. —Prosiguió su explicación con gran pesar—: El tío Harlan murió apenas un año después que John... se rompió el cuello al caer, borracho, por la escalera, en Stonegate.

—Una tragedia terrible —comentó Nell, compasiva—, pero, de nuevo, no fue culpa tuya ni de tu padre. Charles y Raoul no pueden culparos de lo que ocurrió. No fue culpa vuestra.

—Puede ser, pero están convencidos de que, si mi padre no se hubiera negado egoístamente, según palabras de Raoul, a pagar todas las deudas de Harlan, éste no habría bebido tanto y no se habría caído por la escalera. —Julian se encogió de hombros—. A Charles le molestaba en particular que fuera tutor de su sobrino. Le ofendió, y creo que le dolió mucho que John hubiera prescindido de él y hubiera dejado a Daniel en mis manos. —Sonrió sin ganas—. Y nadie sabe guardar rencor mejor que Charles.

—¡Pero bueno! Los dos son idiotas, y tu tío también —exclamó Nell con firmeza. Luego frunció el ceño—. ¿Y tu primo Daniel? ¿Qué fue de él?

Julian inspiró hondo y le habló del suicidio de Daniel y de los hechos que lo rodearon.

—¡Tynedale! —soltó Nell a la vez que se enderezaba de golpe en la butaca—. No me puedo creer lo infame que es ese hombre. —Apretó los puños en el regazo—. Tenemos que hacer algo. Primero, tu primo Daniel, y después, mi rapto. Es realmente perverso. ¡Cómo me gustaría batirme en duelo con él!

—Yo ya lo intenté, pero lo único que conseguí fue marcarle esa cara bonita que tiene —explicó Julian secamente.

—¿Fuiste tú? ¿Tú le dejaste esa cicatriz? —preguntó, mirándolo con admiración y, cuando Julian asintió, añadió con voz cariñosa—: ¡Oh, muy bien hecho! —Se quedó pensativa un instante—. Es una lástima que no pudieras matarlo —sentenció.

—Pienso exactamente lo mismo —rio Julian, que se puso serio de inmediato—. Como no pude matarlo en nuestro duelo, había planeado arruinarlo económicamente; por eso me dediqué a, bueno, a reunir sus pagarés.

—Es una situación muy complicada y comprendo que no puedas utilizar esos pagarés en su contra —aseguró mientras se daba golpecitos en los labios con un dedo. Lo miró inquisitivamente—. ¿Estás seguro de que Charles y Raoul se pondrían de su parte para ir en tu contra? ¿No podría su sentido familiar unirlos a ti?

—No lo sé —contestó encogiéndose de hombros—. Estos últimos años la relación entre nosotros se ha vuelto... incómoda. No estamos a matar; podemos permanecer en la misma habitación sin llegar a las manos, pero su resentimiento es enorme.

—¿Y Charles es tu heredero?

—Sí... hasta que, si eso sucede, nosotros tengamos un hijo.

Nell fijó sus ojos en su regazo. La idea de tener un hijo, suyo y de Julian, no se le había ocurrido antes. Recordar las noches apasionadas que pasaban juntos le aceleró el corazón. ¡Pero si en ese momento ya podía estar embarazada!

Aterrada y eufórica a la vez, no supo qué decir. Quizá por primera vez en su vida se había quedado sin habla. ¡Un hijo! Suyo y de Julian. Una oleada de calor le recorrió el cuerpo. Tener al hijo de ambos en los brazos... No podía imaginar nada más maravilloso.

Julian observó su semblante, preguntándose qué estaría pensando. Catherine había estado rotundamente en contra de tener hijos, pero era un tema que Nell y él no habían tratado nunca. ¿Detestaría Nell, como su primera esposa, estar embarazada de él? Sintió un ligero frío en el corazón. No iba a tener la mala suerte de que su segunda esposa tampoco soportara la idea de tener un hijo suyo, ¿verdad? No quería creerlo de Nell, pero, como se recordó, a pesar de la intimidad que existía entonces entre ellos, no se conocían demasiado bien, y ella no había querido casarse con él...

Unos golpecitos en la puerta interrumpieron sus cavilaciones y, tras darle permiso, Dibble entró en la habitación.

—Ha llegado el médico, milord.

—Ah, acompáñelo a los aposentos de la señora. Se reunirá allí con él.

Dibble cerró de nuevo la puerta al marcharse, y Nell se levantó dirigiendo una mirada expresiva a su marido.

—Te dije que no era necesario que me viera un médico —dijo.

—Y yo te dije que creía que debería verte uno —respondió Julian con serenidad.

—¿Y si me niego? —quiso saber Nell, con un brillo especulativo en los ojos.

—No me gustaría tener que hacerlo —dijo Julian en voz baja, tras ponerse también de pie—, pero si te niegas, me veré obligado a llevarte en brazos hasta arriba para dejarte en tus aposentos.

Nell observó la figura esbelta de su marido y la idea de que la cargara en brazos y la subiera hasta su habitación contra su voluntad le provocó un escalofrío delicioso. Se planteó forzar el tema, pero al final decidió que no era batalla en la que ejercer sus derechos.

—Abusador —se quejó.

—Pero sólo por tu bien —replicó Julian con una sonrisa torcida—. Vamos, te acompañaré a tus aposentos y te presentaré al doctor Coleman.

Subieron juntos la escalera y entraron en su antesala. Había un hombre alto mirando por la ventana. Al oír abrirse la puerta, se volvió y sonrió.

A Nell casi se le paró el corazón cuando vio al hombre apuesto que tenía delante. Habría podido ser su marido. Alzó los ojos hacia Julian y, después, los dirigió de nuevo al otro hombre.

No, bien mirado, no eran exactamente iguales, pero le sorprendió que tuvieran tantos rasgos en común.

Julian hizo las presentaciones y, tras unos momentos de conversación educada, dejó discretamente la habitación.

—¿Vamos a su vestidor, milady? —preguntó el doctor Coleman con una sonrisa—. Le prometo que el reconocimiento no durará mucho tiempo.

Realmente le recordaba a Julian, y esa sonrisa...

—No es necesario —aseguró a la vez que le devolvía la sonrisa—. Sólo tenía el estómago revuelto por haber comido langosta a la mantequilla. Soy la viva imagen de la salud.

—Sí, estoy seguro de que es verdad, pero para que el señor conde esté contento, creo que, por lo menos, deberíamos intentar «dar la impresión» de que la he reconocido a fondo —sugirió con un brillo pícaro en sus ojos verdes.

A Nell se le escapó una carcajada. Le gustaba ese hombre. Cómoda con él, lo condujo hacia su vestidor.

—¿Vive cerca, doctor? —preguntó cuando entraron en la habitación.

El médico asintió, y dejó el maletín de piel negra en el suelo.

—Sí, a unos tres kilómetros carretera abajo, en Rose Cottage.

—Oh, recuerdo la casa. Está preciosa con todas esas pérgolas llenas de rosas a su alrededor.

—Gracias. Es un hogar muy confortable, y en verano, la fragancia de las rosas es deliciosa.

Quería preguntarle más cosas, pero él le indicó que se sentara.

—Bueno, me temo que voy a tener que hacerle unas preguntas y tomarle el pulso para poder mirar a los ojos al señor conde —dijo—. ¿Le importa?

No le importaba. Sin dejar de hablarle con delicadeza, el médico terminó enseguida su tarea. Su actitud era tal que, hasta que no estuvieron de vuelta en su antesala, Nell no se percató de que la había reconocido a fondo y le había hecho varias preguntas perspicaces sobre su estado de salud.

—Es usted un hombre muy inteligente, doctor Coleman —comentó ya en la puerta—. Mire que engañarme así para que le dejara hacer exactamente lo que quería mi marido...

—Me ha descubierto —sonrió el médico con el maletín en la mano—. Pero no sea demasiado severa conmigo, por favor. Lord Wyndham es un buen cliente. No me gustaría que se enfadara conmigo. —Sus ojos volvieron a adquirir ese brillo—. Y no ha sido tan terrible, ¿verdad?

—No, claro que no —rio Nell—. Si en el futuro necesitara realmente un médico, me tranquilizará saber que estoy en sus buenas manos.

—Tiene buena salud, milady. Excelente, de hecho, y dudo que vaya a necesitar mis servicios pronto, pero le agradezco sus palabras.

Una vez en el espléndido vestíbulo, observó cómo Dibble lo acompañaba al estudio de su marido. Pensó en reunirse con ellos; después de todo, lo que iban a comentar era su estado de salud, pero decidió que no era tan importante. Ya sabía que estaba bien, hasta el doctor Coleman lo había dicho.

Sintiendo una gran curiosidad por el asombroso parecido del doctor Coleman con su marido, Nell deambuló por el salón verde mientras esperaba, impaciente, a que el médico se marchara. Tenía intención de hacer algunas preguntas directas a Julian sobre el apuesto médico.

Varios minutos después llamó a Dibble y, tras saber que el doctor Coleman se había ido, se dirigió al estudio de Julian. Lo encontró sentado tras su escritorio con unos cuantos libros de cuentas y documentos esparcidos delante.

—Supongo que vienes a regodearte —comentó Julian con una sonrisa—. El doctor Coleman me ha dicho que te encuentras perfectamente y que, si todos sus pacientes estuvieran como tú, pronto sería pobre.

—Ya te lo advertí —respondió Nell, que se sentó junto a la mesa—. Quizá la próxima vez me escuches.

—¿Tan desagradable ha sido? —quiso saber con una mirada de cariño.

—No, su trato es encantador y me reconoció a fondo casi sin que me diera cuenta. —Miró a su marido—. Me cae muy bien.

—Me pareció que sería así. Gusta mucho a todos sus pacientes.

No había una forma sencilla de abordarlo, así que Nell habló sin rodeos.

—Se parece mucho a ti... Casi podríais ser gemelos...

—Todavía no has visto al primo Charles —soltó con sequedad Julian—. Existe un fuerte parecido familiar entre todos los Weston, pero Charles y yo podríamos ser perfectamente gemelos.

—Muy interesante, salvo que, a no ser que haya entendido mal algo, el doctor Coleman no pertenece a la familia Weston. ¿O se trata de otro primo? —preguntó con dulzura.

Julian vaciló. No había razón para que no lo supiera, y Dios sabía que se enteraría por boca de cualquier otra persona. Y ahora ella era un miembro más de la familia. Suspiró. Sería mejor que conociera algunos de los trapos sucios, y a él le correspondía airearlos.

—Es más bien un tío —admitió a regañadientes—, ilegítimo.

—¿De veras? —se sorprendió Nell con los ojos como platos.

—¿Recuerdas cuando te hablé del viejo conde? —asintió Julian—. Pues me temo que vas a notar que algunos de los habitantes de la región guardan un parecido asombroso con la familia. Coleman es uno de los varios... hijos ilegítimos de mi difunto abuelo. Por suerte, es uno de los más respetables.

—¿No es un poco extraño?

—Nunca ha sido un secreto en la familia —explicó Julian con un encogimiento de hombros—. Crecí sabiendo que tenía varios tíos y tías deambulando por la región. El abuelo admitía que eran hijos suyos y daba dinero a sus familias. —Hizo una mueca—. Y consideraba que así cumplía con sus obligaciones paternas.

Nell se lo quedó mirando, de modo que Julian se preguntó si el libertinaje de su abuelo habría empeorado la opinión que tenía de él. Supuso que podría haber intentado ocultarle los diversos deslices de su abuelo, pero tuvo que admitir con tristeza que habría sido inútil; llevaban el parentesco estampado en la cara.

—Bueno —soltó Nell por fin—, tienes una familia mucho más interesante que la mía.

Julian soltó una carcajada, lleno de alivio. ¿Llegaría el día en que no lo hiciera reír? ¿En que dejara de sorprenderlo? Dios santo, esperaba que no.

El crujido de unas ruedas de madera y el tintineo de unos arneses llegó a la habitación, y ambos se miraron.

—¿Esperabas a alguien? —preguntó Nell antes de ponerse de pie.

—A nadie.

Se oyó un gran alboroto procedente del vestíbulo y, al salir del estudio, se encontraron con que estaba lleno de baúles y cofres. Dibble daba órdenes a varios lacayos y doncellas, lo que se sumaba al caos.

En medio de toda esa locura había una mujer ataviada con una capa ribeteada de marta y tocada con un extremado sombrero escarlata con plumas de avestruz. Al ver a Julian y a Nell a punto de entrar en el vestíbulo, la mujer soltó un chillido y se lanzó a los brazos del sobresaltado Julian.

—¡Oh, Julian! —exclamó—. Ya sé que te dije que no llegaría hasta dentro de unas semanas, pero no podía permanecer alejada de aquí ni un momento más. Tenía que venir a casa. Londres es demasiado horrible sin ti.

Al parecer, lady Diana, la condesa viuda, había llegado.

10

—Sentimos mucho llegar así, sin avisar —dijo Elizabeth, pegada a los talones de su madre, con su hermoso rostro enmarcado por una capucha forrada de chinchilla—, pero madre realmente suspiraba por el campo. —Sonrió tímidamente a Nell—. Espero que no te importe. Y que no te hayamos causado ningún inconveniente.

—¡Pues claro que no! —soltó lady Diana, enojada—. Me parece que podemos regresar a nuestra casa siempre que queramos sin que eso cause ningún problema. —Dirigió una mirada tierna al conde—. ¿No es verdad, Julian? Tú jamás le negarías a tu madrastra un techo bajo el que cobijarse, ¿no?

Julian, con el aspecto de un hombre que se enfrenta al ataque de una manada de leones hambrientos, buscaba desesperadamente una huida.

—¡Pues claro que no lo haría! —intervino Nell, entre divertida e irritada por el numerito de Diana—. Estoy segura de que, aparte de la casa viudal, con tantas propiedades como mi marido posee, siempre podría encontrarle una casa adecuada a sus necesidades. —Dicho esto, se acercó a Diana y arrancó con delicadeza los brazos de la otra mujer del cuello de Julian. Luego, tomó el brazo de Diana y le sonrió cariñosamente para decirle—: Mientras tanto, estamos encantados de que usted y Elizabeth se queden con nosotros.

Lady Diana y Elizabeth se quitaron las prendas de abrigo y, un momento después, Nell cruzaba resuelta el elegante vestíbulo con Diana, que a duras penas la seguía.

—Será muy agradable tener compañía. Y, tras un viaje tan largo, estoy segura de que tendrán ganas de descansar y refrescarse —insinuó Nell con alegría mientras llevaba o, mejor dicho, arrastraba a su madrastra política—. Ya habíamos empezado a hacer los preparativos para su llegada, de modo que estoy segura de que, con muy poco esfuerzo, el servicio tendrá sus aposentos preparados en un periquete. —Volvió la cabeza parar mirar a Dibble—. ¿Verdad, Dibble?

—Sí, milady —murmuró Dibble, admirado por su dominio de la situación, con una reverencia.

—¡Excelente! Pero ¿podrá ordenar antes que nos sirvan té con galletas en el salón verde?

—Me encargaré inmediatamente de ello, milady —aseguró Dibble, que volvió a hacer una reverencia.

—¿Lo ve? —dijo Nell a Diana con una sonrisa satisfecha—. Todo está controlado. Ahora, si Elizabeth y usted me acompañan, nos retiraremos al salón verde, donde podrán contarme cómo les ha ido el viaje.

Julian, que se quedó en el vestíbulo rodeado de una montaña de baúles y cofres, observó cómo el trío se alejaba. Sus labios esbozaron una sonrisa cuando posó los ojos en la figura esbelta de Nell. ¡Por Júpiter! ¡De la que se había librado! Si Nell no hubiera acudido a su rescate, probablemente seguiría allí con el aspecto de una libre asustada acosada por una jauría.

Sintiéndose casi optimista respecto a tener a su esposa y a su madrastra bajo el mismo techo, se dirigió a su estudio. En cualquier lucha de poder entre las dos mujeres, apostaría por Nell. Sonrió abiertamente al recordar la forma magistral en que Nell había desarmado a su madrastra. ¡Pobre Diana! La habían derribado antes de que supiera siquiera lo que la había golpeado.

Lady Diana y Elizabeth se integraron en Wyndham Manor sin ningún incidente importante. Contribuyó a ello que Nell conservara la calma y que lady Diana, aunque fuera boba y a veces irritante, carecía de malicia. Hubo algunos enfrentamientos, pero la presencia de lady Diana y Elizabeth en la casa resultó básicamente agradable.

A medida que fueron pasando los días, el invierno se adueñó de la región y, aunque no sufrían las fuertes heladas ni las nevadas que asolaban otras zonas menos saludables de Inglaterra, había muchos días en que el tiempo hacía imposible, además de nada práctico, estar en el exterior. Como Nell participaba encantada en los planes de reforma que lady Diana tenía para la casa viudal, Julian podía encerrarse en su estudio con su administrador y diversos encargados para concentrarse en los asuntos relativos a sus propiedades, que eran muchos. La mayoría de ellos eran rutinarios y podían delegarse fácilmente y planearse para la primavera, cuando el tiempo mejorara; la marga de algunos campos que carecían de la cal necesaria, el barbecho para obtener mejores resultados y algunas reparaciones pendientes de determinadas casas de sus arrendatarios. Pero la reunión con su guardabosques fue complicada.

—¿A qué se refiere con eso de «depredaciones inusuales»? —quiso saber Julian.

De nombre John Hunter, el guardabosques de Wyndham, cuyo apellido, que significaba «cazador», resultaba de lo más apropiado, llevaba el sello del viejo conde en sus duras facciones, y a menudo Julian se había preguntado cómo se habría sentido su padre al tener a un medio hermano a su servicio. Sabía que a él le resultaba de lo más extraño dar órdenes a un hombre que, técnicamente, era tío suyo... otro ilegítimo.

John Hunter era un hombre muy corpulento con una melena greñuda de pelo negro y con los penetrantes ojos verdes de la familia bajo unas gruesas cejas oscuras. Solía llevar en una mano un garrote con el que golpeaba sin escrúpulos a cualquiera que pillara sin permiso en las tierras del conde. Con su altura y su corpulencia, y con aquel garrote siempre a mano, era impresionante. Su mera imagen recorriendo los bosques bastaba para aterrorizar a cualquier cazador furtivo lo bastante temerario como para poner un pie en las tierras del conde. Veinticinco años mayor que él, era guardabosques de Wyndham Manor desde que Julian tenía uso de razón, y su fama de encargarse deprisa y sin piedad de los cazadores furtivos era legendaria en toda la región.

A petición de Julian, se acercó más y habló con triste satisfacción.

—Es lo que le había advertido una y otra vez, milord. Ha sido demasiado blando y ahora está pagando las consecuencias: matan a sus animales cuando quieren.

—Oh, vamos, no será tan grave. Y ya sabe que no me duele que de vez en cuando los cazadores furtivos se lleven algún ciervo o algún lebrato.

—Por supuesto que lo sé —se lamentó John, cuya expresión indicaba claramente lo que pensaba de semejante locura—. Pero no se trata de eso. En los bosques del norte he encontrando lugares donde se han producido carnicerías gratuitas. —Sacudió la cabeza con asco—. Le aseguro que no es cosa de ningún cazador furtivo hambriento que quiere alimentar a su familia, milord. ¡Es un demonio! ¡Un monstruo! Los animales están... como si los hubiera descuartizado y los hubiera dejado allí para que se pudran.

—¿No se lleva los animales? —preguntó Julian, extrañado.

—A ninguno que yo sepa —negó John con la cabeza—. Y no intenta encubrir sus actos; es como si quisiera que su asquerosa obra fuera encontrada.

Julian observó con dureza el rostro curtido de John. Dejar a los animales en el mismo bosque era inaudito... Ningún cazador furtivo lo hacía. Y ningún cazador furtivo con dos dedos de frente habría vuelto una y otra vez corriendo el riesgo de encontrarse con John. Aun así, alguien estaba entrando en sus tierras cuando quería, y si tenía que creer lo que John le decía, estaba matando a sus animales sin el menor sentido.

—Lléveme al lugar más reciente —pidió a John tras levantarse.

Julian había esperado que John exagerara pero, cuando volvía a casa a caballo después de haberlo acompañado hasta los restos de la última matanza, sabía que su guardabosques no exageraba un pelo. El ciervo había sido atacado con la fiereza de una bestia salvaje. De una bestia salvaje con un cuchillo... Julian montó en cólera. ¡Por Dios! ¿Qué clase de monstruo podría haber cometido semejante carnicería? ¿Y cómo iba a encontrarlo y a detenerlo?

Puede que lady Diana fuera boba, pero no era idiota, y sólo había tardado unos días en darse cuenta de que, si bien Nell era la amabilidad en persona, Wyndham Manor era ahora su hogar. Como era una mujer de carácter dócil y que no hacía mohínes ni se lamentaba demasiado tiempo por lo que no tenía remedio, se volcó de inmediato en convertir la casa viudal en un hogar elegante para su hija y para ella.

La casa viudal, situada a poco más de un kilómetro de Wyndham Manor, en un hermoso parque propio, llevaba vacía veinte años más o menos, desde el fallecimiento de la bisabuela de Julian. Levantada en el lugar que ocupaba un edificio mucho más antiguo, tenía dos plantas, el tejado inclinado y las ventanas altas y arqueadas, y estaba rodeada de varias terrazas llenas de maleza. A lo largo de los años, su mantenimiento había sido el mínimo, y las reformas, tanto en el interior como en el exterior, serían de consideración. Nell, después de recorrer con lady Diana y Elizabeth la casa oscura en la que resonaban sus pasos, y de comprobar los cambios que era necesario hacerle, se resignó a que las otras dos mujeres tuvieran que vivir en Wyndham Manor cierto tiempo.

Julian había contratado enseguida a varios constructores y artesanos locales para que llevaran a cabo las obras, pero el mal tiempo retrasaba muchas cosas. Aunque las reformas iban avanzando despacio, había muchas cosas que las mujeres podían hacer para acelerar el proceso, y Nell se dedicó a la agradable tarea de ayudar a elegir telas y muebles.

Complacida al ver el interés de Nell en el proyecto y tras descubrir que su nueva hijastra política tenía buen gusto para los colores y los estilos, lady Diana aceptó encantada su ayuda, y junto con Elizabeth se volcaron en los cambios que ella había planeado. La antesala de lady Diana estaba llena de muestrarios de telas, catálogos de muebles y anuncios de alfombras, y a medida que avanzaba el invierno y que la lluvia golpeaba con fuerza los cristales de las ventanas, las tres mujeres dedicaban horas, sentadas cerca de la acogedora chimenea, a decidir las telas y los colores que quedarían mejor en la casa viudal.

La frialdad con que lady Diana la había tratado las pocas veces que se habían visto con anterioridad a su boda, había hecho dudar a Nell de que las dos pudieran compartir la misma casa. Pero había tardado menos de veinticuatro horas en darse cuenta de que, si bien lady Diana podía ser una pesada y una cabeza de chorlito, no tenía ni un ápice de maldad en el cuerpo. Y en cuanto a Elizabeth... Elizabeth era un encanto, y Nell pensaba que de haber tenido una hermana menor, le habría gustado que fuera como ella.

Por invitación de Julian, Marcus fue a cenar una noche, poco después de que lady Diana y Elizabeth hubieran llegado. La comida terminó con una charla muy animada, y las mujeres se marcharon para dejar a los dos caballeros en el comedor degustando su oporto.

Como había observado el buen trato que existía entre las mujeres, Marcus levantó la copa para brindar.

—Siempre has tenido muchísima suerte, y si no lo hubiera visto con mis propios ojos, no me habría creído con qué facilidad manejas las situaciones comprometidas. ¡Felicidades! —sonrió a Julian por encima de su copa—. Estaba seguro de que a estas alturas estarías despedazado y vine, apenado, a cenar sobre tu cadáver.

—A quien deberías felicitar es a mi esposa —admitió Julian con ironía—. Cuando llegaron, lo único que pude hacer fue quedarme plantado con los ojos desorbitados y aturdido como un ciervo acorralado al borde de un precipicio. Fue Nell quien salvó la situación. Sabe mantener la cabeza fría.

—A pesar de que es un tema de conversación delicioso —murmuró Marcus—, estoy convencido de que ella no es la razón de que me invitaras a cenar. No me digas que Tynedale te está causando problemas.

—No —negó Julian con la cabeza—. De hecho, la región ha estado muy tranquila. No he visto ni oído nada sobre las actividades de Tynedale ni de mis primos. Supongo que debería estar preocupado, pero no hay nada que pueda hacer hasta que ellos den un paso... si es que lo dan.

—Pues si no se trata de Tynedale ni del primo Charles, ¿qué es lo que te inquieta?

Julian adoptó una expresión adusta, dejó la copa en la mesa y se inclinó hacia delante.

—¿Has tenido en alguna ocasión problemas con los cazadores furtivos?

—Ninguno aparte de las habituales incursiones que cabe esperar —respondió Marcus, sorprendido—. Nada serio.

—¿Nunca matanzas sin sentido, dejando luego los animales en el mismo bosque?

—Nunca —contestó Marcus con el ceño fruncido—. Y sabiendo que John Hunter ronda por tus tierras no puedo imaginarme que haya ningún cazador furtivo que valore tan poco su vida que se arriesgue a caer en sus manos.

—Pues te equivocas —masculló Julian, que le explicó la situación.

—Es un asunto feo —comentó Marcus cuando Julian terminó de hablar.

Julian asintió.

—He autorizado a John a contratar a más hombres para que lo ayuden a patrullar las tierras de noche. Quiere poner trampas, pero no me gustaría tener la mutilación o la posible muerte de nadie sobre mi conciencia sólo porque cazó furtivamente algunos de mis animales.

—No parece que se trate de caza furtiva —objetó Marcus.

—Sí, tienes razón. ¡Y que me aspen si sé qué hacer! Mi esperanza es que John atrape a ese individuo y podamos olvidarnos del asunto. —Se quedó mirando la copa—. No se lo he contado a las mujeres; no quiero preocuparlas y no hay razón para que lo sepan. No son cazadoras.

—¿Estás seguro? —sonrió Marcus—. A mí me parece que tu esposa sería capaz de convertirse en una cazadora excelente.

—Es muy posible —admitió Julian con una sonrisa—. Me ha sorprendido más de una vez.

—¿Pero no desagradablemente?

—No —negó Julian con la cabeza—. Tienes delante de ti a un hombre agradecido de estar casado.

—¿Y feliz?

—Sí —aseguró Julian tras dudar un instante—. Y feliz.

Marcus aceptó la afirmación de Julian de que era feliz, pero, en realidad, su primo estaba vagamente preocupado; no era exactamente feliz y, sin embargo, tampoco era desdichado. Su matrimonio ocupaba últimamente sus pensamientos, y no conseguía averiguar por qué no conseguía desprenderse de una inquietante sensación de insatisfacción. Tenía una esposa encantadora y receptiva que dirigía su hogar con pericia y con aplomo, y cuyo cuerpo ansioso y complaciente lo colmaba de placer. Y sin embargo... Faltaba algo. Cuando entraba en el dormitorio de Nell, ella lo recibía con la pasión que cualquier hombre desea, pero notaba que había una parte de sí misma que contenía, una parte que le ocultaba. Aunque le incomodaba admitirlo, existía una barrera entre ambos. No era evidente, pero estaba ahí. Estaba ahí en la forma en que Nell lo observaba a veces, como si buscara algo, como si le pareciera que él carecía de algo. Estaba ahí en la forma en que, con una sonrisa y un comentario desenfadado, se escabullía de él siempre que le echaba piropos o que intentaba flirtear con ella. Resopló. Era triste que un marido se viera reducido a flirtear con su propia esposa y que a ésta no le gustara. Era... esquiva. Sí, era eso. «Esquiva», ésa era la palabra. No podía explicarlo, pero lo sentía, era consciente de ello y cada día más.

El temor de que Julian seguía amando a su primera esposa había arraigado con fuerza en Nell. Julian era todo lo que cualquier mujer podía desear en un marido, pero eso importaba poco si no tenía ninguna posibilidad de conquistar su corazón. Era verdad que estaba medio enamorada de él, pero la presencia invisible de lady Catherine la rondaba y le permitía refrenar sus emociones. No iba a sufrir por un hombre que no podía amarla ni a suspirar por un hombre cuyo corazón estaba enterrado en una tumba. Sería su esposa en todos los sentidos y disfrutaría de su compañía, pero no se permitiría amarlo. No veía ninguna ventaja en amar a un hombre que estaba enamorado de otra, especialmente a un hombre enamorado de una difunta.

La compañía de lady Diana y de Elizabeth le facilitaba mostrar al mundo, incluido su marido, un aspecto tranquilo. Sólo de noche, cuando Julian la dejaba y se quedaba sola en su espléndida habitación, le dolía el corazón y se le hacía un nudo en la garganta. Hacer el amor con Julian borraba su tristeza un rato, y podía perderse entre sus brazos, gozar del placer que él le proporcionaba a su cuerpo; pero cuando se había ido... Cuando se iba de su cama se sentía vacía, utilizada.

Mientras se secaba las lágrimas se decía que lo que hacían no era distinto a lo que hacía un semental al montar una yegua en celo. El deseo lo llevaba a ella. Un instinto básico. La necesidad de procrear. Eso era lo único que existía entre ambos.

No le servía de nada recordarse lo afortunada que era. Esa noche nefasta en que Tynedale la raptó podía haber terminado de modo muy distinto. Tynedale podría haber logrado su perverso plan, o haberse encontrado con otro hombre mucho menos deseable que Julian. En lugar de deshonra y sufrimiento, tenía un marido acaudalado y aristocrático. Era condesa. Tenía un hogar elegante. Su marido era apuesto, atento, amable. Pero eso no era suficiente. No, ni mucho menos.

Sus emociones la agobiaban; tras la fachada que mostraba al mundo, se sentía mal y cansada, y aunque las guardaba ocultas, las lágrimas nunca estaban lejos.

La proximidad de las fiestas, a pesar de las fragancias deliciosas de los árboles de hoja perenne y de especias en el aire, la desanimó aún más. Intentó disfrutar del acebo y el muérdago repartidos por toda la casa, y de las guirnaldas frescas que cubrían las barandillas y las repisas de las chimeneas, pero fue en vano. Iban a ser sus primeras Navidades sin su familia y echaba mucho de menos su casa.

Una mañana, unos días antes de Navidad, lady Diana notó que Nell no estaba concentrada en los planos del constructor que examinaban.

—¡Cielo santo! —dijo, tras apartar los papeles—. Estoy harta de preocuparme por las reformas de mi casa. Hagamos algo distinto hoy.

Nell, encantadora con un vestido de cachemira verde oliva, miró por la ventana la lluvia que salpicaba los cristales.

—Bueno —dijo—, queda descartado dar un paseo a pie, a caballo o en carruaje. Hace un tiempo espantoso.

—Estoy de acuerdo con Nell —intervino Elizabeth, que había levantado la cabeza de los muestrarios de seda—. ¿Qué podemos hacer?

Lady Diana hizo un mohín un momento y, después, se animó.

—Podemos explorar el invernadero. Será casi tan agradable como pasear al aire libre un día de verano.

—Eso ya lo hicimos ayer —señaló Elizabeth—. ¿Acaso no te acuerdas?

—Es verdad —admitió lady Diana con una mueca—. Debe de haber algo que podamos hacer aparte de estudiar detenidamente estos aburridos planos y papeles.

—Todavía no he explorado toda la casa —empezó a decir Nell,

indecisa—. ¿Tiene alguna característica que no sea corriente y que os gustaría enseñarme?

Lady Diana y Elizabeth intercambiaron una mirada traviesa.

—¿Has visto las mazmorras? —preguntó lady Diana.

—¿Las m-m-mazmorras? —repitió Nell, helada de repente.

—¿Quieres decir que Julian todavía no te ha hablado de ellas? —exclamó lady Diana—. ¡Oh, eso no está nada bien!

«Ni que me hubiera negado algo estupendo», pensó Nell, sardónica.

—¿Sabías que esta casa está construida donde antes había un castillo? —preguntó Elizabeth, inclinada hacia ella—. ¿Y que debajo de nosotras hay un pasadizo secreto que conduce a unas viejas mazmorras? —Se estremeció de un modo delicioso—. Es un sitio maravillosamente aterrador. El primo Charles nos lo enseñó una vez y nos contó unas historias horripilantes. Nos lo pasamos muy bien, aunque mamá tuvo pesadillas una semana entera, y lord Wyndham, el padre de Julian, se enojó con el primo Charles por asustarnos así. Lord Wyndham dijo que todo eso de las torturas y de los asesinatos eran tonterías y que el primo Charles se lo había inventado —terminó apenada.

—Creía que, bueno, que el primo Charles y lord Wyndham estaban distanciados —comentó Nell con el ceño fruncido.

—Bueno, no puede negarse que el distanciamiento se ha hecho mayor, pero eso fue justo después de que el difunto conde y yo nos casáramos, y las cosas no estaban tan mal entonces —explicó lady Diana—. Charles venía aquí a menudo, aunque después de eso, no tanto.

—¿Sabes qué? —dijo Elizabeth tras darse unos golpecitos en el labio con un dedo—. Puede que explorar las mazmorras no sea tan buena idea. Cuando el primo Charles nos las enseñó era verano, y recuerdo vagamente que nos dijo algo de que eran húmedas y que había partes que se inundaban en invierno.

—Oh, tienes razón —coincidió lady Diana—. Vaya por Dios; tendremos que pensar en otra cosa.

—¿Qué tal la galería? —sugirió Elizabeth.

—Creo que Dibble ya me la enseñó —contestó Nell, apesadumbrada—. Aunque fue muy rápido y no tuve oportunidad de mirar todos los retratos de la familia...

—Pues vamos —propuso Elizabeth levantándose de un salto—. Será muy divertido. Espera a ver el retrato del primer conde; parece un bribón de marca mayor.

El primer conde parecía, verdaderamente, un bribón, pero Nell supo ver de dónde había sacado Julian los ojos verdes y las arqueadas cejas negras. Empezaron por la parte más antigua de la galería y pasaron un rato agradable viendo los retratos y comentando, entre risas, el estilo de los atuendos y los peinados. Cuando llegaron a la sección que contenía los retratos de los miembros más recientes de la familia, uno de ellos llamó la atención de Nell y la dejó embelesada.

Ocupaba un lugar de honor en un pequeño hueco, y un ramo de olorosas azucenas frescas procedentes del invernadero de la casa descansaba sobre un estante bajo el enorme cuadro con el marco dorado.

Nell observó las flores, pero fue la figura del retrato lo que captó su atención y la dejó helada.

Era una mujer joven con un vestido azul zafiro, el pelo dorado y los ojos azul cielo. Era la mujer más hermosa que Nell había visto en su vida, y no pudo apartar la mirada de aquel rostro en forma de corazón ni de aquella figura delicada que no habría avergonzado ni a una princesa de las hadas.

Elizabeth notó su interés y se acercó para situarse a su lado.

—Es lady Catherine —le dijo en voz baja—, la primera esposa de Julian. ¿No te parece que es una auténtica Venus? Era preciosa. Su muerte fue una tragedia.

—Sí, preciosa —coincidió Nell con voz apagada.

Tener una rival sin cara era una cosa, saber que la mujer que se había llevado el corazón de su marido a la tumba con ella era de una belleza sin igual era completamente distinto. La belleza de Nell no era nada despreciable, pero ella se consideraba sólo algo bonita. No tenía aquella espléndida melena dorada, y detestó de repente sus mechones leonados, ni rubios ni castaños, sino de un tono intermedio. Y en cuanto a los ojos... ¿A quién iban a gustarle unos ojos verdemar cuando había mirado unos ojos grandes del color del cielo en verano? Y esa boca rosada... Se torturó examinando la figura perfecta de lady Catherine. Lady Catherine no tenía un cuerpo alto, delgado y sin demasiadas formas, no. Lady Catherine era todo lo que ella no era: ¡era perfecta!

Lady Diana se les unió para observar el retrato y suspiró.

—Su muerte fue tan triste, tan terrible... Creo que se debió a un accidente de carruaje. Era tan joven y hermosa... Mi difunto esposo decía que algo murió en Julian cuando ella se murió. Estaba muy preocupado por él y afirmaba temer que Julian se lanzara a la tumba con ella. —Acarició los pétalos de las azucenas con los dedos—. Veo que Julian sigue ordenando que le pongan flores frescas. Me gustaría saber si algún día conseguirá...

Un pellizco de Elizabeth recordó a lady Diana quién estaba a su lado, y con una carcajada nerviosa tomó el brazo de Nell con el suyo.

—Yo no llegué a conocerla —añadió entonces mientras daba unas palmaditas en la mano de Nell—. Ya se había muerto cuando me casé con el padre de Julian y lo que sé de ella me lo contó él. Sé que su muerte dejó desconsolado a Julian, pero ahora que te tiene a ti estoy segura de que volverá a ser feliz.

Nell lo dudaba.

Y esa noche, cuando Julian fue a verla, lo rechazó por primera vez. Con el hermoso rostro de lady Catherine grabado en la memoria, se volvió para alejarse de él y dijo en voz baja:

—Perdona, pero esta noche no me encuentro bien.

Tumbado a su lado en la cama, Julian ya había observado que esa noche parecía excepcionalmente callada y, al observarle la cara, vio sus ojeras y la palidez de su tez.

—¿Dolor de cabeza, quizá? —preguntó tomándole una mano entre las suyas.

Nell desvió la mirada de su apuesto rostro y apartó con suavidad la mano.

—Sólo un poquito.

Julian contempló su perfil, consciente de su rechazo. Y la angustiosa sensación de que algo andaba muy mal entre ellos aumentó.

—¿Te he ofendido de algún modo? —preguntó despacio, con una mirada penetrante.

Nell lo miró a los ojos.

—¡Oh, no! —exclamó y esbozó una sonrisa forzada—. Sólo estoy un poco cansada y desanimada últimamente.

Julian aceptó sus explicaciones y, tras darle un beso casto en la frente, regresó a su dormitorio. Y cuando la puerta apenas se hubo cerrado, Nell hundió la nariz en la almohada y se echó a llorar. Era la mujer más desdichada del mundo y deseaba estar muerta.

Julian no durmió bien esa noche. Sólo un imbécil no se habría dado cuenta de que Nell era desgraciada, y él no era imbécil. Despierto en la cama, rebuscó en su cabeza para intentar identificar el momento en que Nell había empezado a cambiar, el momento en que él notó por primera vez que algo andaba mal. Bueno, no exactamente que andaba mal, sino que era distinto. No logró recordar un incidente, una palabra o un hecho, por insignificante que fuera, que pudiera haber provocado los cambios que notaba en ella. Pero esa noche le había permitido comprobar que su intuición no era equivocada. Sin haber llegado a ganarla, tenía la aterradora sensación de estar perdiéndola. Sonrió con amargura. Primero Catherine y ahora Nell. Claro que nunca había querido ganarse a Catherine.

Las dos veces se había casado presionado por fuerzas externas; ninguna de ellas porque quisiera una esposa. Con Catherine, a pesar de sus recelos, se casó para complacer a su padre. ¡Y había que ver cómo salió todo! Ambos habían sido desdichados, y la muerte de su hijo antes de nacer se había sumado a su tristeza. Aunque se había jurado no volver a casarse, la repentina aparición de Nell había revolucionado su mundo, y se había casado de nuevo por las razones equivocadas, por nobles que fueran. Pero con Nell se había sentido... Sí, admitió con ironía, se había sentido ansioso, esperanzado. Y ahora, por razones que no lograba explicarse, Nell se alejaba de él, lo mantenía a distancia. ¿Qué diablos iba a hacer? No podría soportar otra vez los arranques de cólera, las lágrimas, las recriminaciones, las discusiones a gritos que habían caracterizado su primer matrimonio.

Comparar a Nell con Catherine era injusto, desde luego; las dos mujeres eran tan distintas como el día y la noche. No recordaba haber sentido nunca con Catherine el placer, la alegría que Nell le proporcionaba. Nunca.

Enojado consigo mismo, sintiendo que había estado viendo fantasmas donde no los había, ahuecó la almohada e intentó ponerse cómodo. Se dijo que esa noche carecía de importancia. Nell tenía dolor de cabeza y eso era todo. No había nada en su delicado rechazo que le indujera a pensar que había problemas. Pero Nell se estaba alejando de él. Lo notaba y no podía hacer nada para impedirlo. Por lo menos, no había empezado aún a echarse a llorar al verlo ni a culparlo de todos sus males.

Las fiestas llegaron y terminaron, y aunque Nell extrañó a su familia, aceptó el hecho de que Julian, lady Diana y Elizabeth lo eran ahora. Podía estar contenta o triste. Eligió estar contenta.

Enero empezó gris y deprimente. La falta de nieve y el clima suave sorprendieron a Nell, pero anhelaba la primavera. Tras varias semanas de lluvia, a finales de enero se sentía como un animal enjaulado. Deseaba huir de los confines de la casa. Y no era la única; hasta lady Diana y Elizabeth andaban alicaídas. Entonces, para alegría de todos, dejó de llover y empezó a brillar el sol. Tres días después, las carreteras habían empezado a secarse y el sol relucía en un despejado cielo azul. Ansiosas por salir de la casa, las tres señoras, acompañadas de dos mozos de cuadra, fueron a dar un paseo a caballo por la tarde. Julian estaba fuera, en Dwalish, por negocios.

Nell montaba una inquieta yegua negra y las otras dos mujeres unos jamelgos mansos que se ajustaban muy bien a sus capacidades. Los mozos de cuadra las seguían reposadamente.

Hacía un buen día: fresco a la sombra, pero agradable, casi caluroso, al sol. Después de semanas encerrada en casa, a Nell le pareció maravilloso montar de nuevo al aire libre. Contuvo las ganas de poner al galope a su yegua y logró disfrutar del ritmo lento que marcaba Diana.

El campo no estaba en su mejor momento; había muchos árboles sin hojas, con aspecto estéril, y tramos enlodados y encharcados que había que esquivar en la carretera, pero, aun así, era agradable. Nell no había tenido aún demasiadas oportunidades de explorar la zona y, al mirar a su alrededor con interés, el terreno ondulado que vislumbró entre las diversas masas boscosas le gustó. Al otro lado de los árboles se extendían campos, huertos y pastos rodeados de bosques frondosos, y se juró que en primavera se pasaría horas y horas a caballo para conocer bien el territorio.

Cuando Diana afirmó que ya había cabalgado suficiente, Nell suspiró. Aunque habían recorrido varios kilómetros, su yegua apenas se había calentado e, incapaz de controlar el impulso, se volvió hacia Diana.

—Si no te importa, voy a dejar que mi caballo estire las patas antes de volver —comentó.

Y, sin prestar atención al chillido de consternación de Diana, aflojó las riendas de la yegua, a la que espoleó, y ésta salió corriendo como una flecha dejando a los demás atrás. Con la sensación del potente cuerpo de la yegua bajo el suyo y el contacto de su crin en la cara, Nell se dejó llevar. Ver pasar los árboles, las vallas y los pastos volando era mágico, y la yegua parecía realmente volar cuando saltaba las partes enlodadas de la carretera. A Nell le encantó cada instante y deseó poder seguir cabalgando para siempre. Durante un ratito su melancolía se desvaneció y se olvidó de sus preocupaciones. Se olvidó del retrato de una mujer hermosa que colgaba sobre un ramo de azucenas y de un marido cuyo corazón jamás sería suyo.

Feliz y acalorada, al final Nell refrenó la yegua. Con un resoplido y una cabriola, el animal le hizo saber que unos cuantos kilómetros más no le vendrían mal, pero Nell, riendo, le dio unas palmaditas en el cuello lustroso y la obligó a dar la vuelta para regresar a donde estaban los demás.

Aunque la yegua iba a buen paso, antes de que hubieran cubierto demasiado trayecto vieron llegar al galope a uno de los mozos de cuadra, Hodges.

—¡Oh, milady! ¡Qué susto le ha dado a lady Diana! —exclamó cuando se encontraron y detuvieron sus respectivos caballos—. Está convencida de que se le ha desbocado el caballo.

—La última vez que se me desbocó un caballo tenía ocho años —dijo alegremente Nell. Y mientras daba más palmaditas al cuello sudoroso del animal, añadió—: Y esta yegua es demasiado dócil para intentar algo así.

Nell recorrió al mozo de cuadra y a su montura con la mirada. Conocía a Hodges de las cuadras y conocía, asimismo, su fama de ser un jinete intrépido, y el bien cuidado caballo castaño que montaba tenía aspecto de poder echarle una buena carrera a la yegua.

—¿Están muy lejos los demás? —quiso saber.

—A unos tres kilómetros.

—¿Comprobamos quién tiene mejor caballo? —sugirió con una sonrisa traviesa.

Dio un ligero taconazo y la yegua salió disparada. Con un grito de alegría, el joven mozo de cuadra la siguió.

La yegua llevaba un poco de ventaja, Hodges pesaba más y Nell lo había pillado desprevenido, pero en unos instantes la cabeza del caballo alcanzó el flanco de la yegua. Ambos animales corrían a toda velocidad y, al tomar una curva flanqueada de árboles, el caballo quiso tomar la delantera. Entonces, de golpe, salieron tres conejos con los ojos desorbitados de los arbustos y se les pusieron delante. Nell tiró desesperadamente de las riendas para intentar esquivarlos. La yegua tropezó y Nell salió disparada por encima de la cabeza del animal.

Cuando volvió en sí, estaba tumbada en el suelo con la cabeza recostada en un tórax muy viril. Podía oír cerca de ella cómo Diana lloraba y cómo el mozo de cuadra trataba de explicar lo sucedido. Medio aturdida, miró a su alrededor y suspiró aliviada al ver que la yegua pacía hierba con satisfacción a poca distancia, con el caballo castaño a su lado.

Le dolía la cabeza y sabía que iban a salirle unos moratones impresionantes como consecuencia de la caída. Intentó incorporarse.

—No, estese quieta —le ordenó una voz de hombre—. Déjeme ver si se ha herido de gravedad. Y, por el amor de Dios, no se mueva y empeore las cosas; Julian me despellejará vivo si permito que le pase algo.

Nell levantó la cabeza. La sujetaba un desconocido, pero lo conocía.

—Primo Charles —dijo débilmente.

—Sí —sonrió—. El malvado primo Charles a su disposición, milady.

11

Mientras observaba a Charles Weston, Nell pensó que Julian había tenido razón al advertirle que su primo y él podían pasar por gemelos. El hombre que la miraba le recordaba forzosamente a su marido, aunque había diferencias. Los dos tenían las facciones duras, pero Julian era mucho más apuesto. Tenían otros rasgos en común: el color de los ojos, el mentón y la nariz, formidables, y la forma de la cara. Sospechaba que alguien que no conociera demasiado bien a ninguno de los dos podría confundirlos, pero ella no. Había algo en la expresión de los ojos de Charles que la perturbaba... La falta de expresión; eso era. Los ojos de Charles Weston eran tan fríos e implacables como el mar del Norte en diciembre, y carecían por completo de la calidez y el buen humor que poseía la mirada de su esposo.

Weston le sonrió, y Nell se fijó en que la sonrisa no le llegaba a los ojos. No le gustaba y, desde luego, todavía le gustaba menos la intimidad de su postura. Forcejeó en sus brazos para intentar incorporarse, pero él la sujetaba con mucha fuerza.

—Estese quieta. Ha sido una caída espectacular. Espere un momento para recuperarse —dijo.

—¿Me ha visto caer? —preguntó, sorprendida.

—Ya lo creo. Estaba detrás de ustedes cuando ha salido volando por encima de la cabeza de la yegua. Vamos, deje que le eche un vistazo para ver cuánto daño se ha hecho.

A pesar de las protestas de Nell, le quitó el elegante sombrero verde esmeralda con la llamativa pluma amarilla y lo tiró sin cuidado al suelo. Y, con unos dedos sorprendentemente suaves, palpó la cabeza de Nell, gruñendo cuando ésta hizo una mueca y gritó al tocarle una zona cercana a la sien. Examinó esa zona con mucha más suavidad aún. Cuando hubo terminado, le dirigió una sonrisa de lo más atractiva.

—Sobrevivirá, milady. Estará un poco dolorida, pero la piel ni siquiera está abierta. Un día o dos de descanso y como nueva.

—Gracias —murmuró Nell—, pero eso podría habérselo dicho yo misma.

Al oír la voz de Nell, Diana se acercó corriendo.

—¡Oh, Nell, por favor, dime que no estás muerta! —suplicó con su bonita cara llena de ansiedad. Se llevó un pañuelo de encaje a los ojos—. Julian me matará si te pasa algo estando a mi cargo. —Sollozó—. ¿Por qué, oh, por qué habremos decidido dar este madito paseo a caballo?

—¡Madre, por favor! —intervino Elizabeth, dirigiéndole a Nell una mirada de disculpa—. No es culpa de nadie. Ha sido un accidente y, como puedes ver, lady Wyndham no está muerta.

—¿Estás segura? —preguntó lady Diana, poco convencida, con los ojos fijos en el semblante pálido de Nell.

—Estoy bien —sonrió ésta—. Me dolerá todo y estaré magullada, desde luego, pero no es nada por lo que haya que preocuparse. —Miró a Weston—. ¿Puedo levantarme ya?

Tras observar sus facciones un momento, Weston se encogió de hombros y se puso de pie.

—Como guste, milady —dijo, y alargó la mano para levantarla sin dificultad.

Al hacerlo, la cabeza dolorida le dio vueltas. Se balanceó y la pierna mala le cedió. Lady Diana gritó a modo de advertencia y un par de brazos fuertes levantaron a Nell del suelo.

—Creo que no está tan bien como cree —aseguró Weston, sujetándola contra su pecho.

—Quizá tenga razón —admitió Nell, que recostó la cabeza en el hombro del primo Charles. Tenía el estómago revuelto y la pierna le dolía horrores.

—¿Qué vamos a hacer? —exclamó lady Diana sin dejar de retorcerse las manos y de mirar, impotente, a su alrededor—. ¿Cómo la llevaremos a casa? No puede montar y Wyndham Manor está a kilómetros de aquí.

—Creo que olvidas que Stonegate está cerca de aquí —dijo Weston a lady Diana con sequedad—. Llevaré a lady Wyndham en mi carrocín.

Lady Diana le sujetó el brazo, frenética.

—¿Estás loco, Charles? —gimió alarmada—. A Julian no le gustará nada.

Weston rio. Y a Nell no le pareció una risa demasiado agradable.

—¿Desde cuándo me importa un comino lo que guste o deje de gustar a mi querido primo?

Lady Diana gimió y hundió la cara en el pañuelo de encaje.

—No será necesario que se tome tantas molestias, señor Weston —murmuró Nell, sin prestar atención al dolor, convencida, asimismo, de que a Julian no le gustaría encontrarla como invitada de su primo Charles—. Si me deja en el suelo, estoy segura de que enseguida estaré bien.

Sin hacerle caso, Weston se giró para llevársela.

—Señorita Forest —dijo a Elizabeth con la cabeza vuelta—, le ruego que haga algo con su madre antes de que le retuerza ese cuello tan bonito que tiene. —Y, tras bajar los ojos hacia Nell, que forcejeaba para soltarse de él, añadió—: Y usted, milady, deje de forcejear o la dejaré caer al suelo por desagradecida.

Nell le miró los fríos ojos verdes y le obedeció de inmediato. Weston hablaba en serio. Así que, mansa como un corderito, le permitió que la colocara en el asiento del carrocín.

Tras subirse a su vez al vehículo, Weston tomó las riendas. Y, entonces, se dirigió a los dos mozos de cuadra, que cambiaban el peso de un pie a otro, intranquilos.

—Uno de ustedes vuelva a Wyndham Manor e informe a su señor del accidente. Asegúrenle que su esposa no ha sufrido ninguna herida de consideración, pero que me la he llevado a Stonegate para que mi madrastra la atienda hasta que él llegue con un carruaje adecuado para llevarla a su casa. —Se volvió, entonces, hacia lady Diana y Elizabeth—. Vosotras dos y el otro criado, acompañadnos a Stonegate para esperar a mi querido primo —instruyó y, con una sonrisa glacial, añadió—: Así protegeréis a lady Wyndham de mis deleznables atenciones. Al fin y al cabo, todo el mundo sabe que no puedo estar a solas con ninguna mujer respetable sin intentar arruinar su reputación.

Aferrada al asiento del carrocín cuando Weston ordenó a los caballos que fueran al trote, Nell se esforzó en no avergonzarse devolviendo desde el vehículo. La caída la había lastimado más de lo había supuesto; sin duda había hecho estragos en su pierna mala, así que intentó sentir agradecimiento por la ayuda de Weston. Pero era difícil. Sabiendo el distanciamiento que había entre las familias, habría preferido que cualquier otra persona se tropezara con ellos en ese momento.

Seguidos de lady Diana, Elizabeth y uno de los mozos de cuadra, sólo tuvieron que recorrer unos tres kilómetros por la carretera antes de cruzar la impresionante puerta de piedra que Nell supuso daba su nombre, Stonegate, a la propiedad. Tras casi un kilómetro más por un camino que serpenteaba por el bosque, el vehículo llegó a un camino de entrada circular. Weston detuvo el caballo delante de una elegante casa de tres plantas, de antigüedad indeterminada, y bajó del carrocín. Lo rodeó hasta el otro lado y cargó a Nell en brazos para subir sin dificultad los tres amplios peldaños y cruzar el porche hacia una inmensa puerta de madera con unos enormes goznes de hierro negro.

Lady Diana y Elizabeth dejaron al mozo de cuadra al cuidado de sus caballos y siguieron a Weston. Cuando estaban a punto de llegar a la puerta, ésta se abrió y un hombre alto y cadavérico, vestido con una espléndida librea negra, se apartó mientras sujetaba la puerta para que Weston entrara.

Sin apenas detenerse, Weston entró en la casa y habló con el hombre al pasar por delante de él.

—Vaya a buscar a mi madrastra y dígale que vaya al salón este. Ordene también que traigan té y un refrigerio para las señoras.

La cara del mayordomo se mantuvo impasible, como si fuera perfectamente normal que su señor regresara a casa llevando en brazos a una desconocida.

—Lo haré de inmediato, señor, en cuanto haya atendido a las señoras. —Sonrió a Nell—. ¿Me permite sus guantes, milady?

Nell se los quitó y se los entregó. El mayordomo se dirigió entonces a las otras dos mujeres.

—¿Lady Wyndham? ¿Señorita Forest?

—Oh, sí, gracias, Garthwaite. —Lady Diana le dio los guantes y la fusta. Elizabeth hizo lo mismo. Las dos mujeres corrieron después por el largo pasillo para alcanzar la figura corpulenta de Weston.

Nell, cuya cabeza y cuyo estómago habían decidido comportarse, echó un vistazo a su alrededor. Conocedora de la situación de Weston, había esperado que su hogar reflejara su fortuna dilapidada, pero no era el caso. Hasta el momento no había visto nada que indicara que se trataba de un hombre al borde de la ruina financiera. El camino de entrada no tenía baches, ni rodadas u otros indicios de una mala conservación, la inmensa extensión de césped y los los arbustos que rodeaban la casa estaban meticulosamente recortados y la fachada parecía en excelente estado. Antes de que Weston se la llevara por un largo pasillo, había observado que la vestimenta del mayordomo era cara y que las paredes del vestíbulo estaban cubiertas de tapices de seda floreados en tonos verdes. El pasillo estaba bien iluminado, con apliques dorados y de cristal que sostenían velas de cera que ardían intensamente, y la alfombra color rubí no se veía nada gastada ni desteñida. Todo lo que había observado hasta el momento indicaba que estaba en el hogar de un caballero acaudalado. Hasta las prendas que vestía Weston seguían la última moda; llevaba una chalina inmaculada, atada por un experto, y una chaqueta verde botella que le quedaba perfecta.

Weston entró en una habitación de grandes dimensiones decorada en azul, dorado y crema, y la riqueza de la decoración, desde la elegante alfombra de lana en tonos crema y azul hasta los sofás tapizados de damasco dorado, volvió a impresionar a Nell. Había un fuego chisporroteando en la chimenea de mármol, y asientos y mesas de madera satinada repartidos por la habitación.

Tras acercarse a zancadas a uno de los sofás situados cerca del fuego, Weston depositó con cuidado a Nell en él. Cuando se alejó, ella trató de incorporarse, y al hacerlo la cabeza le dio vueltas.

Lady Diana y Elizabeth revolotearon hacia Nell, y se sentaron a ambos lados de ella. Lady Diana le tomó una mano entre las suyas y se la apretó, ansiosa.

—¡Oh, dime, querida! ¿Te duele algo? ¿Quieres unas sales?

Nell se estremeció.

—No, no, gracias —contestó—. Estoy segura de que enseguida me pondré bien. Sólo necesito descansar un momento.

—Justo lo que yo pensaba —comentó Weston, que se acercó a una mesa con el tablero de mármol y sirvió una copa de una de las diversas licoreras de cristal que había en ella.

Regresó donde estaba Nell, se detuvo delante de ella y le alargó una copita con un líquido ámbar.

—Bébase esto —ordenó—. Es coñac. Le despajará la cabeza para que deje de darle vueltas.

Nell estuvo tentada de rechazar la bebida, pero al ver la determinación de aquellos fríos ojos verdes tomó la copa que le ofrecía.

—Supongo que, si me negara a beber, me lo echaría a la fuerza cuello abajo —comentó con ironía.

—No sabe cuánto admiro a las mujeres inteligentes —aseguró Weston con una sonrisa dibujada en su rostro moreno—. Bébaselo. Verá cómo tengo razón.

Nell dio un sorbo, hizo una mueca y, luego, con valentía, se tomó el contenido de la copa de un solo trago. Casi le dio un soponcio, porque el licor le quemó la garganta antes de descenderle cálidamente hacia el estómago. Para su sorpresa, unos instantes después se sentía mejor.

La puerta del salón se abrió y entró una mujer con un vestido de lana fina castaño rojizo con puntilla crema alrededor del escote. Era alta, pechugona, con una asombrosa piel blanca que contrastaba con la mata de pelo color ébano que llevaba semioculta bajo la preciosa cofia de muselina. Estudió la habitación con sus ojos negros, de una gran inteligencia, y algo brilló brevemente en ellos al posarse en Nell.

Nell dedujo que sería la mujer francesa, la segunda esposa de Harlan, la madre de Raoul, el hermanastro menor de Charles Weston. Si la francesa se sorprendió al ver a la condesa de Wyndham en su casa, no dio la menor señal de ello.

—Por fin nos conocemos —comentó tras acercarse donde Nell estaba sentada—. Soy la señora Weston, y usted es la esposa de lord Wyndham, *oui*?

—Sí —asintió Nell—. Sentimos molestarlos de esta forma, pero sufrí una caída del caballo y su... hijastro insistió mucho en traerme aquí. Espero que nuestra inesperada llegada no le ocasione ningún problema.

—Esta casa es de mi hijastro —respondió la francesa con indiferencia—. Puede hacer lo que quiera, aunque yo crea que es una locura. —Dirigió una mirada a Weston—. ¿En qué estabas pensando, *mon fils*? Ya sabes que al conde no le gustará encontrar a su esposa aquí.

—¿Y por qué cree todo el mundo que lo que sienta mi primo me interesa algo? —preguntó Weston con una ceja arqueada.

—Estás loco —afirmó fríamente la señora Weston con los labios fruncidos.

—Bueno, por lo menos estamos de acuerdo en algo —murmuró Weston—. Ah, aquí llega Garthwaite, justo a tiempo de impedir que nos peleemos delante de nuestras invitadas.

Garthwaite entró en la habitación con una bandeja de plata, seguido de un lacayo que llevaba otra mayor con varios tipos de emparedados, galletas y dulces.

Nell no se había alegrado nunca tanto de ver una taza de té caliente como en ese momento. La aceptó cuando se la ofreció la señora Weston y la rodeó con los dedos como si no tuviera intención de soltarla nunca. La señora Weston era una anfitriona cortés y charló sobre el campo, sobre el tiempo y sobre las últimas modas, con lo que hizo sentir cómoda a Nell. Lady Diana intervenía en la conversación. Cualquiera hubiese dicho que las señoras se reunían regularmente y eran buenas amigas. Weston se divertía flirteando con Elizabeth, con quien parecía llevarse muy bien.

Cuando Nell acababa de terminarse su segunda taza de té y se sentía mucho mejor, se oyeron voces de hombre procedentes del pasillo. Se envaró. Era demasiado pronto para que Julian hubiera llegado, lo que significaba que...

Dos hombres entraron en el salón, ambos con pantalones de montar y botas, uno moreno y el otro rubio. Los rasgos de los Weston, aunque alterados por la inyección de sangre francesa, permitieron a Nell identificar a Raoul, el hermanastro menor de Weston. En cuanto al otro... Era una cara que jamás olvidaría. Cerró una de las manos en un puño y precisó toda su fuerza de voluntad para seguir sentada en el sofá y controlar el instinto animal que la incitaba a cruzar corriendo la habitación y arrancarle los ojos a lord Tynedale.

Los dos hombres se detuvieron, sorprendidos de encontrar el salón lleno de mujeres. Raoul se recobró al instante y se acercó rápidamente al sofá.

—No me digan que la nueva esposa de mi primo ha venido a visitarnos —exclamó, dirigiendo una sonrisa afectuosa a Nell.

Lady Diana efectuó una rápida presentación y explicó la situación.

—Sean cuales sean las razones de que esté aquí, lady Wyndham, es un placer conocerla finalmente —aseguró—. Hay que felicitar a mi primo por elegir a una dama tan hermosa como esposa.

Nell murmuró algo educado mientras se preparaba para cuando se le acercara Tynedale. Y Tynedale se le acercó.

—Mi queridísima condesa de Wyndham, permítame que la felicite por su matrimonio —dijo en voz baja con una sonrisa cínica en sus bonitos labios, a la vez que le besaba la mano—. Cuando me enteré de la noticia, me quedé de piedra. Yo, por lo pronto, no creí que llegara a ver ese día. —Con malicia, añadió—: Todos pensábamos que lord Wyndham había enterrado su corazón junto a la preciosa lady Catherine, ¿y él qué hace? Va y nos gana por la mano a todos y nos quita otra preciosa heredera en nuestras propias narices. Su agilidad mental y su rapidez de acción me dejaron sin habla. Qué perspicacia la suya para aprovechar la ocasión, ¿no le parece?

Nell, aborrecida, apartó los dedos que Tynedale le sujetaba.

—Por supuesto, la inteligencia de lord Wyndham es de primera —aseguró—. Y yo admiro y respeto mucho a un hombre que tenga una elevada capacidad cognitiva, además de encanto y buenos modales. —Sonrió con dulzura—. He de admitir que, comparados con mi marido, la mayoría de los hombres parecen... bueno, más bien toscos y atontados.

Tynedale soltó una gran carcajada.

—Ah, bueno, milady, eso está por ver. Puede que algunos de nosotros parezcamos algunas veces tontos y que cometamos errores, pero le aseguro que rara vez cometemos el mismo dos veces.

—Pero, bueno —se quejó Weston, que se situó tras ellos, detrás del sofá—, ¿por qué tengo la impresión de estar viendo el segundo acto de una obra en tres?

Nell se sonrojó y se miró las manos. No había tenido intención de pelearse tan abiertamente con Tynedale, pero la provocación había sido mayúscula. Lo observó con los ojos entornados cuando quitaba importancia al comentario de Weston con una carcajada. Era un hombre malvado y un canalla, y lo odiaba. De no haber sido por él, habría seguido siendo la señorita Eleanor Anslowe. El corazón le perdió el compás un segundo. ¿Deseaba realmente no haber conocido nunca a Julian y no haberse casado con él? Y la respuesta fue rotunda: sí, si su corazón estaba en la tumba con lady Catherine.

La conversación se volvió general, y Nell se relajó y dejó que los demás hablaran mientras ella escuchaba. Detestaba tener que soportar los comentarios mordaces de Tynedale y era muy consciente de que Weston estaba justo detrás de ella. Weston la desconcertaba. No era en absoluto como se había imaginado, y creía que, en otras circunstancias, podría haberle caído bien. Sin embargo...

A medida que pasaban los minutos, se fue dando cuenta de lo intranquila que estaba. A Julian no iba a gustarle encontrarla allí, pero lo que la preocupaba no era la expectativa del disgusto de su marido. Había algo en esa casa, en esa gente, que la inquietaba y que hacía que ansiara que Julian llegara para irse a Wyndham Manor. De inmediato.

Detestaba estar en la misma habitación que Tynedale, detestaba todavía más tener que sonreírle y tratarle educadamente, y se preguntaba cómo iba a reaccionar Julian al verlo. Ya era bastante malo estar allí, de entrada, sin tener cerca a Tynedale.

Desvió la mirada hacia Raoul y lo observó con los ojos entornados. Era un hombre apuesto y sus facciones, aunque tenían el sello de los Weston, eran más regulares que las de Julian o las de Charles, sus ojos negros eran parecidos a los de su madre, así como su boca. Raoul era mucho más atractivo y encantador que su hermanastro, pero viendo cómo reía y bromeaba con lady Diana, decidió que prefería los modales bruscos de Weston. Tuvo que admitir entonces que era posible que un hombre poseyera demasiado encanto.

Lady Diana se levantó del sofá para sentarse en una butaca, junto a la señora Weston, y poco después ambas charlaban animadamente sobre las virtudes del jabón transparente de Pears para el cutis; Raoul se llevó a Elizabeth a mirar los jardines por una de las ventanas. Lord Tynedale ocupó enseguida el asiento que lady Diana había dejado vacío, y Nell se quedó helada. Se estaba esforzando mucho para no montar una escena, pero la proximidad de Tynedale se lo estaba poniendo difícil.

—Tiene que contarme cómo fue que se casó con el conde, querida —dijo en voz baja para que sólo lo oyera ella—. ¿Cómo logró atraparlo?

—¿Y por qué tendría que comentar algo tan personal con usted? —Le dirigió una mirada glacial—. Preferiría sujetarme la liga en público. ¡Sabe muy bien qué pasó!

Tynedale se llevó una mano al pecho como si hubiera recibido un golpe.

—¡Oh, mi bella dama, me hiere en el alma! No me diga que, habiendo hecho la boda de la década, le molesta mi pequeña implicación en ella. ¡Qué vergüenza!

Weston se inclinó desde detrás del sofá para murmurar:

—¿Sabes qué, Tynedale? Estoy bastante seguro, no, estoy absolutamente seguro de que a mi venerado primo tus atenciones a su esposa le parecerán inaceptables. —Y, sin apartar los ojos de Tynedale, añadió—: A mí me lo parecerían... Y, a pesar de nuestras diferencias, mi primo y yo somos muy parecidos... en algunas cosas.

Al ver que Tynedale se encogía de hombros, Weston suspiró.

—¿Has olvidado que lord Wyndham es famoso por su excelente manejo de la espada? —insistió.

Tynedale dio un respingo y se tocó la cicatriz de la cara.

—Exacto —asintió Weston—. Te sugiero que, a no ser que quieras enfrentarte de nuevo con él en un futuro inmediato, te alejes y busques a otra dama ante la que desplegar tus encantos.

—Me parece que me malinterpretas —comentó Tynedale con una sonrisa fría tras intercambiar una mirada con el otro hombre—. Lady Wyndham y yo simplemente estamos... reanudando nuestra amistad.

—¿Realmente crees que a Wyndham le importará la diferencia? —preguntó con sequedad Weston.

Antes de que Tynedale pudiera responder, Garthwaite entró en la habitación y anunció:

—El conde de Wyndham.

Julian apareció por la puerta. Dio unos pasos en la habitación y se detuvo para observar quién la ocupaba. Si ver a su esposa codeándose con Tynedale y Weston lo perturbó, su apuesto rostro no lo reflejó. Repasó con la mirada a Nell y, al ver que no parecía lastimada, dirigió la atención a su anfitriona.

Se intercambiaron saludos y se ofreció un refrigerio a Julian, quien, sonriente, lo rechazó.

—No será necesario, gracias. Si queremos llegar a casa antes de que se haga de noche, tenemos que irnos.

—¿Temes que te pervirtamos? —insinuó Weston incorporándose detrás del sofá. Se acercó a Julian con una sonrisa extraña en los labios—. Seguro que una taza de té o una copita de coñac no te vendría mal antes de alejar a tu esposa de nosotros.

—¡Oh, Julian! —exclamó lady Diana tras levantarse de un salto y correr hacia el conde—. No te enfades. ¡No ha sido culpa mía! Te lo juro. —Miró ansiosa a Nell—. Y tampoco ha sido culpa de Nell. Fue un accidente. La yegua tropezó y Nell no pudo mantenerse en la silla. Ha sido providencial que el primo Charles llegara en ese momento. —El pañuelo de encaje volvió a hacer acto de presencia—. Si el primo Charles no hubiera sido tan amable, seguramente seguiríamos allí, en la carretera —comentó llevándoselo a los ojos.

—No tengo ninguna duda de que todo lo que has dicho es cierto —contestó Julian en un tono tranquilizador. Miró a su primo, que estaba detrás de Diana—. Y en algún momento no demasiado lejano, me gustaría muchísimo saber cómo fue que el primo Charles pudo ser tan... oportuno.

—Oh, no le des más vueltas, hombre —soltó Charles con un brillo irrespetuoso en los ojos—. No ha sido más que buena suerte. Cualquier cosa para ayudar al cabeza de familia. Ya sabes que, siempre que puedo, intento congraciarme contigo.

—¡Increíble! —exclamó Julian con una carcajada—. A veces creo que lo único positivo que tienes es tu bendita insolencia. —Le tendió la mano sin dejar de sonreír—. Gracias, primo. Te agradezco que ayudaras a mi esposa y a mi familia.

—Por lo menos admites que tengo algo positivo —comentó Charles a la vez que estrechaba la mano de Julian—. Y no hay de qué.

—¡Caramba! —dijo Raoul, que se acercó a los otros dos—. ¿Significa eso que volvemos a estar en buenas relaciones contigo?

—No adelantemos acontecimientos. —Julian esbozó una sonrisa retorcida—. Baste con decir que os estoy agradecido por vuestra ayuda y hospitalidad, y dejémoslo aquí por el momento.

Volvió a echar un vistazo alrededor y posó un momento los ojos en Tynedale, que seguía sentado al lado de Nell.

—Lamento no tomar ningún refrigerio —se limitó a excusarse, aunque lo hizo con los labios fruncidos—, pero pronto será de noche y me gustaría volver enseguida a casa para cerciorarme personalmente del estado de salud de lady Wyndham.

Se acercó a zancadas al sofá y tendió una mano apremiante a Nell.

—¿Estás preparada para irte, querida?

Nell estaba más que preparada para marcharse. Tras dar las gracias a la señora Weston por toda su hospitalidad, dejó que Julian la sacara de la habitación. Lady Diana y Elizabeth seguían despidiéndose de la señora Weston, de modo que recorrieron solos el largo pasillo.

—¿De verdad que estás bien? —preguntó en voz baja Julian al darse cuenta de que Nell cojeaba más que de costumbre.

—Estaba mareada... —asintió Nell tras mirarlo a los ojos—, algo aturdida, pero tu primo Charles me ha dado un poco de coñac y parece que eso ha resuelto el problema. Aunque estoy segura de que me dolerá todo el cuerpo unos cuantos días. —Vaciló—. ¿Estás enojado por habernos encontrado aquí? No hemos tenido más remedio que venir.

—Como ha dicho Diana, no es culpa tuya —suspiró Julian. Y, al pensar en la conversación que había tenido con Charles, añadió—: Y quizá salga algo bueno de todo esto.

—Pero ¿y Tynedale?

—Me ha sorprendido verlo sentado a tu lado —comentó observándole la cara.

Sus palabras contenían una pregunta implícita y Nell se envaró.

—¿Crees que yo lo he animado? —preguntó enojada.

—No. No —respondió Julian deprisa—. Simplemente, me sorprende que se atreviera a abordarte.

—Pronto descubrirás que Tynedale se atreve a hacer lo que le da la gana —murmuró—. No tengo control sobre él, y aparte de montar la escena que queremos evitar, no había nada que pudiera hacer cuando se sentó a mi lado. No sabes cómo agradecí que el primo Charles se uniera a nosotros.

—¿Crees que Tynedale ha contado a alguno de mis dos primos su implicación en nuestro matrimonio? —preguntó Julian con el ceño fruncido.

—No lo sé... —Se encogió de hombros—. Aunque me da la impresión de que tu primo Charles sabe más de lo que parece.

Julian soltó una carcajada llena de amargura.

—Así es el primo Charles, querida. Con él, nunca sabes a qué atenerte.

El ruido de los demás, que se acercaban, puso fin a su conversación, y siguieron por el pasillo. Cuando llegaron al vestíbulo se encontraron a Garthwaite, que los estaba esperando con las cosas de Nell, lady Diana y Elizabeth. Nell dio las gracias al mayordomo mientras se ponía los guantes y pensó con ironía que seguramente su sombrero seguiría en el suelo, donde Weston lo había tirado.

Lady Diana y Elizabeth se estaban poniendo también los guantes y charlando con Weston y Raoul, que las habían seguido hasta el vestíbulo, y Nell aprovechó ese momento para echar otro vistazo a la elegante sala. Había una puerta abierta en la que no se había fijado antes y, al mirar dentro de la habitación a la que daba, vio que, como el resto de la casa, no sólo era de un gusto impecable sino también considerablemente costosa. Un retrato inmenso con el marco dorado que colgaba sobre la chimenea, en la pared opuesta, captó su atención. El retrato, de un caballero y un muchacho de unos diez años, la atrajo y, ajena a todo, cruzó despacio la habitación para contemplarlo. El caballero vestía prendas de seda y satén que hacía más de una década que habían pasado de moda; un sensacional anillo con un rubí engarzado le adornaba una mano. Reconoció de inmediato las facciones de los Weston, las mismas que se reproducían a una escala más reducida en el rostro del muchacho que se apoyaba cariñosamente en la rodilla del caballero.

Se quedó mirando, como hipnotizada, los apuestos rasgos morenos de aquel hombre, y el corazón empezó a latirle con fuerza, dolorosamente, en el pecho. Conocía esa cara. Había visto antes al caballero sonriente... Sólo que no sonreía... no cuando ella lo había visto. La habitación le dio vueltas, sintió náuseas y la pierna izquierda le tembló violentamente. El corazón le latía con una fuerza casi insoportable mientras recordaba una imagen que había permanecido oculta en el lugar más recóndito de su mente. Dios santo. Lo recordó. Soltó un grito ahogado, perdió pie y todo se volvió negro.

Se despertó mecida en los brazos de Julian. Al intentar incorporarse, se percató de que se movían, y oyó entonces el traqueteo de un vehículo y el tintineo de unos arneses, por lo que dedujo que estaba en el carruaje de los Wyndham.

Julian la obligó a recostarse de nuevo en el asiento de terciopelo azul oscuro del coche.

—Tranquila, no te muevas; te has desmayado. —A la tenue luz del interior del vehículo le observó la cara y le apartó un mechón de pelo que se la cubría—. ¿Cómo te encuentras ahora?

—¡Oh, Nell, nos has dado un susto de muerte! —exclamó lady Diana—. Ha sido terrible. Estabas ahí de pie y, de repente, yacías inmóvil en el suelo. ¡Creía que te habías muerto! No había estado tan aterrada en toda mi vida.

Nell miró a lady Diana y a Elizabeth, sentadas juntas en el asiento de enfrente del carruaje. Las dos tenían una expresión de angustia, los ojos llenos de preocupación.

—Siento haberos asustado... dos veces. —Esbozó una sonrisa lánguida. Se le ensombreció la mirada, que fijó en sus manos enguantadas, en su regazo—. No sé qué me ha pasado. La caída debe de haberme afectado más de lo que parece.

Las dos mujeres se creyeron sus palabras a pies juntillas y se pasaron el resto del trayecto charlando sobre lo sucedido ese día. Julian no dijo nada, pero al mirarle disimuladamente la cara, Nell vio que no creía que la caída del caballo hubiera sido la causa de su desmayo. No lo había sido. Un escalofrío le recorrió el cuerpo, y cerró los ojos, cansada. Al parecer, las pesadillas no sólo se tenían durmiendo.

Cuando llegaron a Wyndham Manor, Nell se fue a sus aposentos en busca de los buenos servicios de Becky. La estaba esperando un baño caliente y, después, vestida con un camisón de batista y una bata de abrigo de terciopelo ámbar, picó de la bandeja de comida que le pusieron delante.

—¡Termíneselo todo! —insistió Becky con sus grandes ojos castaños llenos de ansiedad—. ¿Qué dirá el señor cuando se entere de que apenas ha probado bocado?

—Sólo me he caído —protestó Nell tras apartar el plato de caldo medio lleno—. No me he roto nada. Estoy bien. Sólo estaba... muy aturdida.

—Si usted lo dice... —respondió Becky, incrédula—. Y como no va a comer nada más, devolveré estas cosas a la cocinera, quien seguramente empezará a ir de mal en peor cuando vea lo poco que valora su trabajo.

—Oh, Becky, no me regañes, por favor —suplicó Nell. Le empezaba a doler la cabeza a medida que le acudían a la mente unos recuerdos terribles.

—Muy bien, milady —dijo Becky con una expresión más suave en la cara—. Ahora acuéstese.

Nell siguió sus órdenes y, cuando acababa de acomodarse en la cama con un montón enorme de almohadas a su espalda, Julian entró en la alcoba. Se acercó al borde de la cama y se sentó.

—¿Te encuentras mejor? —le preguntó tras tomarle una mano entre las suyas.

—Sí. —Esbozó una sonrisa forzada—. Siento haber causado tantos problemas. Sólo ha sido una caída.

—Puede ser —dijo mirándola a los ojos—, pero no creo que la caída fuera el motivo de que te desmayaras de una forma tan espectacular en casa de los Weston.

—No —admitió. Desvió la mirada y se mordió el labio inferior—. Ese retrato ante el que me desmayé, ¿de quién es?

—De mi primo John y su hijo Daniel —respondió, sorprendido—. ¿No lo recuerdas? Te hablé de los dos.

Julian se inclinó hacia delante para verle mejor la cara. Le tomó la barbilla con un dedo y le volvió la cabeza hacia él.

—¿Qué pasa, Nell? ¡Dímelo!

—¿Recuerdas que te hablé de mis pesadillas? —comentó después de tragar saliva.

Julian asintió con el ceño fruncido.

—Bueno, ¿recuerdas que te dije que en la primera soñaba que asesinaban a un hombre?

Sus miradas se cruzaron.

—Reconocí al hombre de mi pesadilla... —explicó con voz temblorosa—. El hombre al que veía asesinar era tu primo John.

12

Julian se levantó de un salto de la cama y dio un paso, nervioso, pero se volvió para mirar a Nell, incrédulo.

—¡Imposible! —exclamó—. Era una pesadilla. ¿Cómo podrías haber visto a John en tu pesadilla?

—No lo sé —respondió Nell, que sacudía la cabeza con tristeza—. Sólo sé que no he olvidado nunca la cara de ese hombre, y era la de tu primo John. —Se inclinó hacia delante para decir impaciente—: ¡Te digo que lo reconocí! Tu primo es el mismo hombre de mi pesadilla. ¡Tienes que creerme, Julian! Vi su asesinato.

—¡No digas sandeces! —ordenó Julian—. ¿Cómo puede ser? A mi primo lo mataron hace diez años o más. Tú no conocías a nadie de mi familia hasta que te casaste conmigo. ¿Cómo podrías haber visto su asesinato?

—No tengo respuesta a esa pregunta —replicó Nell, apartándose un mechón de pelo de la cara—; ni yo misma lo sé. Sólo sé que después de que me rescataran del acantilado, cuando empecé a tener las pesadillas, la primera era sobre el asesinato de un hombre. ¡Te juro que ese hombre tenía la cara de tu primo John!

Julian no quería creerla, su intuición le decía que no era posible, pero no había ninguna duda de que Nell creía lo que estaba diciendo. Se acercó de nuevo a la cama, volvió a sentarse en ella y le tomó la mano otra vez.

—Nell —dijo—, no puedes haber visto el asesinato de John. Según tú misma admitiste, hasta hoy ni siquiera sabías quién era.

¿Cómo podría haber sido el hombre que aparecía en una pesadilla que tuviste hace diez años? ¿Cómo puedes estar tan segura ahora de que era mi primo John y no simplemente un hombre que se le parecía?

—No puedo explicarlo —reconoció—, pero sé que es verdad; ese hombre era tu primo. —Tragó saliva convulsivamente—. Estuve varios días inconsciente, pero durante todo ese tiempo soñé; era un sueño horrible sobre el asesinato de un hombre. El mismo sueño una y otra vez. Era muy vívido... como si lo viera de verdad.

—¡Es imposible! No puedes haber visto el asesinato de John —protestó Julian con una expresión de inquietud en la cara.

Los ojos color verdemar de Nell se clavaron en los suyos.

—Dime —dijo a su marido—, ¿dónde mataron a tu primo?

—No lo recuerdo exactamente —contestó Julian con un gesto de impaciencia—. Cerca de una pequeña ciudad de provincias. En algún lugar de Dorset próximo a la costa —concretó. Entonces, se envaró y la miró—. Meadowlea está en Dorset... cerca de la costa —comentó en un tono extraño. Intentó serenarse y murmuró—: Pero debe de tratarse de una coincidencia.

Nell no discutió con él.

—¿Y cuándo fue? ¿Qué día lo asesinaron?

—El diez de octubre de 1794.

—Mi accidente tuvo lugar el diez de octubre de ese mismo año, y mis pesadillas empezaron más o menos entonces. —Le dirigió una sonrisa torcida—. ¿Otra coincidencia?

—Sí, claro. Tiene que serlo —insistió el conde—. Pensar lo contrario es una locura.

—Muy bien, cree eso si quieres, pero déjame que te cuente los detalles de mi pesadilla para ver si sigues creyendo que se trata de una mera coincidencia. —Julian asintió bruscamente y Nell empezó a hablar en voz baja—: Yo montaba mi yegua, *Firefly*, pero se le había caído una herradura e iba coja. La llevaba a casa, que estaba a unos tres kilómetros carretera abajo. Llegábamos a un bosquecillo y, cuando empezábamos a cruzarlo, oía, más adelante, las voces de dos hombres que discutían a gritos. No entendía qué decían, sólo notaba que estaban muy enfadados. Estaba asustada, intranquila quizá, pero como ésa era la única ruta para volver a casa, no tenía más remedio que seguir adelante. Además, me decía que seguramente se trataba de algunos lugareños que tenían alguna discrepancia y que, en cuanto me reconocieran, dejarían de pelearse hasta que yo hubiera pasado; quizás incluso me llevaran a casa. Esperaba, en el peor de los casos, poder pasar a su lado sin incidentes.

»En una curva de la carretera adelantaba un pequeño carruaje cerrado detenido en la cuneta y, un poco más adelante, veía a dos forasteros que discutían. —Inspiró hondo antes de proseguir—: Ellos no me veían. Me detenía y me los quedaba mirando, paralizada por la violencia. No había visto nunca a nadie que se golpeara con tanta brutalidad, con tanta rabia. Los dos eran altos, diría que de fuerza parecida. El hombre que ahora sé que era tu primo empezaba a dominar la situación. Tumbaba al otro hombre y estaba arrodillado a horcajadas sobre él cuando éste sacaba un puñal y se lo clavaba en el pecho. El hombre del suelo apuñalaba otra vez a tu primo en el pecho, luego lo hacía una vez en el hombro y otra vez más en el cuello. Sangre... Había sangre por todas partes —dijo con voz temblorosa—. Yo gritaba; no podía contenerme, y era entonces cuando me daba cuenta de que había alguien más en el bosquecillo. Oía un ruido, el murmullo de un movimiento detrás de mí, y cuando me volvía en esa dirección, algo me golpeaba en la parte posterior de la cabeza. —Nell calló un momento, hundida en las almohadas. Giró la cabeza para no verlo y añadió—: Cree lo que quieras, pero yo sé que el hombre al que vi asesinar era tu primo.

La lógica fría de Julian rechazaba su historia, se negaba a que su pesadilla pudiera contener detalles tan precisos del asesinato de John. Pero no podía negar que las palabras de Nell lo habían afectado.

—En tu pesadilla, ¿cómo iban vestidos esos dos hombres, especialmente John? —quiso saber.

—El que apuñalaba a tu primo llevaba una chaqueta verde y... —Frunció el ceño intentando recordar al otro hombre. ¡Qué raro...! Podía recordar incluso la forma en que el primo de Julian llevaba peinado su rizado pelo negro, pero el asesino... Era como si lo hubiera borrado de su mente. Pero a medida que pasaban los minutos y se iba concentrando, fue recuperando la memoria—. Y pantalones de color beige y botas —describió por fin—. Tu primo John iba vestido con unos pantalones de nanquín, chaqueta azul oscuro con grandes botones plateados y chaleco blanco de lunares negros, y lucía en el dedo el mismo anillo que aparece en ese retrato, el de Stonegate.

Julian inspiró de golpe como si le hubieran dado un puñetazo en el vientre. Se quedó mirando unos momentos al vacío, intentando comprender. No podía juzgar los detalles de la ropa del asesino, pero sí los de la de su primo.

—Cuando encontraron su cadáver, John iba vestido como acabas de describir —admitió a su pesar—. Siempre llevaba el anillo de zafiro; era una reliquia de la familia... Eso siempre me desconcertó: si había sido un atraco, como sugirió la policía local, ¿por qué le habían dejado el anillo en el dedo? —Se frotó la frente—. Las heridas que has descrito... Coinciden con las de John.

—¿Me crees ahora? ¿O bien opinas que es sólo mera coincidencia?

Julian se levantó de la cama y se paseó por la habitación mientras se pasaba una mano por el rebelde pelo negro.

—¡No sé qué pensar! ¡Esto no hay quien lo entienda! Lo que me dices es increíble y quiero rechazarlo de plano... Y, sin embargo, conoces demasiados detalles como para que se trate de una mera coincidencia. —Dio otra vuelta por la habitación—. Dime, ¿cómo te caíste por el acantilado? —preguntó.

—No tengo ni idea —contestó Nell con sencillez—. Como te dije, estuve varios días inconsciente, y no recuerdo mi caída, ni siquiera haber estado cerca del lugar donde me encontraron.

—Y la pesadilla, esa en que asesinan a John, ¿la tuviste hace diez años?

Captó el escepticismo en la voz de su marido, pero no lo culpaba. Diez años eran demasiado tiempo para recordar una pesadilla. Para recordar una cara. Incluso para recordar un asesinato, pero ella lo recordaba... con la misma claridad que si hubiera sucedido el día anterior.

—Sí —contestó—, hace diez años, repetidas veces durante semanas.

—¿Y las demás pesadillas? —preguntó él mirándola con expresión agobiada—. Háblame de ellas.

Lo hizo, intentando transmitirle el horror, el miedo, la atroz brutalidad que reinaban en ese lugar aterrador, en esa mazmorra.

Cuando terminó de hablar, Julian estuvo callado unos minutos.

—¿Y estás segura de que se trata del mismo hombre en todas las pesadillas? —preguntó por fin—. ¿El mismo hombre que viste asesinando a John es también el que ataca salvajemente a esas mujeres?

—Juraría que sí —asintió Nell. Y cuando él la siguió mirando sin que su actitud delatara nada, dijo vehementemente—: No olvides que nunca le he visto la cara. El bosquecillo era sombrío, muy espeso, y cuando yo llegaba al lugar de la pelea el asesino me daba la espalda. Cuando tu primo lo tumbaba, lo veía a él de frente, mientras que su asesino yacía en el suelo mirándolo. Yo estaba a cierta distancia y sólo podía verle la coronilla. Y la mazmorra es un lugar oscuro, tenebroso, y él siempre está con la cara vuelta hacia el otro lado.

—¿Cómo sabes entonces que se trata del mismo hombre?

—Lo presiento... Hay algo en la complexión, en el modo de moverse de ese hombre, en la forma de su cabeza... que me convence de que se trata de la misma persona. Y, además —confesó—, me resulta más fácil creer que es el mismo hombre que pensar que pueda haber dos monstruos así en el mundo.

Con una expresión de frustración, horror y rabia en la cara, Julian se acercó a la cama y se inclinó hacia Nell.

—Si te creyera... —dijo con voz lúgubre—. Si aceptara que tu pesadilla refleja algo que sucedió de verdad... ¿Te das cuenta de lo que eso significa?

—Sí —asintió Nell con desaliento—. Significa que es un hombre real, una persona real, y que sigue libre por ahí, en alguna parte, matando a las mujeres que veo en mis pesadillas. —Se mordió el labio inferior—. Y que esa mazmorra existe de verdad y no me la he imaginado. —Calló un momento y lo miró, vacilante, antes de añadir—: Y creo que sé dónde buscarla.

—¿A qué te refieres? —preguntó Julian.

—Lady Diana y Elizabeth me hablaron de las mazmorras que hay debajo de esta casa —explicó.

—¿Y te atreves a pensar que es en las mazmorras que hay debajo de mi casa donde mata a esas mujeres? —soltó, incrédulo, con los ojos centelleantes—. ¿No te parece bastante pedirme que crea que, por medio de algún tipo de magia negra, de brujería, viste cómo asesinaban a mi primo y que ves cómo matan a otras mujeres? ¿Tengo además que registrar mi propia casa para encontrar pruebas de esos viles crímenes?

—No lo sé —exclamó Nell—. No entiendo nada, pero sé que ya no puedo seguir ignorando mis pesadillas, considerándolas una consecuencia de la caída por el acantilado. ¡Reconocí a tu primo! Vi su asesinato. Y si su asesinato fue real, la mazmorra también lo es, lo mismo que lo que pasa en ella.

Julian se tumbó de través en la cama, boca arriba, mirando el dosel de seda que los cubría. Estuvo en esa postura un buen rato, intentando convencerse de que las palabras de su esposa no eran ciertas. Pero ¿qué otra explicación había? Habría sido mucho más sencillo poder rechazar de plano las pesadillas de Nell, atribuirlas a la histeria femenina. Ojalá hubiera podido convencerse de que había tenido la mala suerte de casarse con una mujer de temperamento nervioso, una persona excitable, propensa a los arrebatos y a las ideas descabelladas; pero no podía. Era verdad que no conocía a Nell desde hacía demasiado tiempo, pero la había visto en una situación peligrosa y difícil, y no había perdido la cabeza. Esbozó una ligera sonrisa al recordar el momento en que se habían conocido. De haber sido la clase de mujer que se pone histérica, lo habría hecho entonces, pero en lugar de eso había demostrado tener mucho coraje. Si bien deseaba con todas sus fuerzas lo contrario, no podía pretender que sus pesadillas fueran sólo producto de la imaginación delirante de una mujer histérica. Nell sabía cosas... cosas para las que él no tenía una explicación lógica.

—No quiero creerte, pero tengo que hacerlo —dijo por fin antes de volverse hacia ella—. En este asunto hay factores que no entiendo. ¡Cómo pudiste haber soñado el asesinato de John...! —Maldijo entre dientes y se incorporó de la cama—. ¡Dios santo! ¡Esta situación es imposible! Tengo que creer que en tu pesadilla viste la muerte de mi primo y que, de algún modo, tienes una conexión con el criminal que lo asesinó. Un criminal sanguinario que sigue matando a mujeres inocentes en una mazmorra —dijo y, completamente indignado, añadió—: Una mazmorra que crees que podría encontrarse debajo de mi casa.

—No creo que soñara el asesinato de tu primo —dijo Nell—. Creo que lo vi de verdad.

—¿Y lo recordaste en forma de pesadilla? —especuló Julian con una chispa de interés en los ojos.

—Sí —asintió Nell—, es cierto. Las demás pesadillas... —Frunció el ceño—. Son distintas, como si las viera a través de un velo. En el caso de tu primo... los colores son vivos, intensos. Puedo oler el aire, el bosque, notar el frío que hace, las riendas de *Firefly* en las manos. Eso no es así en las demás.

—Si de verdad viste el asesinato, ¿cómo terminaste donde te encontraron? —Fue el turno de Julian de fruncir el ceño.

—Creo que, después de dejarme inconsciente, el asesino de tu primo y quien estuviera con él en el bosquecillo me llevaron hasta el acantilado y me lanzaron al vacío, y que también despeñaron a *Firefly* en el mismo sitio. Me dieron por muerta y se marcharon —explicó mientras pellizcaba nerviosamente la colcha.

Imaginar que Nell podría haber muerto ese día, que podría no haber llegado a conocerla nunca, fue como si un puñal helado le rasgara el corazón. Sintió una rabia enorme hacia esos cabrones sin cara y sin nombre, pero la contuvo y pensó fríamente en las palabras de su esposa.

—¿No era eso peligroso para ellos? Después de todo, tu familia es una de las más destacadas de la región. Sabían, sin duda, que tu ausencia no pasaría desapercibida y que, a las pocas horas, alguien te estaría buscando.

—Estoy segura de que eran forasteros y no sabían quién era yo. —Hizo una mueca—. Ese día no me acompañaba ningún mozo de cuadra y llevaba mi traje de montar más viejo. No había nada en mí, salvo tal vez la calidad de *Firefly*, que pudiera indicarles que no era una simple lugareña que se había tropezado con algo que no debería haber visto —comentó con un escalofrío—. Tengo la impresión de que no imaginaban que nadie, salvo acaso un padre o un marido preocupado, fuera a buscarme. Desde luego, no esperaban que casi todo el mundo en kilómetros a la redonda participara en mi búsqueda, ni que me encontraran viva.

Julian volvió a frotarse la frente. Sus pensamientos chocaban entre sí como olas en las rocas y se dispersaban divididos en un millón de trozos, antes de reagruparse y vuelta a empezar. No veía nada positivo en lo que había averiguado esa noche. Pensó con amargura que su esposa, como las brujas legendarias, parecía «ver» o como quisiera llamarse, y que ese don se manifestaba en sus sueños: pesadillas gráficas y violentas de cuyas profundidades tenebrosas se despertaba gritando y temblando.

Se le ocurrió algo.

—Tus pesadillas... las posteriores al asesinato de John, ¿sólo suceden en esa mazmorra, la misma mazmorra, y sólo cuando ese hombre está asesinando?

Nell asintió.

—Si sólo lo ves en esas ocasiones —comentó Julian, con los párpados entornados—, debe de ser porque la violencia es tu conexión con él —continuó, casi como si hablara solo en lugar de con ella—: El asesinato de John estableció una conexión entre los dos, Dios sabe cómo, y esa conexión, tus pesadillas, se activa cuando está matando.

—Hasta hoy no creía, no realmente, que estuviera soñando con personas de verdad. Sabía que las pesadillas tenían que estar relacionadas —admitió Nell—, pero culpaba de ellas a mi caída por el acantilado y no al asesinato de tu primo.

Julian observó sus facciones y se fijó en las ojeras púrpura y en lo frágil que parecía entonces, y el corazón le dio un vuelco. Estaba exhausta; había sufrido una caída terrible y necesitaba que la consintieran y la confortaran, no que la atormentaran con los hechos horribles que estaban comentando. Quería insistir, hacer una pregunta tras otra, pero decidió a regañadientes que al día siguiente podrían abordar tranquilamente las revelaciones de esa noche y lo dejó para entonces.

Se levantó para marcharse de la habitación.

—Necesitas descansar, y hablar sobre este tema no te ayudará a conciliar el sueño—. Volvió a recorrerle las facciones pálidas con la mirada—. Quiero que el doctor Coleman te vea mañana por la mañana —soltó de golpe.

—¿Servirá de algo que me niegue? —preguntó Nell a la vez que arrugaba la nariz.

—No, de nada —respondió divertido, acariciándole la mejilla con un dedo—. No quiero que te pase nada malo. Cuando Hodges volvió y me contó que te habías caído... —Al recordar el terror que lo había invadido, esbozó una sonrisa forzada antes de proseguir—: Digamos que no quiero volver a tener esa sensación.

Ni su voz ni su expresión permitieron a Nell saber qué quería decir exactamente. ¿Se había enojado? ¿Estaba preocupado, irritado? Supuso que no le habría hecho ninguna gracia que estuviera en Stonegate. Así que desvió la mirada e intentó averiguar algo más.

—Ha debido de sorprenderte que estuviéramos en Stonegate esta tarde —dijo.

—No puedo negarlo —confirmó Julian, y algún diablillo travieso lo empujó a añadir—: Pero eso no ha sido nada en comparación con la impresión que me he llevado cuando te he visto sentada tan cómodamente al lado de Tynedale.

Nell volvió la cabeza hacia él, y su mentón adoptó una inclinación beligerante.

—Ya te he dicho que no he tenido elección —le recordó—. Se ha sentado a mi lado. No podía impedírselo.

Julian quería creerla también en eso, pero ver a su esposa sentada y charlando tan tranquila con el hombre que supuestamente la había raptado hacía menos de tres meses lo había sobresaltado y había despertado sus celos. Hubiese querido levantar a ese estúpido presumido de Tynedale del sofá y zarandearlo como hace un terrier con una rata. En cuanto a Nell, apenas había podido contener las ganas de estrecharla entre sus brazos y exigirle que no volviera a asustarlo nunca más así.

No dudaba de que Nell sentía afecto, o cariño, por él, pero también era consciente de que había una parte de sí que le ocultaba. Intentaba no pensar demasiado en ello ni darle importancia, pero había observado cómo lo rechazaba sutilmente: cuando apartaba la mano con delicadeza de la suya y giraba un poquito la cara para que sus besos fueran en la mejilla.

La agobiante sensación de que se estaba alejando de él lo llenaba de miedo y de impotencia. Quería sujetarla, zarandearla y exigirle que lo amara... como él la amaba.

La miró asombrado al percatarse entonces de lo que sentía por ella. ¡La amaba! Sacudió la cabeza, incapaz de creer lo que le había ocurrido. Él, el hombre que no había pensado nunca en enamorarse, había cometido la mayor de las locuras y era eso precisamente lo que había hecho... ¡y de su mujer!

Observó a Nell inexpresivo mientras se enfrentaba con lo que le había ocurrido de forma tan inexplicable. Amaba a esa mujer con aquellos enormes ojos verdes y el enmarañado pelo leonado. La amaba como no se había imaginado nunca que amaría a otro ser humano. Misteriosamente, había pasado a ser todo su mundo... Y, a menos que estuviera equivocado, se estaba alejando de él.

Recordarla esa tarde, sentada al lado de Tynedale, le dio unos celos terribles y, por primera vez, se preguntó si Tynedale se la había llevado tan en contra de su voluntad como Nell había dicho. La había creído... entonces. Pero ya no estaba tan seguro. ¿Había empezado ese rechazo que él notaba cuando Nell se había enterado de que Tynedale estaba en la región? ¿Podría haber sido el supuesto rapto simplemente una fuga para casarse? ¿Había sido una riña de enamorados lo que había hecho que Nell se encontrara sola en plena tormenta y obligada a buscar refugio en la casita del antiguo puesto de peaje? ¿Quizás a la mañana siguiente, al tener que enfrentarse a él y a su padre, no había tenido el valor de admitirlo? ¿Había perdido el control de la situación y decidido sacarle el mejor partido? Hizo una mueca. Ya era bastante malo estar casado por el título y la riqueza, pero estarlo porque era la solución a un problema daba miedo sólo de pensarlo... especialmente ahora, que estaba enamorado de ella.

—No creerás que animé a lord Tynedale, ¿verdad? —dijo Nell, que interrumpió así sus pensamientos.

—Yo ya no sé qué creer —murmuró Julian, todavía desconcertado por saberse enamorado de ella, y dominado por los celos y la inseguridad.

Nell, indignada, soltó un grito ahogado. Su marido dudaba de su palabra.

—Pues te sugiero que hasta que decidas creerme no me impongas tu presencia —le espetó con los ojos brillantes.

—¿Imponerte? —preguntó, lastimado. Las palabras de Nell le habían golpeado el alma como latigazos—. Muy bien —dijo, guiado por el orgullo y el genio—, buenas noches. No te preocupes; no volveré a imponerte mi presencia.

Nell observó cómo abandonaba la habitación mientras sus emociones iban de la furia indignada a la desesperada angustia y viceversa. Las palabras para pedirle que volviera, para hacer las paces, se le quedaron en los labios... y ya fue demasiado tarde. Se había ido, la puerta que separaba sus dormitorios se había cerrado tras él con un golpe que resonó en la habitación. Hundió la cabeza en la almohada. Y, con un puño en la boca, contuvo las lágrimas. Lo maldijo. ¡Mira que dudar de su palabra! ¿Cómo podía pensar, ni tan sólo un segundo, que le gustara estar con Tyned? ¡Lo odiaba! Y en ese preciso instante no estaba segura de a quién odiaba más, si a Tynedale o a su marido, que no la amaba, que había entregado su amor y su corazón a una difunta. Lo maldijo una y mil veces.

Mientras Nell combatía sus propios demonios, Julian caminaba arriba y abajo por sus aposentos. Se había quitado la chaqueta y la chalina, y se había descalzado las botas. Su ayuda de cámara le había dejado una licorera con coñac y una copa, y en el transcurso de las horas posteriores fue tomando tragos.

La cabeza le daba vueltas. La importancia de las pesadillas de Nell, su recién descubierto amor por ella, sus celos y sus sospechas se peleaban entre sí como escorpiones en su cerebro. La muerte de John era una herida que llevaba largo tiempo abierta; el suicidio de Daniel el año anterior sólo había servido para echarle sal. Que Nell hubiera visto de verdad el asesinato de John, que pudiera identificar a su asesino, lo llenaba de un júbilo desmesurado. Por fin, después de todo ese tiempo, podría echarle el guante a la persona que había acabado vilmente con la vida del hombre más bueno que había conocido y querido en su vida. Llevar al asesino de su primo ante la justicia le permitiría borrar parte de la culpa que sentía por haberle fallado a Daniel, el hijo de John.

Admitió, cansado, que no servía de nada que Marcus, ni nadie, le dijera que el suicidio de Daniel no había sido culpa suya, y tomó un largo trago de coñac. Daba igual lo que pudieran pensar los demás; él, en el fondo, sabía que le había fallado a John, que había incumplido la promesa de cuidar de Daniel si algo llegaba a pasarle a su primo. Le había fallado, y no le gustaba fallar.

Evitó pensar en Nell, pero su imagen, la dulzura de su sonrisa y el deleite embriagador de sus besos le acudieron a la mente y lo alejaron de pensamientos más oscuros. Dejó de caminar arriba y abajo para mirar distraídamente el fuego que chisporroteaba en la chimenea de mármol negro.

Estaba enamorado. De su mujer. Era increíble y aterrador; magnífico y desconcertante. Tuvo el impulso insensato de lanzar la copa al fuego y entrar como una exhalación en el dormitorio de Nell para estrecharla entre sus brazos y besarla apasionadamente, para confesarle lo que sentía y pedirle que lo amara. Con un gran esfuerzo, combatió el deseo de actuar de una forma tan temeraria. Sus labios esbozaron una sonrisa amarga al recordar el modo en que se habían separado. Lo más probable era que, si osaba hacer eso, le diera un buen sopapo y aumentara el distanciamiento entre ellos. En ese momento, su esposa no lo tenía en demasiada estima.

Y Nell acertaba en algo: tenía que decidir si la creía... o no. Los celos lo consumían. ¿Era posible que Nell estuviera enamorada de Tynedale? ¿Sería posible que tal vez ella misma desconociera sus sentimientos hasta que había vuelto a ver a ese malnacido? No quería creer eso. No había dudado nunca de la palabra de Nell. Había creído sin reservas su historia de que Tynedale la había raptado y la había obligado a ir con él. Tynedale tenía un buen motivo para hacer eso; él podía destruirlo económicamente y sabía que Tynedale estaba buscando desesperadamente una forma de escapar a su destino. Casarse con una heredera hubiera sido una solución perfecta. Y tener que rebajarse a raptar a una mujer y obligarla a casarse con él en contra de su voluntad no hubiera detenido a ese hombre.

Julian dio una vuelta a la habitación frotándose la frente. ¡Dios! Ojalá hubiera podido resolver su conflicto interior. Si las pesadillas de Nell ya eran motivo suficiente para hacer beber a un hombre, todavía lo era más descubrir que estaba enamorado de ella y sospechar que pudiera estar enamorada de un individuo al que él consideraba su enemigo.

Se tomó el coñac que quedaba en la copa, muy serio. Bueno, ¿la creía o no? Recordó el brillo en sus preciosos ojos y la indignación en su cara, y lo invadió una oleada de remordimiento y de vergüenza. ¿Cómo podía haber dudado de ella? ¡Era un imbécil! En cuanto se había mencionado el nombre de Tynedale, había reaccionado como un jovencito imberbe enamorado por primera vez, dejando que la inseguridad y los celos lo dominaran. Una sonrisa irónica iluminó su rostro. Bueno, era la primera vez que estaba enamorado; seguro que eso era una buena excusa. Pero no podía negar que había permitido que los celos, y también su genio, abrieran una brecha innecesaria entre los dos. Inspiró hondo. Aunque no estuviera enamorado de Nell, no iba a permitir que su relación se deteriorara. Había fracasado en un matrimonio, no lo haría en otro. Y no dejaría que Tynedale le quitara a Nell sin luchar por ella. Era suya... y la amaba.

Sus pesadillas, su conexión con el asesino, le preocupaban mucho. Si el asesino de John llegaba a enterarse de la existencia de tal conexión... Si llegaba a descubrir aunque sólo fuera una pista de la unión de Nell con él... Sintió un terror glacial, tremendo. Hasta que no atraparan al monstruo, a la bestia despiadada que Nell veía en sus pesadillas, ella correría un grave peligro; su vida podía estar en juego. Al pensar que Nell pudiera resultar herida, sintió en su interior una rabia desconocida para él. Apretó los dedos alrededor de la copa con tanta fuerza que el frágil cristal se rompió. Fue el dolor que sintió en la palma lo que le rescató del oscuro pozo de cólera en el que se había sumido y, al ver la sangre que le manaba de los cortes profundos que se había hecho en los dedos, hizo un juramento: encontraría a ese monstruo y lo mataría. Por el bien de Nell, había que encontrar y matar a ese ser detestable.

Julian no durmió esa noche; tenía demasiadas cosas en las que pensar, y se pasó esas horas analizando los problemas que tenía frente a sí. No disponía de ningún plan concreto, pero poco después del amanecer llamó a su ayuda de cámara. Una hora más tarde, bañado y dispuesto a enfrentarse al nuevo día, bajó la escalera y entró en el comedor. Con unas palabras a Dibble se aseguró de que el mensaje para avisar al doctor Coleman ya estaba de camino.

Tras un desayuno rápido consistente en un pedazo de solomillo poco hecho y una jarra de cerveza, Julian se retiró a la biblioteca, donde siguió caminando arriba y abajo, con movimientos no menos inquietos que los pensamientos que se le agolpaban en la mente. Lo más importante era solucionar las cosas con Nell, rebajar la tensión entre ambos. No se había considerado nunca un cobarde, pero descubrió que, en cuestiones del corazón, no tenía el valor de expresar sus sentimientos más profundos, no mientras siguiera dudando de lo que ella sentía por él. Pero si no era capaz de declararse, por lo menos se aseguraría de que no estuvieran a matar.

Y, además, estaba el asunto de la mazmorra... Frunció el ceño. Nell también tenía razón en eso. Había que examinar sus mazmorras intensamente para ver si encontraban en ellas la de sus pesadillas. Si era así... un brillo animal que sus familiares y amigos no hubiesen reconocido le asomó a los ojos. Pondría una trampa. Sí, eso era, una trampa de la que fuera imposible escapar, y él se encargaría de una vez por todas de aquel monstruo. Sólo uno de los dos saldría vivo de las mazmorras.

La llegada del doctor Coleman interrumpió sus cavilaciones, y recibió al otro hombre con una sonrisa educada. Tras explicarle la situación, la caída de Nell el día anterior, envió enseguida al médico a visitarla. Sonrió con ironía. Una cosa más que su esposa iba a tener en su contra.

Arriba, en sus aposentos, a Nell no la alegró ver al doctor Coleman. Como Julian, había descansado muy poco durante la noche, en la que apenas había logrado dormir unas horas. Exhausta y con un dolor insoportable en la pierna, había aguantado los cuidados y los regaños de Becky mientras se bañaba. Como no se sentía con fuerzas, decidió pasar el día en cama y se puso un camisón amarillo claro de una batista finísima con un salto de cama de encaje lavanda. Cuando Becky la hubo peinado y le hubo recogido los rizos negros con una cinta de seda, consiguió tomar uno o dos bocados a la comida que, a instancias de su doncella, le habían subido en una bandeja.

Acababa de servirse una segunda taza de té cuando le anunciaron la visita del doctor Coleman. Puso al mal tiempo buena cara y respondió a sus preguntas y dejó que la reconociera. Era muy consciente de que aquel hombre alto y moreno que le hacía unas preguntas tan delicadas y conocía detalles tan íntimos de su cuerpo era tío de su marido, si no de apellido, sí de sangre; y su parecido con Julian la hacía sentir más incómoda aún. Pensó en el amable, mayor y canoso doctor Babbington de Meadowlea, y de repente extrañó ver su rostro familiar. Sintió una oleada intensa de nostalgia. Necesitaba a su padre, a sus hermanos. Se le llenaron los ojos de lágrimas. Volvió entonces la cara para ocultarla de la mirada impasible del doctor Coleman y admitió que lo que realmente necesitaba era que su marido la amara...

Una vez hubo concluido su reconocimiento y sus preguntas embarazosas, el doctor Coleman salió del dormitorio en dirección a la antesala para que Nell pudiera volver a ponerse bien la ropa en privado. Después de lo que acababa de hacerle, Nell se preguntó con las mejillas encendidas por qué se molestaba.

Con la dignidad de nuevo intacta, se reunió con él en la antesala. El médico estaba mirando por la ventana con las manos a su espalda, pero cuando ella entró en la habitación y se sentó en una de las sillas, se volvió.

—Bueno, milady —dijo—, a pesar de su accidente de ayer, goza usted de una salud excelente. Unos cuantos días de descanso y se sentirá como nueva. —Se acercó a ella con una sonrisa y, haciéndole un gesto de advertencia con el dedo, añadió—: Pero nada de cabalgar de forma imprudente durante un tiempo; ahora no pone en riesgo su salud solamente.

—¿Qué quiere decir? —preguntó Nell con el ceño fruncido.

La sonrisa del médico fue mayor.

—Si todo va bien, y no veo ninguna razón por la que no debiera irlo, va a darle a su esposo un hijo sano y fuerte hacia finales de julio, o a principios de agosto a más tardar. Felicidades.

13

Nell se quedó atónita. Totalmente pasmada, apenas se dio cuenta de que el médico se había ido. ¡Estaba embarazada! ¡Iba a tener un hijo de Julian!

Se miró asombrada el vientre plano. ¿Cómo podía estar embarazada? Se ruborizó al pensar en las noches en que había hecho apasionadamente el amor en brazos de su marido. Bueno, sabía cómo había sucedido; era sólo que no podía creerlo. No se sentía nada distinta... Aunque era verdad que últimamente había estado cansada y muy sensible, y que había tenido unas náuseas bastante extrañas...

Se levantó de un salto de la silla y se fue corriendo a su antesala a mirarse en el espejo basculante. Se quitó el salto de cama y se levantó el camisón para verse la tripa. Pero se llevó una decepción, porque no se le notaba nada. Se volvió hacia un lado y hacia el otro para observarse el cuerpo. Con un suspiro, soltó el camisón. Aunque el doctor Coleman le hubiese dicho que estaba embarazada, en ese momento no vio ningún indicio exterior de que un bebé creciera en su vientre. Sin embargo... estaban todos aquellos otros signos, y era verdad que recordaba haber tenido su flujo mensual por última vez antes de que Julian hubiera estado en su cama. Se sonrojó. Era verdad. Tenía que serlo. Estaba embarazada.

Becky llamó a la puerta y se asomó a la habitación.

—¿Milady? He visto que el médico se marchaba. ¿Quizá necesita algo?

—No. Sí. No sé —confesó Nell, que seguía mirándose anonadada el cuerpo, de repente misterioso. Hizo un gesto impaciente a Becky para que se acercara a ella—. Mírame —pidió—. ¿Te parezco distinta?

—No, milady —respondió Becky, desconcertada, cabeceando.

—Oh, Becky —exclamó Nell con una sonrisa alegre en los labios—, me acaban de dar una noticia extraordinaria. ¡Estoy esperando un hijo!

—¡Señorita! ¡Quiero decir, milady! —soltó Becky con los ojos desorbitados—. ¡Eso es maravilloso! Debe de estar encantada.

—Lo estoy —admitió Nell—. Pero todavía no me hago a la idea. Voy a tener un hijo —comentó con asombro—. En julio... o a principios de agosto.

Soltó una carcajada y, tras tomar a Becky de la mano, se puso a bailar como una loca por la habitación.

—¿Puedes creértelo? —preguntó riendo—. ¡Un hijo! ¡Yo!

—¿Está contento el señor? —quiso saber Becky cuando las dos se dejaron caer sin aliento en la cama.

La burbuja de alegría de Nell se reventó. Iba a tener un hijo de un hombre que no la amaba, de un hombre cuyo corazón y cuyo amor pertenecían a una difunta, de un hombre que dudaba de su palabra. Se sintió apesadumbrada. Pero Julian tenía que alegrarse de la noticia de su embarazo; necesitaba un heredero y, como pensó Nell con ironía, eso era algo que ella podía hacer y la angelical Catherine no.

—Todavía no lo sabe —confesó—. Imagino que el doctor Coleman se lo estará diciendo en este mismo instante.

Nell tenía toda la razón. Tras reunirse con Julian en la biblioteca, el doctor Coleman le dio la noticia de que su esposa daría a luz a mediados de verano. Como un hijo era lo último en lo que Julian estaba pensando en ese momento, se quedó mirando al médico unos segundos sin lograr entender sus palabras. Iba a tener un hijo. Su esposa estaba embarazada. Nell iba a darle un hijo. Sería padre. Ese verano.

Las ansiedades de la larga noche sin dormir desaparecieron. Se sintió feliz y en su cara se dibujó una enorme sonrisa tonta. Su esposa esperaba un hijo.

—Veo que la noticia le complace —dijo el doctor Coleman, que había observado amablemente su reacción.

—¡Complacerme! —exclamó Julian, jubiloso—. ¡Ni se lo imagina! Se lo aseguro, Coleman, es la mejor noticia que podría haberme dado.

—Es un placer para mí darle buenas noticias, milord —rio Coleman. Recogió su maletín negro y comentó—: Me voy para que usted y su esposa pueden meditar sobre cómo va a cambiar su futuro. Una vez más, felicidades. Si me necesita, envíeme un criado y vendré de inmediato. —Al ver la expresión preocupada de Julian, sacudió la cabeza y rio de nuevo—. No se inquiete. Su esposa es una mujer joven, sana y fuerte. No preveo que vaya a haber ningún problema.

—Gracias por venir tan deprisa —dijo Julian con el rostro delgado transfigurado por la alegría, estrechando enérgicamente la mano del médico. De repente, sus ojos reflejaron asombro—. No me lo puedo creer: un hijo.

Solo en su estudio, Julian rio en voz alta, embriagado de felicidad. ¡Iba a ser padre! A mediados de verano tendría un hijo suyo y de Nell en brazos. Tanto era su júbilo que los pies apenas le tocaban el suelo al acercarse a la chimenea.

Sonrió satisfecho contemplando el movimiento de las llamas rojas y doradas. ¡Un hijo! Cuánto había anhelado tiempo atrás que llegara aquel día; no había creído que volviera a oír nunca esas maravillosas palabras. Entonces, el recuerdo de la reacción de Catherine al conocer la noticia de que estaba esperando un hijo enturbió su alegría y sintió una punzada de dolor que empañó su felicidad.

Nell y él se habían separado enojados la noche anterior, y admitía que la culpa había sido suya. La ansiedad, los celos, la duda, el orgullo y el genio, que solía tener siempre bajo control, habían formado una mezcla inestable que, por desgracia, lo había llevado a arremeter contra la persona que menos se lo merecía. Torció el gesto al recordar el brillo airado en los ojos de Nell. Su esposa tenía un carácter y un orgullo equiparables a los suyos, y no sabía cuánto tendría que arrastrarse para congraciarse con ella. Frunció el ceño. Si lograba congraciarse con ella... El hijo que estaba en camino complicaba las cosas y se sintió intranquilo. ¿Reaccionaría Nell como Catherine y usaría el embarazo como un arma en su contra o compartiría su alegría y su felicidad?

Pero su dicha era tan intensa que no le permitía estar demasiado rato pensando en cosas tristes, así que alejó esos dolorosos pensamientos de su mente. La idea de ser padre le estampó de nuevo la sonrisa tonta en los labios. Nell estaría contenta, seguro.

Una llamada a la puerta de su estudio reclamó su atención. Era Dibble, que una vez dentro murmuró:

—Su primo, el señor Weston, ha venido a verlo, milord.

—¿Charles está aquí? —exclamó Julian, sobresaltado.

—Sí —confirmó el propio Charles entrando a zancadas en la habitación, de modo que Dibble tuvo que apartarse con rapidez para dejarlo pasar—. Y el hecho de que insistas en que Dibble me anuncie como si fuera un completo desconocido indica lo arrogante que te has vuelto desde que heredaste el título. Menos mal que estoy cerca para corregir esos detalles de engreimiento y ahorrarte que acabes siendo demasiado estirado.

Julian contuvo una carcajada. ¡Aquello sí que era ser arrogante! Y atrevido, además. Charles lo superaba con creces.

—Puede retirarse —indicó a Dibble con un gesto de la mano—. Y, en el futuro, trate a este insolente autoritario como a cualquier otro miembro de la familia.

—Que es lo que soy —añadió Charles con una sonrisa de oreja a oreja acercándose a la chimenea, donde estaba Julian—, aunque te guste fingir que no.

—¿Les sirvo algo, milord? —preguntó Dibble.

—Pues claro que sí, hombre —contestó Charles, que se calentaba las manos en el fuego—. Por si no se ha dado cuenta, hace un frío de mil demonios y no he venido hasta aquí sin esperar tomar un poco de ese exquisito ponche que prepara, Dibble. Hágame el favor y tráigame un poco, ¿quiere?

Acostumbrado a los modales del señor Charles, Dibble disimuló una sonrisa y se marchó. Era agradable ver juntos de nuevo a los dos primos. Y en cuanto al ponche... fue enseguida a la cocina con una expresión satisfecha en la cara.

—¿Sabes qué? —comentó Julian a su primo con una sonrisa—. Puestos a hablar de arrogancia...

—Oh, espera un momento, Julian; ya sabes lo mucho que me disgustan las formalidades. Después de haber corrido libremente por esta casa, que me traten como si no hubiera puesto nunca un pie en ella... —Parecía arrepentido—. Perdona si he herido tu susceptibilidad.

—¡Dios mío! ¿Es posible? ¿Charles Weston disculpándose?

—A veces lo hago, ¿sabes? —Charles se había encogido de hombros y, después, sonrió—. Pero no demasiado a menudo.

Julian pensó en Nell y en su futuro hijo, y deseó que su primo estuviera muy lejos de allí. Si Charles había ido a ofrecerle una rama de olivo, no podría haber elegido peor momento. Contuvo un gemido, impaciente por ver a Nell, por estrecharla entre sus brazos y compartir su felicidad con ella. ¿Debería pedir a su primo que se fuera y quedar otro día con él? A pesar de lo despreocupado que parecía, Charles podía tomarse las cosas muy a pecho; de modo que Julian, a su pesar, descartó la idea de darle largas a su primo. Con Charles, no se sabía nunca. Podía ofenderse, y la ocasión habría pasado. Charles y él llevaban demasiado tiempo reñidos, y le sorprendió lo mucho que deseaba estrechar el abismo que los separaba. Así que se resignó a tener que esperar para ver a Nell y se sentó cerca del fuego.

—¿Y qué te trae a mi casa? —preguntó—. Al hierro candente, ¿batir de repente?

Charles le dirigió una mirada penetrante.

—¿Te refieres a fortalecer la buena armonía de ayer? —replicó.

—Si quieres decirlo así...

—¿Qué pensarías si te dijera que es eso? ¿Que quiero que dejemos atrás la discordia del pasado?

Julian lo observó. En muchos sentidos, tiempo atrás, Charles había sido el más íntimo de todos sus primos. Como había sucedido con Marcus, Charles y él habían crecido juntos; dada la proximidad de Stonegate y Wyndham Manor, eran prácticamente inseparables. Había habido momentos difíciles, pero existía un vínculo entre ambos que no compartían con otros miembros de la extensa familia. El distanciamiento entre ellos lo había afectado mucho y, aunque sentía un enorme afecto por Marcus y disfrutaba muchísimo de su compañía, extrañaba la insolencia y la actitud intrépida de Charles.

—Nos hemos dicho algunas cosas muy duras —comentó Julian despacio—. Si no recuerdo mal, me acusaste de usurpar tu derecho al título.

Charles hizo un gesto de impaciencia.

—Estaba enojado. —Se quedó mirando a Julian—. ¡No me digas que creíste que hablaba en serio!

—En ese momento, te aseguro que lo parecía —replicó Julian con una ceja arqueada y una expresión burlona en la cara.

—¡Maldito seas! —rio Charles, incómodo—. Supongo que en ese momento hablaba en serio. Pero no lo creía. No de verdad. —Desvió la mirada—. A padre y a mí nos dolió mucho... y nos molestó que John te hubiera nombrado tutor de su hijo. Lo propio hubiera sido que mi padre o yo...

Recordó que había ido a hacer las paces y se detuvo.

—Dijimos cosas que no deberíamos haber dicho nunca —murmuró—. Reaccioné mal. —Sonrió a Julian—. Como recordarás, suelo hacerlo cuando las cosas no salen como quiero.

—Sí, lo recuerdo —aseguró Julian—. Y aunque estoy dispuesto a disculpar hasta cierto punto el orgullo y el genio, algo con lo que yo mismo me he familiarizado últimamente, eso no explica todo lo demás que se ha dicho o hecho a lo largo de los años.

—No te culpo por pensar así, pero no puedo cambiar el pasado; no puedo retirar lo que dije ni deshacer algunas de las cosas que hice —dijo, y con una expresión pensativa, murmuró—: Cuando asesinaron a John, padre estuvo como loco una temporada; todos lo estuvimos y, desesperados, arremetimos a ciegas, sin ton ni son. Y aunque hizo esas reclamaciones desagradables sobre el hecho de que se habían intercambiado los bebés al nacer y tu padre le había arrebatado el título, él sabía que todo eso era un puro disparate. —Suspiró—. Era mi padre, no tenía más remedio que apoyarlo. Y puede que en algún momento, como quería que fuera cierto, me dejara deslumbrar por la idea de que tal vez tuviera razón. Y que yo debía estar sentado donde tú estás ahora. Que yo tenía que haber sido el heredero del título y todo lo que éste conlleva.

—¿Y ahora piensas de otra forma?

—Digamos que, si pudiera demostrar alguna de las reclamaciones disparatadas de padre, te echaría de la casa y te quitaría el título en menos que canta un gallo —sonrió Charles—. Pero como no es probable que eso suceda, me he resignado a ser simplemente el señor Weston.

Julian soltó una carcajada. No dejaba de asombrarse de que

Charles pudiera decir cosas ofensivas que a uno le acabaran divirtiendo; unas palabras que, de haberlas dicho cualquier otro, habrían provocado un cruce de espadas.

—Todo eso está muy bien —dijo Julian—, pero no resuelve todos los conflictos que existen entre nosotros.

—Te refieres a Daniel —sugirió Charles, y su rostro había perdido todo rastro de buen humor. Cuando Julian asintió con la cabeza, admitió—: Sé que soy un mal ejemplo, el peor, para cualquier hombre joven; tú tenías razón, aunque te puse de vuelta y media, en mantener a Daniel alejado de mí. Soy todo lo que opinas: desenfrenado, libertino, imprudente, un calavera sin igual al que no le importa lo que piensen los demás. Pero escucha, Julian: quería a mi hermano y también a su hijo. No habría llevado deliberadamente a Daniel a la ruina ni lo habría puesto en peligro. Te doy mi palabra de honor —añadió con una sonrisa torcida—, en la medida de lo que vale.

—Y, aun así, lo hiciste.

Charles apretó la mandíbula y cerró los puños. Inspiró hondo y habló sin mirar a Julian a los ojos:

—Soy culpable de ello —dijo con voz áspera—. Y no puedo culparme más que tú por lo que pasó. Estabas fuera del país. Yo debería haberlo vigilado más... Pero no pensé que... —Frunció los labios—. Es culpa mía y nadie lo sabe mejor que yo —aseguró, y miró a Julian—. Nadie lo lamenta más que yo.

Julian se inclinaba a creerlo; hasta donde sabía, Charles no había mentido nunca al responder de sus actos. Tanto en aquel momento como el día anterior habían avanzado mucho para empezar a salvar los obstáculos que había entre ambos, pero sabía que todavía tenían que recorrer un camino largo y traicionero antes de que su relación volviera a ser como antes. Y aunque estaba dispuesto a estrechar cautelosamente la mano que Charles le ofrecía, a aceptar su palabra, algo le preocupaba.

—Y, sin embargo, permites que el hombre que provocó la muerte de Daniel ande libremente por tu casa —soltó y, mordaz, sentenció—: Lo llamas «amigo».

—Me has pillado —dijo Charles con una expresión irónica en la cara tirándose levemente del lóbulo de una oreja—. Ni yo mismo sé muy bien cómo explicarlo.

—Inténtalo —pidió Julian con sequedad.

La llamada de Dibble a la puerta y su entrada en la habitación con una bandeja en la que llevaba ponche humeante evitó a Charles responder la pregunta. Los dos hombres miraron cómo el mayordomo dejaba la pesada bandeja en la mesa y les servía. El aroma de ron, limón, canela y clavo impregnó deliciosamente el ambiente.

—Mi querido Dibble —comentó Charles tras tomar un sorbo del aromático ponche caliente de la jarra que el mayordomo le había servido—, si alguna vez desea cambiar de empleo, venga a verme de inmediato. Le aseguro que, por este ponche solamente, ya vale mucho más de lo que mi primo le paga.

Dibble no dijo nada pero sonreía al hacer una reverencia y marcharse.

—¿Pretendes robarme el servicio? —preguntó Julian, divertido.

—Si es posible...

—¿Hay algo que no te atrevas a hacer? —Julian cabeceó, asombrado.

Charles fingió reflexionar un momento.

—Hummm..., ahora mismo no se me ocurre nada —soltó con una sonrisa.

Julian tomó otro trago de ponche y se quedó mirando el líquido ámbar que contenía su jarra al hablar.

—Dime, pues, ¿por qué permites que Tynedale vague por tu casa como un animalito de compañía? Sabiendo que arruinó a Daniel y que fue la causa de que tu sobrino, alguien a quien aseguras que querías, se suicidara. ¿Cómo puedes soportar mirarlo siquiera?

—La necesidad manda —gruñó Charles con los ojos puestos en el fuego.

—¿Tan mal estás? —preguntó Julian con el ceño fruncido.

Charles dirigió una mirada impaciente a su primo.

—No es eso. A pesar de los rumores y de las habladurías que corren, mis finanzas marchan bien y no recurro a ti para que me libres de las garras de los acreedores. No tolero a Tynedale porque tenga poder sobre mí, créeme. Ojalá fuera tan simple.

—Entonces, ¿por qué, por el amor de Dios? Yo maldigo el suelo que pisa y, si no se me hubiera resbalado la hoja, habría acabado con su vida en el duelo. —Julian inspiró hondo para contener su rabia y su frustración—. ¿Por qué?

—Porque me conviene —dijo Charles con una voz que terminaba con la discusión después de tomar otro trago de ponche. Miró a Julian con expresión adusta—. Sé que no estoy en situación de preguntarte nada pero ¿es verdad que obran en tu poder los suficientes pagarés de Tynedale como para arruinarlo?

Julian lo observó con dureza y recelo en los ojos.

—¿Por qué debería responder a tu pregunta cuando tú no respondes a la mía?

—¿Porque mi pregunta es menos complicada? Es de las que pueden contestarse con un «sí» o con un «no».

—¿Y qué más te daría si fuera así? No es asunto tuyo.

Charles hizo un gesto despreocupado con la mano para rechazar sus palabras.

—Si las habladurías son ciertas —indicó—, tienes el medio para arruinarlo, pero no haces nada. ¿Por qué, primo? —preguntó—. ¿Qué te lo impide?

—¿La necesidad manda? —se burló Julian, que se levantó para atizar el fuego.

Charles soltó una carcajada, pero no fue alegre.

—De modo que estamos en tablas, ¿no? Tú no respondes a mis preguntas y yo no respondo a las tuyas. Damos pena, Julian.

—Tienes razón —coincidió éste.

—Tengo que marcharme. —Charles se puso de pie y le tendió la mano—. Me encantará cenar con tu mujer y contigo en un futuro próximo. Para cimentar nuestra renovada relación —terminó con una sonrisa burlona.

—Como he dicho antes, sólo tu atrevimiento te hace soportable —comentó Julian mientras estrechaba la mano de su primo—. Le preguntaré a mi esposa qué noche le va bien —aseguró, antes de añadir con expresión inflexible—: Supongo que no será necesario que te diga que la invitación no incluye a Tynedale, ¿verdad? Ni tampoco que en ninguna circunstancia pondrá un pie en mi casa.

—No tienes nada que temer en ese sentido —asintió con brusquedad Charles.

Mientras se levantaba para acompañar a su primo hasta la entrada, Julian valoró la situación. Charles y él volvían a hablarse y, a no ser que sus sospechas fueran erróneas, no era amigo de Tynedale. Al abrir la puerta que daba al vestíbulo, con su impresionante suelo de mármol gris y blanco, pensó que en aquel asunto había algo misterioso.

Nell y lady Diana bajaban en ese instante la escalera y, al ver a Julian y a Charles salir juntos del estudio de Julian, se pararon y se los quedaron mirando. Las dos mujeres estaban muy atractivas allí de pie. La altura y el pelo leonado de Nell complementaban la figura más baja y redondeada y el pelo moreno de lady Diana, y el sencillo vestido a rayas azul aciano de Nell hacía un bonito contraste con la prenda de color crema y rosa que vestía su compañera.

—Dios mío, ¿eres tú, Charles? —preguntó sorprendida esta última con los ojos castaños como platos.

—Pues creo que sí —respondió Charles, divertido.

Lady Diana bajó lo que le quedaba de escalera, recorrió el trecho que la separaba de los dos hombres y tendió una mano a Charles.

—No doy crédito a mis ojos —aseguró—. ¡No me digas que mi hijastro y tú habéis resuelto vuestras diferencias!

—Algunas de ellas —contestó Charles haciéndole una reverencia y depositando un educado beso en el dorso de su mano—. Hasta se ha ofrecido a invitarme dentro de unos días —añadió con una sonrisa, y dio otro besamanos a Nell cuando ésta los alcanzó—. Es decir, si a usted no le molesta.

—¿Por qué debería molestarle? —preguntó lady Diana, que dio una palmada de alegría—. ¡Oh, será memorable! ¡Tendremos compañía! Esto ha sido tan aburrido... Y trae a tu madre. Me lo pasé muy bien en la visita de ayer. Oh, y a tu hermano. Tendré que pensar en unas cuantas personas más para redondear el número. ¿Qué te parece mañana por la noche?

De repente, recordó que ya no podía disponer de la casa a su antojo y dirigió, sonrojada, una mirada de culpabilidad a Nell.

—Es decir, si a lady Wyndham no le importa —se apresuró a comentar.

—Me parece una idea excelente —murmuró Nell tras mirar, divertida, a su madrastra política—, pero quizá sería mejor otro día. ¿Qué tal el jueves que viene? —preguntó entonces a Charles, y cuando éste asintió, prosiguió—: Enviaré una nota a su madrastra. Nos encantará que sean nuestros invitados.

Tras dirigir una mirada agradecida a Nell, lady Diana se despidió y se alejó por el pasillo hacia el comedor.

—No permitiré que se eche atrás, ¿sabe? —dijo Charles a Nell con una sonrisa tras recoger su sombrero de copa—. Piense que espero esa invitación esta misma semana.

—¿Es usted siempre tan descarado, señor Weston? —quiso saber Nell, divertida.

—Siempre —comentó Julian y, después, le dijo a Charles—: Vete antes de que cambie de idea sobre eso de invitarte a cenar, primo.

Charles soltó una carcajada, se volvió y se marchó.

Cuando se quedó a solas con su marido, Nell se movió, nerviosa. Sentía mucha curiosidad por conocer su reacción ante la noticia de su embarazo, pero se sentía violenta e insegura debido a la forma en que los dos se habían separado la noche anterior. Era evidente que no había contado a su primo el futuro acontecimiento, pero entonces cayó en la cuenta de que ella tampoco se lo había mencionado a nadie, aparte de a Becky. Había tenido ocasión de informar a lady Diana de su estado, pero no lo había hecho. Sus labios dibujaron una leve sonrisa. Sentía emociones contradictorias: quería gritarlo a los cuatro vientos, pero al mismo tiempo quería guardar en secreto la noticia del bebé que crecía en su vientre, saborearla antes de dársela a conocer a todos.

El contacto de la mano de Julian en la de ella interrumpió sus pensamientos.

—¿Puedo hablar contigo un momento?

Su tonto corazón dio un brinco al ver la expresión en los ojos de Julian. Y el tono de su voz...

—Cla... Claro —tartamudeó.

Julian sonrió y tiró de ella hacia su estudio. Tras cerrar la puerta, se apoyó en ella y apretujó a Nell contra sí.

—Cariño —murmuró mientras le daba unos besos suaves y provocativos por toda la cara—. El doctor Coleman me lo ha dicho. ¿Estás contenta con la noticia?

—Sí. Mucho. ¿Y tú? —Nell sostenía tímidamente la apasionada mirada de su marido.

Julian soltó una carcajada y la levantó del suelo para dar vueltas con ella hasta marearla.

—¿Que si estoy contento? —preguntó cuando por fin se detuvo—. «Contento» es quedarse cortos, no describe ni de cerca lo que siento en este momento. Creo que estoy embriagado de alegría. Encantado. Y que tú estés contenta aumenta aún más mi dicha. —Sin soltar a Nell, se dejó caer en una de las mullidas butacas que había cerca de la chimenea. Con la cabeza de ella apoyada en su hombro, le acarició los rizos que le hacían cosquillas en el mentón—. No consigo recordar un momento de mayor felicidad en toda mi vida —confesó—. Esta mañana me he quedado de piedra cuando el doctor Coleman me ha dicho que iba a ser padre. He tardado un instante en entender lo que me estaba diciendo y, luego, cuando he caído en la cuenta, he sentido una dicha inmensa. —Le besó la coronilla—. Me has hecho muy feliz, querida, y te estoy muy agradecido por ello.

Por lo menos había enterrado uno de sus temores: Julian estaba encantado con la noticia de su embarazo. Pero no quería su agradecimiento, quería su amor. Un poco de la sensación de bienestar que la embargaba la abandonó. Aunque era lo último que quería, se separó de él y se puso de pie. El fantasma de Catherine colgaba sobre ella como una espada que rasgaba su felicidad, pero Nell estaba decidida a no revelar sus sentimientos, especialmente a un hombre que amaba a otra.

—Me complace saber que la perspectiva de tener un hijo te hace tan feliz —aseguró remilgadamente.

No era exactamente la reacción que Julian había esperado, pero recordó cómo se habían separado la noche anterior y se levantó para situarse junto a ella.

—¿Sigues enojada conmigo por lo de anoche? —le preguntó, acariciándole la mejilla con un dedo.

—No estoy enojada; decepcionada, quizás —aclaró tras agachar un hombro y volverse. Se acercó al fuego y volvió la cabeza para mirarlo—. Dudaste de mi palabra —comentó con los ojos centellantes—. ¡No puedes creer que ayer animara a Tynedale, Julian! ¡Lo detesto! Sólo fui educada con él porque no tuve más remedio. ¿O acaso habrías preferido que hiciera una escena y ordenara que me lo quitaran de delante?

—Es lógico que estés enojada conmigo —admitió generosamente—. Hiciste exactamente lo que tenías que hacer. Toda la culpa fue mía. Me porté como un imbécil, como un bruto. Tienes que perdonarme —añadió con ironía—. Estaba celoso y dejé que los celos me cegaran.

Nell se quedó boquiabierta.

—¿Celoso? —se sorprendió, encantada—. ¿Cómo puedes estar celoso de un canalla pretencioso como Tynedale? —Se acercó a Julian y lo sujetó por las solapas de la chaqueta color burdeos para zarandearlo—. Eres un hombre bueno, amable, generoso, honorable; él es todo lo que tú no eres. ¡No tienes ningún motivo para estar celoso de un individuo como Tynedale!

—Ayer por la noche fui un imbécil en más de un sentido —dijo Julian con voz ronca tras tomarle una mano y besarle los dedos—. ¿Me perdonas?

A pesar de su intención de guardar las distancias con él, a Nell se le derritió el corazón. ¿Que lo perdonara? ¿Cómo podía no hacerlo?

—Sólo porque eres el padre de mi hijo, y si prometes no volver a portarte como un imbécil —soltó con brusquedad.

Julian soltó una carcajada y la estrechó entre sus brazos para besarla apasionadamente.

—No puedo jurarte que no vaya a portarme como un imbécil en el futuro. Al fin y al cabo, sólo soy un hombre. Pero lo intentaré, querida, lo intentaré.

—¿Y qué hay de lo otro? —preguntó Nell mientras jugueteaba con un botón dorado de la chaqueta de su marido.

—¿Tus pesadillas? —suspiró Julian—. ¿Las mazmorras?

Nell asintió.

—Tengo intención de explorarlas esta tarde con Dibble y unos cuantos mozos de cuadra fornidos —explicó—. Una vez haya comprobado que no hay peligro para ti, te acompañaré a verlas. ¡Y espero que no se parezcan en absoluto a la que aparece en tus sueños! —exclamó con una expresión adusta.

Y tras quedar de acuerdo, se separaron.

Al salir del estudio de Julian, Nell se fue a la galería. La recorrió, observada por los retratos de los antepasados de Julian, y fue reduciendo el paso a medida que se acercaba a su destino. Se detuvo ante el retrato de lady Catherine y se quedó mirando un buen rato sus hermosas facciones. No podía negarse que la primera esposa de Julian era preciosa, pero Nell no lograba ver nada en aquellos rasgos perfectos, en aquella figura perfecta, que explicara que siguiera reteniendo el corazón de Julian.

«Él es mi marido —pensó, furiosa—, no el tuyo. Estás muerta. Suéltalo de una vez.»

Los claros ojos azules la siguieron mirando con serenidad, los hermosos labios conservaron su sonrisa encantadora, y Nell sintió la necesidad de arrancar el retrato de la pared y pisotearlo hasta hacerlo trizas. Cerró las manos y llegó a dar un paso adelante, pero se contuvo. Ver el bonito jarrón lleno de rosas amarillas procedentes del invernadero de Julian fue su perdición. Con algo parecido a un gruñido, lo estrelló contra el suelo y empezó a dar puntapiés a las rosas, esparciéndolas en todas las direcciones.

Luego se quedó mirando, horrorizada, los trozos de cerámica y las rosas destrozadas. Por Dios, ¿qué se había apoderado de ella?

Avergonzada de su arrebato, que aunque pareciera mentira la había dejado eufórica, contempló de nuevo el retrato de Catherine.

«Yo llevo a su hijo en mis entrañas y soy su esposa. Yo estoy viva. ¡Tú estás muerta, maldita sea! ¡Suéltalo de una vez!»

Julian cumplió su promesa y, acompañado por los demás hombres, hizo esa misma tarde la expedición a los confines inferiores y más antiguos de la casa. No encontraron nada inesperado en aquella parte húmeda y sombría del edificio, y tras decidir que Nell no correría peligro en ella, a la tarde siguiente la guio por los dos tramos de escalera que descendían hasta los restos de las mazmorras.

Aferrada al brazo de su marido, Nell echó un vistazo a su alrededor a la luz parpadeante de la antorcha que él sostenía. Las mazmorras constaban de dos reducidas celdas que daban a una sala más amplia en la que todavía quedaban algunos restos de su antigua función; de unos ganchos profundamente clavados en las paredes colgaban un par de esposas con cadenas y algunos objetos aterradores. Había un gran círculo ennegrecido que indicaba el lugar donde había ardido una hoguera y, cuando vio los objetos oxidados y corroídos que estaban al borde del círculo, se acercó más al cuerpo reconfortante de su marido. Dondequiera que mirara veía signos evidentes de la antigüedad de los toscos muros de piedra, así como de la humedad y de las manchas de hollín de viejas antorchas, de viejos fuegos... Contemplando aquel lugar deprimente, observó la delgada capa verde del suelo, debida, sin duda, a que se inundaba de vez en cuando. Se estremeció; era un sitio espantoso... Pero no era el escenario de sus pesadillas, y no sabía si la alegraba o lamentaba que aquella mazmorra no fuera «su» mazmorra. Era un alivio saber que las mazmorras de Wyndham Manor sólo guardaban un ligero parecido con el lugar horroroso que aparecía en sus sueños. También estaba decepcionada, sin embargo. De haber encontrado el sitio donde el demonio de sus pesadillas cometía sus atrocidades, habrían podido atraparlo, y ninguna otra mujer moriría gritando y retorciéndose en sus manos.

Miró el rostro adusto de Julian y negó con la cabeza. Sin necesidad de más, el conde, cuyos ojos reflejaron alivio, se la llevó enseguida de allí.

Arriba, en su estudio, Julian caminaba de un lado a otro mientras Nell, sentada tranquilamente junto al fuego, se tomaba una taza de té todavía humeante.

—¿Seguro que estás bien? —preguntó al verla tan pálida—. Puedo llamar al doctor Coleman para que venga de inmediato. No debería haberte dejado convencerme para visitar esas condenadas mazmorras. ¡Debo de estar loco!

—No hagas tantos aspavientos —pidió Nell con una sonrisa lánguida—. No estoy enferma. Estoy embarazada, y tu hijo es quien provoca mi malestar, no el recorrido por las mazmorras. Además —añadió con un brillo pícaro en los ojos—, de no haber venido conmigo, habría ido sola. Imagina cómo te habrías sentido entonces.

Julian cerró los ojos, desesperado.

—¿Te han dicho alguna vez que eres una mujer de lo más tenaz, y encima, testaruda?

—A menudo —admitió con una carcajada, antes de dejar la taza en la mesa—. Sé que no querías que bajara, pero ¿no estás contento de que tus mazmorras no sean las de mis pesadillas?

—Gracias a Dios por las pequeñas cosas —dijo piadosamente, lo que hizo reír de nuevo a Nell.

Pero su alegría se desvaneció enseguida.

—Lo que hemos descubierto hoy no cambia nada —murmuró—. Esa mazmorra existe, en alguna parte... Y tenemos que encontrarla para acabar con él. —Desvió la mirada—. Para acabar con mis pesadillas.

Julian se acercó a ella e hincó una rodilla en el suelo para tomarle las manos.

—La encontraremos —aseguró—. Y a él. Te lo juro.

Cuando salía de la habitación, Nell pensó con melancolía lo feliz que la habría hecho si en lugar de jurarle encontrar a un perturbado le hubiera jurado amarla.

14

La noticia de que la condesa estaba esperando un hijo para el verano se difundió rápidamente por la región y más allá. A Nell le adulaba y le alegraba la gran cantidad de felicitaciones que recibían Julian y ella. Al parecer, todo el mundo estaba encantado con su embarazo, desde la última fregona hasta los miembros más elevados de la nobleza de Inglaterra. Hasta el príncipe de Gales había enviado una nota muy amable para felicitarlos por su futura paternidad, y Nell no pudo evitar sentirse halagada. Pero la nota que más atesoraba era la de su padre. Había sabido que sir Edward estaría encantado, y su orgullo y su alegría podían leerse en cada una de las palabras que le había escrito. Hablaba de organizar un viaje para ir a visitarla a principios de primavera, y al pensar que volvería a ver a su padre le dio un vuelco el corazón.

Lady Diana estaba encantada con la noticia.

—¡Oh, querida! —exclamó cuando Nell la puso al corriente de su embarazo—. No sabes lo contenta que estoy por ti, por los dos. Mi difunto marido y yo esperábamos tener un hijo, pero la suerte no nos sonrió —comentó con tristeza, pero alejó el recuerdo melancólico de su mente y añadió con una gran sonrisa—: Sé que él estaría loco de contento con la noticia. Todavía recuerdo lo a menudo que hablaba de Catherine y del hijo que iba a tener, de lo feliz que decía haberse sentido cuando se había enterado del embarazo y de lo que lloró su muerte y la del niño que no llegó a nacer. —Se dio cuenta entonces de que había hablado más de la cuenta y, sonrojada, se apresuró a arreglarlo—. ¡Perdona! No era mi intención sacar a colación el pasado. Estoy segura de que tu embarazo le habría hecho mucha, muchísima ilusión.

Elizabeth suavizó las palabras de su madre con un afectuoso abrazo.

—Le convienes tanto a mi hermanastro... Y ahora vas a tener un hijo suyo. Es maravilloso. Y pensar que mamá y yo estaremos tan cerca, en la casa viudal —sonrió—. Te advierto que malcriaremos a tu hijo de la peor manera.

La cena con Charles transcurrió sin ningún incidente. Para redondear el número de asistentes, y porque disfrutaba de su compañía, invitó también a varios miembros de la nobleza local: al terrateniente Chadbourne, su jovial y rolliza esposa, Blanche, y su heredero, Pierce, un hombre alto y apuesto de unos treinta años de edad. Fue una velada muy agradable; Nell y Julian recibieron, una vez más, un sinfín de buenos deseos, y se hicieron varios brindis a su salud y a la de su futuro hijo.

Para cuando la comida terminó y las señoras se retiraron al salón dorado para dejar a los caballeros tomando oporto y vino, Nell estaba más que satisfecha con la cena que ofrecía como condesa de Wyndham. Todo había salido bien, y la comida, desde los buñuelos de setas, pasando por el bacalao, el pollo con castañas, la galantina de ternera o el lomo de vaca asado, hasta la perfección de la crema de grosella, la gelatina de naranja y el budín de manzana, había sido excelente.

Aunque no podía considerarse mérito suyo, le complacía que, al parecer, las cosas se hubieran solucionado entre Julian y sus primos. Nadie que viera entonces a los tres hombres hubiera sospechado que, hasta hacía poco tiempo, había existido un enorme distanciamiento entre ellos.

Como es natural, mientras las señoras tomaban el té y picoteaban de una bandeja con dulces que Dibble había servido antes de salir de la habitación, la conversación se centró en el embarazo de Nell.

—Oh, Dios mío, qué bien recuerdo el primero que tuve —comentó la señora Chadbourne, que miró a Nell con cariño y cordialidad—. Es un momento increíble. Y los partos durante el verano son los mejores. Y lo digo por experiencia; mi hijo menor nació en diciembre y sólo tuvo resfriados y mocos desde que me lo pusieron en los brazos hasta el mes de junio siguiente.

—*Ma foi!* Yo prefiero los partos en primavera, como el de mi Raoul —intervino la señora Weston—. Las últimas semanas me sentía muy pesada y torpe. —Se estremeció con delicadeza—. Estar embarazada en verano no será agradable; no la envidio, *ma belle*. Le dolerá la espalda y se le hincharán los pies, si puede vérselos, y el calor de julio se lo hará pasar fatal.

—¡Bah! —exclamó lady Diana, sentada junto a Nell en un sofá de brocado dorado, y le dio unas palmaditas en el brazo—. No le hagas caso. Nada de eso importará cuando te pongan a tu hijo en los brazos. —Sonrió a Elizabeth, que ocupaba una silla delante de ellas—. En cuanto me pusieron a mi querida hija en los míos, olvidé todo lo que había pasado, salvo la alegría de abrazarla. Ya verás cómo tengo razón —terminó mientras volvía a dar unas palmaditas a Nell en el brazo.

—Sí que la tiene —añadió la señora Chadbourne con alegría—. No hay nada comparable al momento en que ves por primera vez a tu hijo. Hace mucho tiempo que entre estas paredes no resuena la risa de un niño —sonrió feliz—. Estoy segura de que lord Wyndham está encantado con la noticia.

—Pues sí —corroboró Nell. Puede que Julian no la amara, pero era innegable que la perspectiva de ser padre lo entusiasmaba. La última semana su euforia y su dicha habían mejorado mucho su estado de ánimo. Tal vez nunca la amara, pero adoraría a su hijo, y gracias a eso Nell podría perdonárselo. Sus labios esbozaron una sonrisita privada. Su estado contaba con un placer añadido: esos últimos días, Julian le había hecho el amor con tanta ternura que el cuerpo se le estremecía de gozo sólo de pensarlo.

—Pero hay que recordar que ésta no es la primera vez que lord Wyndham ha puesto sus esperanzas en la llegada de un hijo —murmuró la señora Weston con sus ojos negros puestos en la cara de Nell—. *En fin*, esperemos que esta vez no sufra la misma decepción que la vez anterior.

—¡Qué cosa tan espantosa acabas de decir! —exclamó lady Diana mirando a la señora Weston como si de repente se hubiera transformado en una víbora.

—Venga, estoy segura de que ha sonado peor de lo que era su intención —intervino la esposa del terrateniente con sus afables facciones ensombrecidas por una expresión de desaprobación. Lanzó una mirada furiosa a la señora Weston y prosiguió con dureza—: Seguro que, en realidad, no quería decir eso.

—Entonces, quizá la señora Weston podría explicarnos qué quería decir en realidad —dijo Nell en voz baja, aguantando la mirada de la mujer francesa.

—Por Dios, no he querido decir nada inconveniente —protestó la señora Weston—. Pero es verdad que no es la primera vez que lord Wyndham espera un hijo, ¿no? Y que ese hijo y desafortunadamente su pobre madre murieron. No podrá evitar pensar en ello.

—Pero esa tragedia no tiene nada que ver con mi hijo, ¿no? —replicó Nell—. Estoy segura de que no era su intención alarmarme, pero ¿cómo tengo que interpretar, si no, sus comentarios?

—*Je vous demande pardon*. Me malinterpreta —aseguró la señora Weston con frialdad—. No he querido decir nada malo; hablemos de otras cosas.

La señora Chadbourne y lady Diana aceptaron encantadas esa sugerencia, y en unos minutos la conversación había pasado a tratar los planes de reformas de lady Diana para la casa viudal. Elizabeth, sentada en silencio como correspondía a una joven como es debido cuando está entre mujeres casadas o viudas, sonrió cariñosamente a Nell y se incorporó a la charla. La señora Weston siguió rápidamente su ejemplo y, en un periquete, las señoras estaban debatiendo animadamente el uso de distintas telas junto con los demás cambios que lady Diana quería hacer en la casa.

Nell escuchaba a medias, pero seguía pensando en la señora Weston. Se estaba esforzando mucho para lograr que los familiares de Julian le gustaran, pero esa francesa tenía algo que no la convencía. ¿Tal vez estaba siendo muy quisquillosa con su comentario? Si hubiera dicho aquello lady Diana, lo habría considerado uno más de los comentarios sin malicia que hacía su madrastra política, pero en el caso de la señora Weston no podía hacer eso. Estaba segura de algo: las palabras de la señora Weston habían sido deliberadas, y no tenían nada de inocentes.

Cuando lady Diana se trasladó a una silla junto a la señora Weston para explicarle con más detalle algunas de las remodelaciones que se estaban llevando a cabo en la casa viudal, la señora Chadbourne ocupó el asiento que había dejado vacante.

—No le haga caso a Sofie —le comentó a Nell en voz baja—. Puede que sea una mujer orgullosa y desagradable, pero no creo que tenga malas intenciones. Le importa un comino lo que la gente piensa y habla sin tener en cuenta los sentimientos de los demás.

—¿Hace mucho que la conoce?

—¡Oh, sí! Desde que se casó con el tío de lord Wyndham, hará unos treinta años —suspiró la señora Chadbourne—. No puede decirse que no haya habido momentos en los que no haya deseado que Weston se hubiera casado con alguien más agradable, se lo aseguro. Pero no tuvo más remedio: ella disponía de una fortuna y Weston la necesitaba. —Calló un momento, pensativa—. Creo que su matrimonio fue bien, sin embargo. No hubo nunca la menor duda de que no fue por amor. Harlan adoraba a Letty, la madre de John y de Charles, y cuando ella falleció... —Una expresión de tristeza nubló su rostro—. Fue una época dolorosa para todos nosotros. Habíamos crecido juntos y cuando Letty murió... Bueno, cuando ella murió, algo murió en Harlan. —Se sacudió de encima la tristeza y prosiguió su relato con energía—: Sofie era lo que Stonegate necesitaba, y Weston lo sabía. Creo que estaba satisfecho con el resultado. Le entusiasmó volver a ser padre y, sin duda, estaba encantado de que su esposa se gastara pródigamente el dinero en la casa. —Sonrió—. Puede creerme, si no hubiera sido por la fortuna de Sofie, Weston se habría encontrado en un gran apuro. Ella lo salvó de la ruina, y también a Stonegate. Su hijo tiene el futuro asegurado gracias a la fortuna de Sofie, y para ser justa con Charles, nunca ha guardado rencor a su hermano menor por el hecho de que vaya a ser él quien algún día herede una cuantiosa fortuna. A pesar de su desenfreno y su arrogancia, Charles siempre ha cuidado de Raoul. —Sacudió la cabeza—. Madre mía, la de líos de los que ha sacado a ese chico. Sofie ha consentido hasta la exageración a Raoul. Y lo que se cuenta de sus mujeres... —La señora Chadbourne calló, un tanto nerviosa—. Sabe lo del viejo conde, ¿verdad? —se apresuró a comentar. Y cuando Nell asintió, añadió—: Bueno, hay quien dice que Raoul es como el viejo conde, pero mucho menos generoso. ¡La de chicas que ese muchacho ha arruinado! —Dirigió una mirada a la señora Weston—. Yo la hago directamente responsable a ella. Adora a su hijo y no quiere oír ni una palabra en su contra; sencillamente besa el suelo que Raoul pisa. Aunque supongo que, como Harlan se casó con ella por su fortuna, es natural que sea así. ¿A quién más iba a querer? Pero, como le he dicho, Sofie y Harlan estaban bien juntos. Aunque no se hubieran casado por amor, se respetaban y se gustaban, incluso sentían cariño el uno por el otro.

—Comprendo —dijo despacio Nell, que se identificaba con Sofie. Su marido tampoco la había amado... Quizá su frialdad estuviera justificada.

Los caballeros entraron en la habitación y ya no pudieron conversar más en privado. El resto de la velada transcurrió agradablemente, y Nell casi lamentó que sus invitados tuvieran que marcharse. Pero había sido un día largo, y cuando Julian y ella se hubieron despedido de los Chadbourne primero y de los Weston después, le alegró poder retirarse a su dormitorio.

Las palabras de la señora Chadbourne le habían dado mucho en lo que pensar y, tras meterse en la cama y haber apagado la vela, reflexionó sobre ellas. Aunque Julian no se había casado con ella por su fortuna, era cierto que, como Sofie y Harlan Weston, no se había casado por amor. Suspiró. Cuando miraba a la señora Weston, ¿se estaba viendo a sí misma al cabo de treinta años? ¡Diablos! Esperaba que no. Suspiró de nuevo. Parecía que los hombres de la familia Weston sólo eran capaces de amar una vez, y que ese primer amor los incapacitaba para todos los demás. Harlan y su Letty, Julian y Catherine...

La entrada de Julian en su dormitorio acabó con sus tristes pensamientos. Tras quitarse la bata de seda negra, se metió en la cama con ella. Cuando Nell sintió la calidez de su cuerpo desnudo, se le aceleró el corazón.

—¿Contenta con tu primera cena en Wyndham Manor, mi querida esposa? —le preguntó tras apartarle unos rizos que le caían sobre la mejilla y besarle la oreja.

Trató de ignorar la reacción incontrolada de su cuerpo y se arrimó más a Julian. Con una punzada en el corazón, pensó que, aunque no la amaba, era un buen marido.

—Ha ido bien, ¿no? —comentó mientras jugueteaba con el vello oscuro que cubría el pecho de su marido.

—Ya lo creo, sobre todo si tienes en cuenta lo arriesgada que era la propuesta; era muy probable que Charles y yo acabáramos peleándonos, siendo reprendidos por Raoul y jaleados por la tía Sofie —murmuró con una sonrisa en la voz.

—Me gusta tu primo Charles —confesó Nell—. No es tan frío e indiferente como finge ser, ¿verdad?

Julian hizo una mueca en la oscuridad. Habría preferido hacer el amor con su cautivadora mujer, pero daba la impresión de que a ella le apetecía hablar primero.

—Ése es el problema de Charles —admitió—. Se preocupa demasiado, pero lo oculta tras ese rostro impávido que tiene.

—Pero ¿por qué?

—Creo que puede que sea porque... La tía Sofie no ha sido nunca especialmente cariñosa con sus hijastros, y cuando dio a luz a su propio hijo... Haría lo que fuera por Raoul, pero John, Charles, y después Daniel, el hijo de John, podrían haber muerto despedazados por leones delante de ella sin que se hubiera dado cuenta siquiera. —Suspiró—. A veces cuesta mucho que te guste la tía Sofie, pero en general le estoy agradecido por haber salvado Stonegate y por aportar algo de estabilidad a esa rama de los Weston. No sé qué habría sido de mi tío Harlan si Sofie no hubiera estado ahí. Ni de Charles... Puede que no se quieran, pero en el pasado controló en cierta medida sus temeridades, aunque sus métodos no fueran los más amables.

—¿Su fortuna?

—Oh, sí —dijo Julian con una fuerte carcajada—. Se la ha restregado por las narices más de una vez. A veces me pregunto cómo Charles no le ha retorcido el pescuezo. —Hundió la nariz en el pelo de su mujer—. Vamos, hablemos de algo que no sea ese hatajo de familiares vergonzosos que tengo.

—¿De algo, como qué? —preguntó a la ligera, consciente del creciente tamaño del miembro viril de Julian que notaba a la altura de las caderas.

—Como de lo hermosa que estabas esta noche... —respondió mientras le recorría la tripa con una mano—. Y de lo bien que está creciendo mi heredero en tu vientre.

—¿Tu heredero? —protestó Nell—. ¿Cómo sabes que no va a ser una niña?

—Bueno, pues que sea una niña —dijo, y le acarició la oreja con los labios—. No tengo inconveniente en vivir en una casa llena de encantadoras amazonas. Me encantará, pero confío en que, con el tiempo, me des un heredero. —Buscó los labios de Nell con los suyos y la besó apasionadamente. Luego le deslizó la mano hacia arriba, por debajo del camisón, y le acarició suavemente los pechos—. Y no puede decirse que crear una nueva vida sea una tarea demasiado pesada —le murmuró en los labios antes de quitarle el camisón y dejarlo a un lado—. De hecho, no se me ocurre nada más placentero. —Agachó la cabeza y le tomó un tentador pezón entre los dientes—. ¡Hummm..., qué dulce! —musitó, y lo rodeó con la lengua—. Más dulce que las fresas en primavera.

La succionó con fuerza, lo que provocó que una oleada de placer recorriera el cuerpo de Nell mientras ésta pensaba que, en verano, sería su hijo quien le succionaría el pecho con tantas ganas, y contuvo el aliento al imaginar una cabecita morena apoyada en ella. Entonces, Julian le deslizó una mano hacia la mata de vello de la entrepierna, y el verano y los bebés desaparecieron de sus pensamientos mientras se entregaba a los placeres de hacer el amor con su marido.

Al cabo de un rato, se deleitaban juntos, satisfechos y lánguidos, de los dulces instantes posteriores a su unión. Nell tenía la cabeza apoyada en el hombro de Julian y saboreaba el momento. Creía que hacían muy buena pareja en muchos sentidos y, sin embargo, existía un abismo entre ambos. Un abismo que tenía un nombre: Catherine.

Y dejó de disfrutar el momento; la mera idea de la primera esposa de Julian acabó con su paz. Le vinieron a la memoria las palabras de Sofie Weston para afligirla, para acosarla, para entristecerla aún más, y se movió inquieta al lado de Julian.

—Estate quieta —le pidió Julian—. Te retuerces como una anguila.

Nell se esforzó en mantener el cuerpo inmóvil, pero cuanto más lo intentaba mayor era su necesidad de moverse. Al final, se rindió y se separó de Julian. Éste se incorporó.

—¿Qué te pasa? —quiso saber.

—Nada —respondió Nell enseguida—. No consigo estarme quieta. Supongo que tengo demasiadas cosas en la cabeza.

«Como tu primera esposa. Y los comentarios de la tía Sofie. Y la certeza de que nunca me amarás, por más bueno que seas conmigo, por más cariño que me tengas.» Arrugó la nariz. Era extraño, pero hasta entonces no se había fijado nunca en lo poco que podía significar la palabra «cariño». De repente, la detestaba.

En medio de la penumbra, Julian frunció el ceño porque notó que las palabras de Nell ocultaban algo más.

—¿Te preocupa algo, Nell? ¿Las pesadillas, quizá?

—No. No se trata de las pesadillas. Hace semanas que no tengo ninguna. —Vaciló—. Lo que significa, sin duda, que no tardaré en tener una.

Esperaba haberlo distraído, pero no fue así.

—Si no son las pesadillas —insistió Julian tras tirar de ella para que sus cuerpos volvieran a estar en contacto—, ¿qué es lo que te preocupa e impide que estés tumbada tranquilamente a mi lado?

A Nell no le gustaba ir a nadie con cuentos, pero no pudo evitar contarlo.

—Esta noche, tu tía Sofie me ha recordado que no es la primera vez que esperabas el nacimiento de un hijo... y que tus esperanzas terminaron en tragedia.

—¡Esa mujer! —refunfuñó Julian con un tono de voz que hizo que Nell se alegrara de no ser Sofie Weston—. Puede que le ahorre a Charles la molestia de retorcerle el pescuezo.

Nell lo creyó.

—Te aseguro que diré algo a mi querida tía Sofie la próxima vez que la vea —dijo en un tono más tranquilo, tras inspirar hondo—. Hasta entonces, olvida sus comentarios absurdos, y añadiría que maliciosos. Siempre le ha gustado crear problemas; no le hagas caso. Este hijo es nuestro, y lo que existe entre nosotros no tiene nada que ver con el pasado.

Nell quería creerlo. Una parte de ella lo hizo. Sin embargo, Julian estaba equivocado. El pasado sí que tenía que ver con ellos, mientras el fantasma de Catherine estuviera entre los dos...

Nell no era cobarde, pero necesitó todo su valor para poder preguntar:

—¿La amabas mucho?

—¿A quién? —preguntó Julian, totalmente perdido.

—A Catherine —contestó sin rodeos.

Julian se puso tenso. Contuvo un taco, se incorporó de golpe y se pasó agitadamente una mano por el pelo.

—¿Qué diablos tiene que ver ella con nosotros? Está muerta, Nell. Está muerta y enterrada. ¡Olvídate de ella!

—¿Puedes olvidarla tú? —insistió Nell con firmeza.

El solo hecho de mencionar el nombre de Catherine lo llenaba de rabia y de remordimiento. Su relación con Nell era preciosa, pura y sincera. No quería que nada la dañara, que nada la mancillara. Y pensó con tristeza que introducir a Catherine en sus vidas podía hacer exactamente eso.

Recordó todo lo desagradable, todas las mentiras, todos los amantes que le había restregado por las narices, y se preguntó cómo podía explicar a Nell todo lo que Catherine era sin parecer débil ni dar pena, ni revelar lo cornudo que había sido.

Tampoco se veía capaz de expresar en voz alta su temor más sombrío: que el hijo que esperaba Catherine y cuya muerte todavía lloraba quizá no fuera suyo. ¿Cómo expresar nunca en voz alta el odio que sentía por una mujer a la que había jurado respetar y proteger hasta el fin de sus días, algo en lo que había fracasado... completa y rotundamente? Si había algo de lo que no quería hablar con su segunda mujer era de su primera mujer. Pero Nell había hecho una pregunta y se merecía una respuesta. ¿Podría llegar a olvidar a Catherine? Pensó, con desaliento, que no. Catherine le había clavado las garras en lo más profundo de su ser y le había arrancado el orgullo y la virilidad: había estado a punto de destruirlo. No, no olvidaría nunca a Catherine.

—No, no puedo olvidarla. La recordaré hasta el día en que me muera, y también al hijo que esperaba cuando murió, pero Catherine no tiene nada que ver con nosotros —aseguró con firmeza mientras se levantaba y se ponía la bata—. Éste es nuestro matrimonio... y nuestro hijo. Dejemos mi pasado donde tiene que estar, te lo ruego. Entiéndeme: acepta como yo que Catherine está muerta y enterrada, y que nada cambiará eso.

«Bueno, ahí lo tienes —pensó Nell lúgubremente—. Lo ha admitido. Nunca olvidará a la divina Catherine. ¿Qué esperanza tengo yo? Ninguna.» La invadió una sensación de derrota y volvió la cabeza para no ver a Julian.

—Oh, te entiendo perfectamente —murmuró, deseando que

Julian estuviera muy lejos de allí. Bostezó teatralmente—. Perdona, pero estoy muy cansada.

Julian vaciló, pero el tono de rechazo en su voz no era demasiado alentador y no quería separarse de ella de esa forma. Se percató entonces de que, de hecho, no quería separarse en absoluto de ella. Lo que quería era algo que no había querido de ninguna otra mujer; quería pasar toda la noche con Nell, notar su calidez junto a él, oír su respiración suave y saber que estaba a su lado durante las horas largas y solitarias de la noche.

Pensó, furioso, que la mera mención del nombre de Catherine había arruinado cualquier posibilidad de que Nell lo acogiera de nuevo en su cama esa noche. Pero por Dios que no iba a permitir que esa bruja destruyera desde la tumba su única oportunidad de ser feliz. Maldijo su alma oscura.

«Usa las artimañas que quieras, Catherine, pero no ganarás esta batalla», juró para sus adentros.

Para sorpresa de ambos, volvió a quitarse la bata y se metió otra vez en la cama. Tiró de Nell para unir sus cuerpos y, a continuación, le besó la coronilla.

—Yo también estoy casando, y no se me ocurre un lugar mejor para dormir que al lado de mi esposa.

Nell intentó con todas sus fuerzas aferrarse a lo dolida y a lo enojada que estaba, trató de que las palabras de Julian no la complacieran, pero fue en vano; lo amaba. Contuvo el aliento al darse cuenta de que era verdad: lo amaba. Perdidamente. Apasionadamente. Totalmente. Asombrada, disfrutó del cuerpo grande y cálido de su marido junto al de ella. Amaba a ese hombre. No sabía desde cuándo. ¿Quizá desde la primera vez que lo había visto y le había parecido un salteador de caminos desesperado? ¿O acaso desde su noche de bodas, cuando la había besado tan apasionadamente y había hecho que fuera consciente de él como hombre? ¿O tal vez fue más tarde, desde la primera vez que había hecho el amor con ella? No sabía desde cuándo había empezado a sentir esa emoción tan fuerte que le oprimía el pecho, sólo sabía que lo amaba con cada fibra de su ser.

Apretó la mandíbula. Y él amaba a otra mujer. Pero estaba acostado con ella, no con una muerta, y eso le daba esperanzas. Tenía meses, años, para conseguir que él la amara... mientras que Catherine no los tenía. Esbozó una ligera sonrisa. E iba a darle un hijo. Se quedó dormida con una sonrisa en los labios, envuelta en los brazos de su marido y con la mano de éste descansando de manera protectora sobre su vientre.

No hubo aviso previo. Estaba profundamente dormida, soñando con su hijo, con el día en que Julian le declararía su amor, y acto seguido... estaba ahí, en esa mazmorra manchada de humo, oyendo los alaridos de la mujer y mirando fijamente la carnicería sanguinaria que sólo una mente devorada por una locura animal podría infligir a otro ser humano. Nell intentó huir de las garras terribles de la pesadilla, pero éstas la sujetaban con fuerza y la obligaban a ver las atrocidades que se cometían en aquel sitio espantoso. Se estremeció al observar que el hombre misterioso se apartaba de su víctima para buscar otro juguete: un cuchillo de hoja delgada, afilada como una cuchilla...

Como siempre, el hombre estaba en la penumbra y le resultaba imposible determinar otra cosa que su altura y su corpulencia. Sin embargo, cuando se dio la vuelta para buscar el cuchillo, le vino algo a la cabeza y contuvo el aliento. Lo conocía. No sabía su nombre, pero tuvo la certeza absoluta de que había visto a ese hombre, de que había hablado con él. Su hombre misterioso era alguien a quien ella conocía.

Se movió agitadamente, jadeando, en sueños. Julian se despertó en cuanto se estremeció. Supo de inmediato que era una pesadilla y, tras soltar un taco, buscó una vela en la mesilla de noche y la encendió deprisa. A la tenue luz, Nell tenía la cara contraída de asco y de miedo, y acercó una mano para tocarla, para tranquilizarla. Pero a la primera caricia suave, Nell gritó y se incorporó de golpe, con los ojos abiertos pero sin ver nada.

—Nell —dijo con suavidad—, despierta. Tienes una pesadilla. No corres peligro. Despierta, cariño. Despierta.

Pero no podía. Tenía los ojos puestos en una imagen de una ferocidad increíble. A lo largo de todos esos años, no había visto en ninguna de sus pesadillas una violencia tan incontrolable. Antes, por más brutal que fuera la acción, emanaba del individuo una curiosidad implacable, como si le intrigaran las reacciones de la mujer a cada nueva tortura. Pero esa noche no había curiosidad, no había nada salvo un deseo ciego y furioso de herir, de desgarrar y descuartizar.

Como las palabras cariñosas y las caricias no surtían efecto, Julian, desesperado, le abofeteó la mejilla. Nell soltó un grito ahogado, se atragantó y su mirada se aclaró. Pálida y temblorosa, se lanzó a los brazos de Julian.

—Ha sido horrible —murmuró entre sollozos—. Espantoso. No puedo soportarlo.

Julian la abrazó mientras esperaba que pasara lo peor. No podía hacer otra cosa que reconfortarla, y eso hizo. La estrechó con fuerza entre sus brazos sin dejar de murmurarle palabras tranquilizadoras y de acariciarle los despeinados rizos.

—Chis, cariño. Estás a salvo. Estoy contigo y no permitiré que nadie te haga daño. Ya pasó.

Al final, su llanto se calmó, pero siguió aferrada a los brazos de Julian.

—Lo conozco, Julian —susurró a la parpadeante luz dorada de la vela levantando la cabeza para mirarlo.

Sus miradas se cruzaron.

—¿Le has visto la cara esta noche? —preguntó Julian con aspereza—. ¿Sabes cómo se llama?

—No —negó con la cabeza—. No es eso. Es que ha habido un momento en el que he sabido instintivamente que lo conocía. Que lo había visto, que había hablado con él. —Un escalofrío le recorrió el cuerpo—. Es alguien con quien podemos haber hablado en nuestra propia casa.

—Pero si no le has visto la cara —comentó Julian con el ceño fruncido—, ¿cómo sabes que es alguien que conoces?

—No puedo explicarlo —admitió Nell—. Pero es algo que sé con certeza. Lo conocemos —insistió—. No es un desconocido.

Julian observó la palidez de su cara, vio el rastro de sus lágrimas, recordó el terror en sus ojos. Ya había aceptado el hecho de que, a partir de medios y de métodos que escapaban a la comprensión humana, su esposa tenía una inexplicable conexión con el hombre que había asesinado a su primo e intentado matarla lanzándola desde lo alto de un acantilado. Las pesadillas de Nell revelaban que ese mismo hombre, un ser monstruoso, llevaba años asesinando a mujeres inocentes en una mazmorra oscura. Una vez aceptado todo eso, no le costó demasiado creer lo que Nell afirmaba entonces: que el hombre que buscaban era alguien a quien conocían.

—Muy bien. Es alguien que conocemos. —Dirigió una mirada lúgubre a Nell—. Pero eso no nos sirve de mucho si no puedes identificarlo.

—Ya lo sé —replicó Nell con tristeza—. ¡Si pudiéramos encontrar la mazmorra! Si supiéramos dónde está, a quién pertenece, conoceríamos el nombre de ese monstruo.

—¿Se te ha ocurrido pensar que no tenemos ni idea de dónde podría estar esa mazmorra? —preguntó Julian—. Sí, es verdad; hemos explorado y descartado las de Wyndham Manor. Pero ¡por Dios! ¡Existen viejas mazmorras olvidadas esparcidas por todo lo largo y ancho de Inglaterra! Con lo que sabemos, podríamos registrar cada una de las mazmorras de Devonshire y que tu perturbado estuviera en Cornualles.

Nell se quedó muy quieta, con la cabeza ladeada, como si estuviera escuchando una voz lejana. Al final, alzó los ojos hacia él y sacudió la cabeza.

—No. No puedo identificarlos ni a él ni la mazmorra, pero es de esta zona, y la mazmorra también está aquí.

—Y ¿cómo lo sabes? —Julian suspiró.

—¡Lo sé y basta! —replicó Nell—. Ya te lo dije; no puedo explicar nada de todo esto. Sólo sé lo que siento, lo que mi instinto me dice. Y mi instinto me dice que él y ese sitio infernal están aquí, en esta zona. —Se mordió el labio—. Las pesadillas han sido siempre terribles, pero las que he tenido aquí... No puedo explicarlo, pero son más intensas... como si estuviera más cerca de su origen y, debido a ello, las impresiones, la sensación que me producen fuese mucho más fuerte, más poderosa —indicó, y añadió con tristeza—: No sé cómo hacértelo entender, pero no me estoy imaginando nada de esto. Me crees, ¿verdad?

—Sí —asintió Julian, cansado—, te creo. No quiero hacerlo, no te lo negaré, y lo que me has contado va en contra de toda lógica, pero lo que me explicaste sobre el asesinato de John me convenció de que existe alguna conexión entre su asesino y tú. Y creyendo eso no me resulta tan difícil creer todo lo demás, por increíble que resulte. —Puso una mano encima de la suya—. Estamos juntos en esto, Nell, y juntos encontraremos a ese monstruo... y su maldita mazmorra.

Como necesitaba su fuerza y su calidez, Nell se recostó en su pecho.

—Eres muy bueno conmigo —dijo con voz ronca—. Pocos maridos serían tan comprensivos.

Sonrojado de placer al oírla, Julian le besó la frente.

—Es una suerte que sea un marido tan excepcional, ¿no crees? —bromeó.

Nell sonrió a pesar de la gravedad del momento.

—¿Andas a la caza de cumplidos, tal vez? —soltó.

—No —le sonrió Julian de vuelta—, pero es agradable oírte hablar bien de mí.

Se quedaron sentados juntos un rato, disfrutando de la proximidad que había entre ambos, pero antes de darse cuenta los pensamientos de Julian habían vuelto a centrarse en el asunto que tenían entre manos.

—No me gusta tener que preguntarte esto —dijo con un suspiro—, pero ¿recuerdas algo más de la pesadilla de hoy que pueda sernos de ayuda?

—Sólo que estaba furioso. Era un salvaje, terrible, lleno de rabia, colérico.

—Me gustaría saber qué ha desatado su rabia —murmuró Julian.

—Ni siquiera quiero intentar adivinarlo. —Se estremeció y se acercó más a él—. Esa pobre mujer...

—Es evidente lo que tenemos que hacer —indicó Julian y, acto seguido, sacudió la cabeza—. Te aseguro que no me apetece nada explorar hasta la última mazmorra repelente, abandonada, húmeda y sucia de Devonshire. Y me asusto sólo de pensar en las historias falsas que me voy a tener que inventar para convencer a mis desventurados amigos, familiares y conocidos para que me permitan explorar los sótanos de sus casas.

—Al menos puedes estar tranquilo porque sabes que no se trata de tus mazmorras —comentó Nell con una sonrisa irónica.

—Sí —asintió Julian—, hay que estar agradecido por ello. —Miró a Nell, muy serio—. ¿Estás segura de que es alguien a quien conocemos?

—No tengo ninguna duda —corroboró Nell.

—Bueno, pues esperemos que nuestro perturbado resulte ser ese cabrón de Tynedale —gruñó Julian.

Nell sacudió la cabeza.

—No es Tynedale. Tynedale es rubio. El hombre misterioso tiene el pelo negro, muy parecido al tuyo...

15

Julian no perdió tiempo. A la mañana siguiente, en la biblioteca, elaboró una lista de propiedades que, según sabía, poseían mazmorras. En esa lista señaló las pertenecientes a personas que Nell había conocido. El hecho de que él las conociera era secundario; la clave era Nell.

Como había nacido en la zona, conocía las distintas fincas. Cuando terminó su lista inicial, le sorprendió descubrir la gran cantidad de casas propiedad de amigos y familiares que estaban construidas en el lugar que antes habían ocupado una torre de homenaje o un castillo normandos, con mazmorras.

Algunos de los propietarios, como el terrateniente Chadbourne, se vanagloriaban de la existencia de las lúgubres mazmorras bajo su espléndida casa y, sin la menor piedad, arrastraban a sus desprevenidas visitas a verlas. Otros, como él, se olvidaban de que existían a no ser que se lo recordaran. Ver las de Chadbourne no sería ningún problema. En cuanto a las demás... suspiró. Si no se inventaba alguna excusa verosímil para querer ver las mazmorras, todo el mundo creería que se había vuelto loco. Torció el gesto. Imaginaba la cara que pondría Charles si le pedía recorrer las inmensas mazmorras que se extendían bajo Stonegate. Al doctor Coleman tampoco le haría ninguna gracia que le pidiera que le abriera las puertas de Rose Cottage para que pudiera curiosear las entrañas del edificio. Lord Beckworth, su vecino por el norte, era como el terrateniente Chadbourne: estaba orgulloso de las mazmorras de su familia, y era probable que pudiera inducirlo a enseñárselas sin que arqueara siquiera una ceja.

Cerraba su lista John Hunter, su guardabosques. Hunter no poseía una gran propiedad, pero su casa y las hectáreas circundantes, que le había legado el viejo conde, habían sido tiempo atrás un espléndido pabellón de caza que, según se decía, estaba construido en el lugar que había ocupado antes un viejo castillo sajón con las obligadas mazmorras. Julian no sabía nada del castillo sajón, pero sí que las mazmorras existían; de pequeño, él, John, Marcus y Charles, con el miedoso Raoul a la zaga, las habían explorado. Julian rio al recordarlo. Qué bien se lo habían pasado vagando por aquel sitio inmenso y fantasmagórico hasta que John Hunter los descubrió y les dio un susto de muerte al aparecer en la oscuridad con un garrote para echarlos de allí.

Frunció el ceño. Supuso que, además de los lugares que ya figuraban en la lista, tendría que añadir lo que quedaba de la vieja torre de homenaje normanda próxima a Dwalish y las ruinas de un monasterio abandonado desde la época de Enrique VIII. Si no recordaba mal, se rumoreaba que había mazmorras bajo esos dos lugares. Si había otros sitios cerca que poseyeran mazmorras o algo parecido debajo, no se le ocurrieron. Cuando creyó haber incluido en la lista todos los lugares de los que tenía noticia, la dejó y fue a buscar a su esposa.

No pudo encontrarla y, tras preguntar a Dibble, éste le informó de que todas las señoras se encontraban en ese momento en la casa viudal.

—Querían ver cómo van las obras —explicó Dibble—, y creo que hay alguna discrepancia en cuanto al color de las colgaduras de seda del salón principal.

Como hacía buen día para tratarse de la segunda semana de febrero y la casa viudal estaba a poco más de un kilómetro de distancia, Julian decidió ir andando. Había prestado poca atención a las idas y venidas que rodeaban las reformas, y como la casa viudal quedaba a casi medio kilómetro de la carretera principal que conducía a Wyndham Manor, oculta por un bosque frondoso, no había visto ningún cambio. Mientras recorría el camino lleno de baches que llevaba a la casa, evitando los agujeros más grandes, concluyó que todavía no habían empezado a trabajar en las zonas adyacentes.

El bosque se aproximaba sin control al camino y, en algunos casos, llegaba a invadirlo, de modo que dejaba un paso angosto y sombrío, cubierto por las ramas altas de los árboles. Cuando éstos tuvieran hojas, taparían la luz del sol. Se dijo que, si fuera de temperamento nervioso, no iría por allí. Cuando dobló la última curva del camino, vio la casa viudal y el camino que describía un círculo frente al edificio de tres plantas, con entramado de madera, tejado inclinado y ventanas con parteluz.

Se acercó a la entrada y, desde el peldaño inferior de la escalera, echó un vistazo a su alrededor, asombrado de cómo mejoraban el aspecto de la zona los arbustos recién recortados. Las hermosas líneas de la casa ya no quedaban semiocultas bajo la hiedra y la enredadera. El enorme roble y los tilos que antes se cernían sobre la construcción habían desaparecido o los habían podado, y en contraste con la oscuridad asfixiante del camino que conducía a la casa, el espacio abierto era de agradecer. Julian sonrió. Por lo menos desde el exterior, el edificio ya no parecía la morada de un brujo o de una malvada hechicera. Un amplio paseo de ladrillo lleno de rosales muy bien recortados, arriates de plantas perennes sin un hierbajo y salpicado de narcisos amarillos se desviaba hacia un lado de la casa. Un ramal del camino principal de entrada desaparecía en dirección contraria rumbo, si no recordaba mal, a las cuadras. Nadie había vivido allí desde la muerte de su bisabuela, y todos sus recuerdos eran de una casa abandonada, llena de maleza y deteriorada. Hacía décadas que en ella sólo se efectuaba el mantenimiento básico. Le alegró ver los cambios y le dio un poco de vergüenza que él, como su padre y su abuelo, hubieran dejado que el edificio casi se echara a perder.

Le llegó el ruido de martilleo, y cuando nadie le contestó al llamar a la puerta, la empujó y, como estaba abierta, entró. A diferencia del exterior, el interior de la casa era un caos. Yeso, madera, escaleras de mano, muebles tapados aquí y allá, tiras de papel pintado, cubos que contenían sustancias misteriosas y piezas de tela caras por todas partes.

Pero se notaban ciertos progresos: habían cambiado el suelo del vestíbulo, que ahora era de un impresionante mármol veteado de rosa; las paredes estaban forradas de satén crema con rosas de color rosa bordadas, y todas las molduras, sobredoradas o repintadas de blanco impoluto. Se había reparado y repintado la larga escalera curva que, según recordaba vagamente, tenía varios peldaños rotos y un pasamanos que temblaba al menor contacto. El martilleo procedía del ala izquierda de la casa, y Julian siguió el sonido hasta su origen, echando un vistazo a varias habitaciones a lo largo del recorrido. Sonrió con tristeza. No había duda de que a su madrastra le gustaba el rosa.

Encontró a su mujer y a las otras dos en una sala terminada, con detalles muy bonitos. En ese momento, discutían las ventajas de un muaré rosa sobre una suave tela azul animada con una fina raya dorada. Se detuvo en la puerta con una sonrisa en los labios. Por lo absortas que estaban, se trataba de una cuestión importante.

—Pero, Diana —exclamó Nell—, ya has usado el color rosa en varias habitaciones. De hecho, casi todas las habitaciones de la casa son rosas. ¿No crees que sería mejor utilizar el azul en este caso? ¿No te cansará tanto rosa?

—Pero es que me gusta el rosa —replicó lady Diana con un mohín—. Es mi color favorito. Además, ésta es mi casa, ¿por qué no puedo tener todas las habitaciones rosas si quiero?

Nell y Elizabeth se miraron.

—Por supuesto que puedes hacer lo que quieras, madre —convino Elizabeth—. Pero ¿no crees que habrá personas, quizás algunos amigos e invitados, a los que, bueno, no les guste tanto el rosa como a ti y les parezca un poco... agobiante?

—Hasta puede que aburrido y previsible —añadió enseguida Nell—. No querrás eso, ¿verdad?

Lady Diana parecía indecisa. Naturalmente, no quería que sus familiares y amigos pensaran que su gusto en decoración era aburrido y previsible. Sus ojos iban de una tela a la otra.

—Supondría un cambio reconfortante —la apremió Nell—. Incluso una afirmación.

—¿Qué clase de afirmación? —preguntó lady Diana, intrigada.

Julian decidió pasar a la acción, de modo que cruzó la habitación para acercarse a las señoras.

—Una afirmación rotunda de que aquí vive una dama refinada y elegante que posee un gusto exquisito —aseguró.

Las tres mujeres se volvieron a la vez, y la sonrisa afectuosa que Nell le dirigió dejó a Julian extrañamente sin aliento y ligero como una pluma, como si flotara. Seguro de que los pies no le tocaban el suelo, se reunió con las señoras delante del ventanal que daba al jardín y que, como observó, todavía precisaba muchas reparaciones.

—Oh, ¿te parece? —preguntó lady Diana, con sus grandes ojos castaños clavados en el rostro de Julian.

—Sin ninguna duda —murmuró éste, comprobando la textura de la tela azul con los dedos—. Sí, la mejor es la azul con la raya dorada. Estoy seguro de que a ese amigo del príncipe regente, ese que se está haciendo tan famoso entre la alta sociedad, ese tal Brummell, le encantaría la azul. Y, sin duda, despreciaría la rosa —sentenció, pensativo.

—¡Hay que evitarlo! —exclamó lady Diana tras inspirar aire con fuerza—. El simple hecho de que Brummell arquee una ceja puede arruinar a una anfitriona. —Se volvió hacia Nell—. Definitivamente, elegiremos la azul. —Y, entonces, una expresión de preocupación se apoderó de sus lindas facciones—. ¿No deberíamos redecorar todas las habitaciones para suprimir cualquier rastro de color rosa?

—¡No! —exclamaron los otros tres al unísono.

Todavía les esperaban meses de reformas, y si lady Diana empezaba a deshacer lo ya terminado, al cabo de un año podrían estar manteniendo aquella misma conversación, u otra terriblemente parecida. Varios accidentes habían provocado cantidad de demoras, e inexplicablemente habían desaparecido varias piezas de tela para el salón, por lo que habían tenido que volver a pedirlas a Londres, así como una hermosa alfombra nueva para la biblioteca, que tampoco conseguían encontrar.

—Las otras habitaciones están bien —afirmó Nell, con mucha labia—. No es necesario deshacerlo todo y empezar de nuevo. Sólo necesitas algunos detalles de otro color aquí y allá para que todo quede perfecto.

—Creo que tienes razón —asintió lady Diana—, pero podría cambiar las paredes del comedor y forrarlas de esa seda bordada dorada que creía que no me gustaba. Y podría tapizar las sillas con el precioso damasco verde que compré y que no sabía dónde poner. ¿Qué opinas?

Estaba mirando a Julian a la espera de una respuesta, y éste, al ver que su mujer asentía frenéticamente con la cabeza, aseguró:

—¡Excelente idea! Después de todo, no es aconsejable que le consideren a uno soso. Sobre todo, ese tal Brummell.

Como no deseaba verse mezclado en más discusiones sobre decoración, Julian separó hábilmente a Nell de las otras dos mujeres para llevársela, y dejó que lady Diana y Elizabeth se las arreglaran solas.

—No sabes cuánto te agradezco tu intervención —dijo Nell cuando hubieron dejado la casa tras ellos—. Tiene muy buen gusto para muchas cosas, pero cuando se trata del color rosa... —Sacudió la cabeza—. No sabes lo que nos costó a Elizabeth y a mí impedir que llenara toda la casa de una seda rosa de lo más vulgar y horrorosa que puedas imaginarte.

—¿Te resulta muy pesado? —preguntó mientras se ponía la mano de Nell en el brazo para andar juntos.

—Oh, no. No lo decía en ese sentido. —Alzó los ojos hacia Julian—. Quiero mucho a tu madrastra. No creía que fuera a ser así, pero es muy dulce y complaciente, y tiene muy buen corazón.

—Y el cerebro hueco —asintió Julian.

—Bueno, tal vez su inteligencia no sea privilegiada, pero a veces me sorprende con sus comentarios. Justo cuando crees que es boba, va y dice algo que te lleva a replantearte tu opinión sobre ella.

Se alejaron de la casa y se adentraron en el tramo del camino que todavía no habían arreglado. Nell se estremeció un poco cuando la penumbra empezó a envolverlos.

—Me alegraré bastante cuando empiecen a trabajar en este camino. Es tan oscuro y deprimente que da la impresión de que haya bestias feroces mirándote, ocultas en el bosque.

—Ordenaré inmediatamente que limpien la vegetación —aseguró Julian tras besarle la mano—. Será una de mis contribuciones a que Diana se vaya pronto de nuestra casa.

—¿Te disgusta que viva en Wyndham Manor? —preguntó Nell.

—No. En realidad, no. Como tú, quiero mucho a mi madrastra y, muy especialmente, a Elizabeth, y siempre estaré pendiente de ellas. Pero creo que, por el bien de todos, es importante que Diana tenga su propia casa. —Sonrió a Nell—. Ahora hay cosas nuevas y deliciosas que requieren mi tiempo y mi dinero, y que tienen prioridad sobre las peticiones de Diana y de Elizabeth.

—Lo has dicho con mucha elegancia —replicó Nell con una sonrisa pícara.

—Sí, eso me ha parecido —murmuró Julian con una expresión divertida en los ojos.

Siguieron su camino en buena armonía. Julian le habló de la lista que había elaborado y comentaron distintos métodos para conseguir que pudiera acceder a las mazmorras. Ninguno parecía demasiado bueno, de modo que dejaron pronto el tema y pasaron al que era la manzana de la discordia entre ellos.

—Sigo pensando que debería ir contigo —se quejó Nell—. Yo sé exactamente qué buscar, tú no.

—Ya me va a resultar muy difícil persuadir a los propietarios para que me dejen entrar solamente a mí , imagínate si te llevo pegada a mis talones. —Apretó la mandíbula—. Además, no quiero que tu hombre misterioso tenga la menor idea de que tienes algo que ver con eso.

—Tendré que acabar viendo la mazmorra, ¿sabes? —insistió Nell obstinadamente.

—Sí, cuando yo haya eliminado todas las que pueda, tendrás que ver las que reúnan las características de la de tu pesadilla. Pero hasta entonces, te quedarás en Wyndham Manor sin meter tu preciosa naricita en problemas. No permitiré que mi hijo y tú corráis ninguna clase peligro.

—No soy de cristal, ¿sabes? —protestó Nell.

Julian se detuvo y la estrechó entre sus brazos.

—Pero estás embarazada de nuestro hijo y no voy a permitir que te ocurra nada malo... jamás —murmuró con una sonrisa y una expresión en los ojos que aceleraron el corazón de Nell.

Julian podría haber dicho algo más, pero en ese momento John Hunter, a lomos de un bonito caballo bayo y acompañado de una jauría de mastines y perros de caza, dobló una curva del camino. Para sorpresa de Julian, Marcus lo acompañaba montando un impresionante semental negro.

Nell no era de temperamento nervioso, pero la estampa de aquellos dos hombres corpulentos y morenos, tan parecidos, cabalgando hacia ella, sumada al tamaño y el aspecto fiero de los perros que los rodeaban, hizo que se aferrara del brazo de Julian. Se fijó entonces en el enorme mastín que lideraba la jauría y, de repente, deseó estar a lomos de su caballo... o tener una pistola a mano.

Al detectarlos, los perros empezaron a ladrar y avanzaron todos a la vez. A una orden brusca de John Hunter se pararon en seco.

—¡Marcus! —exclamó Julian cuando estuvieron lo bastante cerca para oírse—. ¿Qué haces por aquí? Qué sorpresa tan agradable. Creía que no volvería a verte por aquí en meses.

Marcus detuvo su caballo y desmontó.

—Ah, pero eso fue antes de que me llegara la noticia de que nuestra familia va a ampliarse —dijo, tras hacer una reverencia a Nell—. Espero que el heredero y usted estén bien.

—¿Por qué todo el mundo supone que va a ser un varón? —preguntó Nell con una sonrisa—. Cabe la posibilidad de que sea una niña.

—Es posible —admitió Marcus—, pero, por lo visto, los Wyndham tienen la suerte de que su primogénito sea siempre un varón.

Tras dar una orden a sus perros, que se echaron con la panza en el suelo, John Hunter también desmontó y saludó a Nell y a Julian.

—Siento molestarlo, milord —dijo a continuación—, pero ¿podría hablar en privado con usted?

—Sí, por supuesto —accedió Julian, que le dirigió una mirada penetrante—. Permita que acompañe a mi esposa hasta la casa y deje instalado a mi primo. Nos reuniremos en mi despacho dentro de treinta minutos.

Dio la impresión de que Hunter iba a protestar, pero sus ojos se posaron en el rostro de Nell y, al parecer, cambió de opinión.

—Treinta minutos, milord —dijo a Julian, a la vez que asentía bruscamente con la cabeza—. Allí estaré.

Con esa respuesta, que sonó más a amenaza que a confirmación, volvió a montar su caballo y desapareció camino abajo, seguido obedientemente por sus perros.

—Cuando llegué, se estaba preparando para salir a buscarte —explicó Marcus mientras Hunter se alejaba—. Al no encontrarte en casa se ha preocupado bastante. Ha insistido mucho en que tenía que verte enseguida. —Miró a Julian—. Eso ha despertado mi curiosidad, pero, por desgracia, no me ha contado nada.

—Supongo que te gustaría estar presente en nuestra reunión —sonrió Julian.

—Pensaba que no me lo pedirías nunca —replicó Marcus, feliz.

—¿Para qué crees que quiere verte? —preguntó Nell.

—No tengo ni idea. Seguro que se trata de algo sin importancia.

—Sí, estoy seguro de que su marido tiene razón —intervino Marcus, que tomó el otro brazo de Nell para andar junto a ellos mientras tiraba del caballo—. Hunter se toma sus tareas muy en serio, siempre lo ha hecho, y estoy convencido de que lo que le preocupa es simplemente que algún lugareño haya robado unos cuantos lebratos o perdices; un delito que, según él, habría que castigar con la horca.

Pero, curiosamente, cuando se reunieron en la biblioteca, exactamente veintinueve minutos después, a Hunter le costó concretar de qué quería poner al corriente a lord Wyndham. Marcus holgazaneaba en la butaca que había junto a la chimenea, y Julian ocupaba la silla situada detrás del escritorio. Julian había pedido a Hunter que se sentara en la otra, pero fue imposible convencerlo de que lo hiciera.

De modo que estaba de pie, muy tenso, delante de Julian, y apenas podía ocultar su impaciencia.

—Ya hemos perdido demasiado tiempo, milord —refunfuñó—. Tiene que venir inmediatamente conmigo para verlo con sus propios ojos. —Dirigió una mirada hostil a Marcus—. Y él también.

—¿Ha habido otra carnicería? —preguntó Julian, alarmado.

—Peor, milord —se impacientó Hunter.

No quiso decir nada más, y Julian, irritado a la vez que intrigado e intranquilo, ordenó que prepararan su caballo y uno para su primo y los llevaran a la parte delantera de la casa.

Hunter iba muy deprisa, y Julian y Marcus le pisaban los talones. Cuando su montura dejó la carretera y se adentró en el bosque, lo siguieron. Recorrieron un trayecto agreste, que obligó a los caballos a saltar algunos riachuelos y a galopar entre los árboles. Cuando Hunter tiró por fin de las riendas y su bayo se detuvo con un resoplido, estaban en una parte del bosque que Julian rara vez visitaba.

Los tres hombres desmontaron a la vez y ataron los animales a un árbol. Hunter condujo a Julian y a Marcus hasta el borde de un pequeño claro, donde se paró. Al situarse a su lado y ver lo que había en el centro, Julian palideció.

—Dios mío —exclamó en voz baja—. ¿Qué clase de bestia habrá hecho esto?

Pero sabía la respuesta. Y lo espantoso era que estaba convencido de que estaba viendo los restos de la mujer a la que Nell había visto asesinar la noche anterior en su pesadilla. Notó el sabor amargo de la bilis en la boca. Dios misericordioso, Nell había tenido que presenciar cómo le hacían eso a otro ser humano.

Marcus, que no podía apartar los ojos aterrados del cadáver de la mujer, casi devolvió el jamón y la cerveza que había saboreado en un alto en el camino, apenas unas horas antes.

—Al parecer, nuestro hombre ha pasado de desahogar su rabia con tus animales a hacerlo con una presa humana —soltó, tomando do aire a bocanadas cortas.

—Ya se lo advertí, milord —dijo Hunter con lúgubre satisfacción—. Le advertí que si no tomaban medidas ocurriría algo terrible.

—No recuerdo que me dijera que encontraría a una pobre mujer brutalmente asesinada si no le permitía poner sus trampas para cazar hombres y soltar sus perros a los intrusos —replicó Julian con brusquedad—. Esto es algo que nadie podía prever ni impedir. Es obra de un perturbado.

—Tiene razón, milord —asintió Hunter—. Perdóneme, me he excedido.

Ni Julian ni Marcus deseaban acercarse al cadáver, pero al final ambos lo hicieron. Los restos estaban tan desgarrados y mutilados que era difícil deducir nada de ellos, salvo que pertenecían a una mujer y que ésta había sufrido terriblemente antes de morir. Su asesino había tirado en el bosque su cuerpo desnudo como si fuera basura. Aparte del cadáver en un estado tan lamentable en el centro del claro, no había indicios de cómo había llegado hasta allí. Ninguno de los tres hombres pudo identificarla.

Como Hunter era experto en interpretar los signos y seguir los rastros en el bosque, Marcus y Julian fueron tras él mientras inspeccionaba el lugar. Tardó una eternidad en recorrerlo, cada vez en círculos más amplios, pero no encontró gran cosa aparte de unas cuantas ramas partidas, ya que la gruesa capa de humus que cubría el suelo del bosque en esa zona ocultaba cualquier huella, humana o animal. Pero había una especie de rastro que siguieron, con Hunter a la cabeza, hasta el lugar donde un caballo había permanecido atado a un árbol y que pudieron identificar gracias a las huellas de los cascos y a los excrementos del animal. Julian supuso que el asesino había dejado allí su caballo y había cargado el cadáver hasta el claro, donde lo había dejado para que fuera descubierto.

Cansados y desanimados, regresaron al sitio donde yacían los restos. El horror inicial había remitido, y Julian contempló a la mujer con el corazón apesadumbrado por lo que había sufrido. La rabia por lo que le habían hecho le provocó una sensación de ahogo que le obligó a girarse.

—Vaya a buscar al alguacil, al magistrado y traiga sus mejores perros —le ordenó a Hunter—. Vaya luego a avisar a casa de que vamos a demorarnos. Dígales que estamos cazando, que le estamos pisando los talones a un ciervo estupendo. —Miró a Hunter con dureza—. Ni una palabra de esto a nadie. Mi primo y yo nos quedaremos aquí hasta que regrese con los demás. Y traiga algo para tapar a esa pobre mujer —añadió tras volverse hacia el cadáver—. Se merece eso por lo menos.

Cuando Julian y Marcus regresaron por fin a Wyndham Manor era ya muy tarde. Ver el cadáver de la joven asesinada de una forma tan brutal y en las tierras del conde de Wyndham había afectado mucho al alguacil y al magistrado. Tras hacerles jurar que guardarían silencio, Julian y los demás dejaron al alguacil para que se encargara de levantar el cadáver. Julian, Marcus, Hunter y el magistrado recogieron sus caballos y se dirigieron hacia el lugar donde la montura del asesino había estado atada. Una vez allí, soltaron a los perros de Hunter para dar inicio a la caza de un asesino. Siguieron un buen rato tras el ocaso, a pesar del viento que se había levantado y de que el aire amenazaba lluvia, pero la noche se cernía sobre ellos. El tiempo empeoró, empezó a llover con fuerza y el viento les traspasaba la ropa. Cuando el rastro se perdió al llegar a la orilla del río que cruzaba las tierras de Julian, abandonaron la búsqueda. Desanimados, volvieron grupas para regresar a casa. Acordaron guardar silencio sobre el asunto, por lo menos sobre la forma en que se había producido la muerte. No podía guardarse en secreto que una joven había sido asesinada, pero nadie más tenía por qué saber cómo había fallecido.

Tras dejar sus caballos en las cuadras, Julian y Marcus caminaron en silencio hacia la casa. Al entrar, los recibió Dibble.

—La señora me ha pedido que les preparara una cena fría. Ha dicho que era posible que llegaran tarde. Se lo he dejado todo en su estudio, milord. La señora ha comentado que, sin duda, preferirían comer allí, en privado —explicó y, educadamente, preguntó—: ¿Han cazado el ciervo, milord?

—No. El animal ha logrado escapar —contestó Julian, antes de pedir al mayordomo que se retirara—. Buenas noches, Dibble. Ya no necesitaremos más sus servicios por hoy.

En el estudio de Julian, los dos hombres se quitaron las chaquetas enlodadas, se desataron las chalinas, antes inmaculadas, y se descalzaron. Sentado delante del fuego, Marcus contempló el estado lamentable en que se encontraban sus botas, que esa misma tarde habían estado tan relucientes.

—Si mi ayuda de cámara no me presenta la renuncia cuando se las dé, voy a tener que soportar un montón de lamentos y de reproches.

—Puede que a Truesdale le desespere tu falta de ganas de unirte a las filas de los elegantes, pero sé que haría falta una carga de la Brigada Ligera para apartarlo de tu lado —comentó Julian mientras servía un par de copas de coñac.

—Este asunto es bastante feo, Julian —dijo Marcus, con la cabeza apoyada en la butaca, después de dejar a un lado las botas y suspirar.

Julian le dio una copa de coñac y, con la otra en la mano, se sentó en la butaca de al lado para alargar los pies hacia el calor del fuego que chisporroteaba en la chimenea.

—Estoy de acuerdo contigo, y no sé qué diablos voy a hacer al respecto.

Julian se encontraba de nuevo en una situación ingrata. Ocultar información vital a Marcus era peligroso, pero no podía contarle nada de las pesadillas de Nell ni de lo que éstas revelaban. Confiaba incondicionalmente en su primo, pero aquel secreto, más incluso que el del rapto de Tynedale, no era suyo, y él no era quién para contarlo. Nell había aceptado que Marcus supiera la verdad sobre los detalles que habían rodeado su boda, pero sospechaba que compartir sus pesadillas con un hombre que era casi un desconocido para ella, por muy buena opinión que Julian tuviera de él, no era algo que fuera a aceptar de buena gana. Julian podía responder de Marcus, pero aunque parecía que su primo le caía bien a Nell, ella no lo conocía demasiado. A él, que la amaba y sabía cómo era, le había costado bastante aceptar que lo que le había contado fuera cierto. A Marcus podría resultarle mucho más difícil creer que Nell veía realmente cómo se cometían unos asesinatos horripilantes... ¿incluido el de John? No le pediría eso a Nell.

Los dos hombres estaban exhaustos tras las horas pasadas a caballo, y permanecieron un rato sentados mirando el fuego, tomando coñac, cada uno de ellos absorto en sus pensamientos. Ninguno de los dos tenía apetito e ignoraron la cena fría, pero Julian se levantaba de vez en cuando para volver a llenar las copas. Cuando se hubieron tomado unas cuantas, parte del horror vivido ese día había desaparecido.

Aunque no hubiese dicho nada, Julian había pensado mucho en las pesadillas de Nell y en la imposibilidad de contárselo todo a Marcus. Tomó un sorbo de coñac mientras reflexionaba acerca de la mejor forma de manejar la situación. Llegó a la conclusión de que tendría que encontrar un modo de conducir a Marcus en la dirección adecuada sin revelarle la implicación de Nell. Cerró los ojos, cansado, y recordó, en contra de su voluntad, la imagen horrenda del bosque. ¡Esa pobre mujer! Apenas una niña, en realidad. Y que la hubieran asesinado tan brutalmente sin el menor sentido. Sus dedos sujetaron con fuerza la copa. Quería atrapar al monstruo, quería verlo muerto con una vehemencia de la que no se creía capaz.

—¿Qué vamos a hacer, pues? —quiso saber Marcus, mientras observaba malhumorado el líquido ámbar que hacía girar en su copa—. ¿Cómo vamos a encontrar a semejante monstruo? ¿Por dónde empezamos? —insistió, y tomó un trago indigno de un caballero del carísimo coñac francés—. ¿Te das cuenta de que si ha dejado de matar animales y ha empezado a asesinar a seres humanos es posible que no quiera volver a dedicarse a matar ciervos brutalmente? Puede que eso ya no le satisfaga.

Julian aprovechó la oportunidad de permitir a Marcus atisbar la verdad.

—No creo que haya empezado a asesinar a seres humanos; creo que lleva haciéndolo mucho tiempo y que esa desdichada que hemos visto hoy es sólo la primera víctima que hemos encontrado. Para él, matar animales era una mera distracción. Tal vez buscaba una víctima humana y, como no encontraba ninguna, desahogaba su furia en seres de cuatro patas.

—Puede que tengas razón —dijo Marcus, pensativo—. Todo esto me resulta incomprensible; no había visto nunca nada así. Matar a alguien en un arrebato, lo entiendo. Matar a un oponente en un duelo, lo entiendo. Derramar sangre, lo entiendo; la guerra contra Napoleón es un buen ejemplo de ello. Pero lo que hemos visto hoy... —Suspiró profundamente—. Tiene que ser obra de un perturbado.

—Estoy de acuerdo. Pero encontrarlo y detenerlo corre de nuestra cuenta.

Como se había terminado la copa de coñac, Julian se levantó y sirvió otra a ambos. Luego volvió a sentarse y tomó un sorbo.

—Tiene que disponer de algún sitio donde hacer todas esas cosas espantosas —sugirió, tras darle vueltas al asunto unos minutos—. Algún sitio privado donde llevar a cabo sus viles acciones. Un sitio donde nadie pueda oír los gritos y las súplicas de sus víctimas. Un lugar secreto con el que nadie pueda tropezarse por casualidad.

Después de pensar unos minutos en las palabras de Julian, Marcus asintió, pensativo, con la cabeza.

—Sí, tienes razón —dijo, por fin, y se pasó una mano por la cara con aire fatigado—. Y eso nos lleva a una conclusión: esto no es obra de un campesino que vive en una casucha de una sola habitación. O es un hombre acomodado, propietario del lugar donde mata, o bien puede acceder a ese lugar libremente y no teme ser interrumpido. También tiene que poder ir y venir a su antojo sin que nadie haga preguntas sobre sus movimientos —añadió despacio.

—Lo que significa que es un caballero —concluyó Julian cuando sus miradas se encontraran—. Alguien acaudalado y con rentas propias, o con un trabajo que le permite moverse con libertad sin tener que rendir cuentas de su paradero.

—¡Oh, Dios mío! —exclamó Marcus—. ¿Te das cuenta de lo que estamos diciendo? Si nos dejamos guiar por esto, podríamos acabar averiguando que el doctor Coleman o incluso John Hunter es nuestro perturbado. O el párroco. O el terrateniente.

—Sí, tienes toda la razón. Y ¿no te parece interesante que todos ellos, salvo quizás el párroco, vivan en casas construidas cerca o encima de mazmorras largo tiempo olvidadas? Excepto, por supuesto, las del terrateniente. Le encanta presumir de ellas. Aunque eso no significa que no haya partes de las mismas de las que nadie sabe nada, ¿no?

Marcus miró a Julian como si se hubiera vuelto loco. Inspiró hondo para tranquilizarse. La habitación estaba en silencio salvo por el chisporroteo del fuego, que Marcus observó varios minutos. Bebió un poco más de coñac y miró a Julian.

—Has estado pensado bastante en este asunto, ¿verdad? —dijo por fin.

—Pues sí —confirmó, adormilado—, llevo cierto tiempo sin pensar demasiado en ninguna otra cosa. —Se tomó el coñac que le quedaba en la copa—. ¿Qué te parece si mañana empezamos a recorrer la zona para explorar mazmorras?

Marcus le miró, asqueado.

—Supongamos que estoy de acuerdo contigo; ¿cómo vamos a hacer eso sin desvelar lo que tramamos?

Julian reflexionó un instante.

—¿No había antes unas mazmorras en Sherbrook Hall?

—Que mandé cegar hace años. No te atrevas, ni por un segundo, a considerarme sospechoso de ser tu perturbado —le advirtió, apenado.

—No lo estaba haciendo —aseguró Julian con un gesto de la mano para desechar esa idea—. Lo que estaba pensando es que tal vez te gustaría restaurar tus mazmorras. Necesitas reunir información para hacerlo bien. Quieres ver cómo son algunas de las de la zona, compararlas con las tuyas.

—Estás borracho —indicó Marcus, con el ceño fruncido.

—No —negó Julian con la cabeza—. Tal vez un poco alegre; tenía el estómago vacío, ¿sabes? Pero mi idea podría funcionar.

—Borracho y loco —murmuró Marcus.

—Hummm... creo que tienes razón, pero eso no significa que mi idea no pueda funcionar —insistió Julian. Se levantó, tambaleándose un poco—. Me voy a la cama. Mañana tenemos unas cuantas mazmorras que explorar. Y temprano —dijo con una sonrisa angelical a su primo.

16

Nell se abalanzó sobre Julian en cuanto éste entró en su dormitorio. A pesar de la intimidad que compartían y del hecho de que llevaban casi cuatro meses casados, era la primera vez que ella osaba entrar en la habitación de Julian. No es que tuviera prohibido el acceso a sus aposentos, pero nunca había tenido ningún motivo para visitarlos.

En otras circunstancias, podría haberse fijado en que era una habitación muy bonita. Pero esa noche no tenía la cabeza para las colgaduras de terciopelo burdeos ni para los muebles, muy masculinos, de caoba fina. Caminó arriba y abajo sin prestar atención a la elegante alfombra en tonos burdeos, negros y dorados que pisaba, concentrada en Julian y en la extraña actitud de John Hunter. De vez en cuando se detenía para calentarse las manos en el fuego sin ver los movimientos que describían las llamas naranjas y amarillas.

Estaba convencida de algo: Julian no estaba cazando ningún ciervo. Esa salida inesperada justo después de la pesadilla de la noche anterior la incitaba a sospechar que la ausencia de su marido estaba relacionada de algún modo con la muerte brutal de la mujer que había visto en su sueño.

Julian y ella todavía tenían mucho que aprender el uno del otro, pero lo conocía lo bastante bien como para estar segura de que no era propio de él desaparecer de repente varias horas de su casa sin avisar. El escueto mensaje que le había dado John Hunter había despertado todas sus sospechas. Habría querido pedir más explicaciones a Hunter antes de permitir que se fuera, pero no lo había hecho. Torció el gesto. Si se hubiera atrevido a preguntar a Hunter, lo más probable era que se la hubiese quedado mirando impasible.

Cuando lady Diana y Elizabeth regresaron de la casa viudal, les contó lo de la llegada inesperada de Marcus y quitó importancia al deseo sanguinario que había llevado a los caballeros a salir disparados en pos de un ciervo. Las otras dos mujeres estaban concentradas en los planes de reformas de la casa viudal y aceptaron sin rechistar su excusa para la ausencia de Julian y de Marcus a la hora de la cena.

Nell se pasó la noche sonriendo y haciendo los comentarios oportunos, pero atenta al menor ruido que le indicara la llegada a casa de su marido. La noche se le hizo eterna mientras el reloj iba marcando las horas con una lentitud exasperante.

Hacia las once, lady Diana contuvo educadamente un bostezo.

—Vaya por Dios, me parece que la cama me está llamando a gritos —dijo. Se levantó y agitó los pliegues del vestido—. Quién iba a imaginarse que decorar una casa pudiera fatigar tanto.

Elizabeth se dispuso también a marcharse a su habitación.

—¿Te vas tú también a la cama? —preguntó a Nell, y con una sonrisa, añadió—: Yo en tu lugar no esperaría levantada. Mamá y yo sabemos por experiencia que, cuando lord Wyndham y el señor Sherbrook van a cazar, pierden la noción del tiempo.

—¡Oh, sí, ya lo creo! —corroboró lady Diana—. Recuerdo una vez que desaparecieron tres días persiguiendo un zorro. El zorro se escapó, claro, y el caballo de Julian perdió una herradura, de modo que terminaron tirados en un pueblecito hasta que consiguieron dar con un herrero. Mi marido lo encontró la mar de divertido, pero yo estaba muy preocupada. No teníamos idea de dónde estaban ni de cuándo volverían. —Dio unas palmaditas cariñosas a Nell en la mejilla—. Pero volvieron; hambrientos y sucios, pero en plena forma, así que me inquieté por nada. Ven con nosotras, cielo, no es necesario que los esperes levantada.

Nell se dejó convencer, y las tres mujeres se dirigieron a sus aposentos. Después de ponerse el camisón, Nell dio permiso a Becky para retirarse. Al ver el vaso de leche caliente que la doncella le había llevado para que la ayudara a dormir, arrugó la nariz. La leche caliente no le serviría de nada esa noche.

Con paso resuelto, cruzó la habitación y entró en los dominios de su marido. Y allí se había quedado, caminando arriba y abajo, y especulando a medida que pasaban las horas.

No había oído regresar a Julian y a Marcus y, cuando la puerta del dormitorio se abrió de golpe y su marido entró, Nell soltó un grito ahogado al ver su figura alta y corpulenta surgiendo de la oscuridad.

Se quedaron mirándose un segundo, ambos sorprendidos de verse, y entonces, aliviada, cruzó corriendo la habitación para lanzarse a los brazos de Julian.

—Oh, gracias a Dios que estás en casa —exclamó mientras lo sujetaba como si no fuera a soltarlo nunca. Hundió la nariz en el cuello abierto de su camisa y respiró su querido olor—. Estaba muy preocupada. Has estado fuera horas y horas —dijo por fin.

Para Julian, la sensación de tenerla entre sus brazos fue maravillosa; su cuerpo esbelto, suave y cálido le hizo olvidar los detalles espantosos del día. Pensó en lo diferente que era el dulce recibimiento de Nell a los de Catherine. Todavía le parecía oír el tono de aburrimiento de su primera esposa y ver su expresión indiferente a su regreso, después de haber estado a veces una semana o más fuera. Pensó con ironía que, sin duda, Catherine no se había preocupado nunca por él. Que Nell hubiera estado angustiada por él lo conmovió mucho, y la abrazó con más fuerza, saboreando el contacto de su cuerpo.

—¿Por qué motivo lo estabas? —dijo en un tono que procuró que fuera despreocupado—. Pedí a John Hunter que te dijera que Marcus y yo íbamos a demorarnos. No me digas que me casé con una bruja a la que le molesta que vaya a cazar un poco de vez en cuando.

Nell lo miró atentamente y notó el olor a coñac en su aliento, la articulación lenta de las palabras y la expresión sospechosamente inocente de su cara. Como había crecido en una casa llena de hombres, conocía los signos de que un caballero se hubiera tomado unas cuantas copas.

—No sólo has estado horas cazando, sino que, encima, vuelves borracho.

Pero el brillo de sus ojos indicó a Julian que no estaba realmente enojada.

—Puede que un poquito —admitió, tras esbozar despacio una

243

sonrisa perezosa que hizo que el corazón de Nell se derritiera—. No lo planeamos, pero Marcus y yo le hemos tomado el gusto a la licorera de coñac de mi estudio. —Le besó la nariz—. Te agradezco que te preocuparas, cariño, pero tienes ante ti a un marido que ha vuelto sano y salvo.

Parecía cansado y estaba la mar de atractivo con la camisa medio desabrochada y el pelo negro despeinado. La barba de un día le oscurecía un poco la mandíbula y, por un instante, le recordó a Nell la primera vez que lo vio. Entonces parecía un bandido, aunque un bandido muy apuesto, y ahora también parecía un bandido; un bandido al que adoraba.

—¿Has comido algo? —le preguntó mientras le recorría con el dedo el contorno de la mandíbula—. Pedí a Dibble que os preparara una cena fría.

Julian llevó a Nell hacia una butaca junto al fuego y, tras acomodarse en ella, se la sentó en el regazo.

—Gracias por tu amabilidad, mi querida esposa, pero estábamos desganados. —Tenía a Nell acurrucada en sus rodillas de tal modo que le acariciaba el mentón con sus rizos leonados—. Nos ha bastado con el coñac.

—Julian —dijo con los ojos puestos en el fuego mientras disfrutaba de tener tan cerca a su marido—, ¿cuál ha sido la verdadera razón de que John Hunter viniera a buscarte? Y, por favor, no me mientas —le pidió.

Julian dudó. Habría deseado mantener el horror que había vivido ese día lejos de su hogar, sobre todo, de ella, pero sus palabras hacían que fuera imposible.

—Hunter encontró el cadáver de la mujer que ayer viste asesinar en tu pesadilla —respondió con voz lúgubre—. Estaba en un pequeño claro cerca del extremo norte de mis tierras.

Nell se incorporó de golpe.

—¡Pero no puede ser! No deja nunca el cadáver donde pueda ser encontrado. Siempre... —Frunció el ceño—. En la mazmorra hay una compuerta que da a la cloaca, y siempre lanza los cadáveres por ella —explicó, pasado un momento.

—Bueno, pues esta vez no lo hizo —replicó Julian, cansado—. A no ser que haya dos monstruos así en la región, y no lo creo. —Miró a Nell a los ojos—. No cabe duda de que era obra suya, por lo que me describiste ayer noche. Estaba descuartizada y echada en el suelo como si fuera basura. No puedo demostrarlo, pero estoy convencido de que es la mujer a la que viste asesinar anoche.

Nell bajó los ojos y apretó los puños.

—Pero él nunca...

—Ya sé que es difícil para ti, pero piensa en lo que viste ayer por la noche —pidió con dulzura—. ¿Le viste echar el cadáver por la compuerta?

—Los sueños siempre acaban igual: él lanza los cadáveres por la compuerta —explicó Nell pacientemente—. Ayer por la noche no fue distin... —Se detuvo, con una expresión desconcertada en la cara—. Ayer no le vi hacerlo —admitió, y buscó los ojos de Julian—. Lo que hizo ayer por la noche fue tan aterrador que me desperté antes... —Se estremeció—. Si la mujer que habéis encontrado es realmente la de mi pesadilla, ¿por qué ha cambiado de método? Lleva años cometiendo esos actos tan atroces en secreto y los cadáveres no aparecen nunca. ¿Por qué ha dejado éste donde pudiera ser encontrado?

Julian la sujetó con más fuerza y la acercó.

—No lo dudes, el cadáver era el de la víctima de tu última pesadilla —aseguró, y sus labios rozaban el pelo de Nell al hacerlo—. En cuanto a sus motivos... puede que algo haya cambiado y quisiera que se encontraran los restos. —Frunció el ceño—. Quizá subestime lo bien que Hunter conoce las tierras y supusiera que nadie encontraría el lugar que había elegido para librarse del cadáver o, por lo menos, que nadie lo haría hasta dentro de unos meses. O, peor aún, sabe la devoción que Hunter siente por estas tierras y, por alguna retorcida razón, quiere que el mundo sepa lo que hace. Podría ser que, después de años de cometer sus atrocidades en secreto, quiera que alguien encuentre el cadáver, que la gente vea lo que le hizo.

—Me gustaría saber por qué lo dejó en tus tierras —murmuró Nell—. ¿Cómo es que John Hunter lo encontró tan deprisa?

Julian recostó la cabeza en la parte superior del respaldo de la butaca.

—Tienes que saber que Hunter respira esta tierra y la ha amado y cuidado desde hace décadas. Creció aquí. Conoce hasta el último rincón, todos los huecos, todos los pozos, todas las colinas... Lo sabe todo sobre el bosque, hasta la cantidad de zorros, de ciervos y de liebres que viven en él en cualquier momento, y dónde encontrarlos. Estoy exagerando, pero te juro que no se mueve una hoja sin que él lo sepa. —Se pasó una mano por el pelo—. No le he preguntado por qué estaba en esa zona, pero me apuesto lo que quieras a que tenía un buen motivo.

—¿Y ahora qué?

—El magistrado y el alguacil han sido avisados y se han llevado el cadáver. De hecho, el magistrado se ha pasado la tarde y buena parte de la noche intentando seguir, en vano, el rastro de tu hombre misterioso. Hemos utilizado los perros de Hunter, pero el rastro se perdía al llegar al río. Para entonces estábamos empapados y helados debido a la lluvia y al viento, estaba oscuro y era tarde. Como había muy poca luz de luna, y estábamos todos cansados, mojados y desanimados, hemos dado por finalizada la búsqueda.

—¿Qué ocurrirá con el cadáver? ¿Crees que era de por aquí?

—He pedido al doctor Coleman que lo examine. Cuando lo hayan... lavado, es posible que el doctor reconozca a la víctima. Es el único médico en kilómetros a la redonda, y si esa mujer es de por aquí, es posible que él la conozca. El magistrado y el alguacil investigarán si ha desaparecido alguna mujer. ¡Dios mío, Nell! —exclamó Julian con voz temblorosa mientras la acercaba más a él—. Este asunto es muy desagradable. Y es aterrador que tú estés tan íntimamente relacionada con todo ello.

—Es más difícil para ti que para mí —le aseguró Nell—. Yo llevo una década o más conociendo la existencia de ese monstruo, pero tú... Tú lo acabas de descubrir.

—¡Y ojalá no lo hubiera hecho! —Le acarició la sien con los labios—. Pero, sobre todo, desearía que tú no te hubieras visto nunca sometida al horror de sus atrocidades.

—Yo desearía lo mismo, pero quizá tenga las pesadillas por alguna razón —sonrió Nell con tristeza—. Recuerda que lo que averigüemos gracias a ellas nos permitirá encontrar una forma de detenerlo.

—Eso es lo único que se salva de todo este asunto tan desagradable —afirmó Julian tras contener un bostezo.

Nell se levantó y le tendió una mano.

—Vamos a la cama —lo apremió—. Se ve que estás exhausto.

Los ojos de Julian adquirieron cierto brillo al ver cómo la luz de las llamas se recortaba contra la silueta de Nell.

—Lo de la cama me parece muy buena idea... especialmente si tú estás en ella y entre mis brazos —comentó con voz ronca mientras se levantaba de la butaca y tiraba de Nell para darle un beso largo y apasionado—. Sobre todo si te tengo entre mis brazos —le susurró sobre los labios hormigueantes. La levantó del suelo y la llevó hasta la enorme cama con dosel. Tras depositarla en el centro, le sonrió—. No sé por qué, pero no te he hecho nunca el amor en mi cama. Tendré que remediar semejante omisión.

Y lo hizo. De un modo muy placentero y bastante, bastante a fondo.

A pesar de la intención de Julian de empezar pronto a la mañana siguiente, el tiempo le desbarató los planes. Las malas condiciones meteorológicas que habían sufrido la noche anterior se habían convertido en una violenta tormenta, y enseguida descartaron la idea de cabalgar bajo la lluvia torrencial y el viento huracanado.

Tras un desayuno largo y sin prisas, durante el que Marcus hizo cumplidos desmesurados a las tres mujeres y provocó en más de una ocasión que Elizabeth se sonrojara, los caballeros se encerraron varias horas en el estudio de Julian. Nell les dirigió una mirada sombría cuando salían del comedor, conocedora de que la dejaban dedicándose a pasatiempos femeninos mientras ellos discutían asuntos de mayor importancia.

Las señoras se pasaron el día mirando más muestrarios y catálogos en busca de lo que necesitaban para decorar la casa viudal. A Nell la impacientaba estar sentada en el sofá mirando una muestra de tela tras otra y una página de muebles tras otra cuando anhelaba reunirse con los caballeros en el estudio. Sabía que estarían discutiendo el mejor modo de proceder para averiguar la identidad de la mujer asesinada y para capturar al asesino. Frunció el ceño. Sabía más cosas del hombre misterioso que nadie, pero ¿le pedían su opinión? Resopló. ¡Claro que no! Ella sólo era una mujer a la que había que mimar y consentir. Admitió a regañadientes que Julian sólo intentaba protegerla, pero era absurdo. Ya estaba metida en el asunto. Tendría que haber estado en el estudio con ellos en lugar de allí, escuchando las exclamaciones de júbilo de lady Diana cada vez que encontraba otra muestra de tela u otra silla que le gustaba.

Incapaz de soportarlo ni un momento más, se levantó de un salto y, después de dar una excusa a las otras dos, con la espalda tiesa como un palo, salió en busca de su marido. Encontró a Julian y a Marcus todavía en el estudio y, por las expresiones serias de sus caras cuando entró en la habitación, supo que habían estado hablando de la mujer asesinada.

Los dos hombres se levantaron en cuanto entró, pero les pidió con un gesto que volvieran a sentarse en sus butacas mientras ella se acomodaba en un pequeño sofá con el respaldo dividido que había cerca de la chimenea.

—Perdonad que os moleste —dijo mirándolos a ambos con determinación—, pero es absurdo fingir que no tengo nada que decir con relación a este asunto. —Al ver la expresión obstinada de Julian, se dirigió rápidamente a él—: Sabes que es cierto, y que tengo un interés personal en averiguar quién asesinó a esa pobre muchacha. Un interés más personal que ninguno de vosotros dos.

Marcus parecía anonadado.

—¿Se lo contaste? —preguntó, incrédulo, a Julian.

—No exactamente —contestó éste en tono grave.

Observó la cara de su esposa y suspiró. Se había casado con una mujer fuerte que no iba a dejar que la tuviera entre algodones para mantenerla a salvo en un segundo plano. Con una mezcla de tristeza y de admiración pensó que no, que su Nell tenía muchas agallas y, al parecer, estaba decidida a ponerse en peligro de muerte.

—¿No exactamente? ¿Qué diablos quiere decir eso? —quiso saber Marcus, cuya mirada iba de una cara tensa a la otra—. ¿Qué diablos está pasando?

—¿Quieres decírselo tú, o lo hago yo? —suspiró Julian.

Cuando había entrado en aquella habitación, Nell sabía que tendría que contar el secreto de las pesadillas a Marcus. Pero no se había dado cuenta de lo difícil que sería convencer a un desconocido de que no debía estar encerrada en Bedlam. La favorecía que Julian la apoyara. Y que la creyera. Así que empezó a contar su historia...

Lo que al final convenció a Marcus fue el hecho de que Julian la creía. Como Julian, al principio se mostró escéptico e incrédulo. Por las miradas que lanzaba de vez en cuando a su primo, saltaba a la vista que durante un rato pensó que los dos estaban locos. Pero poco a poco, a medida que ella y Julian se lo iban explicando todo, empezó a creerla.

—¡Me parece mentira! ¿Vio cómo asesinaban a John? —preguntó Marcus varias veces—. ¿Realmente lo vio? ¿En su... pesadilla?

Nell le aseguró pacientemente que sí, y trató de no molestarse cuando miró a Julian para que éste le confirmara lo que ella acababa de decirle.

En cuanto logró hacerse a la idea de que había visto el asesinato de John Weston hacía una década, le resultó más fácil aceptar que Nell hubiera soñado con el asesinato de varias mujeres inocentes a manos del mismo hombre que había matado a su primo mayor.

—¿Y el sitio es siempre el mismo? —preguntó—. ¿Está segura de eso? ¿No hay error posible?

—Sí, siempre es el mismo. Y no, no hay error posible —respondió Nell con aspereza—. Y no le he visto nunca la cara.

—¿Se da cuenta, verdad, lady Wyndham, de que corre un gran peligro? —Marcus hablaba despacio—. Si ese monstruo se entera de que lo ve en sus pesadillas, no se detendrá ante nada para silenciarla... Podría acabar en esa espantosa mazmorra suya.

—Eso no ocurrirá jamás —aseguró Julian con determinación—. Yo la mantendré a salvo. —Miró a su primo—. Los dos la mantendremos a salvo.

Marcus asintió, y, por una vez, no se veía ni rastro de su habitual sonrisa fácil. Inspiró hondo antes de hablar:

—Y la mejor forma de hacerlo es encontrar esa condenada mazmorra y al perturbado que la habita.

—Estoy de acuerdo contigo, pero no podemos ponernos en marcha hasta que el tiempo mejore —dijo Julian.

—Esas pesadillas que tiene —dijo Marcus mirando a Nell con una expresión especulativa en los ojos—, ¿está segura de que reconocerá ese sitio si lo encontramos?

Era evidente que, aunque Marcus se esforzaba, con la mejor intención del mundo, por creerse las pesadillas de Nell y lo que éstas revelaban, no estaba convencido del todo.

—Lo reconocerá —aseguró Julian, tajante.

Varias horas después, cuando Julian y Marcus estaban jugando al billar, Dibble entró para anunciar la visita del doctor Coleman. Los dos hombres se miraron, dejaron los tacos y salieron precipitadamente de la habitación a la vez. Mientras se alejaba, Julian se volvió hacia Dibble.

—Sírvanos algo de su ponche de ron, Dibble. Lo necesitaremos.

Dibble había llevado al doctor Coleman al estudio de Julian, y éste se había quedado de pie contemplando el fuego de la chimenea; cuando Julian y Marcus entraron, se volvió a mirarlos. Después de saludarse, el médico aceptó encantado el ponche caliente que le ofreció Julian. Los tres hombres charlaron educadamente hasta que Dibble regresó con la bebida y la sirvió.

—Cuéntenos todo lo que haya descubierto —pidió Julian cuando Dibble se hubo marchado.

—No había visto nada igual en toda mi vida —aseguró el doctor Coleman, con voz temblorosa—. Es como si una bestia la hubiera atacado, como si hubiera intentado descuartizarla.

—Fue una bestia —comentó Julian, con seriedad—. Una bestia humana con el alma perversa.

—Sí —asintió el doctor Coleman—, estoy de acuerdo. Pero no estuve seguro de la causa de la muerte hasta haber examinado detenidamente el cadáver; entonces quedó claro que sus terribles heridas fueron obra de la mano de un hombre y no de un animal.

—Algo discutible —murmuró Marcus.

—Sí, sí —asintió el médico con una mueca. Tomó otro sorbo de ponche como si quisiera reunir fuerzas para proseguir—. Al principio no reconocí sus facciones, pero una vez hube lavado la sangre y la suciedad que la cubrían, me di cuenta de que la conocía. Se llama... se llamaba Ann Barnes, y trabaja... trabajaba en una pequeña posada familiar, cerca de la costa, a unos quince kilómetros al norte de aquí. Hace un año la traté de varicela, cuando la enfermedad asoló el condado. —Suspiró—. ¡Pobre, pobre muchacha! Sólo tenía diecisiete años. ¡Qué tragedia! Una lástima. Y mucho más porque, como descubrí, estaba embarazada. —Al ver la mirada penetrante de Julian, añadió—: Encontré los restos de un feto. Por su desarrollo, calculo que no podía haber estado de más de cuatro meses.

Acordaron que el doctor Coleman informaría a la familia de

Ann Barnes de la muerte de ésta. Hablaron un poco sobre el entierro y, como no deseaban que su familia viera los restos mutilados de la joven, tanto para evitarles esa imagen terrible como para disimular el asesinato, Julian pidió al médico que se encargara de todos los preparativos.

—No quiero que sus padres vean lo que ese monstruo le hizo, ni provocar el pánico en la zona —indicó Julian—. Así que creo que lo mejor sería que se les entregara el cadáver en un ataúd cerrado. Naturalmente, lo pagaré yo.

—Tendré que contarles algo sobre su muerte —protestó el doctor Coleman.

—Dígales que se cayó desde lo alto de un acantilado —sugirió Marcus—, y que lord Wyndham deseó evitar que vieran los estragos que hicieron en ella las rocas y el mar.

Julian miró con aire pensativo a Marcus, preguntándose si su primo se percataba de lo parecida que era esa historia a la del accidente que había dejado a Nell al borde de la muerte hacía una década. Las similitudes le incomodaban, pero tenía que admitir que aquel cuento permitía explicar muchas cosas.

—Escribiré de inmediato al magistrado y al alguacil para que sepan lo que nos proponemos —indicó—. Y espero que no hayan divulgado ya cómo murió.

—Ayer por la noche, a última hora, hablé con ellos. Coincidimos en que cuanto menos se sepa de este asunto, mejor —comentó el doctor Coleman con una reverencia—. Son discretos, milord. No tiene por qué temer que hablen de lo que no deben. Nadie quiere que cunda el pánico y la gente se asuste hasta de su sombra. —Se sacó el reloj de bolsillo y lo consultó—. Tengo que reunirme con ambos en mi casa dentro de una hora. Estaré encantado de transmitirles lo que hemos decidido aquí.

Como ya les había entregado su informe y le esperaba la reunión con el magistrado y el alguacil, el doctor Coleman no tardó en marcharse.

Una vez se hubo ido, Julian se levantó y se acercó a la ventana que daba al camino de entrada. Seguía haciendo un tiempo espantoso y no envidió al doctor Coleman por tener que marcharse a su casa.

Julian no pudo contar a Nell todo lo que la visita del médico les había revelado hasta esa noche, cuando se retiraron a sus habitaciones. Acurrucada junto a él en la cama, escuchó cómo le detallaba lo que sabían sobre la víctima. Cuando mencionó el feto, Nell se tocó instintivamente el vientre. Ella y la difunta estaban en una fase parecida de la gestación. Era doloroso pensar no sólo en la muerte gratuita de una mujer joven con toda la vida por delante, sino también en la de la criatura inocente que crecía en el vientre de Ann Barnes.

—Lo sé —dijo Julian en voz baja a la vez que le cubría con una mano las suyas—. Yo pensé lo mismo. La joven Ann y tú habríais dado a luz con unas semanas de diferencia.

—Tenemos que detener a ese monstruo —comentó Nell con ferocidad—. No podemos permitir que siga matando cuando le plazca.

—No temas, lo encontraremos y lo detendremos, no importa adónde vaya ni dónde se esconda.

Estuvieron callados un momento mientras ambos pensaban en la impresionante tarea que les aguardaba.

—Marcus y yo vamos a husmear por ahí —dijo por fin Julian—. Puede que averigüemos algo que nos ponga sobre su pista.

El mal tiempo continuó durante dos semanas y, como no tenía ningún motivo urgente para regresar a su casa, Marcus aceptó la invitación de Julian y se quedó en Wyndham Manor. Para cuando la sucesión de tormentas llegó a su fin, todos estaban hartos de lluvia y viento, y de más lluvia y más viento. No había habido un solo día sin que lloviera, a veces a lo largo de todo el día y de toda la noche. Pero entonces, el cielo se despejó y, aunque todos los tejados, vallas, ramas y hojas goteaban agua, por fin brillaba el sol. Las tormentas habían azotado con dureza la región; todos los ríos y los arroyos bajaban crecidos y con fuerza, algunos habían llegado incluso a desbordarse e inundaban las tierras adyacentes. La mayoría de las carreteras, caminos y sendas estaban embarrados y sembrados de charcos. Aquel último lunes de febrero, los habitantes de Wyndham Manor recibieron el sol que brillaba en el cielo azul con alegría y gratitud. Reunidos a la hora del desayuno, todos ellos tenían un montón de planes y estaban impacientes por salir a ocuparse de sus asuntos.

Si bien las tormentas habían impedido que se efectuara ninguna obra en el exterior de la casa viudal, se había programado que se siguiera trabajando en el interior, y lady Diana y Elizabeth se morían por ver los progresos.

—Si es que ha habido progresos —dijo con tristeza lady Diana—. El estado de las carreteras ha sido terrible y, la única vez que estuvimos en la casa desde que empezó a hacer tan mal tiempo, el capataz nos advirtió que a lo mejor tendría que enviar a todos los obreros a casa hasta que las condiciones meteorológicas mejoraran. —Suspiró—. Dijo que la pintura y el yeso no se secaban, y que las molduras de las paredes resbalaban debido a la humedad del aire. —Suspiró otra vez—. Y que el humo de las chimeneas iba hacia una de las habitaciones recién reformadas, algo que no podía repararse hasta que el tiempo cambiara. —Dejó la taza de té en la mesa antes de proseguir—. A veces me pregunto si mi casa será habitable algún día. Tengo la impresión de que ha habido un retraso tras otro.

Julian pensó con el ceño fruncido que las quejas de lady Diana eran justificadas. Aparte del tiempo, sobre el que nadie tenía control, había habido algunas demoras enojosas. No solía prestar demasiada atención a lady Diana porque, como recordó entonces, se lamentaba por nimiedades: había desaparecido un poco de tela, ¿una alfombra, quizá? Mientras se levantaban de la mesa decidió que no estaría de más que hablara un momento con el jefe de carpinteros.

Salieron todos juntos del comedor hacia la entrada de la casa, donde un cabriolé tirado por un robusto potro estaba esperando a lady Diana y a Elizabeth. Poco después, las dos mujeres conducían felices hacia la casa viudal. Nell, que había rechazado la oferta de acompañarlas de lady Diana, las saludó con la mano mientras se alejaban.

Igual de ansiosos que lady Diana y que Elizabeth por salir de la casa, Julian y Marcus esperaron junto a Nell a que les trajeran los caballos de las cuadras. Sus planes incluían una visita al terrateniente Chadbourne, con la esperanza de ingeniárselas para que les mostrara las mazmorras de su casa.

Al volverse hacia su esposa para despedirse de ella, Julian frunció el ceño.

—No me gusta dejarte aquí sola.

—No estaré sola —lo corrigió Nell—. ¿Cómo podría estarlo en una casa llena de criados? Además, te horrorizaría que te pidiera ir con vosotros.

La expresión de culpa que vio en la cara de su marido la hizo sonreír, pero fue la consternación de Marcus lo que la obligó a soltar una carcajada.

—Marchaos —dijo a los dos—. No os preocupéis por mí, encontraré algo con lo que entretenerme. De hecho, me apetece pasar un día agradable. A solas.

No mentía. A pesar de lo empapada que estaba la tierra, quería pasear por los jardines y, tal vez, llegarse a las cuadras. Tras dos semanas encerrada en casa, anhelaba estirar las piernas y estar al aire libre, disfrutando del sol.

Una vez sola, Nell hizo lo planeado. Se puso una pelliza ribeteada de piel para protegerse del frío y una cofia preciosa en la cabeza, y dio un paseo por los jardines, evitando los caminos demasiado enlodados. Mientras levantaba la cara hacia el sol e inspiraba hondo una bocanada del aire puro del campo, pensó en lo maravilloso que era estar al aire libre. Se dio unas palmaditas en el vientre, contenta de que estuviera aumentando de volumen debido a su embarazo. Aparte de las atrocidades del hombre misterioso y del fantasma de la primera mujer de Julian, Nell era feliz. Extrañaba a su familia, en particular a su padre, pero Wyndham Manor y su gente y sus costumbres eran cada vez más su hogar. Adoraba a su marido; era un hombre bueno y generoso, y sólo verlo hacía que se animara y que se le acelerara el corazón. Y además, estaba el nacimiento de su hijo, previsto para ese verano.

Se dio cuenta de que tenía mucho por lo que estar agradecida. Casi rio en voz alta al imaginarse la cara que pondría lord Tynedale si le diera las gracias por haberla raptado. Y es que pensaba que, sin su intromisión, jamás habría conocido a Julian, jamás se habría casado con él y jamás se habría enamorado de él. Entonces se acordó de Catherine y del ramo fresco de rosas o de azucenas que cada mañana dejaban con sumo cuidado bajo el retrato de la galería, y se desanimó de golpe.

«Podrías dejar de torturarte comprobando si Julian sigue ordenando que le pongan esas benditas flores, ¿sabes? —se reprochó a sí misma duramente—. No sacas nada bueno de ello, y rondar por la galería y ver un nuevo ramo sólo te hace daño.»

Había intentado abandonar la costumbre de ir a la galería, pero había sido incapaz, del mismo modo que Julian parecía incapaz de abandonarla.

Arruinado de ese modo el placer de disfrutar del día y de los jardines, inició, desconsolada, el camino de vuelta hacia la casa mientras pensaba con amargura que tendría que haber ido a la casa viudal con lady Diana. Miró entonces en esa dirección y se quedó sin aliento al ver que una enorme nube de humo negro se elevaba por encima de los árboles.

Tardó un segundo en comprender lo que estaba viendo, pero lo hizo, y sintió que el pánico la invadía. La casa viudal estaba en llamas.

17

Se recogió la falda y corrió hacia la casa con el corazón latiéndole con fuerza en el pecho. ¿Qué habría ocurrido? Volvió a mirar en dirección a la casa viudal con la esperanza de que la hubieran engañado los ojos. Pero no. La nube era aún más negra, más grande, más aterradora.

Cuando ya estaba cerca de la puerta principal, oyó las voces de los criados, el ruido de gente corriendo y gritando, y comprendió que ellos también habían visto la inquietante nube negra de humo y estaban dando la voz de alarma. Ya se oía el estrépito de vehículos y de caballos que llevaban a todos los hombres y mujeres capaces a toda velocidad a combatir el incendio de la casa viudal.

Nell empezó a correr también, pero se paró en seco cuando alguien la llamó.

—¡Milady! ¡Milady! ¡Espere! ¡Le he traído un caballo!

Se volvió y allí estaba Hodges, a lomos de un inquieto caballo castaño con las riendas de su yegua negra favorita en la mano. Le lanzó una mirada de agradecimiento y, olvidándose del recato y de la compostura, se sentó en la silla de un salto. Los dos, esquivando a los que iban a pie y en vehículos más lentos, bajaron a toda velocidad por el camino. Los cascos de sus caballos levantaban una lluvia de barro.

Cuando llegaron a la parte trasera de la casa viudal, donde el fuego era virulento, Nell se encontró con un caos ordenado. Había caballos, carros y carretas aparcados de cualquier manera a lo largo de una hilera de árboles, junto a la casa. Lady Diana, con el pelo negro suelto y despeinado, una mejilla manchada de hollín y el dobladillo del vestido rasgado y sucio, estaba organizando a las personas que iban llegando. De vez en cuando, se atrevía a mirar horrorizada las llamas que procedían de la parte trasera de la casa antes de prepararse de nuevo para ocuparse del asunto que tenía entre manos. Elizabeth, que tenía el aspecto de haberse peleado con un cubo de carbón encendido y haber perdido, a juzgar por la cara cubierta de hollín y el vestido chamuscado, golpeaba las llamas con una estera mojada para intentar, junto con unas cuantas personas más, evitar que el fuego se propagara. Pronto aparecieron cubos y baldes; se formó una fila desordenada de voluntarios y, usando el pozo que había tras la casa, empezaron a lanzar un cubo de agua tras otro a las violentas llamas.

Nell pasó a la acción ocupando un lugar en medio de la brigada de cubos, aceptando ansiosamente el cubo de agua chapoteante que le daban y volviéndose para entregárselo al siguiente. Trabajaron incansablemente. Lo único que importaba era que se sacara rápido un nuevo cubo de agua para pasarlo de unas manos a otras.

La lluvia que había caído sin cesar las últimas semanas fue una bendición del cielo. El tejado, las paredes, el suelo mismo y el exterior seguían empapados, y eso redujo el alcance del incendio y les dio esperanzas de poder apagarlo antes de que se apoderara de toda la casa.

Llegaron más voluntarios y se formó una segunda fila. La lucha prosiguió sin descanso, y cuando Nell tendía las manos hacia lo que le parecía ser el centésimo cubo, los hombros y los brazos le reclamaron a gritos una pausa. Pero antes de que sus dedos llegaran a tocar el asa, un par de manos masculinas le rodearon la cintura y la apartaron de la fila.

Alzó los ojos, asombrada, y vio que se trataba de su primo Charles Weston.

—Charles... —exclamó—, ¿qué hace aquí?

—Ocupar su lugar en la fila y conseguir salvar al heredero de mi primo —respondió con una sonrisa lúgubre—. Vaya con mi madrastra y con lady Diana, y quédese al margen. Raoul y yo ayudaremos a combatir el incendio.

Nell echó un vistazo a su alrededor y vio que Raoul, que al parecer había hecho con Elizabeth lo mismo que Charles con ella, se había incorporado a la otra brigada de cubos. La señora Weston, vestida con un traje de montar azul oscuro, estaba junto a lady Diana, y Elizabeth andaba con dificultad hacia el lugar donde las dos mujeres contemplaban el fuego.

Nell protestó, pero Charles le dirigió una mirada de advertencia.

—Podemos quedarnos aquí discutiendo —dijo—, una discusión que va a perder, o puede dejarme trabajar. ¿Qué prefiere?

Nell sabía cuándo la habían vencido; Charles era muy capaz de levantarla del suelo y llevársela en brazos de la fila si era necesario.

—Muy bien —respondió—. Me reuniré con lady Diana y las demás.

Se dirigió entonces, muy a su pesar, al lugar donde estaban las otras.

—¡Oh, Nell! —exclamó lady Diana, abrazándola—. ¡Qué valiente has sido al combatir el fuego! —Dedicó entonces una sonrisa llena de orgullo maternal a Elizabeth—. Y tú, Elizabeth, cielo, has estado espléndida.

—Sólo espero que la casa pueda salvarse —comentó ésta, lánguidamente.

—Ahora que mi hijo y mi hijastro están ayudando a combatir el incendio, no hay nada que temer —anunció Sofie Weston con una seguridad irritante—. Ellos lo apagarán.

Ninguna de las tres contestó nada, pero Elizabeth y Nell se miraron.

—Y supongo que nuestros esfuerzos no han valido para nada —murmuró Nell entre dientes.

Elizabeth contuvo una carcajada y desvió la mirada.

Sofie observó a Nell un momento, y ésta se preguntó si habría oído el comentario que acababa de hacer a Elizabeth.

—Es una suerte que mi hijastro y yo decidiéramos visitarlas esta mañana —dijo Sofie, pasado un momento embarazoso.

—Sí que lo es —afirmó Nell dócilmente—. Les agradecemos su ayuda.

Se temía que el incendio se propagara al interior y destruyera la casa pero, al cabo de un buen rato y de que llegara más gente y pudieran formarse una tercera y una cuarta filas, la batalla para salvar la casa viudal se ganó, cubo a cubo, balde a balde. Aunque una aterradora nube negra seguía elevándose hacia el cielo, las llamas amarillas y rojas remitieron.

Continuaron echando agua a los restos del incendio, pero al final ya no hubo ningún signo evidente de fuego. El humo permaneció en el aire, y cada nuevo cubo de agua que se echaba provocaba un siseo y un chisporroteo.

La pequeña ala trasera de la casa viudal, compuesta por la cocina, la trascocina, la despensa, la habitación de la ropa blanca y la carbonera, estaba completamente destruida, pero la estructura principal, unida a la cocina por un pasaje cubierto, se había salvado. Hubo muchos comentarios sobre lo afortunado que había sido el hecho de que la carbonera estuviera casi vacía en ese momento; de no haber sido así, esa parte de la casa habría ardido de tal modo que no habría habido forma alguna de detener el incendio.

Una vez apagado el fuego, entre muchas palmaditas en la espalda y autofelicitaciones, la mayoría de los criados se fueron marchando para reanudar sus tareas habituales. Mientras los Weston permanecían discretamente a un lado, Nell, lady Diana y Elizabeth se situaron en fila delante de la casa para dar las gracias a cada uno de los presentes cuando se iba del lugar del incendio.

Nell quiso hablar un momento en privado con Dibble.

—¡Todo el mundo se ha portado magníficamente! ¿Podría encargarse de que todos tengan medio día libre más esta semana?

A pesar del hollín que le manchaba las mejillas y de que su normalmente inmaculada librea estaba sucia y olía a humo, Dibble se sobrepuso noblemente para la ocasión.

—Así lo haré, milady —aseguró con una reverencia majestuosa.

Cuando se hubo ido el último voluntario, las tres señoras se dirigieron a la parte posterior de la casa para supervisar los daños. Los Weston las acompañaron. El capataz, el jefe de carpinteros y varios de los hombres que habían estado trabajando en el interior de la casa cuando se había iniciado el incendio los siguieron para revisar la estructura humeante que antes había sido la zona de la cocina.

—¿Cómo se ha originado el fuego? —quiso saber Nell, que caminaba al lado de lady Diana.

—La verdad es que no lo sé —contestó ésta, con expresión de completo abatimiento, encogiéndose de hombros—. Elizabeth y yo estábamos mirando unas muestras de tela que nos acababan de llegar de Londres cuando hemos olido que algo se quemaba. Unos instantes después, hemos visto volutas de humo que se colaban por las rendijas de la puerta. Hemos salido inmediatamente de la habitación y nos hemos encontrado con el capataz y varios obreros que llegaban corriendo de la parte trasera del edificio. Nos han gritado que nos marcháramos, que la casa estaba ardiendo.

—Ha sucedido todo tan deprisa que no ha habido tiempo para hacer preguntas —siguió contando Elizabeth—. Nos hemos limitado a correr. Hasta que no hemos salido y visto las llamas, no nos hemos dado cuenta de lo peligrosa que era la situación. —Se estremeció—. Gracias a Dios que hemos podido apagar el fuego antes de que toda la casa fuera pasto de las llamas.

—Está todo destrozado —gimió lady Diana mientras una lágrima le resbalaba mejilla abajo—. Todo. Todas mis bonitas habitaciones. No podré vivir nunca en esta casa.

—Vamos, mujer, no te precipites —la animó Nell tras rodearle la cintura con un brazo—. Es un gran revés, desde luego, pero piensa que tendrás un ala completamente nueva para la cocina.

—Yo nunca voy a la cocina —dijo lady Diana con un hilo de voz.

—Ah, pero piensa un momento —intervino Charles, que se había reunido con ellas—. Con una cocina nueva en la que trabajar, tus criados te servirán unas comidas cuyas alabanzas cantarán todos los que tengan la fortuna de compartir tu mesa.

—Ya sé que es una gran decepción —dijo entonces Nell para animar a lady Diana, viendo que el comentario de Charles sólo había logrado que suspirara con fuerza—, pero ¿sabes qué? Había cosas sobre las que tenías algunas dudas, y ahora tendrás la oportunidad de volver a empezarlas desde cero.

Lady Diana la miró con sus grandes ojos castaños inundados de lágrimas.

—Pero el coste será astronómico. Y sabes que compramos la última pieza de seda crema con las rosas de color rosa; es irreemplazable —se lamentó. Contuvo un sollozo—. Julian se va a enojar muchísimo. Lo más probable es que nos eche a Elizabeth y a mí de Wyndham Manor. ¿Qué vamos a hacer? Nos vamos a quedar en la calle.

—¡Oh, por el amor de Dios! —explotó Charles—. Ahórranos el número.

Nell le lanzó una mirada elocuente y él se encogió de hombros. Seguido por Raoul, se fue a hablar con el capataz. Nell se volvió entonces hacia lady Diana y la observó con mucho cariño. En plena crisis, su madrastra política había estado magnífica: había organizado a todo el mundo con la habilidad de un gran general que planea una batalla crucial, pero una vez pasado el peligro... Nell suspiró. Supuso que lady Diana no podía evitar ser boba. Sonrió. Aunque fuera una boba muy práctica.

—Sabes muy bien que Julian no va a echaros a la calle —le dijo tras darle un abrazo—. Además, si fuera tan tonto como para plantearse siquiera algo así, yo jamás se lo permitiría. Y en cuanto al coste, ¡minucias! Estoy segura de que puede permitírselo, y que lo hará encantado. —Cuando vio que no había acabado de convencer a lady Diana, añadió—: Tú no has causado el incendio; ha sido un accidente. Julian no te hará responsable de esto.

Nell dirigió la vista hacia donde Charles y Raoul estaban hablando con el capataz.

—Pero va a hablar muy en serio con los obreros —concluyó—. De eso puedes estar segura.

—Sí, estoy segura —intervino Sofie Weston—. Mi sobrino no soporta a los ineptos. No me gustaría estar en la piel de esos obreros.

Al final, Nell, lady Diana y Elizabeth, acompañadas de los Weston, llegaron de vuelta a Wyndham Manor. Las tres señoras se excusaron y desaparecieron escaleras arriba para ir a lavarse y a cambiarse los vestidos ahumados y manchados, dejando a Dibble encargado de servir un refrigerio a los Weston en el salón.

Cuando terminó, Nell bajó de nuevo para reunirse con sus invitados. Lady Diana les dijo que estaba demasiado fatigada para atenderlos y rogó que la disculparan. Elizabeth decidió quedarse con su madre. Todo el mundo lo entendió.

—Después de lo que ha pasado esta mañana, supongo que le gustaría que estuviéramos muy lejos de aquí —insinuó Charles a Nell mientras le pasaba una taza de té.

—No —sonrió ésta—. No. Me siento agradecida de que llegaran cuando lo han hecho. —Le brillaron los ojos con picardía—. Estaba empezando a cansarme.

—Apuesto a que le ha costado confesármelo —soltó Charles con una carcajada.

—¿Y eso por qué? —preguntó Sofie Weston con una mueca de desprecio—. No tiene que ser nada agradable trabajar entre los criados de uno.

Nell tuvo que esforzarse para mantener la sonrisa en sus labios.

—Su aparición ha sido providencial —aseguró, antes de tomar un sorbo de té.

—Sí —respondió Charles con sequedad. Miró a su hermano—. Y que Raoul decidiera dejar a lord Tynedale solo y acompañarnos.

—Es nuestro invitado y nuestro amigo —replicó su hermanastro, sonrojado.

—Pero eso no significa que tengas que desvivirte por él —se quejó Charles.

Dio la impresión de que a Raoul le hubiese gustado seguir discutiendo al respecto, pero no dijo nada. La mirada que dirigió a su hermanastro no fue, sin embargo, nada cariñosa.

—Ahora que hace tan buen tiempo, deseábamos invitarla a cabalgar con nosotros —comentó Charles—. Pero como eso va a ser imposible, será mejor que nos vayamos. —Se echó un vistazo a la ropa manchada de hollín—. Yo, por lo pronto, no estoy en condiciones de que me vean en compañía de gente educada.

Nell no los animó a quedarse, sino que los acompañó a la parte delantera de la casa. Una vez la señora Weston se hubo instalado en su silla, Charles y Raoul montaron sus respectivos caballos y el trío se marchó al trote.

Cuando llegó a casa por la tarde, después de una búsqueda infructuosa, la noticia del incendio horrorizó a Julian. Su primera preocupación fue su mujer, y Nell tuvo que recurrir a todas sus dotes de persuasión para convencerlo de que tanto ella como el bebé estaban ilesos, y que despellejar vivo al capataz no serviría de nada. Una vez calmados sus principales temores, Julian no se inmutó cuando supo que Nell había prometido a lady Diana un generoso presupuesto para reparar la casa viudal y que pudiera instalarse en ella, incluida un ala nueva, ampliada, para la cocina. Cuando Nell lo hubo puesto al corriente de la situación, Julian fue capaz de soportar las lágrimas de lady Diana y de asegurarle que no tenía ninguna intención de echarla. Tras comprobar que las señoras estaban ilesas, y como todavía era de día, Marcus y él partieron hacia la casa viudal para ver los desperfectos con sus propios ojos... y, como Nell había sospechado, hablar con los obreros.

Ya se habían iniciado los trabajos de limpieza de los escombros de lo que había sido el ala de la cocina, y a Julian no le costó encontrar al capataz. Dejó a Marcus echando un vistazo a las ruinas y se llevó al hombre aparte.

—¿Le importaría explicarme cómo ha ocurrido esto? —dijo Julian, a poca distancia de la casa.

El capataz, Jenkins, era un lugareño cuya fama de trabajador serio y honrado había convencido a Julian de contratarlo en lugar de emplear a alguien de fuera. Era un hombre robusto, con una mata de pelo rojizo que empezaba a estar veteado de gris, los brazos fornidos y las manos callosas de un obrero.

Con una expresión seria en sus facciones curtidas, Jenkins se frotó la mandíbula.

—La explicación es muy sencilla, milord —respondió—: Alguien ha dejado una vela encendida en la cocina junto a un montón de trapos y un poco de cera que se había utilizado para pulir los paneles de madera con los que ayer recubrimos la pared del pasillo de arriba.

—¿Y cómo sabe eso?

—Porque cuando he olido el humo, he intentado encontrar su origen —explicó Jenkins—. Cuando he entrado en la cocina, el fuego ya ardía con fuerza, y la vela y los trapos seguían en el centro de la habitación. He gritado para pedir ayuda, he apartado los trapos a puntapiés y he tratado de sofocar las llamas. Dos de mis hombres han escuchado mis gritos y han venido a ayudarme, pero ha sido inútil. Para entonces había tanto humo que apenas veíamos nada, y cuando el fuego ha alcanzado la pared norte y ha empezado a elevarse, nos hemos dado cuenta de que no había nada que pudiéramos hacer salvo asegurarnos de que todo el mundo saliera sano y salvo de la casa.

—Parece que contrata a obreros descuidados —soltó Julian con frialdad, conteniendo la rabia que sentía por el hecho de que lady Diana y Elizabeth hubieran corrido peligro y, lo que menos perdón tenía desde su punto de vista, que Nell hubiera corrido peligro.

Los tranquilos ojos azules de Jenkins aguantaron la mirada dura del conde.

—No contrato a obreros descuidados —aseguró con firmeza—. Estos hombres llevan años trabajando para mí, y no hay ni uno solo que sea inepto o descuidado. Les he interrogado, en particular al hombre que dejó los trapos y la cera en la cocina, y jura que ayer por la noche lo dejó todo en medio del suelo para recogerlo hoy y sacarlo fuera. Jura que ni en esa habitación, ni en ninguna otra cercana, había ninguna vela.

—Si no ha sido uno de sus hombres, ¿cómo cree entonces que la vela ha terminado en la cocina, muy cerca de un montón de trapos embadurnados de cera? —Por un instante, parte de la rabia y del miedo de Julian afloraron a la superficie—. ¡Por el amor de Dios, hombre! ¡La condesa ha puesto en peligro su vida y la del hijo que está esperando al venir aquí a combatir el fuego para salvar la casa!

—Sí, milord —dijo Jenkins con la cabeza gacha—, y lamento que su esposa haya podido correr peligro. Pero la culpa del incendio no es mía —repitió obstinadamente—. Ninguno de mis hombres ha dejado esa vela encendida en la cocina.

—¿Quién entonces?

—Eso no lo sé, milord. —Jenkins vaciló un momento y, después, carraspeó—. Últimamente ha habido gitanos en la región. Han estado acampando cerca de la casa de lord Beckworth, y ya sabe cómo son. No he visto nunca una pandilla peor de rateros; nada está a salvo cuando andan cerca. Puede que uno de ellos provocara el incendio para distraer a todo el mundo y que los demás pudieran robar cosas de donde quisieran mientras todos estábamos ocupados combatiendo las llamas.

Julian frunció el ceño. La presencia de gitanos podía explicar la desaparición de cosas de la casa viudal... pero ¿el incendio? Era posible. Daba la impresión de que no podría averiguar nada más hablando con Jenkins, de modo que le dejó que volviera al trabajo.

Buscó entonces a Marcus y lo encontró examinando las ruinas del ala de la cocina. Cuando Julian se acercó, se volvió hacia él.

—¿Has averiguado algo interesante? —preguntó Marcus.

Julian le contó lo de la vela, los trapos y los gitanos.

—Hummm..., es posible —comentó su primo, con el ceño fruncido—. Son astutos y propensos a quedarse con lo ajeno. El incendio habrá sido una distracción excelente y, estando todo el mundo aquí, habrán podido robar a sus anchas: en las cuadras, en el gallinero, en el invernadero de naranjos y, si han osado hacerlo, incluso en Wyndham Manor. Todos esos sitios valen la pena.

—Puede que tengas razón —dijo Julian, muy serio—. Hablaré con Farley para que investigue el asunto.

—Te va a costar una buena suma reconstruir todo esto —aseguró Marcus tras echar un vistazo a las ruinas ennegrecidas—. Por no hablar de lo que habrá que rehacer porque el humo lo ha estropeado.

—Mi esposa ya me ha dicho que espera que conceda dócilmente todo lo que lady Diana me pida, y no sólo que pague de buena gana todos los desperfectos, sino que haga que reconstruyan y amplíen el ala de la cocina a toda velocidad —explicó Julian con una sonrisa—. Y valdrá la pena hasta el último penique que va a costarme si sirve para que las mujeres de mi casa estén contentas.

—¡Ajá! Te dije que eras un juguete en manos de tu esposa.

Julian soltó una carcajada y condujo a Marcus hacia donde se encontraban sus caballos.

—Sí, es verdad —afirmó mientras montaban—. Pero son unas manos tan delicadas que no me importa nada.

—¡Dios mío! —exclamó Marcus, que lo miraba con los ojos entrecerrados—. No me digas que te has enamorado de tu propia esposa.

Julian se limitó a sonreír y no hubo forma de que soltara prenda. Se pasó el resto del día hablando con su administrador, su jefe de cuadras y su mayordomo. Lo que averiguó no le dio demasiados motivos para sonreír.

Era tarde cuando Julian fue a buscar a su esposa. Todo el mundo se había acostado y él, con una bata de seda negra, entró en los aposentos de Nell, donde la encontró a medio camino, avanzando en su dirección.

—¿Venías a verme, querida? —preguntó, y una cálida luz le asomó a los ojos al verla con el pelo suelto sobre los hombros y el cuerpo cubierto sólo con un *négligé* translúcido de color verde claro.

—Pues sí —admitió Nell con una carcajada—. ¿Creías que ibas a librarte de contarme lo que has averiguado hoy?

—Ni se me ha pasado por la cabeza. —Tendió una mano hacia ella y añadió—: Ven. Vamos a sentarnos junto a la chimenea de mi habitación.

Julian acomodó a Nell cerca del acogedor fuego que ardía en su dormitorio y le entregó un vasito de ratafía. Después se sirvió una copa de coñac y se sentó cómodamente en una butaca junto a donde se encontraba ella con las largas piernas extendidas hacia las danzarinas llamas.

—Vaya asco de día —soltó tras haber tomado un sorbo de coñac—. Cuando pienso en el incendio y en lo que podría haber ocurrido...

—Cuando he visto todo ese humo negro y me he dado cuenta de que procedía de la casa viudal, me he asustado mucho —admitió Nell—. Pero una vez allí y viendo que lady Diana y Elizabeth estaban ilesas... —sonrió ligeramente—. Después estaba demasiado ocupada para tener miedo.

Julian le tomó la mano y le besó el dorso.

—Dios mío, Nell —dijo con voz ronca—, cuando pienso que has tenido que combatir el fuego... Si os hubiera pasado algo a ti y al bebé, no creo que hubiera podido soportarlo.

Sus palabras la llenaron de júbilo. La sombra alargada de Catherine desde la tumba debía de estar desvaneciéndose. ¿Por qué, si no, hablaba Julian en ese tono y tenía esa mirada en los ojos?

—No te preocupes por mí —soltó con alegría, más esperanzada de lo que había estado en mucho tiempo—. Recuerda que sobreviví a una caída desde lo alto de un acantilado. Estoy segura de que echar unos cuantos cubos de agua a unas llamas no nos hará ningún daño ni a mí ni a nuestro bebé. —Al ver que Julian se quedaba callado mirando el fuego con expresión malhumorada, le preguntó—: Y a ti, ¿cómo te ha ido el día? ¿Has podido ver las mazmorras de la casa del terrateniente Chadbourne?

Julian recostó la cabeza en la butaca y esbozó una sonrisa.

—Oh, ya lo creo que sí. Ha aceptado de inmediato la proposición de mostrarnos su preciado tesoro. Pero Pierce nos miraba como si estuviéramos para encerrarnos directamente en Bedlam, te lo aseguro.

—Y... ¿se parecía al lugar de mi pesadilla?

—No —negó Julian con la cabeza—. Estaba tan limpio y bien cuidado como nuestro salón. No tenía ninguna compuerta como la de tu pesadilla, pero sí una cisterna que se usaba para guardar agua en caso de sitio. —La miró—. Esas mazmorras están inmaculadas, Nell; las paredes no tienen manchas de humo, no hay ninguna piedra... o altar, a falta de una palabra mejor —comentó, y le sonrió—. Lo que hay es una doncella de hierro que nos enseñó extasiado. Estoy seguro de que le encantaría mostrártela. Puede que hasta te dejara meterte dentro.

Nell se estremeció sólo de pensar en ver una de esas monstruosidades con las puntas de hierro, y mucho más de imaginarse dentro.

—No, gracias —dijo con una mueca—. Así que tu día tampoco ha sido demasiado productivo.

—Yo no diría exactamente eso. El terrateniente estaba tan encantado con el interés de Marcus que ha sugerido que veamos la mazmorra que tiene lord Beckworth. Incluso se ha ofrecido a comentárselo él mismo.

—¡Excelente! Para nosotros es maravilloso que sea el terrateniente quien se lo pida.

—Sí, supongo —concedió Julian, despacio—. Conozco a Beckworth, pero no muy bien. Es de una edad más próxima a la del terrateniente que a la mía, y me había estado devanando los sesos para encontrar una excusa para visitarlo. —Tomó un sorbo de coñac—. La invitación del terrateniente parecerá fortuita, pero el hecho de que Jenkins me mencionara a los gitanos que acampan en las tierras de Beckworth me ha dado otra excusa para visitarlo, y ésta es más oportuna.

—¿Crees que los gitanos provocaron el incendio? —preguntó Nell, con expresión preocupada.

—Son los culpables más probables. A no ser que creas en fantasmas. —Tomó otro sorbo de coñac—. He hablado con Dibble y con Farley, y ha sido de lo más esclarecedor; durante las últimas semanas ha habido unos cuantos hurtos. Y Hunter admite haber echado a varios de mis tierras, más de una vez. De modo que sí, creo que los gitanos han provocado el incendio. Y mañana pienso ir a ver a lord Beckworth para comentar el asunto con él.

—¿Intentarás ver entonces sus mazmorras?

—No —contestó Julian, cabeceando—. Dejaré que el terrateniente organice esa visita. —Al ver que Nell parecía decepcionada, añadió—: Pronto veré las mazmorras de Beckworth. Mientras tanto, Marcus y yo podemos explorar las que, según se rumorea, se encuentran bajo la vieja torre de homenaje normanda y bajo las ruinas del monasterio. —Frunció el ceño—. Y las del sótano de la casa de Hunter. —Calló y la miró con una sonrisa de resignación—. Voy a tener muchas mazmorras que explorar, créeme —le aseguró. Se puso de pie, tiró de ella para levantarla de la butaca y le besó el cuello—. Pero en este preciso momento tengo un bulto entre los brazos que debo explorar por completo.

Apretujada contra Julian, Nell podía notar su protuberante miembro. Un agradable calor le recorrió el cuerpo y, cuando Julian le deslizó una mano por la cadera para sujetarla por las nalgas y acercarla aún más a él, se le cortó la respiración y el deseo despertó en ella. Cuando Julian la tocaba, ardía de pasión, se le hinchaban los pechos y sentía una excitación enorme.

—Supongo que no tendrás ningún inconveniente, ¿verdad? —le murmuró al oído. Le tomó delicadamente el lóbulo entre los dientes y Nell se estremeció al imaginárselos en sus pezones.

Rodeó el cuello de Julian con los brazos, echó la cabeza hacia atrás y, con los ojos centellantes de pasión, murmuró:

—No se me ocurre ninguno, milord.

Julian soltó una carcajada y la cargó en brazos. La llevó así hasta la cama y la dejó sobre el suave colchón de plumas. Luego se tumbó con ella.

—¿Por dónde iba? —preguntó, quitándole el *négligé*—. Ah, sí, ya me acuerdo, iba a explorarte.

Y la exploró. Dos veces. Muy, pero que muy a fondo.

A la mañana siguiente, a las demás señoras no les apeteció levantarse temprano, pero Nell lo hizo a la hora de siempre. Mientras Becky le preparaba la ropa del día, Nell, con sólo una camisola puesta, se pavoneaba delante del espejo basculante y observaba con orgullo que su vientre, antes plano, había aumentado de modo hermoso y perceptible. Esbozó una sonrisa mientras le daba unas palmaditas.

Ataviada con un vestido color albaricoque de lana fina y con el pelo recogido con una cinta verde oliva, bajó deprisa la escalera. Al entrar en el comedor vio que los dos caballeros estaban acabando de desayunar. Se reunió con ellos, que se quedaron para hacerle compañía mientras tomaba té y comía abundantemente como todas las mañanas. La conversación giró en torno al incendio y a la intención de Julian de visitar a lord Beckworth para hablar con él sobre los gitanos. Marcus declinó acompañarlo, ya que los dos hombres habían acordado en privado que tal vez fuese prudente que uno de ellos se quedara de momento en la casa.

—¿Realmente creéis que los gitanos van a asaltar la casa? —preguntó Nell, que sabía muy bien lo que estaban maquinando, con un destello en los ojos—. ¿O que, en cuanto os deis la vuelta, el hombre misterioso va a aparecer y va a arrastrarme hasta su mazmorra?

—No —respondió Julian, muy serio—. Pero ¿qué necesidad hay de correr riesgos?

Nell no tenía nada en contra que argumentar y, poco después, Julian se fue a ver a lord Beckworth. Como hacía buen tiempo y el día era agradable, Marcus y ella pasaron una mañana deliciosa recorriendo los jardines. Nell sospechaba que Marcus se estaba aburriendo mucho, pero su cortesía innata impedía que se notara el menor signo de ello. Nell se apiadó de él y se excusó alegando que deseaba descansar un rato.

Una vez en sus aposentos, deambuló inquieta. Había mil pequeñas tareas de las que tenía que encargarse, pero ninguna de ellas le apetecía. Se detuvo ante la ventana y, distraídamente, se dio unas palmaditas en el vientre, pensando en Julian y en su relación. Al recordar el modo en que su marido le había hecho el amor la noche anterior, se sonrojó.

«Tiene que quererme —pensó por enésima vez—. Lo que siente por mí no puede ser sólo respeto y cariño. Y lo que lo lleva a mí no puede ser simplemente amabilidad, o deseo.»

Recordó lo sucedido la noche anterior y pensó en la expresión de ansiedad de Julian, en sus gratas palabras: «Si os hubiera pasado algo a ti y al bebé, no creo que hubiera podido soportarlo.» Eso indicaba, sin duda, un sentimiento profundo, ¿no? ¿Podía atreverse a pensar que el poder que Catherine tenía sobre él había empezado a menguar? ¿O era simplemente que el bebé que esperaban había despertado en él esas fuertes emociones? ¿La apreciaba sólo porque llevaba a su hijo en las entrañas? Se le encogió el corazón. Prefería morirse a que la apreciaran por su habilidad para la cría. Y el aprecio, el respeto, el cariño y la amabilidad no le bastaban. Ella quería que Julian la amara.

Suspiró con tristeza. A menudo había sacado a colación el nombre de Catherine, y Julian se había enojado por ello. ¿Qué tendría Catherine que a ella le faltaba?

Con la mandíbula apretada, cruzó la habitación, salió al pasillo y se dirigió a escondidas a la galería. Le hubiese dado mucha vergüenza que alguien se percatara de que se pasaba una cantidad desmesurada de tiempo contemplando el retrato de la primera esposa de Julian.

Pero alguien se había percatado de la actitud solapada con la que se acercaba deprisa a la galería. Marcus, desconcertado, la siguió discretamente.

Al llegar a su destino, Nell se detuvo ante el retrato de Catherine. No había cambiado nada desde la última vez que había estado allí. Catherine seguía siendo tan menuda, tan rubia y tan etéreamente preciosa como siempre. La mirada de Nell descansó un instante en el exuberante ramo de rosas rojas frescas situado bajo el retrato. No dejaba de esperar ir algún día hasta allí y que no hubiera flores; por lo menos, eso sería una señal alentadora. Pero no, las malditas flores volvían a estar allí.

Lanzó una mirada iracunda al retrato. Catherine había sido hermosa, de eso no cabía duda, pero ¿tanto que seguía ejerciendo su atractivo desde la tumba? Nell se preguntó entre furiosa y desesperada cómo iba a luchar contra una muerta. ¿Por qué no podría Julian amarla? Por lo menos ella estaba viva. Llena de una rabia que la dominó por completo, tomó otra vez el jarrón de cristal que contenía las rosas y lo estrelló contra el suelo. El cristal hecho añicos, el agua y las rosas salieron volando en todas las direcciones. Sin prestar atención al estropicio que había causado, salió de la galería como una exhalación. Y esa vez ni siquiera se sentía avergonzada por lo que había hecho.

Oculto en la penumbra, Marcus presenció toda la escena. Cuando Nell se fue corriendo, salió de su escondite y se situó delante del retrato de Catherine. Lo miró varios minutos y, después, bajó los ojos hacia las flores destrozadas. Volvió a dirigir la mirada al retrato de Catherine y observó un buen rato aquel rostro precioso.

«¿Se puede saber qué estas maquinando ahora, mi bella arpía?», se preguntó.

18

Para cuando llegó al camino de entrada que conducía a la casa de lord Beckworth, Julian todavía no había decidido cómo iba a plantearle exactamente la situación. Ojalá le hubiese conocido mejor. Lo único que recordaba de él era que se trataba de un hombre moreno, taciturno, de la edad de su padre más o menos. Y algunos de los caballeros de esa edad podían ser muy orgullosos y sentirse ofendidos si alguien se atrevía a quejarse de alguna decisión que hubieran tomado. Apretó los labios. Como permitir que los gitanos acamparan en sus tierras.

Cuando el mayordomo de Beckworth lo condujo a una bonita biblioteca, decidió que la forma más fácil de hacer las cosas solía ser la más sencilla, de modo que, una vez finalizadas las formalidades de rigor, abordó, sin más preámbulos, el motivo de su visita.

—Ayer hubo un incendio en la casa viudal —dijo—, y surgió la sospecha de que podrían haberlo provocado unos gitanos que están en la región.

Lord Beckworth gruñó y le lanzó una mirada penetrante.

—¿Los gitanos que acampan en mis tierras? —preguntó.

—Salvo que usted sepa que hay otros en la región.

—No, me temo que no —respondió Beckworth, tras pasarse una mano por la cara—. ¡Maldita sea! Sospechaba que, si les dejaba acampar en el prado del sur, el día menos pensado habría problemas. —Sacudió la cabeza—. La primera vez que esos pobres desgraciados aparecieron por aquí, parecían estar desesperados y ser decentes para ser gitanos, así que decidí arriesgarme con ellos. Les permito acampar allí durante la primavera y el verano desde hace ya un par de años, pero debería haber sabido que tarde o temprano... Debe de ser que empiezo a chochear —comentó con una mueca y, tras dar un trago largo de la cerveza que les habían servido, dejó la jarra con un golpe sobre la mesa para sentenciar—: Ordenaré que los echen hoy mismo, antes del anochecer.

Julian vaciló. La fama de los gitanos de robar cualquier cosa, desde ganado o alimentos hasta joyas, e incluso niños de corta edad, era legendaria, y su llegada a una región, tras haber sido expulsados por sus anteriores anfitriones, ya de por sí poco dispuestos a recibirlos, no era nunca bien acogida por los habitantes de la zona. Julian apoyaba a sus arrendatarios, pero se percataba de que, alentando el desalojo de los gitanos, estaba dejando a mujeres y a niños en la carretera, y todavía no había ninguna prueba concluyente de que ellos hubieran provocado el incendio, ni robado objeto alguno.

—No sabemos con certeza que fueran los gitanos quienes provocaron el incendio, ni que ellos sean los responsables de los hurtos que se han estado cometiendo, milord —comentó, tras reflexionar un instante—. ¿Tal vez podría ir a su campamento para hablar con ellos? No quiero causarles ningún problema si puede evitarse.

—Se lo agradezco, milord —asintió Beckworth—. No apruebo a los mentirosos ni a los ladrones, pero no se puede culpar a esos pobres diablos por intentar dar de comer a su familia. Como ya he dicho, este grupo lleva acampando aquí un par de años y, salvo algún que otro hurto sin importancia, son buena gente. —Carraspeó—. Su jefe, Cesar, me ha llegado a caer bien, y alguna vez lo he contratado, junto con algunos de sus hombres, para hacerme algún trabajo. Siempre lo han hecho bien, y todavía no he conocido a nadie a quien se le den mejor los caballos que a Cesar.

Julian se sorprendió. La mayoría de los propietarios, en cuanto veían los carromatos de colores alegres de los gitanos, no dudaban en echarlos. Que Beckworth les hubiera permitido acampar no una sino varias veces en sus tierras y que hablara bien de ellos lo convertía en un hombre excepcional.

Cuando Beckworth se ofreció a mostrarle el lugar donde estaban acampados, Julian aceptó de buena gana.

El sitio que los gitanos habían convertido en su hogar de verano era precioso: un gran prado verde, rodeado de los restos de un antiguo huerto al borde del cual borboteaba un riachuelo. Había una media docena de carromatos pintados con colores vivos, verde y amarillo, escarlata y dorado, formando un círculo irregular cerca de un extremo del prado; unos cuantos caballos píos robustos y llamativos estaban desperdigados aquí y allá, mezclados con un par de vacas lecheras escuálidas y algunas cabras. Un puñado de pollos y un par de ocas escarbaban la tierra en busca de comida alrededor de los carromatos; seis o siete hombres, algunos con un pañuelo azul y escarlata en la cabeza y aretes de oro en las orejas, holgazaneaban cerca de una hoguera que ardía en el centro del campamento. Había tres mujeres lavando ropa en el riachuelo y varios niños que corrían y reían por todo el campamento seguidos de unos cuantos chuchos flacos.

Los perros olieron a los recién llegados y empezaron a ladrar. De inmediato, las mujeres dejaron lo que hacían, sujetaron al niño que tenían más cerca y corrieron hacia los carromatos. Los hombres se pusieron de pie de un salto y observaron, cautelosos y desconfiados, cómo Julian y Beckworth se acercaban a caballo.

A Julian le pareció un pequeño grupo rebelde y andrajoso, y los compadeció. No eran gente feliz y, si bien ellos mismos eran los causantes en buena medida de su desgracia, se preguntó cómo sería que lo rechazaran a uno y que lo trataran con desdén y desconfianza dondequiera que fuera. Pero lo que más le preocupó fueron los niños, cuyos grandes ojos negros tenían una expresión que lo hizo sentir incómodo.

El jefe, un hombre alto, extraordinariamente apuesto, con las sienes plateadas y aros de oro en las orejas, avanzó hacia ellos.

—¿En qué puedo servirlos, señores?

Julian observó al hombre de tez morena y ojos verdes que tenía delante, y al reconocer esas facciones tan familiares, se le cayó el alma a los pies. ¡Ese maldito abuelo suyo! Ya era bastante difícil saber cómo tratar a los descendientes de los devaneos amorosos de su abuelo cuando se trataba de personas honradas, pero ahora parecía que, en algún momento, el viejo conde había deseado a una doncella gitana. No sabía cómo iba a dar a Charles y a Marcus la noticia de que tenían un tío gitano.

Suspiró sin dejar de mirar al otro hombre. ¡Joder! ¿Y ahora qué? No estaba bien echar a un familiar, aunque fuera ilegítimo. Especialmente si era ilegítimo.

Estuvo claro, por el modo en que el otro hombre entornó los ojos, que él también había visto el parecido de sus facciones y había entendido lo que eso significaba. Sus bonitos labios dibujaron una sonrisa irónica.

—Me llamo Cesar, y me imagino que usted es el conde de Wyndham, ¿verdad? ¿Tal vez mi madre conoció a su padre? —se burló.

—Mi abuelo —le corrigió Julian en tono cortado y, acto seguido, se maldijo por haber corroborado la afirmación impertinente del otro. ¿Qué diablos tenía que decirle ahora? ¿Encantado de conocerlo... tío?

Beckworth, que se fijó entonces por primera vez en el innegable parecido entre los dos hombres, se quedó perplejo. Tras decidir rápidamente que sólo un imbécil se metería en ese berenjenal, carraspeó con fuerza.

—Un edificio del conde se incendió ayer. ¿Saben algo al respecto?

Cesar pareció verdaderamente sorprendido.

—No, milord —aseguró—. Ayer fuimos al mercado ambulante, cerca del pueblo de Lympstone. Estuvimos fuera todo el día; salimos antes del alba y regresamos al anochecer. —Sonrió de nuevo y señaló a los hombres que estaban cerca de la hoguera—. Por eso nos encuentran descansando y pasando el rato.

Los gitanos tenían fama de aprender a mentir en el pecho de su madre, pero algo en la forma en que los ojos de Cesar lo miraron dio a Julian la sensación de que estaba diciendo la verdad.

—Hemos descubierto que faltan algunas cosas en mis propiedades —dijo Julian con cuidado—, incluidas unas cuantas piezas de tela cara... ¿Saben usted o sus hombres algo sobre eso?

Hubo un ligero cambio en la expresión de Cesar que, enseguida, se encogió de hombros.

—¿Cómo íbamos a saber algo nosotros, milord? —preguntó con una cara que era el vivo retrato de la inocencia—. Sólo somos unos pobres gitanos. No sabemos nada sobre las propiedades de un gran señor; puede registrar nuestras humildes pertenencias si lo desea. —Los ojos verdes le brillaron de diversión—. Le aseguro que no encontrará nada escondido entre ellas.

Al ver la expresión candorosa en el rostro del gitano, Julian tuvo que contener una carcajada. Sin duda, el día anterior habían vendido en la feria ambulante lo que hubieran podido robarle. Cesar era un canalla descarado y, encima, insolente, pero muy en contra de su voluntad, no pudo evitar que le cayera bien.

—No perderé el tiempo, entonces —dijo Julian—. He visitado a lord Beckworth con la intención de pedirle que les echara de sus tierras... —Hizo una pausa y miró con dureza a Cesar a los ojos—. Ahora bien, si puedo tener la certeza de que no van a, esto, desaparecer más cosas de mis propiedades, intercederé por ustedes.

Cesar observó a Julian un minuto antes de asentir.

—No tiene nada que temer de mi gente, se lo prometo.

Se miraron un momento más, cada uno midiendo al otro, hasta que Julian volvió grupas para marcharse.

—¿Nos vamos, milord? —dijo a lord Beckworth—. Creo que el asunto está solucionado, si usted está de acuerdo.

—Sí, sí, me parece bien —aceptó Beckworth, que miró con severidad a Cesar—: Confío en que no voy a recibir más quejas de ninguno de mis vecinos.

—Le aseguro, milord, que nadie merecedor de alta estima irá a verlo para quejarse —aseguró Cesar, con una sonrisa desvergonzada.

—Cuidado, descarado —le advirtió Beckworth tras soltar una carcajada—. Puede que tenga que acabar echándote de mis tierras.

—Haré todo lo posible para que eso no ocurra, milord —dijo Cesar con una reverencia.

Julian y lord Beckworth dejaron a los gitanos y regresaron al hogar de este último. Cabalgaron un rato en silencio hasta que Beckworth habló.

—No me gustaría importunarlo, milord, pero, bueno... ¿sabía lo de Cesar? —dijo.

Julian suspiró. No tenía sentido fingir que no sabía a qué se estaba refiriendo Beckworth, ni tampoco ofenderse; las inclinaciones del viejo conde eran sobradamente conocidas.

—No. Me temo que mi abuelo no dejó ninguna lista de todas las señoras que captaron su atención.

—Una situación endiablada —dijo Beckworth con compasión.

—Y no sabe ni la mitad del asunto, milord —murmuró Julian.

Cuando volvió a casa esa tarde y se encontró con que lady Diana y Elizabeth seguían en sus aposentos, organizó enseguida una reunión con Marcus y Nell. Les contó brevemente lo que había averiguado, incluido el hecho de que él y Marcus tenían un nuevo pariente.

—¡Una bendita gitana! —exclamó Marcus—. Por el amor de Dios, ¿acaso no había nada con faldas en lo que nuestro abuelo no se fijara?

—Creo que no hemos encontrado una tía o un tío hijos de una monja... todavía —apuntó Julian en un tono algo irónico.

—¡Bueno, demos gracias al Señor por ello!

—¿Le molesta tener un tío gitano? —se sorprendió Nell—. A mí me parecería apasionante. Son personas muy románticas.

—¡Románticas! No pensaría lo mismo si fuera pariente suyo. —Agitó un dedo para hablarle con severidad—. Espere a que Julian tenga que interceder para evitar que cuelguen en la horca a ese condenado tío nuestro recién hallado. Veremos entonces lo apasionante que le parece. —Su actitud cambió en un abrir y cerrar de ojos, y admitió con una sonrisa en los labios—: No puedo negar que la situación es endiablada. Pero no es que ponga reparos a la sangre gitana sino, más bien, que temo el día en que Julian se los encuentre acampados delante de la puerta principal y tenga que cargar con el cuidado y la alimentación de todos ellos.

—¿No crees que puedan ir a tu casa a aprovecharse de ti? —preguntó Julian con un brillo divertido en los ojos.

—¿De mí? —Marcus se hizo el ingenuo—. Oh, no, a mí no me molestarán; eres tú el miembro de la familia que ostenta el título y que es bondadoso —dijo, y rubricó el comentario con una sonrisa de oreja a oreja—: Y el más rico.

—Puede que todo eso sea cierto, pero creo que tengo tomada la medida a Cesar y dudo de que vaya a venir a abrir la mano —sonrió Julian—. Ahora bien, robar un pollo o dos y llevarse algunos huevos, eso estoy más que seguro de que lo haría, con impunidad.

El tiempo volvió a empeorar al día siguiente, y febrero dejó su lugar a marzo con pocos cambios en el cielo gris y húmedo. Las obras siguieron adelante en la casa viudal, pero no podía hacerse nada para reconstruir el ala destrozada de la cocina hasta que las condiciones meteorológicas mejoraran. El mal tiempo impidió, asimismo, que Julian y Marcus siguieran su búsqueda de la mazmorra donde tenían lugar las pesadillas de Nell, aunque habían aprovechado un día despejado para eliminar la posibilidad de que estuviera en la antigua torre de homenaje normanda. Si había habido mazmorras en ese sitio, los muros de piedra de la torre que se habían derrumbado habían borrado todo rastro de ellas.

Una mañana de mediados de marzo, Nell suspiró mientras miraba por la ventana cómo lloviznaba. La lluvia no había sido tan torrencial como en febrero, pero no pasaba más de un día con muy poco sol antes de volver a llover. Pensó con ironía que no era que hubiera una tormenta tras otra, aunque había habido varias, sino que cuando no había tormenta tenían que soportar, como ese día, una llovizna persistente que hacía que las actividades al aire libre fueran poco atractivas y bastante desagradables.

Se apartó de la ventana y pensó en los planes que tenía para ese día. Lady Diana y Elizabeth hablarían todo el rato de la casa viudal; como la caza o cualquier otra actividad al aire libre quedaban descartadas, Julian y Marcus se encerrarían, sin duda, en la biblioteca o en la sala de billar, lo que la excluía. Bajó los ojos hacia su vientre ya abultado y sonrió. Le sobraba el tiempo, pero cuando hubiera llegado el bebé, tendría pocos momentos libres; deseaba que llegara ese día.

—¿Qué vamos a hacer hoy? —murmuró, acariciándose la barriga—. ¿Nos reunimos con las otras señoras? ¿Hacemos inventario de los armarios de la ropa blanca? ¿Zurcimos? ¿Contamos la plata con Dibble? ¿Leemos? ¿Hostigamos a los criados?

Como no obtuvo respuesta, volvió a mirar por la ventana. Oh, cómo le hubiera gustado dar un largo paseo a caballo. Sí, incluso en un día como aquél. Estaba aburrida del invierno.

Pero si bien estaba harta de permanecer encerrada en casa, se consoló con el hecho de que no había tenido más pesadillas. Habían enterrado a Ann Barnes, y su familia había tenido que llorar su pérdida. Los lugareños habían aceptado la historia de la caída desde lo alto de un acantilado y, aparte de lamentar que su destino hubiera sido tan triste y absurdo, no hubo más comentarios.

La llegada del correo esa tarde la desanimó todavía más. Su padre le escribía para anunciarle que su visita iba a retrasarse; se había caído de un caballo y que lo mataran si no se había roto la pierna. No podría ir a Wyndham Manor hasta el verano. Nell trató de no estar decepcionada, pero lo estaba. Y mucho.

Extrañaba a su familia. Quería mucho a lady Diana, a Elizabeth y a Marcus... Sonrió. Marcus era un amigo excelente y muy buena compañía. En cuanto a Julian (se le aceleró el pulso), lo amaba más que a su propia vida, y de no ser porque tenía a Catherine metida en el corazón, casi habría estado contenta. Hizo una mueca de tristeza. ¡Qué cobarde era! Como se molestaba cada vez que osaba mencionarle el nombre de Catherine, había dejado de intentar que Julian le hablara sobre su difunta esposa y se había batido cobardemente en retirada. Tuvo que admitirlo, había incluso llegado al extremo de que no le importaba, por lo menos no demasiado, que Julian no la amara; ¡sólo quería que dejara de amar a Catherine!

Como siempre que pensaba en Catherine, salió de sus aposentos y se dirigió a la galería. Miró con tristeza el último ramo de fragantes rosas escarlata, incapaz de sentir siquiera la rabia que la había dominado unas semanas antes. Contempló de nuevo la preciosa cara del retrato y, con un suspiro, se marchó.

Desde el día del jarrón roto, Marcus se había propuesto averiguar si la visita de Nell al retrato de Catherine había sido un arrebato o más bien algo que hacía con frecuencia. La había espiado discretamente y había descubierto que era una costumbre; una costumbre que le pareció decididamente malsana. Su primera reacción había sido contarle a Julian la extraña obsesión que su esposa tenía con el retrato de Catherine, pero no le apetecía irle con cuentos a Julian. Contar chismes o entrometerse entre marido y mujer no era algo que le gustara hacer a un hombre sensato, y sin saber cómo interpretar la fascinación de Nell por la primera esposa de su primo, había observado y aguardado, con la esperanza de que le llegara la inspiración. No le llegó.

Pero viendo cómo la figura esbelta de Nell desaparecía en la penumbra gris del pasillo, decidió, muy serio, que ya no podía esperar más. Había que hacer algo. La situación tenía algo de malsano, y se preguntaba por qué Julian no le ponía fin. Sobresaltado, se le ocurrió que tal vez Julian ni siquiera estaba al tanto de la fascinación de

Nell por su primera esposa. Sus ojos se posaron en el arreglo floral y se le ocurrió otra cosa: ¿qué diablos pretendía Julian al enviar flores a una mujer muerta y enterrada? Especialmente a una mujer que había convertido su vida en un infierno.

Esa noche, una vez que las señoras se retiraron del comedor y dejaron a Julian y a Marcus tomando su oporto, Marcus no pudo seguir callando más. Él y Julian holgazaneaban cerca de la mesa, con las copas de oporto al lado, cuando se lanzó.

No había una forma sencilla de abordar el tema, de modo que decidió hablar sin rodeos.

—No quiero entrometerme, pero ¿te importaría decirme por qué ordenas que pongan cada día un ramo enorme de flores recién cortadas debajo del retrato de Catherine?

Julian se sacudió como si le hubieran apuñalado.

—¿De qué demonios estás hablando?

—¿No ordenas tú que le pongan las flores? —preguntó Marcus con una ceja arqueada.

—Es la primera noticia que tengo de ellas —le espetó Julian con el ceño fruncido—. ¡Por Dios! Lleva años muerta; ¿por qué tendría que seguir haciendo semejante estupidez?

—¿Por un sentimiento de culpa, quizás? ¿O porque te sigue importando? ¿Quieres honrar su memoria?

Marcus no había tenido nunca miedo de Julian, pero en ese momento, cuando vio la expresión en el rostro de su primo al ponerse de pie de un salto y fulminarlo con la mirada, se encontró agarrado a la silla.

—Para cuando murió, como sabes muy bien, entre Catherine y yo no había nada que honrar.

Sin decir nada más, Julian se marchó furioso del comedor. Marcus lo siguió de cerca mientras subía los peldaños de dos en dos en dirección a la galería.

La sala estaba a oscuras, pero Julian encendió un candelabro y avanzó a grandes zancadas hasta el lugar donde estaba colgado el retrato de Catherine. Se quedó mirando, incrédulo, las rosas, cuyos capullos empezaban a abrirse y a perfumar el aire.

Contuvo un taco y usó con tanta fuerza el tirador negro para llamar al mayordomo que Marcus temió que fuera a arrancarlo de la pared.

—Yo jamás he ordenado estas condenadas flores —aclaró Julian, lanzando una mirada furibunda a su primo—, pero voy a averiguar quién lo hace.

Dibble apareció unos minutos después con una expresión de preocupación en la cara. El tintineo de la campanilla para llamarlo había sido espectacular.

—¿Pasa algo, milord?

—¿Podría explicarme qué es esto? —pidió Julian, señalando el ramo.

Dibble miró las flores y, luego, otra vez las facciones tensas del conde.

—Pues es un ramo de rosas colocado debajo del retrato de lady Catherine.

—Eso ya lo veo —espetó Julian—. Pero ¿por orden de quién está aquí?

—Por orden suya, milord —respondió Dibble, con aspecto de estar desconcertado—. Le aseguro que cada día se le ha puesto un ramo nuevo procedente del invernadero.

—Es extraño, pero no recuerdo haberle pedido nunca que se pusieran flores aquí.

Dibble pareció más desconcertado todavía, pero entonces relajó el ceño.

—Perdone, milord, fue su padre quien pidió inicialmente los ramos. —Sonrió con afecto—. Vino a verme el día después del entierro de lady Catherine y dijo que a usted le gustaría que cada día tuviera flores frescas.

Cuando Julian se lo quedó mirando fijamente sin decir nada, se le desvaneció la sonrisa.

—¿He hecho mal, milord? Quizá tras la defunción de su padre debería haberlo consultado con usted, pero supuse que... —Carraspeó, claramente consternado—. Supuse que si hubiera querido que dejara de preparar un nuevo arreglo floral cada día, me lo habría dicho. ¿Hice algo mal?

Consciente de que no era culpa de su mayordomo, la furia de Julian remitió.

—No, Dibble, el error fue mío —aseguró Julian haciendo un

gran esfuerzo—. Hace mucho que debería haber cancelado esa orden; jamás se me ocurrió que seguiría ejecutándola.

—¿Desea que deje de traer las flores, milord?

—Sí —afirmó el conde—. Basta de flores para lady Catherine. Llévese ahora mismo el ramo y deshágase de él.

Dibble levantó el enorme ramo y se marchó sin hacer ruido. Los dos hombres se quedaron solos.

—¿Sabías que tu padre había pedido las flores? —preguntó Marcus.

—¿Tú que crees? —soltó Julian—. Por supuesto que no; si lo hubiera sabido, habría anulado la orden de inmediato. —Sacudió la cabeza—. Mi padre no le encontró nunca ningún defecto a Catherine, y no quería ver los problemas de nuestro matrimonio. Quería creer que yo era feliz y simplemente ignoraba cualquier cosa que contradijera esa creencia —explicó con una mueca—. Desde luego, yo nunca lo desilusioné; le dejé creer que adoraba a Catherine y que ella me adoraba a mí. Estoy seguro de que se fue a la tumba creyendo que una parte de mí se había muerto con Catherine.

Marcus miró a su primo al darse cuenta de lo que había ocurrido.

—¿Y crees que podría haber dicho algo a lady Diana en ese sentido?

—Es probable —respondió Julian, despreocupadamente—. Estoy seguro de que inventó para ella una historia sobre mi amor eterno por Catherine. ¿Por qué?

—Porque creo que eso es justamente lo que piensa tu mujer —dijo Marcus despacio.

Julian frunció el ceño de golpe.

—¡No digas sandeces! Dudo de que, aparte de para hacerle una visita rápida, mi mujer haya estado en la galería o que sepa siquiera dónde está colgado el retrato de Catherine. Y en cuanto a lo otro: ¡no seas absurdo!

—Oh, te equivocas —aseguró Marcus—. Tu mujer sabe perfectamente dónde está colgado el retrato de Catherine. La he visto mirarlo, más de una vez.

—¿Por qué diablos iba a hacer eso?

—Pues me imagino que, seguramente, un día lady Diana y Elizabeth le mostraron la galería... y que se detuvieron a admirar el retrato y lamentaron la trágica muerte de lady Catherine...

Julian palideció.

—Y, sin duda, lady Diana repitió el cuento de hadas que mi padre le había contado... —dijo despacio con voz apagada. Tragó saliva con fuerza y cerró los puños—. Las flores, las malditas flores hicieron plausible la historia.

—Ven —ordenó con delicadeza Marcus—. Volvamos a la biblioteca y te diré lo que he observado. Así podrás sacar tus propias conclusiones.

Nell estaba tumbada en la cama mirando unas láminas de moda nuevas que le habían llegado de la modista de Londres cuando la puerta de su habitación se abrió con tanta fuerza que golpeó la pared como un trueno. Se incorporó y vio que Julian, pálido y tembloroso, entraba como una exhalación. Tras cruzar la habitación a zancadas, le tomó las dos manos y tiró de ella hacia sí.

—Mira que eres tonta —murmuró—. ¿Cómo puedes creer que sigo enamorado de Catherine, si el mero sonido de tu voz me quita el aliento de placer? —La zarandeó—. ¿No lo entiendes? Hasta que te conocí, yo creía que mi vida era plena, que estaba satisfecho con ella, ¡pero qué equivocado estaba, Dios mío! —dijo, y le rozó la ceja con los labios al hacerlo—. Nell, cariño, te amo. ¡Tú lo eres todo para mí!

Nell miró atónita la cara morena y querida de su marido.

—¿No amas a Catherine? —preguntó, sujetándole con fuerza las solapas de la chaqueta morada—. Todo el mundo lo dice.

—No sé quién será todo el mundo —le sonrió con ternura—, pero créeme, cariño, que todo el mundo está equivocado. No amo a Catherine. Nunca la amé.

—Pero las flores... ¡Un hermoso ramo recién cortado cada día!

—Un error de comunicación. Ya no se llevarán más jarrones con flores a la galería.

Nell no alcanzaba a comprenderlo todo, pero empezaron a iluminársele los ojos.

—¿Me amas?

—¡Te adoro! No recuerdo el momento exacto en que me enamoré de ti, pero te he llevado en el corazón casi desde que te vi por primera vez. —La zarandeó de nuevo, sin demasiada suavidad—.

¿Cómo podías creer que seguía enamorado de Catherine? ¿No te decían nada mi forma de hacerte el amor, el placer que me daba tu compañía?

Nell apoyó la frente en el pecho de su marido.

—Creía que tratabas de sacar el mayor partido posible de nuestro matrimonio y que sólo estabas siendo amable...

Julian se sentó en la cama, a su lado, y se la acercó más.

—¡Que intentaba sacar el mayor...! ¡Qué tonta has sido! Eres lo mejor, lo más maravilloso que me ha pasado nunca, y cuando estoy contigo ser «amable» es lo último que tengo en la cabeza.

—Pero eso podría ser simplemente deseo —argumentó con una ligera sonrisa en los labios, aturdida por la alegría que le provocaba empezar a creerse sus palabras. ¡La amaba! ¡A ella y no a Catherine! Estaba feliz.

—Te deseo mucho, mi querida esposa. ¡Pero te adoro, Nell!

Tiró de ella, le puso una mano en la nuca y la besó sin contener nada, sin ocultar nada, dejando que su beso revelara lo profundas que eran sus emociones.

Cuando se separó de ella, Nell estaba deslumbrada. Julian le recorrió las facciones con la mirada y un brillo pícaro iluminó sus ojos.

—¿Y tú no tienes nada que decirme? Acabo de poner mi corazón a tus pies; espero que no tengas intención de pisotearlo.

Nell soltó una carcajada encantadora y llenó la cara de Julian de besos.

—¡Te amo! ¡Te amo! ¡Te amo! Hace meses que estoy perdidamente enamorada de ti.

¿Qué podía hacer Julian después de eso que no fuera volver a besarla?

Estuvieron juntos un buen rato, aislados del resto del mundo, hablando de esas cosas que sólo saben los enamorados. Fue fabuloso, y entre beso y beso, todas las ansiedades, todas las dudas, todos los miedos y todas las incertidumbres que los habían atormentado quedaron explicados y olvidados.

—Me sigue pareciendo increíble que creyeras que todavía estaba enamorado de Catherine —dijo Julian pasadas lo que parecieron horas.

—¿Qué otra cosa podía pensar? —replicó Nell—. Cada vez que

mencionaba su nombre te mostrabas frío y te negabas a hablar de ella. Y lady Diana me contó cuánto la amabas y cómo enterraron tu corazón en la tumba de Catherine.

Julian resopló para dejar claro lo que pensaba de la opinión de lady Diana. Nell lo pellizcó.

—¿Y las flores? —dijo—. Al ver ese ramo nuevo cada día, ¡cualquiera habría pensado lo mismo!

—Sólo una tonta como tú —replicó Julian tras volverse hacia ella y sonreírle perezosamente—, cualquier persona sensata habría sabido que estaba loco por ti.

—¿Lo estás? —preguntó tímidamente, sin aliento.

—Perdidamente enamorado de ti —le murmuró en la boca—. Me tienes completamente cautivado. —La besó—. Estaré enamorado de ti hasta el día en que me muera, y también después. —Volvió a besarla—. No lo dudes nunca, Nell, nunca.

Que esa noche había pasado algo trascendental fue evidente para todos. Aunque no hubo ningún cambio manifiesto entre Nell y Julian, se percibía algo distinto, algo en el aire que los rodeaba, una relajación, una alegría que los acompañaba y que llenaba la casa como el aroma de las lilas un día de primavera.

Marcus lo comentó esa noche. Las señoras estaban en el salón, y Julian y él volvían a estar disfrutando de una copa de oporto antes de reunirse con ellas.

—El olor a abril y mayo ha sido fortísimo hoy —dijo con una sonrisa—. Me imagino que todo va bien con tu esposa, ¿no?

Julian le sonrió con una satisfacción interior que Marcus no había visto nunca en su primo.

—Podría decirse que sí. —Miró a Marcus—. Me ama tanto como yo a ella —se limitó a comentar.

—Y eso, primo, se merece un brindis. —Levantó la copa y dijo—: Por tu felicidad.

Siguió haciendo mal tiempo todo el mes de marzo. No estaba más de dos días sin llover, y aunque el sol logró mostrar su estupenda cara dorada algunos, fueron pocos y espaciados.

Encerrados como estaban en la casa e incapaces de hacer gran cosa salvo especular sobre el hombre misterioso y mirar la lluvia, Marcus se planteó seriamente volver a su casa.

—Sería lo mejor —dijo a Julian una noche—. Aquí no puedo hacer nada.

—¿Me dejarías abandonado en una casa llena de mujeres? —preguntó Julian.

—¿Que te adoran y gracias a las que tienes la impresión errónea de que el mundo gira a tu alrededor?

—Ésa es precisamente la razón por la que deberías quedarte; piensa en lo insoportable que me pondré si tú no estás aquí para recordarme que soy un simple mortal.

Marcus soltó una carcajada, y ya no se habló más del tema.

Cuando llegó abril, con la promesa de la cercanía del verano, todo el mundo tuvo la esperanza de que el invierno se hubiera acabado. Al final, el cielo se despejó, y salvo algún que otro chaparrón, los días posteriores brilló el sol. Al acabar la segunda semana de abril, cuando realmente pareció que el invierno se había terminado del todo, los habitantes de la casa se dispersaron en todas las direcciones, como pajarillos liberados de sus jaulas doradas. Lady Diana y Elizabeth fueron inmediatamente a la casa viudal, y Julian y Marcus decidieron eliminar el antiguo monasterio de su lista de posibles lugares. Como no veía nada malo en ello, Julian invitó a Nell a acompañarlos. Una invitación que Nell aceptó inmediatamente, antes de que tuviera tiempo de cambiar de opinión. Hacía buen día, y aunque la exploración de las ruinas del monasterio reveló que en ellas no había ninguna mazmorra, resultó agradable.

Al regresar a casa, Nell se enteró de que la señora Weston les había enviado una invitación para cenar en Stonegate la semana siguiente. Aunque las cosas estaban mejor entre Julian y los Weston, que Tynedale siguiera siendo su invitado era un inconveniente.

Fue en busca de Julian y lo encontró en su biblioteca, leyendo una nota cuyo contenido le había hecho fruncir el ceño. Cuando vio a Nell, su expresión mejoró al instante y los ojos le brillaron con afecto.

—La señora Weston da una fiesta y nos ha invitado —explicó

Nell enseñándole la invitación—. Al parecer, toda la región está invitada y detesto rechazar el ofrecimiento, pero si Tynedale está allí...

—Y lo está —replicó Julian, señalándole su nota—. Charles me ha escrito para advertirme de ello.

—Y ¿por qué lo ha hecho? ¿Crees que Charles sabe la implicación de Tynedale en nuestro matrimonio?

—No, si me advierte es por la implicación de Tynedale en la muerte de Daniel. Sabe lo que pienso de él.

—¿No lo aborrece él también? —preguntó Nell, con la curiosidad reflejada en la cara—. ¿No quería a Daniel?

—No tengo ninguna duda sobre lo que Charles sentía por Daniel. Él mismo me dijo que lo quería, y también se culpa por lo que sucedió —contestó Julian—. Y le pedí que me explicara por qué aguanta a Tynedale, pero no quiso decírmelo. —Frunció el ceño—. Hay algo que sí sé: Charles tiene razones para mantener su amistad con Tynedale, pero ni siquiera puedo imaginar cuáles son.

—¿Y qué hacemos con la invitación? —quiso saber Nell con una mueca.

Julian rodeó su mesa y la estrechó entre sus brazos para llenarle la cara de besos muy tiernos.

—No te preocupes por eso —murmuró—. Habrá otras fiestas sin la presencia de Tynedale para estropearlas.

Nell apoyó la cabeza en el hombro de su marido.

—¿Qué dirías si aceptara la invitación? —soltó.

—¿Por qué? —se sorprendió Julian.

—Para demostrar a Tynedale que no tiene ningún poder sobre nosotros —contestó con la nariz fruncida antes de besar el mentón de Julian—. De hecho, tenemos que estarle agradecidos; sin sus actos perversos, puede que no nos hubiéramos conocido, o casado... o enamorado.

—O enamorado —repitió Julian con la voz ronca. La miraba con un enorme cariño—. ¿Sabes qué? Creo que deberíamos asistir a esa fiesta. ¡Y que Tynedale se vaya al infierno! —exclamó tras besarla.

19

El tiempo siguió siendo suave y soleado, y la fiesta de la señora Weston coincidió con una deliciosa noche de primavera. Las señoras de Wyndham Manor habían esperado con mucha ilusión ese momento y, sobre todo, el hecho de encontrarse con amigos y conocidos. Habían encargado vestidos nuevos a un par de costureras de Exmouth y, cuando el carruaje se alejaba de la casa señorial del conde de Wyndham, cada una de ellas sabía que lucía estupenda.

Nell, con un vestido violeta claro de encaje, no había estado nunca tan preciosa. Los ojos verdemar le brillaban, tenía la piel luminosa, y el color suave del vestido acentuaba su belleza natural. Con la capa de seda blanca que le cubría los hombros, guantes blancos, el pelo recogido y un collar de perlas y diamantes a juego con los pendientes centelleantes, tenía todo el aspecto de una condesa. La curva redondeada de su tripa no era lo suficientemente pronunciada como para restarle elegancia. De hecho, Julian encontraba que los signos de su avanzado embarazo aumentaban su belleza. Claro que, como él mismo admitía irónicamente, no era demasiado imparcial en lo que a su esposa se refería.

La señora Weston había invitado a casi toda la región. Habían asistido el terrateniente, su esposa y su hijo mayor, lord Beckworth, además del doctor Coleman, lo mismo que otras personas destacadas de la zona, incluidos el magistrado y su esposa, y uno de los propietarios más importantes de la zona, el señor Blakesley, junto con su mujer, su hijo mayor y su única hija. Como la señora Chadbourne había acudido acompañada de una sobrina que tenía más o menos la edad de Elizabeth, y la esposa del párroco de su hermana menor viuda y de sus dos hijas mayores, la cantidad de hombres y de mujeres había quedado muy equilibrada.

Stonegate resplandecía; todos los apliques, los candelabros y las arañas brillaban gracias a las llamas de cientos de velas. La fiesta se había convertido en un pequeño baile; había música, interpretada por una banda, y baile en la sala situada en un costado de la casa. Cuencos de cristal llenos de ponche y bandejas cargadas de exquisitos bocaditos ocupaban unas mesas largas cubiertas con manteles blancos y adornadas con orquídeas y azucenas cultivadas en los invernaderos de la finca; unos criados con librea se movían en silencio y con prontitud entre los invitados para ofrecerles más variedad de platos y bebidas.

Cuando la sala de baile se caldeaba demasiado, las puertas cristaleras abiertas de par en par invitaban a los presentes a salir al aire libre; esparcidos por los caminos del jardín había farolillos de colores alegres que llenaban toda la zona de un suave resplandor. Tras varios bailes, Julian acompañó a Nell a dar un breve paseo por los jardines.

—Tynedale parece portarse mejor que nunca —comentó el conde en cuanto nadie podía oírlos—. O, por lo menos, guarda las distancias con nosotros. Quizá terminemos la noche sin que haya ningún escándalo... ni derramamiento de sangre.

—No pensarás que pueda ser lo bastante insensato como para... —Nell lanzó una mirada llena de ansiedad a su marido.

—Hasta ahora parece comportarse como es debido —respondió Julian, a la vez que se encogía de hombros—. Se ha quedado discretamente en un segundo plano y no ha intentado incorporarse a ningún grupo en el que yo estuviera. Y, sobre todo, no ha sido tan imprudente ni tan osado como para pedirte un baile.

—¡Ya lo creo que no! —exclamó Nell—. Una vez se me ha acercado y me ha parecido que iba a atreverse a hacerlo, pero por lo visto se lo ha pensado mejor y se lo ha pedido a la hermana del párroco.

—Pues ha sido una suerte —aseguró Julian, a medida que le acariciaba la mejilla con un dedo—. No me gustaría tener que retarlo. —Robó un beso a su mujer—. Tynedale aparte, ¿te lo estás pasando bien?

—Sí, mucho. Charles es un bailarín excelente y cuenta historias de lo más increíbles. ¿Es verdad que pusiste un pez muerto en el cepillo cuando tenías nueve años?

—Sí, soy culpable —confesó Julian con una carcajada—. Dios mío, ya no me acordaba de eso. Claro que siempre puedo contar con que Charles lo saque a relucir.

—Es agradable que los problemas que había entre vosotros se hayan resuelto, ¿no?

—No sé si se han resuelto, pero nuestra relación no era tan buena desde hacía años —comentó Julian tras frotarse el mentón—. Y eso, cariño, es muy agradable.

Más tarde, los invitados fueron conducidos al comedor, donde se sirvió una cena suntuosa. Todo el mundo estaba muy animado y la habitación se llenó de risas. Al final de la comida, la señora Weston se levantó de la mesa y se llevó regiamente a las señoras al salón para dejar que los caballeros disfrutaran de una copita.

Nell estaba cansada. A pesar de lo bien que se lo había pasado, la fiesta le había causado cierta ansiedad. Evitar a Tynedale sin que se notara y vigilar que no estuviera nunca demasiado cerca de su marido empezaba a pasarle factura. No tenía ninguna duda de que podría bajarle las pretensiones si se atrevía a abordarla, pero le preocupaba cómo reaccionaría Julian al tenerlo cerca. Se lo estaba pasando bien en la fiesta, pero no tanto como si Tynedale no hubiera estado presente. Ahora que estaba segura del amor de Julian, ya no le preocupaba el posible escándalo que Tynedale pudiera provocar al aludir a las verdaderas circunstancias que habían rodeado su boda; pero seguía siendo una serpiente, aunque ya no le quedara demasiado veneno. Como ella y Julian habían comentado, Tynedale no podía hablar demasiado sin mostrarse a sí mismo como un sinvergüenza inaceptable, aunque si fingía que el rapto había sido en realidad una fuga iba a resultar incómodo.

Sonrió. Ya ni siquiera eso la preocupaba... Ella y Julian podían enfrentarse juntos a las habladurías. Aun así, Tynedale seguía siendo una posible amenaza para su futura felicidad, y cuando las señoras salieron del comedor, temió que pudiera provocar a Julian para que cometiera alguna imprudencia. Saber que Tynedale y Julian estaban juntos en el comedor, aunque fuera entre unos cuantos caballeros sensatos, la intranquilizaba. Que la bebida fluyera con abundancia aumentaba su inquietud; era sabido que los hombres hacían tonterías con unas copitas de más...

Nell tenía motivos para estar intranquila. Tynedale había disimulado sus verdaderas emociones toda la noche, ocultando tras unos modales exquisitos y una sonrisa educada el resentimiento, el odio y la envidia que sentía. Había observado subrepticiamente la interacción entre Julian y Nell, la expresión cariñosa en los ojos de Julian cuando éstos se posaban en las bellas facciones de su esposa, la forma en que a Nell se le iluminaba el semblante cuando Julian la sacaba a bailar y la dulce intimidad que existía entre ambos. Sólo un imbécil hubiera sido incapaz de darse cuenta de que estaban profundamente enamorados. Y Tynedale no era ningún imbécil.

El embarazo evidente de Nell lo enfurecía aún más, porque sabía que, de no haber sido por una mala jugada del destino, ese bebé habría podido ser suyo, su heredero, en lugar del de Wyndham. Fulminó disimuladamente a Wyndham con la mirada, y lo maldijo no sólo por ser un hombre de una riqueza sin igual, sino por haberle robado a la heredera que había elegido para sí. ¡La fortuna y el hijo de Nell deberían haber sido suyos! Wyndham se lo había arrebatado todo. Lo había estafado. Lo había llevado al borde de la ruina; sus propiedades estaban tan hipotecadas que dudaba de que jamás fuera a recuperarlas, y lo que era igual de devastador: Wyndham podía exigirle el pago de todos esos pagarés cuando quisiera.

Tynedale tuvo que admitir con amargura que, de no haber obligado a Raoul a invitarlo a su casa, habría estado en un punto muerto. Su situación era tan mala que ni siquiera se atrevía a aparecer por su domicilio; lo más probable era que los acreedores estuvieran en ese mismo instante gritando frente a la verja de su casa solariega y fueran a reclamarle el pago de sus deudas hasta la mismísima puerta. Casarse con Nell habría cambiado todo eso, y cuando pensó en lo que habría significado ese matrimonio para él, su rencor y su odio fueron mayores. Maldito Wyndham. Lo maldijo una y mil veces.

Cuando las señoras dejaron el comedor, Tynedale siguió dándole vueltas al asunto. Todos sus apuros eran culpa de Wyndham, y repasó de nuevo todo lo que el conde le había perjudicado: Wyndham le había robado una fortuna. Wyndham se había casado con la mujer que debería haber sido su esposa. Y era él quien le había marcado la cara para toda la vida. Inconscientemente se tocó la cicatriz roja.

Julian vio que Tynedale se tocaba la antigua herida y sonrió con frialdad. Mientras sorbía su oporto se consoló pensando que, por lo menos, había hecho eso por Daniel, aunque lamentó no haber podido hacer más. En otras circunstancias, habría estado dispuesto a olvidar el pasado. Tynedale había llevado a Nell a su vida y, a pesar del modo en que lo había hecho, Julian podía perdonarle muchas cosas, pero no la perdición y la muerte de un joven inocente. Apretó la mandíbula.

—Déjalo correr —lo interrumpió en voz baja Marcus, que había imaginado lo que estaba pensando—. El destino de Tynedale ya no debe tener nada que ver contigo.

—Aunque me moleste admitirlo, es probable que tengas razón —dijo Julian. Volvió a mirar la cicatriz—. Por lo menos, ya no tiene una cara tan bonita.

—Sí, estoy de acuerdo —comentó Charles, detrás de Julian—, pero es una lástima que no terminaras el trabajo. Se está buscando que alguien lo mate.

Charles había estado deambulando por la habitación, como buen anfitrión. Se había detenido a conversar primero con un caballero y luego con otro, y su recorrido lo había llevado al lugar donde Julian y Marcus estaban sentados con las sillas separadas de la mesa.

—¿Y por qué piensas así? —preguntó Julian con una ceja arqueada cuando Charles se situó junto a él.

Sin apartar los ojos de Tynedale, Charles tomó un sorbo del coñac que estaba bebiendo.

—Daniel no es el único joven ingenuo que ha sucumbido al hechizo de Tynedale.

Julian contuvo el aliento y dirigió la mirada a la otra punta de la larga mesa, donde Raoul estaba sentado en el grupo que incluía a Tynedale.

—¿Me estás diciendo que Raoul ha caído en sus garras?

Charles se encogió de hombros.

—Alguna explicación tiene que haber para el afecto repentino que siente por ese hombre. Raoul no es tan buen jugador como yo, y sé que su madre le ha advertido que no tolerará grandes pérdidas en la mesa de juego. —Sonrió fríamente—. Si tuviera que adivinar el motivo de la predilección actual que mi hermano le tiene, diría que es porque le debe dinero.

Charles echó un vistazo al otro lado de la habitación, donde Raoul estaba riendo de algo que Chadbourne había dicho.

—Supongo que Raoul está aplazando el momento funesto en que tiene que ir a ver a mi querida madrastra para pedirle dinero con el que saldar las últimas deudas que ha contraído. Mientras tanto, deja que Tynedale se aproveche de él.

—¿Es por eso que querías los pagarés? ¿Para negociar con él?

—Se me había pasado por la cabeza.

—¿Y por qué diablos no me lo dijiste? —exclamó Julian—. Sabes que, en esas circunstancias, te los habría entregado encantado.

Charles lo miró con una extraña sonrisa en los labios.

—Tal vez sólo quería que confiaras en que haría lo correcto.

—¡Oh, por favor! —soltó Marcus—. Mira que eres llorón... —Dirigió una mirada feroz a Charles—. Siempre has sido un arrogante y un engreído.

—Y tú siempre te has creído mejor de lo que eres —replicó Charles, sonriéndole a Marcus con dulzura.

Julian suspiró. ¿Cuántas veces se habían peleado así cuando eran niños?

—¿Podríamos dejarnos ya de esos insultos tan infantiles, señores? —pidió en voz baja.

Marcus y Charles se miraron sin que ninguno de los dos cediera un ápice hasta que Marcus hizo una mueca y soltó una carcajada.

—Lo haré... si él también lo hace.

—Te doy mi palabra —aseguró Charles, con una reverencia.

—¿Y qué vamos a hacer con Tynedale? —preguntó Julian.

—Acabar con él —contestó Charles, con los ojos puestos de nuevo en Tynedale.

—Me encantaría —murmuró Julian—, pero si no es asesinándolo, no veo la forma de lograrlo.

—Supongo que podría retarle a un duelo —se ofreció Marcus, que miraba también a Tynedale.

Tynedale debió de notar sus miradas, porque dirigió la vista hacia ellos y, cuando se dio cuenta de que los tres lo estaban observando, se le heló la sonrisa en los labios. Se recobró casi de inmediato y se volvió, riendo al parecer de alguna ocurrencia de Pierce Chadbourne. Como lo intranquilizó que los tres hombres lo estuvieran mirando, logró correr la silla para que lo tapara un horroroso centro de plata que, según la señora Weston, aportaba elegancia a la mesa.

¿Por qué lo estarían observando? No tenía ninguna duda de que no les caía nada bien. También sabía que no derramarían ninguna lágrima si le ocurría alguna desgracia. ¿En qué estarían pensando, pues? ¿Estarían planeando alguna forma de atacarlo? Se bebió una copa de vino de un trago, haciendo acopio de valor, analizando las posibilidades. No tenía ningún conflicto con Sherbrook ni con Weston, pero estaría encantado de tener la oportunidad de batirse de nuevo con Wyndham... y matarlo.

Las posibilidades lo cegaron. Si Wyndham muriese... Si Nell abortara o el niño naciera muerto, lo que podía arreglarse fácilmente... Weston ocuparía el lugar de su primo. Sólo habría entonces una persona que separaría a Raoul de heredar el título y la enorme fortuna que lo acompañaba. Sonrió. Le encantaría ayudar a Raoul a derrocharla. Y, lo mejor de todo, Nell sería viuda y tendría su propia fortuna. La primera vez que intentó obligarla a casarse con él había fracasado, pero ahora tenía más experiencia y lo planearía mejor. Le brillaron los ojos con astucia. ¿Por qué no? ¿Por qué diablos no? El tiempo corría en su contra; cuanto antes se reuniera Wyndham con los muertos, antes podría librar a la apenada condesa de Wyndham del mocoso que estaba esperando para convertirla en lady Tynedale. ¡Y a la mierda las habladurías!

Se levantó. Todo encajaba. Hasta tenía allí sus pistolas de duelo... Sonrió de nuevo. Eran muy especiales esas pistolas; una disparaba ligeramente hacia la derecha, y la otra, ligeramente hacia la izquierda, pero sólo él sabía cuál hacía qué y podía compensarlo, mientras que el pobre Wyndham... Casi rio en voz alta al imaginarse la expresión de Wyndham cuando su bala no diera en el blanco y la de su oponente sí. Con un brillo febril en los ojos, se acercó a Julian, Marcus y Charles, que seguían juntos.

—Una velada muy agradable —aseguró con una reverencia—. Hay que felicitar a la señora Weston por sus dotes de anfitriona —dijo a Charles tras situarse junto a él. A continuación sonrió a Julian—. Creo que todavía no lo he felicitado por su reciente matrimonio. ¿Cuánto hace ya? ¿Seis meses? Oh, y también por el heredero que está en camino... felicidades. —Tomó un sorbo de vino sin apartar ni un segundo los ojos de los rasgos rígidos de Julian—. Es una mujer preciosa; es usted afortunado —añadió afablemente—. Muy afortunado, la verdad... Se le podría haber escapado fácilmente de las manos, y habría acabado siendo la esposa de otro hombre.

Julian reaccionó, pero Marcus le sujetó el brazo.

—Si valora su vida, le sugiero que aleje su detestable persona de mí —advirtió el conde a Tynedale, al que miraba con sumo desprecio.

—Oh, Dios mío, ¿me está insultando? —exclamó con los ojos muy abiertos para fingir inocencia. Su intención no era desafiarlo a un reto. Necesitaba que Julian lo desafiara, así la elección de armas le correspondería a él.

—¿Es posible insultarlo? —se burló Julian.

No estaban hablando en voz baja, y varios caballeros, conscientes de que iba a haber problemas, se volvieron para mirarlos.

—Oh, sí que es posible... si yo lo permito —respondió Tynedale antes de tomar otro sorbo de vino—. Pero, verá, sé controlar muy bien mi genio y no me dejo provocar por los comentarios trillados de cualquier plebeyo.

Charles palideció y Marcus fue a ponerse de pie, pero Julian se lo impidió sujetándole el brazo de una forma que parecía despreocupada pero que era muy fuerte.

—Es usted digno de elogio —aseguró Julian, con el cuerpo engañosamente relajado—. Yo, por mi parte, también soy bastante inmune a los insultos, especialmente cuando los profieren ratas como usted.

Para entonces, todo el mundo los estaba mirando y escuchando, y se oyó un grito ahogado general tras las palabras de Julian.

El terrateniente avanzó a toda velocidad, seguido del párroco y de lord Beckworth.

—Oh, vamos, señores —dijo el terrateniente, nervioso—. Esto ya está durando demasiado.

Tynedale soltó una risita, pero el odio ardía en sus ojos.

—¡Vaya por Dios! ¿Está intentando obligarme a batirme en duelo con usted? —Echó un vistazo alrededor del comedor—. Me temo que el pobre Wyndham no tiene bastante con haber derramado mi sangre una vez. Parece que desea más.

—Se equivoca —murmuró Julian—. No quiero su sangre, bellaco licencioso, quiero verlo muerto para que no pueda seguir engañando a muchachos ingenuos para robarles su fortuna.

Tynedale palideció de rabia, pero controló su genio.

—¡Dios mío! Esperaba que ya hubiera superado su disgusto por las insensateces de su sobrino, pero se ve que estaba equivocado. Me guarda rencor, milord. ¡Qué injusto es usted!

Con un movimiento brusco de la muñeca, Julian echó el contenido de su vaso a la cara de Tynedale.

—Y usted —dijo en voz baja— es un canalla y un cobarde, nada menos que un gusano al que habría que aplastar.

Tynedale, enfurecido, perdió de vista su objetivo.

—Hijo de puta engreído —gruñó—. ¡Nombre a sus padrinos!

—Encantado —respondió Julian. Sin apartar ni un segundo los ojos de las facciones furiosas de Tynedale, comentó—: ¿Marcus? ¿Charles? —Sin esperar su consentimiento, Julian prosiguió—: Creo que la elección de armas es mía: espadas. Y el lugar y la hora: aquí y ahora.

—¡Oh, no, no! ¡No podemos consentirlo! —exclamó el terrateniente, horrorizado por el giro inesperado de los acontecimientos—. Tynedale ni siquiera ha nombrado a sus padrinos —añadió, desesperado.

—El señor Raoul Weston y el señor Pierce Chadbourne me representarán —soltó Tynedale. Tanto Raoul como Pierce parecieron consternados, pero no podían negarse, así que asintieron y se situaron al lado de su hombre—. Estaré preparado cuando lord Wyndham lo esté —anunció Tynedale.

—¡Cielo santo! Todo esto es muy irregular —protestó lord Beckworth—. Tienen que permitir que sus padrinos intenten buscar una solución pacífica.

Julian no había abandonado su postura relajada junto a la mesa, pero, como un tigre que tiene a su presa a la vista, sus ojos no se habían apartado en todo el rato del rostro de Tynedale.

—Puede que sea irregular —admitió—, pero se ha seguido el protocolo; tenemos la buena suerte de contar con la presencia de un médico y, sin duda, disponemos de suficientes testigos respetables, además de nuestros padrinos. No hay nada que impida que se celebre el duelo... aquí y ahora.

—Estoy de acuerdo —intervino Tynedale, que asintió bruscamente con la cabeza—. Nuestros padrinos no tienen nada que discutir.

Julian se dirigió entonces a su primo Charles.

—Creo que tienes un par de espadas excepcionales; serán las que usaremos. A no ser, por supuesto, que Tynedale o sus padrinos tengan algo que objetar —finalizó con una mueca de desdén.

—Nada —dijo Tynedale, que se maldecía interiormente por haber perdido la ventaja.

—Preparémonos entonces, mientras Charles va a buscar las armas —sugirió Julian.

Era evidente que no había nada que hacer; iba a librarse el duelo. Allí. Enseguida.

Mientras Charles buscaba las espadas, los demás caballeros, algunos de ellos murmurando su disgusto o expresando su ansiedad y otros cada vez más animados, de modo que incluso unos cuantos hacían apuestas sobre el resultado, prepararon rápidamente la habitación. Alejaron los candelabros de la zona de peligro, corrieron la mesa hacia la pared del fondo y apartaron las sillas hasta que en el centro del comedor quedó vacío un espacio bastante grande que dejaba al descubierto, en todo su esplendor, los colores y el dibujo de una costosa alfombra turca. Cuando Charles volvió con las espadas, los padrinos las examinaron y las consideraron aceptables. Los caballeros que iban a enfrentarse y sus respectivos padrinos se dirigieron a lados opuestos de la habitación, mientras que los testigos se alineaban junto a las paredes.

—¿Estás loco? —siseó Marcus en cuanto Charles, Julian y él estuvieron solos.

—Los tres coincidimos en que estaba buscando que alguien acabara con él, ¿no? —murmuró Julian.

—Sí, pero ¿quién decidió que ese alguien fueras tú? Charles o yo podríamos hacerlo igual de bien. Tú tienes responsabilidades... ¿O acaso te has olvidado de tu esposa? ¿Y qué me dices del bebé que está esperando?

—No los he olvidado y confío en que, si sucede lo peor, tú y Charles cuidaréis de ellos —respondió Julian mientras tomaba la espada que Charles le entregaba. Entonces vaciló un instante, y su rostro adoptó una expresión de angustia. Pensar en Nell y en lo que sufriría si él muriese no le iría nada bien. Ni tampoco era ése el momento de plantearse si estaba actuando con sensatez. Necesitaba tener la cabeza despejada, pero no podía dejar a Nell sin unas palabras finales. Inspiró hondo—. Si muriera, decid a mi mujer que la amo, que me ha hecho inconmensurablemente feliz y que mis últimos pensamientos fueron para ella y para nuestro hijo.

—¡Oh, maldita sea! —explotó Marcus, que miró a Charles exasperado—. Por el amor de Dios, haz algo.

—¿Yo? ¿Por qué debería hacerlo? —preguntó Charles—. Si mi querido primo tuviera la mala fortuna de morir esta noche, yo heredaría. —Dirigió una sonrisa torcida a Julian—. Te aseguro que te lloraré mucho y te juro que me encargaré de proteger a tu esposa y de asegurarme de que no le pase nada malo.

—¿Sabes qué? —le dijo Julian, asombrado—. No me había fijado nunca en que adoptas una actitud increíblemente frívola en los momentos más inoportunos.

—Es mejor que retorcerse las manos como esa solterona de Marcus.

Marcus se lanzó hacia delante con la violencia reflejada en los ojos pero, con un movimiento rápido, Julian le impidió llegar a su objetivo.

—Me parece que el que va a batirse en duelo soy yo —comentó en voz baja—. Podéis destrozaros después si queréis, pero ahora recordad que sois mis padrinos.

Julian iba a apartarse de ellos, pero Charles le sujetó el brazo.

—Supongo que sabes que, si tú caes, Tynedale no te sobrevivirá mucho tiempo, ¿verdad? —le soltó deprisa, muy serio.

Julian sonrió ligeramente y asintió con la cabeza.

—No lo he dudado ni un instante, a pesar de tu infernal insolencia.

Tras volverse, Julian se quitó el chaleco bordado y lo dejó sobre su chaqueta. Se subió las mangas de la camisa de lino fino, empuñó la espada y comprobó su equilibrio. La memoria no le había fallado: era un arma estupenda. Demasiado buena para utilizarla con Tynedale.

Mientras Julian se estaba preparando, Tynedale hacía lo propio y, un momento después, los dos hombres estaban frente a frente. Se encontraron en el centro del espacio despejado, y sus espadas se besaron como preludio del duelo.

A pesar de que había varios caballeros en el comedor, todo se quedó en silencio cuando las espadas entrechocaron por primera vez. Nadie dudaba de que el duelo iría más allá de la primera sangre; muchos creían que verían morir a uno de los dos hombres.

Mientras Julian y Tynedale se estudiaban, no hubo ninguna floritura, ningún complicado juego de pies destinado a despertar la admiración y ganarse el respeto de los espectadores; en aquel duelo, en lo único que pensaba cada uno de los oponentes era en matar al otro. Empezó bastante despacio; se habían enfrentado antes y se tenían la medida tomada, de modo que, en una elegante danza de la muerte, buscaron un punto débil del contrario.

Aparte del sonido apagado de las botas de los espadachines en la alfombra turca y del roce esporádico de una hoja con otra, todo estaba en silencio. Julian paraba fácilmente las fintas de Tynedale, y sus hojas plateadas centelleaban a la luz de las velas. El duelo siguió durante unos minutos interminables: finta, parada, estocada, retirada, para volver a empezar sin que ninguno de los dos encontrara una abertura clara para atacar. Entonces, de repente, la espada de Tynedale superó la guardia de Julian y una larga herida carmesí apareció en el brazo de éste.

—¡Basta! —gritó el terrateniente con el rostro lleno de ansiedad—. Ya ha herido a su oponente.

—Pero todavía no he recibido satisfacción —gruñó Tynedale, y lanzó una estocada a Julian.

El conde esquivó el ataque de Tynedale y arremetió contra él, de modo que las dos hojas silbaron al chocar entre sí. Julian, con la cara sombría y seria, siguió atacando, haciendo retroceder implacablemente a Tynedale. Movía la espada con destreza, y dejó la camisa de su oponente rasgada y ensangrentada a consecuencia de varios rasguños. Con la camisa hecha jirones, Tynedale respiraba con dificultad, pero era un espadachín excelente, y aunque Julian había sido capaz de infligirle un daño insultante, no había podido encontrar un resquicio en su defensa que le permitiera asestarle la estocada mortífera.

El sudor resbalaba por la cara de Tynedale cuando contrarrestó una vez más el ataque de Julian. Las heridas le dolían y le sangraban. Tenía el brazo mermado, y la respiración, entrecortada. Hasta entonces, había contenido a Julian, pero sabía que no podría hacerlo indefinidamente. El miedo empezó a apoderarse de él y la idea de matar a su oponente se desvaneció; estaba luchando para sobrevivir.

En cuanto el miedo y la rabia nublaron la cabeza de Tynedale, su defensa flaqueó y entonces Julian la atravesó. Se oyó el silbido de la hoja dirigida al corazón de Tynedale, pero éste, en el último segundo, se movió ligeramente hacia un lado, y en lugar de acertar su objetivo, la hoja de Julian se clavó profundamente en el hombro de su adversario.

Tynedale chilló y cayó al suelo mientras Julian sacaba la espada de la herida. El conde se quedó mirando furioso a su oponente, que se retorcía en el suelo.

«¡Maldita sea mi estampa!», pensó Julian sin dejar de observar a Tynedale.

Había vuelto a fallar. Tynedale viviría. Seguir el duelo significaría cometer un asesinato a sangre fría, y el honor de Julian le impedía hacer eso; por mucho que deseara ver muerto a Tynedale. ¡Maldición!

—De nuevo parece tener más suerte que el mismísimo diablo, milord —comentó Julian con seriedad.

Pierce y Raoul corrieron hacia su hombre y lo ayudaron a levantarse.

—La suerte no ha tenido nada que ver en esto, milord —replicó Tynedale, flaqueante entre sus padrinos y con la espada sujeta sin fuerza a un lado de su cuerpo—. Es cuestión de destreza.

—Bueno, crea lo que quiera. —Julian echó un vistazo alrededor de la habitación—. Tynedale no puede continuar. El duelo ha finalizado.

Se volvió y empezó a alejarse de Tynedale hacia el otro lado del comedor.

Al ver que su enemigo se iba y darse cuenta de que todos sus planes y sus sueños no se harían realidad si Wyndham no moría, Tynedale se volvió loco.

—¡No! —gritó—. No terminará así.

Para sorpresa de todo el mundo, se soltó de las manos de sus padrinos y se quedó balanceándose en el centro de la habitación.

Julian regresó hacia él y lo miró de arriba abajo.

—Ni siquiera el deseo de erradicar a un gusano como usted me llevaría a cometer un asesinato.

Lleno de desprecio, Julian se volvió y se alejó de su oponente.

Tynedale soltó entonces un grito entrecortado y atacó al conde.

Fue evidente que, fuera de sí, tenía intención de atravesar con la espada a Julian por la espalda.

Los caballeros que presenciaban el duelo soltaron un horrorizado grito ahogado, y Charles y Marcus se lanzaron hacia delante a la vez.

—¡Julian, a tu espalda! —gritó Charles.

Julian se volvió de golpe y, tras hincar una rodilla en el suelo, contrarrestó al ataque de Tynedale, de modo que le clavó la espada directamente en el corazón. Con la hoja hundida en el pecho, Tynedale se tambaleó hacia atrás, incrédulo. Se le cayó la espada de la mano, intentó decir algo y se desplomó, muerto.

Julian, de nuevo de pie, observó sin ánimo el cadáver de Tynedale, sorprendido de no sentir nada. Había creído que, con la muerte de Tynedale, la desesperación y la culpa por el suicidio de Daniel desaparecerían, pero no era así. Ni siquiera saber que Tynedale había pagado caro lo mucho que había alterado la vida de Nell le resultaba gratificante. No sintió ningún júbilo por haber derrotado a su enemigo, ni siquiera satisfacción o alivio por haber cumplido por fin su promesa y haber vengado a Daniel. Sólo era consciente de un gran cansancio y de una necesidad enorme de ver a Nell, de estrecharla entre sus brazos y de sentir la suavidad de su cuerpo junto al suyo.

Un murmullo se elevó en el comedor, algunos caballeros se acercaron a Julian para felicitarlo; otros sacudían la cabeza, murmuraban funestos vaticinios y deploraban la falta de decoro y de modales de los jóvenes... y pasaron algunos instantes antes de que se restableciera el orden. Cuando se llevaron el cadáver de Tynedale, se hizo el silencio en la habitación. No había ninguna duda de que la muerte había sido justificada, y Julian no tenía que temer que lo que había ocurrido esa noche fuera a tener ninguna repercusión. Demasiados caballeros habían visto el duelo para mantenerlo en secreto, y el conde no se planteó en ningún momento amordazar a los allí presentes. En cuanto a la habladurías, y habría muchas... Bueno, eso no podía evitarse. Decidió, cansado, que tendría que lidiar con ellas.

Pasó un rato antes de que dejaran arreglada la habitación, pero al final habían eliminado todos los indicios de que se había celebrado un duelo mortal en el suelo situado debajo de la larga mesa de caoba de la señora Weston. El doctor Coleman limpió y vendó la herida de Julian sin dejar de regañarlo en voz baja; Marcus le ayudó a ponerse el chaleco y la chaqueta. Charles le arregló con habilidad la chalina para que le quedara elegante como antes.

—Un asunto feo —le dijo bruscamente el terrateniente Chadbourne mientras varios caballeros lo rodeaban—. Muy feo.

—No puedo negarlo, y no me enorgullece haber tomado parte en él —admitió Julian.

—Pero tenía intención de matarlo, ¿no? —resopló lord Beckworth.

—Si el destino me era favorable —murmuró Julian.

—Bueno, ha tenido mucha suerte de haber salido de ésta solamente con un rasguño —comentó con dureza Coleman—. Espero que siga mi consejo y descanse ese brazo unos días. Y que evite combatir pronto en otro duelo —añadió con un brillo divertido en los ojos.

—No creo que deba tener nada que temer —aseguró el conde secamente—. Los duelos no son mi fuerte y sí... —Desvió la mirada, pensando en el joven Daniel y en Nell—. Había motivos —concluyó antes de tomar un sorbo de coñac.

—Siempre los hay —comentó Beckworth—. Esperemos que fueran cuales fuesen sus motivos, valieran la vida de un hombre.

—Oh, ya lo creo que los valían —aseguró Charles, de pie junto a Julian.

—Sin ninguna duda —añadió Marcus, cerca de ellos.

—¿Y ya está? —Beckworth se había quedado mirando a los tres primos.

—Y ya está —confirmó Julian.

Cuando los demás se fueron y Julian, Marcus y Charles se quedaron solos, este último preguntó:

—Todo ha salido bastante bien, ¿no os parece?

—Habría preferido que Julian no saliera herido —dijo Marcus con una mueca.

Varios caballeros se estaban preparando para marcharse del comedor, y Julian no esperaba con ningunas ganas la media hora que le aguardaba. En teoría, los caballeros no hablaban de duelos con el sexo débil, pero estaba convencido de que, una vez se hubieran reunido con las señoras, se irían de la lengua. Gimió. Pero ¿en qué había estado pensando? ¡Celebrar un duelo en el comedor de su tía!

¡Por Dios, él no era ningún jovencito impetuoso en busca de emociones fuertes y de peligro! Era un hombre casado y que esperaba un hijo. Daba igual que Tynedale mereciera morir; seguro que podría haber encontrado otra forma.

Vio que Charles lo observaba con una sonrisa en los labios y preguntó:

—¿Qué?

—Por una vez has actuado sin pensar en las consecuencias, y ya lo estás lamentando —dijo Charles, cabeceando.

—¿Lo lamentas? —quiso saber Marcus.

—La muerte de Tynedale no —aclaró Julian con una mueca—, pero podría haber elegido un lugar más, bueno, más respetable.

—¿El comedor de mi madrastra no es lo bastante respetable para ti?

—Sabes muy bien a qué me refiero —contestó Julian, malhumorado—. Tú eres el granuja de la familia. Yo no hago ese tipo de cosas, las haces tú.

—Hummm..., es verdad —convino Charles, mirándolo divertido por encima del borde de la copa con los ojos brillantes. Sonrió a Julian—. Y debo decirte, querido primo, que no podría haberlo hecho mejor.

20

El temor de Julian de que la noticia del duelo corriera como un reguero de pólvora por el salón de la señora Weston era infundado. Al parecer, ninguno de los caballeros se sintió obligado a susurrar una sola palabra de lo que había ocurrido en el comedor a sus acompañantes femeninas cuando él y los demás se reunieron con las señoras. Pero la fiesta terminó de una forma bastante brusca, lo que dejó perpleja a la señora Weston. Julian se alegró de que Charles fuera quien tuviera que darle la noticia del duelo; eso si Raoul no se le adelantaba.

El hombro le dolía, pero Julian logró actuar con normalidad hasta que él y Nell se hubieron despedido de los demás y se marcharon a casa. No había forma de ocultar a su mujer lo que había pasado, a no ser que pensara evitar toda intimidad con ella hasta estar completamente curado. Esbozó lentamente una sonrisa mientras se ponía con cuidado la bata de seda. Haría falta mucho más que un brazo herido para mantenerlo alejado de la cama de Nell.

Nell se horrorizó cuando le confesó lo sucedido. Cuando le enseñó el sitio donde la hoja de Tynedale lo había cortado, se quedó mirando un buen rato con las manos apretadas a la altura del corazón las vendas blancas que cubrían la herida.

—¡Podrías haber muerto! —logró decir por fin—. Podrían haberte matado mientras yo estaba sentada, tomando té, en el salón.

—Temblando de rabia, empezó a golpearle el pecho con los puños—. ¡Cómo te atreves a arriesgar así tu vida! ¡Cómo te atreves!

—Pero, cariño, ¿no te alegra saber que Tynedale está muerto? —preguntó Julian, desconcertado—. Ya no supone ninguna clase de amenaza para nosotros. ¿No te hace eso feliz?

—¿Feliz? —gritó—. ¿Feliz porque casi consigues que te maten? ¿Estás loco? —Su rabia remitió con la misma velocidad con la que se había originado, y se lanzó a sus brazos con tanta fuerza que Julian se estremeció—. ¡Oh, Julian! —exclamó entonces—. Te amo. Mi vida se habría acabado si Tynedale te hubiera matado. —Recostó la cabeza en el pecho de su marido y contuvo un sollozo a la vez que lo sujetaba con más fuerza—. Prométeme que no volverás a hacer nunca nada tan imprudente. ¡Prométemelo! No podría soportar que te pasara algo.

Julian sonrió y le besó la coronilla.

—No va a pasarme nada, te lo juro —dijo.

—¿Te duele mucho? —se preocupó Nell, que le acarició con una mano la zona donde tenía la herida.

Iba a negarlo, pero se le ocurrió algo ingenioso.

—Un poquito. Tal vez si pudiera acostarme en la cama a tu lado un ratito...

Muy solícita, Nell lo ayudó a quitarse la bata y a meterse en la cama. Consciente de su herida, se acurrucó después junto a su cuerpo desnudo con mucho cuidado de no lastimarlo al moverse.

—¿Mejor? —preguntó.

—Quizá si pudieras... —insinuó Julian a la vez que le tiraba con los dedos del dobladillo del camisón—. Ah, mucho mejor —murmuró mientras le deslizaba la prenda hacia arriba y le recorría el cuerpo con las manos antes de detenerlas entre sus muslos, de modo que dejó claras sus intenciones. Con deleite, sus dedos descubrieron la cálida y dulce humedad en la entrepierna de Nell.

—Pero, ¿y tu herida? —preguntó Nell, con los ojos empañados de deseo.

Julian le sonrió perezosamente a la luz de la vela situada cerca de la cama.

—Si me ayudas, te prometo que todo irá de maravilla.

Agachó la cabeza, le tomó el labio inferior entre los suyos y se lo mordió con mucha suavidad mientras la preparaba y la penetraba con los dedos. Nell arqueó la espalda, llena de placer. Acercó la mano a él y, casi ronroneando, le tomó el miembro erecto.

Totalmente excitado, Julian se puso boca arriba y, con el brazo bueno, tiró de Nell para que se sentara encima, a horcajadas. Sólo les llevó un momento unir sus cuerpos y, después, como le había prometido, todo fue de maravilla.

La noticia del increíble duelo y de la muerte de Tynedale causó revuelo, no sólo en el distrito sino también en todo el país. El fallecimiento de un par en un duelo no era algo insólito, pero las circunstancias y la historia entre Tynedale y Julian lo convirtieron en tema de especulaciones y de interés. Fue una suerte que la temporada acabara de empezar y que muchos miembros de la alta sociedad siguieran fuera, en sus propiedades del campo, la mayoría de ellos cerrando sus grandes casas y preparando a sus familias para el viaje a Londres. Como una gran parte de la alta sociedad estaba esparcida por Inglaterra, la noticia no llegó a todo el mundo a la vez, sino que circuló erráticamente por el campo.

Si los habitantes de Wyndham Manor no hubieran tenido decidido de antemano no ir a Londres esa temporada, el escándalo del duelo los habría incitado, sin duda, a hacerlo. La familia discutió la conveniencia de cambiar los planes e ir a Londres para que la alta sociedad supiera que ni Julian ni su familia tenían por qué esconderse en el campo. A Nell no le había gustado nunca la temporada londinense y, como su avanzado estado de gestación le proporcionaba una excusa excelente para permanecer en Wyndham Manor, se mantuvo inflexible: los demás podían ir si querían, pero ella se quedaba en casa.

Lady Diana y Elizabeth solían morirse por volver a Londres, pero ambas estaban entusiasmadas con las reformas de la casa viudal y a ninguna de las dos le apetecía especialmente soportar toda la gama de rumores que provocaría su presencia en la ciudad.

Como lady Diana había dicho: «Una cosa es que te inviten a las veladas y a los bailes más exclusivos por tu categoría y tu posición, y otra muy distinta que te inviten porque todo el mundo quiere conocer los detalles escabrosos de un desagradable duelo.»

Que lady Diana podía tener otra razón para quedarse en el campo fue algo de lo que Julian no se dio cuenta hasta tres semanas después, cuando se fijó en que últimamente lord Beckworth visitaba con frecuencia Wyndham Manor, y también la casa viudal. Cuando se encontró al caballero recorriendo los alrededores de la casa viudal con lady Diana colgada de un brazo y explicándole con suma paciencia las distintas fases de la construcción de su nueva cocina, no le dio la menor importancia. Pero cuando se lo encontró sentado a la mesa a la hora de cenar por tercera vez en cinco días, hasta él se percató de que estaba pasando algo delante de sus narices.

Una mañana, paseando por los jardines con Nell, comentó:

—¿Son imaginaciones mías o Beckworth se pasa el día pegado a mi madrastra?

—No —rio Nell—. No son imaginaciones tuyas. ¿No te parece maravilloso? Me pregunto si le va a proponer matrimonio. Elizabeth y yo tenemos muchas esperanzas de que vaya a celebrarse una boda este otoño.

—¿Diana, casada con ese anciano? —Julian parecía horrorizado.

—Lord Beckworth es más joven que tu padre, y se casó con él, ¿no? —replicó Nell, cortante.

—Sí, bueno, pero eso era... —Calló, sin saber qué decir.

—¿Distinto? —sugirió Nell, y cuando él asintió, preguntó—: ¿Por qué?

Julian se encogió de hombros.

—No sé cómo explicarlo —dijo, cabeceando—. Supongo que, cuando me planteaba la posibilidad de que volviera a casarse, imaginaba que lo haría con alguien más de su edad.

Nell lo miró con curiosidad.

—¿Te desagradaría que se casara con lord Beckworth?

—No, supongo que no; si es eso lo que quiere.

—Creo que eso es exactamente lo que quiere —sonrió Nell—, aunque se muestra muy evasiva con Elizabeth y conmigo siempre que le hablamos de su nuevo pretendiente. Niega que haya algo entre ellos, pero le brillan los ojos de una forma... —Suspiró, y con una expresión soñadora en la cara, afirmó—: Estoy segura de que la hará muy feliz cuando se casen.

Cuando vio que Julian parecía seguir teniendo dudas al respecto, trató de convencerlo.

—Si lo piensas un momento, verás que tiene lógica.

—¿Cómo llegaste a semejante conclusión? —preguntó Julian, con una ceja arqueada.

—Su primer matrimonio, con un hombre de su edad, fue... Bueno, por algunas cosillas que se le han escapado a Elizabeth, deduzco que sus padres se casaron muy jóvenes y no fueron muy felices juntos. Es evidente que lady Diana adoraba muchísimo a tu padre y que su matrimonio fue feliz. Así que es lógico que, cuando otro caballero mayor y respetable se muestra interesado por ella, esté abierta a considerarlo. —Se quedó pensativa—. De hecho, me atrevería a decir que rechazaría los intentos de acercamiento de cualquier hombre más joven porque lo compararía con su primer marido.

Julian reflexionó sobre esa teoría y llegó a la conclusión de que lo más probable era que Nell hubiera interpretado correctamente la situación.

Entonces, se le ocurrió algo.

—¿Significa eso que puedo esperar una visita formal de Beckworth uno de estos días?

—Con toda probabilidad —se rio Nell.

Una vez hubo abierto los ojos al romance que florecía delante de sus narices, Julian fue más consciente de las idas y venidas de los demás, y cayó en la cuenta de que últimamente había un flujo constante de caballeros que entraban y salían de la casa. Charles siempre andaba por ahí, y Raoul y Pierce también parecían haberle tomado el gusto a la hospitalidad de Wyndham Manor. No tardó mucho en darse cuenta de que lo que los atraía no era su hogar, sino más bien su cautivadora hermanastra, la joven Elizabeth. No tendría que haberse sorprendido, pero se sorprendió, y no sabía muy bien qué opinar de la situación. No le entraba en la cabeza la idea de que Charles pudiera casarse con nadie, y mucho menos con una mocosa acabada de salir de la escuela. En cuanto a Raoul... La fama de su primo menor con las mujeres y sus hábitos de jugador le hacían tener ciertas dudas. El heredero del terrateniente Chadbourne, Pierce, era un buen partido, pero, en general, consideraba que los tres hombres eran algo mayores para su joven hermanastra.

La última semana de abril se presentó la ocasión de abordar ese tema con Charles. Los cuatro primos habían quedado para cabalgar a primera hora de la mañana, pero Marcus y Raoul habían dado una excusa, lo que dejó a Julian y a Charles como únicos jinetes. Hacía una mañana preciosa; el sol brillaba, la temperatura era agradable, los árboles estaban llenos de brillantes hojas verdes, las flores silvestres cubrían los prados de todos los tonos imaginables y los pájaros no dejaban de cantar. Julian disfrutaba del momento, pero estaba distraído pensando en cómo abordar la cuestión del aparente interés romántico de Charles por Elizabeth. De hecho, no fue capaz de hacerlo hasta que ya iban de regreso a la casa.

—¿Andas detrás de mi hermanastra? —preguntó de repente.

Charles detuvo su caballo y se quedó mirando a Julian.

—Bueno, ¿qué más puedo pensar? —soltó Julian, ruborizado—. En esta época del año normalmente estás de vuelta en Londres, frecuentando tus lugares favoritos, pero sigues aquí, en el campo y, a menos que me equivoque, formas parte de la corte que revolotea alrededor de mi hermanastra. Sé que hay otros jóvenes que la visitan, pero Raoul, Chadbourne y tú parecéis los principales aspirantes a captar su atención.

—Hummm..., sí, yo también me he fijado —comentó Charles, a la vez que instaba de nuevo su caballo a avanzar—. Creo que Raoul y Pierce son demasiado mayores para ella, ¿no te parece? ¿Cuántos años tiene? ¿Diecisiete? —Lanzó una mirada pícara a Julian—. A no ser que siga los pasos de su madre y prefiera a los hombres mayores. Lo que me recuerda algo: ¿crees que lady Diana va a convertirse en lady Beckworth este año?

Entre enojado y divertido, Julian pensó que era típico de Charles ignorar su pregunta y, acto seguido, cambiar de tema.

—Según mi mujer, lo más probable es que este otoño celebremos una boda —admitió, a sabiendas de que era inútil esperar que su primo le dijera nada más.

—Ah, sí, ya me lo parecía. Sus intenciones han sido bastante evidentes y ella no ha dado muestras de rechazarlo. ¿Te satisface?

Julian asintió. Una vez hubo aceptado la idea del futuro enlace de su madrastra con lord Beckworth, descubrió que, más que satisfecho, estaba eufórico. Beckworth era un buen hombre. Formal. Digno de confianza. Claramente enamorado de lady Diana. Y ella, a su vez, estaba radiante como no la había visto desde hacía mucho tiempo... desde que su padre había fallecido. Sí, estaba satisfecho. En realidad, últimamente no había demasiadas cosas que no lo satisficieran. Estaba casado con una mujer que lo amaba y a la que él adoraba; sería padre en cuestión de meses, y parecía que le iban a quitar de encima el peso del cuidado y de la responsabilidad de su madrastra y de su hermanastra. Sus labios dibujaron una sonrisa de felicidad. Eso le permitiría concentrarse exclusivamente en su esposa y en su hijo.

Sólo había una mancha en su horizonte: el hombre misterioso. En el período posterior a la muerte de Tynedale, Marcus y él habían logrado registrar diligentemente todos los lugares con posibles mazmorras, lo que les había valido más de una mirada de curiosidad y de asombro. Conseguir echar un vistazo a las mazmorras situadas debajo de Stonegate había sido muy difícil, y Julian sabía que Charles no se había creído la historia de Marcus ni por un segundo. La tarde de la visita, Charles había sido el perfecto anfitrión y, mientras los acompañaba hasta los confines más profundos de la casa, la señora Weston se había mostrado fría e inflexible, lo que indicaba, sin lugar a dudas, que seguía muy enojada por el duelo que se había celebrado durante su cena. Raoul, evidentemente convencido de que se habían vuelto locos, se había ausentado a toda prisa. Las mazmorras de Stonegate no guardaban el menor parecido con la de las pesadillas de Nell, claro, y en lo que al hombre misterioso se refería, lo único positivo que Julian podía decir era que Nell no había tenido más pesadillas, y que John Hunter no había vuelto a visitarlo para darle la noticia de ningún otro hallazgo horripilante.

—¿Qué vas a hacer con la casa viudal si lady Diana se casa con Beckworth? —preguntó Charles, interrumpiendo las cavilaciones de Julian—. Sería una lástima dejar que volviera a echarse a perder como antes.

—Eso no pasará —aseguró Julian—. Tendría que haber sido mejor propietario y no permitir nunca que se deteriorara. Ahora que estará en perfecto estado, me aseguraré de que siga así.

—¿Y la nueva cocina? ¿Cómo van las obras? ¿No ha habido... esto... más inconvenientes? ¿Ningún vándalo ni ningún robo inexplicable? ¿Ningún visitante misterioso por la noche?

—¿Por qué lo preguntas? —quiso saber Julian.

—La otra noche, al volver a casa desde Wyndham Manor, me fijé en que había un caballo atado cerca de la casa viudal —explicó con una mueca—. Eché un vistazo, pero no encontré a nadie. Me extrañó, la verdad.

—No ha habido problemas desde el incendio —dijo Julian, con aire pensativo—. Hablé con los gitanos y el asunto pareció quedar resuelto.

—¿Los que están acampados en las tierras de Beckworth?

—Su jefe se llama Cesar —asintió Julian—, y aunque sé que la palabra de un gitano es dudosa, me juró que no volvería a tener problemas con ellos, y lo creí.

—¿Estás hablando del último de nuestros tíos que ha salido a la luz? —sonrió Charles.

—¿Cómo te...? Oh, Marcus, claro —murmuró Julian—. Me preguntaba si podría callárselo.

—Le pareció que yo debía saberlo por si Cesar intentaba aprovecharse de ti y él no estaba cerca para quitarle los ágiles dedos de tu bolsillo de una bofetada.

—Creo que Marcus se preocupa demasiado por cosas absurdas —sonrió Julian.

—Oh, desde luego. Siempre lo ha hecho. —Cabalgaron en silencio un momento antes de que Charles preguntara—: ¿Tiene previsto quedarse contigo mucho más? Imaginaba que las exigencias de su propiedad o las delicias de Londres lo habrían alejado de aquí a estas alturas.

—Tiene un administrador competente que se encarga de las cosas en Sherbrook. En cuanto a Londres... Siempre te ha atraído más a ti que a Marcus. A él le gusta el campo.

—No me disgusta el campo —replicó Charles con el ceño fruncido—. Creo que olvidas que mi madrastra deja claro que no quiere tenerme siempre cerca. Me soporta en invierno, pero cuando llega la primavera... Si me echan de mi propia casa, ¿qué diablos puedo hacer que no sea ir a Londres y acabar en sus tugurios y sus antros de perdición?

Julian, sorprendido no sólo por la confesión de su primo, sino también por el dolor y la frustración que denotaban su voz, detuvo su caballo. Observó su perfil mientras empezaba a entender muchas de las cosas que lo habían desconcertado anteriormente sobre su conducta. Pensó con tristeza que la señora Weston tenía que responder de muchas cosas.

—Pero es tu hogar —se limitó a decir en voz alta.

—¡Intenta decírselo a ella! —rio Charles con amargura—. No, es mucho mejor que esté en Londres y alejado de ella; de esta forma no le retorceré el pescuezo ni tiraré después su cadáver al río.

Cuando regresó a casa, el propio Marcus respondió a la pregunta de Charles sobre la duración de su estancia en Wyndham Manor. Después de haberse despedido de su primo, Julian se había encerrado en su estudio para revisar los libros de la finca que Farley le había dejado sobre la mesa. Era una tarea aburrida y rutinaria, pero necesaria. Desde muy joven, Julian se había tomado muy en serio sus obligaciones como propietario de una gran finca. Pero cuando Marcus llamó a la puerta y entró en la habitación, agradeció la interrupción.

Apartó los libros con las anotaciones escritas con la letra apretada de Farley, sonrió a Marcus y le invitó a sentarse en la mullida silla situada cerca de la esquina de su mesa.

—No me apetece dejarte sin haber resuelto el caso de... del hombre misterioso, pero me temo que tengo que irme unas semanas —dijo Marcus después de intercambiar cortesías unos minutos.

—¿Problemas?

—No —sonrió con ironía Marcus—. Mi madre. Quiere que la acompañe a Londres.

—Ah, comprendo.

Era de sobras conocido en la familia que Barbara, la madre de Marcus, una mujer encantadora y complaciente, no quitaba demasiado tiempo a su hijo, pero había algo en lo que insistía y era en que la acompañara siempre que se desplazaba fuera de Sherbrook Hall. Un viaje a Londres era una expedición extraordinaria para ella y, desde la muerte de su esposo, hacía varios años, Marcus la había acompañado amablemente durante los trayectos de ida y vuelta. No había logrado convencerla, por más que lo había intentado, de que las carreteras no estaban llenas de salteadores de caminos empeñados en atacar su carruaje y arrancarle las joyas que llevara encima.

—No estaré fuera más de lo inevitable —aseguró Marcus, preocupado—. No ha habido ni rastro del perturbado de tu mujer desde que encontramos a esa pobre chica asesinada. Quizá lo haya dejado.

—Me gustaría creerlo, pero lo dudo —comentó Julian con una mueca—. Por desgracia no tenemos modo de saber cuándo o dónde volverá a atacar o si lo hará, aunque mi mujer está convencida de que podría ser cualquier día de éstos. Asegura que los períodos entre un asesinato y otro se están acortando. Han pasado ya casi tres meses desde la muerte de Ann Barnes y teme tener pronto una pesadilla. —Suspiró—. El problema es que podrías quedarte encadenado para siempre en Wyndham Manor a la espera de que ocurra algo. Sus actos son imprevisibles. —Calló un momento y sonrió ligeramente a Marcus—. Te estoy muy agradecido por tu apoyo, pero tienes más cosas de las que ocuparte. Ve a acompañar a tu madre a Londres.

Marcus vaciló un instante. Tenía en el rostro una expresión triste, y era evidente que le dolía tener que marcharse.

—Supongo que podría escribir a madre para contarle que me he roto una pierna y que no le sería de ninguna ayuda... —sugirió.

—Y ella vendría aquí a toda prisa para comprobar en persona la gravedad de tus heridas. —Cuando Marcus sonrió compungido, Julian añadió—: No hay nada que puedas hacer aquí hasta que vuelva a atacar de nuevo, si es que lo hace. Ve, y regresa en cuanto puedas.

—Así lo haré, en cuanto pueda —anunció, levantándose. Parecía preocupado—. Esperemos que siga sin hacer nada mientras esté fuera.

—Sí, esperémoslo —convino Julian.

Marcus se marchó esa tarde, y a Nell le sorprendió lo vacía que parecía la casa sin su presencia. Se lo dijo a Julian mientras paseaban a última hora de la tarde por los jardines.

—Le halagaría oírte decir eso —afirmó Julian.

—Es muy distinto de Charles, ¿verdad?

—¡Ya lo creo! —rio Julian—. Marcus es serio y formal, mientras que Charles es un jugador disoluto y, encima, insolente. —Sacudió la cabeza—. Marcus lleva una vida tranquila y ordenada, y

Charles va dando bandazos de una situación casi catastrófica a la siguiente, como si todo fuera un juego. Y tiene una suerte endiablada, además. No alcanzo a entender cómo no murió ahogado el año pasado cuando su yate, que, por cierto, había ganado a las cartas, se hundió. El incidente horrorizó a Marcus, mientras que a Charles le pareció un episodio de lo más divertido. No se me ocurren dos hombres más distintos que Marcus y Charles, pero tampoco hay otros dos a los que me gustara tener a mi lado en los momentos difíciles. —Sonrió—. Excepto, quizá, mi primo Stacey —dijo—. ¿Lo recuerdas de nuestra boda?

—Vagamente —admitió Nell. Arrugó la nariz—. Parece que haya pasado mucho tiempo, ¿verdad?

—Sí —sonrió Julian—. Y, sin embargo, parece que fue ayer. ¿Hay algo que lamentes?

—Nada... ahora que sé que me amas —contestó, apoyando la mejilla en la solapa de la chaqueta de Julian.

—Y te amo —confirmó Julian tras estrecharla entre sus brazos—. Con toda el alma. Con todo mi ser.

Nell, emocionada, se derritió en brazos de su marido.

Charles había despertado la curiosidad de Julian al mencionarle haber visto un caballo atado cerca de la casa viudal. Desde entonces, varias noches se había levantado de la cama sin hacer ruido, mucho después de que Nell se hubiera quedado dormida, se había vestido deprisa y, a pesar de parecerle que estaba haciendo el ridículo, se había dirigido al futuro hogar de Diana para comprobar si detectaba algún indicio de actividad. Esa noche, tras decidir que esas expediciones eran absurdas, se juró que sería la última que se pasaría merodeando como un ladrón entre los arbustos que rodeaban la casa viudal.

La luna creciente proporcionaba claridad suficiente para que Julian pudiera ver el camino que transitaba despacio. Antes de tener a la vista el tejado de la casa, redujo la marcha y aguzó el oído. Se detuvo en la sombra que proyectaba un gran lilo, situado a corta distancia de la parte trasera de la casa, y observó la zona, pero no vio nada que despertara su curiosidad. No esperaba ver a nadie, pero siguió escondido en su sitio más de dos horas antes de decidir que, efectivamente, aquella expedición era absurda. Cuando estaba a punto de marcharse para ir a acostarse, un ligerísimo movimiento cerca de la entrada posterior captó su atención.

Se puso tenso, con los ojos fijos en aquel punto, pero a medida que fueron pasando los minutos sin que viera nada anormal, se fue relajando. ¿Lo habría imaginado? ¿Lo habrían engañado los ojos? Sonrió. ¿O acaso quería ver algo? Un momento después se irguió de golpe, seguro esa vez de haber visto que algo se movía en la oscuridad, cerca de la casa. Sí, allí, en la esquina, donde estaban construyendo la nueva cocina, distinguía la silueta de un hombre. Desde su posición, junto al lilo, vio cómo el hombre salía de la penumbra y, después de que la luna lo iluminara un segundo, entraba en la casa. Aquella figura alta tenía algo familiar, pero el reflejo de la luz en el aro de oro que llevaba el hombre en la oreja indicó a Julian exactamente quién era: ¡Cesar!

Entonces, muy serio, se abrió paso entre los arbustos hasta que estuvo a poca distancia del lugar por donde Cesar había entrado en la casa. Vaciló; no le apetecía lanzarse a lo desconocido. El interior estaría tan oscuro como boca de lobo y no tenía forma de saber si Cesar estaba solo o si iba a reunirse con alguien. Podía esperar a que Cesar volviera para enfrentarse con él, pero entonces no sabría qué estaba haciendo el gitano, y no había ninguna garantía de que Cesar saliera por el mismo sitio por donde había entrado.

Indeciso, esperó en la oscuridad, deseando tener algo más que el cuchillo que llevaba escondido en la bota. Pasaron los minutos y, cuando estaba a punto de acercarse más a la casa, un susurro le advirtió que no estaba solo. Se movió, pero demasiado tarde; un brazo le rodeó el cuello de modo que no le dejaba respirar.

Echó la cabeza hacia atrás con fuerza y oyó, satisfecho, el gruñido de dolor procedente de su agresor, pero éste sólo aflojó un poco la presión del cuello. Julian se agachó rápidamente hacia delante y su atacante salió disparado por encima de su cabeza para golpear con fuerza el suelo. Julian se abalanzó de inmediato sobre él con el cuchillo de la bota en la mano.

Justo cuando le ponía la hoja en el cuello, la luz de la luna le dio de lleno en la cara. Julian apartó el cuchillo con un taco y rodó por el suelo para quedar tumbado boca arriba junto al otro hombre.

—¿Sabes qué? —comentó Charles con familiaridad—. Había

oído decir que eras peligroso, pero hasta esta noche no imaginaba cuánto.

—¡Podría haberte matado, idiota!

—Sí, pero no lo has hecho y eso es lo único que me importa en este momento —replicó Charles, levantándose.

Julian lo imitó, y casi a la vez, los dos retrocedieron de nuevo hacia la oscuridad.

—¿Lo has visto? —susurró Charles.

—Sí. Y, además, lo he reconocido: es Cesar, el jefe gitano de las tierras de Beckworth.

—Menuda decepción. Yo que pensaba que iba a descubrir algún crimen importante y resulta que sólo se trata de un hurto gitano.

—¿Cómo has sabido que Cesar estaría aquí esta noche? —preguntó Julian con brusquedad.

—No lo sabía. Esta última semana he estado observando la casa desde ese condenado espino y esta noche es la primera vez que veo algo.

—Parece que a ninguno de los dos se nos da nada bien este asunto —comentó Julian con una mueca—. Yo llevo casi el mismo tiempo observando desde el lilo.

—Oh, yo no diría eso; se nos ha dado muy bien pasar mutuamente desapercibidos.

—Hasta esta noche... ¿Qué me ha delatado?

—Nada te ha delatado —aclaró Charles, tirándose de una oreja—. Hoy he decidido probar un punto de observación distinto y te he descubierto por casualidad. Me has dado un buen susto, te lo aseguro.

Julian se sintió algo mejor. Por lo menos no había perdido totalmente sus viejas habilidades.

—¿Y bien? ¿Qué hacemos ahora?

—Separarnos —respondió Julian—. Uno de los dos vigila la parte delantera, y el otro, la trasera. Y capturamos a cualquiera que salga de la casa —finalizó con voz lúgubre.

Antes de que pudieran llevar el plan a la práctica, ambos vieron a Cesar salir sigilosamente de la casa. Como un par de leopardos al acecho, avanzaron sin hacer ruido entre los arbustos hasta que estuvieron en posición de ataque. Ambos saltaron a la vez, y su presa cayó al suelo con un gruñido y un golpe sordo.

Usaron el pañuelo que Cesar llevaba al cuello para amordazarlo y la chalina de Charles para atarle las manos y, después, lo arrastraron hasta donde estaba atado el caballo de Charles. Cargaron a Cesar en el animal como si fuera un saco de patatas y lo llevaron de esta guisa a las cuadras de Julian. Como éste había dicho a su primo: «Necesitamos un sitio donde podamos hablar en privado y no me apetece llevar a este hombre a mi biblioteca. Por muy tío mío que sea.»

Al llegar a las cuadras empujaron a Cesar, que no dejó de forcejear en todo el rato, hasta el despacho. Julian encendió enseguida una vela, y Cesar vio por primera vez a sus agresores.

—Creo que tiene mucho que explicar —le dijo Julian tras quitarle la mordaza—. Me juró que no tenía nada que temer de ustedes.

—Y así es; si se fija, verá que no llevaba nada suyo al salir de la casa.

—¿Y qué estaba haciendo allí? —preguntó Charles, irónicamente—. ¿Dando un paseo de medianoche, hummm...? ¿O mirando qué más podía robar a mi primo?

—Si me desatan, tal vez podamos discutir esto como hombres razonables —dijo Cesar.

—Supongo que ahora sugerirá que nos tomemos juntos una copa —resopló Charles.

—Sí, excelente idea. —La mirada de Cesar se dirigió hacia la gran mesa de roble que dominaba el despacho—. Creo que hay una licorera con un coñac excelente en el cajón inferior derecho, al lado de unas copas de cristal muy bonitas.

Julian soltó una carcajada, incapaz de contenerse. Cesar tenía algo que le recordaba mucho a Charles. ¿Sería la insolencia? ¡Por supuesto!

—Así que sabe eso. Me pregunto qué más sabe —se limitó a decir en voz alta.

Cesar le sonrió, y sus dientes blancos iluminaron su morena tez gitana.

—Si me desata y me sirve una copa de coñac, estaré encantado de contárselo.

—No sé a quién me recuerda este hombre —soltó Julian, que se acercó a desatar a Cesar sin dejar de mirar a Charles, divertido.

Luego abrió el cajón de la mesa y sacó la licorera y tres elegantes copas. A menudo, después de un largo día a caballo, sus amigos y él se quedaban un rato en ese despacho tomando coñac y comentando la caza.

—¿Cuándo registró las cuadras? —preguntó Julian, quien, tras servir las copas y repartirlas, se había sentado en una punta de la mesa.

—Antes de que nos encontráramos en el prado de Beckworth —suspiró Cesar. Miró a Julian a los ojos—. Dije la verdad cuando le aseguré que no tenía nada que temer de mi grupo.

—Explíqueme entonces por qué me lo he encontrando rondando sigilosamente mi propiedad a altas horas de la noche.

—No le negaré que, antes de que nos hiciera esa visita, algunos de los miembros más, esto, entusiastas de mi grupo se habían, bueno, agenciado algunas cosas que estaban tiradas por ahí; en particular, unas piezas de tela de la casa donde estuve esta noche. Admito esos robos. —Fijó los ojos en los de Julian para afirmar—: Pero le juro, por la sangre que compartimos, que ningún gitano provocó el incendio.

—Todo eso es muy interesante, pero no explica qué estaba haciendo allí esta noche, ¿verdad? —comentó Charles.

—Creía que era evidente —respondió Cesar, sorprendido—. Seguía al hombre de la capa negra. ¿No lo han visto?

21

Julian estuvo a punto de llamarlo mentiroso, pero entonces recordó que unos segundos antes de ver a Cesar le había parecido ver algo cerca de la entrada trasera. Revivió mentalmente la escena para intentan recordar qué había visto, o qué le parecía haber visto, exactamente. ¿Podría haber sido el movimiento de la capa de alguien que entraba en la casa?

—Está mintiendo —soltó Charles, que interrumpió así las cavilaciones de Julian.

—No, creo que no —aseguró Julian despacio con la mirada puesta en la cara de Cesar—. Unos minutos antes de ver a Cesar, me ha parecido ver algo junto a la entrada trasera.

—¿Has visto algo? —preguntó Charles, con las cejas arqueadas.

—Me ha parecido ver algo y, ahora que lo pienso, podría haber sido el movimiento de la capa de alguien que entraba en la casa. —Hizo una pausa y dirigió una mirada a Cesar—. Suponiendo que lo que dice sea verdad, ¿reconocería al hombre al que vio entrar en la casa?

—No —contestó Cesar a la vez que negaba con la cabeza—. Un pañuelo oscuro le cubría la parte inferior de la cara y llevaba un sombrero negro... oscuro, que le ocultaba todos los rasgos.

—Aunque viera a ese individuo, eso no explica qué hacía en los alrededores de la casa viudal —murmuró Charles.

Cesar contempló el líquido ámbar que contenía su copa al hablar.

—Los gitanos se ganan la vida diciendo verdades a medias, a veces mintiendo descaradamente —explicó—. La fama que tenemos de tener los dedos ágiles no es del todo inmerecida, pero tenemos nuestro honor. —Levantó la cabeza para mirar a Julian antes de proseguir—. Mentir a un familiar no es algo intrascendente. Cuando le dije que no tenía nada que temer de nosotros, hablaba en serio. —Calló e hizo una mueca—. Somos ladrones, granujas si usted prefiere, pero no provocamos incendios que ponen vidas en peligro. Sabía que los desperfectos causados en su casa no eran obra de ningún gitano y sentía curiosidad por saber la identidad del verdadero culpable. —Se encogió de hombros—. De modo que vigilé la casa y ésa ha sido la razón de que me encontraran en ella esta noche.

—Demasiado vago —gruñó Charles—. Y otra cosa: para ser un maldito granuja gitano, habla con una corrección exquisita.

Cesar sonrió fríamente.

—Mi... padre se ocupó de que mi madre recibiera una cantidad suficiente de dinero, parte del cual, a insistencia suya, tenía que destinarse a mi educación. Puede que no haya asistido a una de sus prestigiosas escuelas, pero no soy ningún ignorante.

—Lo siento —se disculpó Charles, incómodo—. Lo que he dicho ha sido una grosería. Sobre todo, porque se lo he dicho a... una especie de familiar.

—¿Esta noche ha sido la primera vez que ve a ese hombre? —preguntó Julian con brusquedad.

—Sí —asintió Cesar—. Cuando lo he detectado, he decidido no perderlo de vista. He entrado en la casa y lo he seguido para intentar ver adónde iba o qué hacía. —Tensó los músculos de la mandíbula—. Pero no he podido. Salvo los lugares que iluminaba la luz de la luna que entraba por las ventanas, el interior de la casa estaba demasiado oscuro para ver nada. Lo he perdido en cuanto ha entrado. Me he detenido a escuchar con la esperanza de oír sus movimientos, pero nada. Así que he retrocedido, temiendo toparme con él o alertarlo de mi presencia si continuaba allí. He salido de la casa con la intención de esperar a que regresara —explicó, y lanzó una mirada irónica a Julian—. Pero ustedes me lo han impedido.

—¿Me está diciendo que mientras nosotros estamos aquí, perdiendo el tiempo con usted, ese individuo se está escapando? —preguntó Charles, furioso.

—Es posible —dijo Cesar con un encogimiento de hombros—. Lo que sé es que, una vez dentro de la casa, se ha esfumado. —Torció el gesto—. Como por arte de magia.

—No tiene sentido regresar a la casa esta noche —comentó Julian, pensativo—. Es probable que nos oyera cuando lo capturamos y huyera. En este momento, podría estar en cualquier parte. —Hizo una mueca—. Pero por lo menos sabemos que alguien está utilizando la casa viudal para sus propios fines. Se me ocurre que el incendio fue provocado para detener o demorar las obras en la casa, tal vez para alejar a mi madrastra. Por ahora, tendremos que suponer que el hombre de esta noche es el mismo que provocó el incendio, ya que es poco probable que lo hiciera otra persona.

Julian dio una vuelta por el pequeño despacho mientras reflexionaba, impaciente. Se sentía culpable por no compartir con los otros dos hombres información que podía arrojar luz a lo sucedido esa noche. No tenía ninguna duda de que esa noche casi se había encontrado cara a cara con el hombre misterioso.

Dejando de lado ese problema, no sabía muy bien qué hacer respecto a Cesar. Su primera reacción fue darle las gracias por su interés y despedirse de él, pero se dio cuenta de que, a su manera, Cesar estaba interesado en las idas y venidas del desconocido de la capa. Debido al hombre de la capa, Cesar y su gente habían estado bajo sospecha, y Julian entendía que quisiera saber por culpa de quién y por qué.

Tras mucha discusión, los tres hombres decidieron que Charles y Cesar volvieran a la casa viudal a buscar el caballo de Cesar, que estaba oculto en el bosque. Acordaron que los tres trabajarían conjuntamente en lugar de hacerlo cada uno por su cuenta. Julian creía que era lo mínimo que les debía a ambos. Además, como Marcus no estaba, iba a necesitar su ayuda. Lo que no resolvía su dilema. ¿Cómo podía enviarlos a buscar un monstruo como el hombre misterioso sin decirles a qué se estaban enfrentando? ¿Y confiaba en ambos lo bastante como para contarles el secreto de Nell?

Julian se dirigió poco a poco a la casa, absorto en sus pensamientos. Intentaba ver el lado positivo de lo ocurrido esa noche. Hasta entonces habían estado luchando con sombras y con sospechas, pero ahora sabían que había alguien actuando en la oscuridad nocturna. Estaba convencido de que esa persona no podía ser otra que el hombre misterioso, y un escalofrío le recorrió la espalda al pensar en las posibles consecuencias.

Mientras subía los peldaños y entraba en la casa, decidió que el hombre misterioso de Nell se hallaba demasiado cerca para que estuvieran tranquilos. Y maldijo entre dientes al pensar en las muchas veces que Nell, lady Diana y Elizabeth deambulaban alegremente por la casa viudal. Un monstruo había entrado en ella esa noche. ¿Cuántas otras veces habría estado allí? ¿Cuántas veces Nell o alguna de las otras dos mujeres habría estado cerca de él?

Pero ¿con qué propósito rondaría el misterioso individuo la casa viudal? Cayó en la cuenta de golpe cuando abría la puerta de su dormitorio. ¡La mazmorra! ¿Sería posible? Marcus y él habían eliminado todos los sitios donde se sabía que había mazmorras, pero ¿y si...?

Se desnudó y se dirigió al dormitorio de Nell. Se juró que al día siguiente estudiaría la casa viudal y su historia muy, pero que muy detenidamente. La idea de que la mazmorra de las pesadillas de Nell pudiera encontrarse bajo la casa viudal era aterradora. Le horrorizaba saber que, mientras Nell y él dormían, a apenas kilómetro y medio de ellos se estaban cometiendo atrocidades con víctimas inocentes.

Unos minutos después, se metió en la cama junto a Nell y la acercó a sí. Necesitaba la calidez del cuerpo suave de su esposa para acabar con el frío que sentía. Nell dormía profundamente y ni siquiera se movió cuando le besó la sien. Le acarició la tripa prominente, donde crecía su hijo, y con ambos entre sus brazos, al cabo de un rato, se olvidó de tanta maldad y logró conciliar el sueño.

Abrazada a su marido, Nell gimió y luchó contra la insidiosa pesadilla en cuyas garras había caído desde lo que le parecía que eran varias horas. En la pesadilla, distinta a todas las que había tenido hasta entonces, se enfrentaba con una oscuridad absoluta, lo que le impedía ver, o adivinar siquiera, dónde se encontraba. Estaba rodeada de paredes, y tenía la sensación de estar en alguna especie de pasadizo estrecho. Sobresaltada, presintió que el hombre misterioso merodeaba cerca, oculto en ese velo de oscuridad. No podía verlo, pero notaba su presencia; lo oía respirar como si estuviera a su lado. Sabía que el hombre misterioso estaba allí, en la penumbra. Y que estaba esperando... ¿La esperaba a ella? Se estremeció, y quiso gritar al pensar que, de algún modo, se había convertido en su siguiente objetivo, pero la pesadilla la tenía tan paralizada que el grito no llegó a salirle de la garganta.

La absoluta oscuridad la aterraba. Eso y la certeza de que el hombre misterioso estaba allí escuchando, planeando su siguiente movimiento. Permaneció quieto durante lo que le parecieron horas, pero finalmente se movió, de modo que Nell oyó el crujido de sus prendas. Un segundo después, vio parpadear la tenue luz de una antorcha que el hombre misterioso había encendido. A esa luz suave, Nell pudo ver entonces que estaba en un pasillo angosto con unos peldaños de piedra que descendían. Sus paredes de piedra manchadas de humo eran las de las demás pesadillas y se percató de que estaban en el pasadizo que conducía a la mazmorra.

El hombre misterioso bajó con rapidez y seguridad la escalera. Al final del pasillo había una puerta de hierro que el individuo abrió para entrar en la mazmorra. Nell se preparó para ver a otra víctima, pero, para su alivio, en la mazmorra no había nadie aparte del hombre misterioso. Su capa negra ondeaba alrededor de su figura alta y ancha de hombros mientras él encendía otra antorcha, que colgaba en la pared. Le pudo ver un instante el perfil, pero un pañuelo escarlata le tapaba la parte inferior de la cara y con el sombrero negro de ala ancha calado en la frente, podría haber sido cualquiera.

Mientras rondaba por la mazmorra antes de detenerse junto a la losa que dominaba la zona, emanaba de él una violencia reprimida. Estaba de espaldas y ella observaba, sin que el asco y el miedo le permitieran desviar la mirada, cómo acariciaba una y otra vez la losa manchada de sangre donde sus muchas víctimas habían gritado hasta morir, cómo su mano recorría la piedra como si fuera su amante.

Puesto que esa vez no había víctima que distrajera su atención, Nell estudió atentamente al hombre misterioso para intentar grabarse en la cabeza cualquier cosa que le permitiera identificarlo cuando estuviera despierta. Se preguntó qué había que lo distinguiera. Qué lo hacía identificable.

Como si presintiera la concentración de Nell, el individuo se quedó inmóvil. Volvió despacio la cabeza y la miró directamente a los ojos. El pañuelo y el sombrero le ocultaban casi por completo los rasgos, ya que sólo le dejaban al descubierto los ojos; aquellos ojos, aquellos malvados y perturbados ojos se clavaron en los suyos y la observaron. Cuando sus miradas se encontraron, sintió un miedo terrible y se dio cuenta de algo aterrador. ¡Podía verla! Observó cómo adquiría conciencia de su presencia, vio cómo se le desorbitaban los ojos al percatarse de lo que ocurría. Entonces, como cuando se apaga una vela, la imagen se desvaneció y ella se liberó de golpe de la pesadilla.

El terror que sentía por lo que acababa de pasar era tan fuerte que no consiguió zafarse de él; al sentir la mano de ese hombre en el hombro y oír cómo le hablaba al oído, se incorporó de golpe y gritó aterrada.

Compenetrado con su mujer de una forma que jamás hubiese creído posible, Julian se despertó con el primer movimiento que hizo. Fueron sólo segundos, pero antes de que llegara a incorporarse y gritara, ya sabía que estaba teniendo otra de sus espantosas pesadillas. Cuando le salió ese primer grito de la garganta, él ya le había puesto una mano en el hombro y le estaba hablando en voz baja.

Poco a poco, Nell se dio cuenta de que la mano que sentía en su cuerpo pertenecía a Julian y que era su voz la que oía y no la del hombre misterioso.

—Nell, cariño, despierta —dijo con suavidad, mientras le acariciaba el brazo y el hombro—. Estás a salvo. Estás en casa conmigo. Estoy a tu lado. Despierta.

Nell contuvo un sollozo y, temblorosa, se lanzó a los brazos cálidos de su marido. Intentó hablar, pero no pudo; el pánico la había dejado muda. Con la ayuda de Julian, intentó serenarse.

—¿Ha sido muy terrible? —preguntó Julian, con la voz llena de ansiedad.

—Enciende una luz. Por favor, una luz —logró mascullar—. No soporto esta oscuridad.

Julian la dejó el tiempo suficiente para encender la vela que dejaban cerca de la cama. Luego, volvió con su mujer.

—Estás a salvo, cariño —murmuró tras rodearla con los brazos—. No voy a permitir que te lastime.

—No puedes detenerlo —dijo Nell, apesadumbrada, sin dejar de temblar entre sus brazos. Levantó la cabeza parar mirarlo con los ojos nublados por el pánico—. Me ha visto, Julian. Sabe quién soy.

—¿Qué quieres decir? —preguntó Julian con el ceño fruncido.

El terror se apoderó de ella al revivir el espantoso instante en que su mirada se había encontrado con la del hombre misterioso.

—¿No lo entiendes? —gritó, presa de pánico, zarandeando a Julian—. ¡Me ha visto! Me ha mirado a los ojos. —Sollozó de repente—. Me ha reconocido. Sé que lo ha hecho.

Echó un vistazo a la habitación para observar con los ojos desorbitados las sombras que danzaban amenazadoras a la tenue luz de la vela, aterrada, como si el monstruo de sus pesadillas fuera a salir de la oscuridad.

—Vendrá por mí. Tiene que hacerlo. Sabe que yo sé lo que hace. No puede dejarme viva.

—Calla, Nell, cariño. Estás diciendo tonterías —comentó Julian con dulzura mientras intentaba entender e interpretar sus palabras—. ¿Cómo ha podido verte?

—No lo sé —contestó con voz queda—. Pero sé que lo ha hecho. Nos miramos el uno al otro y he visto en sus ojos... que lo sabe...

—Pero si te ha mirado, tú también has tenido que verle la cara —soltó Julian, entusiasmado—. ¿Lo has reconocido?

—No. —Sacudió la cabeza—. Llevaba un pañuelo sobre la parte inferior de la cara y un sombrero calado en la frente —explicó y, con un escalofrío, añadió—: Sólo le he visto los ojos... unos ojos horribles, espantosos... ¡Tienes que creerme! —exclamó, buscando su mirada.

Julian asintió, acordándose de la descripción que Cesar había hecho del hombre al que esa noche había seguido hasta el interior de la casa viudal. Por increíble que pareciera, Nell, en su pesadilla, había estado allí con el misterioso individuo.

Julian la apartó un poco.

—Deja que te traiga un poco de coñac y te acomode junto al fuego de mi habitación. Entonces hablaremos —dijo, y le sonrió torciendo la boca—. Tú no eres la única que ha visto al hombre misterioso esta noche.

Pero cuando iba a salir de la cama, Nell le sujetó un brazo.

—No. No me dejes, ni siquiera un momento.

—Pues acompáñame —sugirió Julian tras recoger la vela y tenderle la otra mano.

Una vez en su habitación, Julian atizó el fuego y añadió leña que tomó del montón de troncos que tenía preparados a su disposición. Encendió unas cuantas velas más y, después de tomar una manta de la cama y de envolver a su mujer en ella, la acomodó en una butaca cercana al fuego, que ardía ya con alegría. Se puso una bata y sirvió un par de copas de coñac generosas.

—¿Quién empieza? —preguntó tras sentarse en la butaca que había junto a la de Nell.

—Tú —respondió enseguida Nell, que deseaba posponer el momento en el que tendría que revivir su pesadilla.

Julian asintió y le contó todo lo que había pasado esa noche.

—¡Oh, y pensar que has estado tan cerca de atraparlo! —exclamó cuando su marido hubo terminado de hablar.

—He deseado mil veces que hubiéramos sabido antes lo que estaba haciendo Cesar, créeme. Si hubiéramos actuado juntos... —Sacudió la cabeza—. Es una pena, pero esta noche hemos averiguado algo: la casa viudal es importante para él.

—¿Crees que la mazmorra de mi pesadilla está en la casa viudal?

—Sí. Es lo único que tiene sentido. Y mañana pienso empezar a buscarla.

—Tiene que haber un pasadizo de acceso a ella desde el interior de la casa —afirmó Nell despacio—. Cuando ha empezado la pesadilla, ese hombre estaba en lo que parecía un túnel, un pasillo muy estrecho. Por lo que me acabas de contar, ahora sé que estaba escondido allí para eludir a Cesar. Supongo que esperó mucho rato para asegurarse de estar a salvo antes de seguir avanzando hacia la mazmorra.

—¿Puedes hablar ya de ello? —preguntó en voz baja Julian, mirándola a la cara.

—Sí —afirmó Nell tras tomar un buen trago de coñac—. Sí que puedo. Tengo que hacerlo.

Así que le explicó todo lo que había sucedido en su pesadilla, y sólo se le entrecortó un poco la voz cuando describió el momento en que había mirado al perturbado directamente a los ojos.

—No dudo de ti, cariño —aseguró Julian cuando su mujer terminó de hablar—. No es eso, pero ¿estás segura de que te ha visto?

—Oh, sí —asintió Nell—. Me ha visto. No puedo describírtelo, pero sé que me ha visto, que me ha reconocido.

Julian se quedó mirando la copa semivacía de coñac con el ceño fruncido.

—No es que lo entienda, pero da la impresión de que la conexión que existe entre ambos ya no va en una sola dirección —dijo, y alzó los ojos para mirarla. Al ver el terror reflejado en su semblante, se maldijo entre dientes. Dejó la copa, se puso de pie y, con un movimiento ágil, la levantó de la butaca. Se acomodó entonces en el asiento que su mujer había dejado vacío, junto al fuego, y con ella en el regazo, mientras la sujetaba con fuerza entre sus brazos, aseguró con fiereza—: ¡No permitiré que te haga daño, Nell! Te lo juro.

—No sé cómo vas a protegerme, a no ser que me encierres bajo llave o que me tengas vigilada todo el día —soltó Nell. Había hundido la cabeza en el hombro de Julian, de modo que le hacía cosquillas en el mentón con el pelo.

—No digas tonterías —le espetó Julian, con la voz más aguda debido al miedo—. No va a secuestrarte en tu propia casa. Aquí estás a salvo.

—Puede. —Sonrió con tristeza—. No olvides que no lo he reconocido. Esta noche, aunque lo miraba a la cara, sólo he podido verle los ojos. No sabemos gran cosa, aparte de que se trata de un hombre alto y fornido en la flor de la vida. Esta descripción es válida para cientos de hombres.

Julian no pudo contradecirla y, por primera vez, tuvo miedo. Le aterraba que aquel monstruo sin nombre pudiera arrebatársela de los brazos, y los estrechó instintivamente con más fuerza a su alrededor.

«No —se juró—, el hombre misterioso no la tendrá.»

La semana siguiente fue tensa y frustrante. Julian se levantaba al alba y revisaba todos los viejos planos de construcción que estaban guardados en su biblioteca. No les había prestado nunca la menor atención, pero le entusiasmó descubrir que su bisabuelo conservaba meticulosamente las cosas. Y cuando su mano sujetó un frágil rollo con las palabras «casa viudal», estuvo seguro de que pronto conocería la misteriosa ubicación de la mazmorra. Pero no fue así. Los planos que examinó eran del pasaje cubierto que conectaba la cocina con la casa principal. No encontró nada que le diera ninguna pista sobre el lugar donde se encontraba la mazmorra ni ningún indicio de que alguna vez hubiera habido ninguna en la casa viudal.

Decepcionado pero no desanimado, Julian se marchó a la casa viudal, resuelto a encontrar la entrada de las mazmorras que, como sabía, tenían que existir. Al encontrar a los obreros atareados con las reformas, los despidió sin demasiadas explicaciones, diciéndoles que el trabajo se aplazaba indefinidamente. Palpó, dio golpecitos y empujó con determinación todas las paredes; buscó hasta el último rincón donde pudiera ocultarse una entrada secreta. Por lo que Nell le había contado de su pesadilla, estaba convencido de que la entrada de la mazmorra tenía que estar dentro de la casa viudal. Día tras día buscó en su interior, pero cada vez más frustrado y angustiado, no encontró nada.

Para Nell, esos días no fueron menos angustiosos ni menos frustrantes. Aunque no era propensa a ponerse histérica, el menor ruido o movimiento la sobresaltaba, y rara vez salía de las habitaciones principales de la casa a no ser que Julian estuviera con ella. El miedo la acompañaba a todas partes y ensombrecía sus pasos. No había ni un solo instante en que no fuera consciente del peligro, en que no fuera consciente de que el hombre misterioso estaba allí, tal vez observándola, planeando su siguiente paso...

A pesar de sus temores, intentó convencer a Julian para que le permitiera acompañarlo a la casa viudal a buscar la entrada, pero él se opuso terminantemente a ello.

—No quiero que pongas un pie en esa casa bajo ningún concepto —gruñó a la vez que le lanzaba una mirada feroz—. Dentro de ella, oculta en alguna parte, está la entrada de la mazmorra. No voy a permitir que se te lleve en cuanto me despiste un momento.

Nell hizo una mueca, y sólo el bebé que llevaba en las entrañas impidió que discutiera con él. No sólo tenía que protegerse a sí misma, sino que también debía pensar en su hijo y, consciente de que el embarazo la volvía peligrosamente vulnerable, no protestó más.

Lady Diana no entendió que Julian hubiera despedido a los obreros; lo único que hizo fue mostrarse cohibida y murmurar:

—Por lo que parece, puede ser que no vaya a vivir nunca allí; tal vez sea lo mejor.

—Sé feliz, mi querida Diana —dijo Julian con una sonrisa de oreja a oreja pellizcándole con mucha ternura la mejilla—. Padre habría querido que lo fueras.

—Bueno —aseguró enseguida, algo sonrojada—, todavía no hay nada decidido. No creas que lo hay.

—Claro que no —respondió Julian muy serio, con un brillo alegre en los ojos, y lady Diana se ruborizó aún más antes de irse corriendo.

Elizabeth era otra cuestión y, una mañana, poco después de ese encuentro con lady Diana, sorprendió a Julian con una visita. Fue un poco violento, porque su hermanastra lo encontró arrodillado en la biblioteca de la casa viudal fisgoneando detrás de una estantería.

—¡Pero bueno! —exclamó, asombrada—. ¿Qué estás haciendo?

Tras ponerse de pie con tanta dignidad como pudo, Julian se sacudió el polvo de las rodillas del pantalón y se volvió hacia ella.

—Pues... estaba, ah, mirando si había... termitas —farfulló.

—¿No crees que, a estas alturas, los obreros ya las habrían detectado? —indicó Elizabeth, poco convencida.

—Nunca está de más comprobar ciertas cosas en persona —comentó Julian, encogiéndose de hombros.

—Últimamente te comportas de un modo muy extraño. —Lo observaba con los brazos en jarras—. Nell apenas puede dar un paso sin que la sigas, y cuando madre y yo queremos dar un paseo por los jardines inferiores, algo que no entraña el menor peligro, insistes en que nos acompañe uno de los lacayos. Nos vigilas como si esperaras que un monstruo se fuera a abalanzar sobre nosotras para atacarnos. ¿Qué está pasando?

—¡Nada! —Esbozó una sonrisa forzada, deseando por una vez en su vida que Elizabeth no fuera tan inteligente—. No me había dado cuenta de que os «vigilara». Son los nervios típicos de un futuro padre.

—¿Quién, tú? —se burló.

—He descubierto que la idea de mi inminente paternidad me hace adoptar una actitud de lo más protectora —asintió, avergonzado.

—Como si antes no la tuvieras. —Cuando vio que Julian no iba a decir nada más, se puso de puntillas para besarle la mejilla—. Muy bien, no te molesto más, pero procura refrenar tu... actitud protectora, por favor.

Seguramente Elizabeth sospechaba que había algo más en todo aquel asunto, pero pareció aceptar su explicación, y Julian se sintió aliviado. Mantener a Nell fuera de peligro ya era bastante peliagudo, pero si tenía que enfrentarse a dos decididas damiselas...

—¿Considerarías «actitud protectora» que te acompañara de vuelta a la casa? —dijo a su hermanastra con una sonrisa.

Elizabeth arrugó la nariz, pero dejó que la acompañara de regreso a la casa.

A pesar de que Julian, Charles y Cesar se turnaban para vigilar la casa viudal, no volvió a haber ni rastro del hombre de la capa y, a medida que transcurrían los días, Charles estaba cada vez más contrariado.

Un día que su madrastra y su hermano fueron a visitar a las señoras de Wyndham Manor, los acompañó y, una vez hubo presentado sus respetos, preguntó por Julian. Informado de que éste estaba en la casa viudal, decidió que escuchar a su madrastra hablar como una cotorra sobre la infancia de Raoul y ver a este último flirteando con Elizabeth no era de su gusto, de modo que se excusó y fue en busca de su primo.

Lo encontró deambulando por el exterior de la casa, concretamente husmeando por los antiguos cimientos que se habían incorporado a la nueva ala de la cocina.

—¿Qué estás haciendo? —preguntó Charles, acercándosele.

Julian se sobresaltó.

—¿Te parece bonito acercarte sigilosamente a la gente? —se quejó, irritado.

—No me ha parecido que estuviera «acercándome sigilosamente» a ti —replicó su primo, con una ceja arqueada.

—Y no lo has hecho —admitió Julian—. Creo que pensar en

nuestro desconocido de la capa deambulando sigilosamente por ahí ha sido la causa de mi comentario. Te pido disculpas.

—No hace falta. —Señaló con la cabeza los cimientos que habían llamado la atención de Julian—. ¿Qué estás buscando?

Julian vaciló. Guardar el secreto de Nell le impedía contar a Charles y a Cesar, como era su intención, a qué se estaban enfrentando, así que intentaba encontrar una forma de insinuárselo sin revelárselo todo. Tuvo una idea.

—He estado pensando en la forma en que Cesar nos explicó que nuestro hombre desapareció, como por arte de magia, esa noche. De acuerdo, la casa estaba a oscuras, pero ¿y si había una escalera oculta o un compartimento secreto?

—¿Has estado leyendo una de esas novelas góticas que publica Minerva Press? —quiso saber Charles, receloso.

—No —contestó Julian con una mueca—. Pero piénsalo. Que hubiera un pasadizo secreto explicaría que desapareciera sin más.

—Muy bien —dijo Charles, que no parecía demasiado convencido, encogiéndose de hombros—. ¿Dónde has mirado hasta ahora?

—En todas partes —contestó Julian, asqueado—. Me he pasado la última semana metiendo la nariz en todas las grietas y rendijas que consigo encontrar. Y aquí me tienes, rebajado a dar patadas a los cimientos.

—Pues se te habrá pasado por alto —comentó Charles, antes de añadir irónicamente—: Si es que existe.

—Existe —aseguró Julian con gravedad—. Tiene que existir; es la única explicación posible.

Ver a Raoul haciendo la corte a Elizabeth tampoco era uno de los pasatiempos preferidos de Nell, y esa tarde no era distinta. Aquella semana el primo de Julian había visitado la casa casi a diario, y que cortejaba a Elizabeth empezaba a ser bastante evidente. No sabía si le molestaba porque compadecía a cualquier joven que tuviera que cargar con la señora Weston como suegra o, simplemente, porque le hubiese gustado ver a Elizabeth casada con un caballero que tuviera algo más que ofrecerle que Raoul Weston. Raoul era apuesto y bien parecido, pero no un hacendado, y aunque contaba con una generosa asignación de su madre y algún día heredaría su cuantiosa fortuna, Nell habría preferido a un caballero que ya dispusiera de su propia finca y quizá de... ¿un título? Sonrió para sus adentros. Por primera vez comprendía los deseos de su padre de verla casada con un hombre de buena posición social y económica.

No lamentó ver que los Weston se iban y, con su primera sonrisa realmente auténtica de la tarde, los despidió con la mano mientras se alejaban a buen ritmo en un pequeño carruaje cerrado. Poco después, lady Diana y Elizabeth fueron a visitar a la esposa del terrateniente.

Después de despedirlas, Nell se dio cuenta de que, de no ser por los criados, habría estado sola en la casa. Parte del pánico posterior a su última pesadilla había remitido, pero seguía intranquila. Ese día no era distinto, y deseó de repente que su marido hubiera vuelto o haberse ido con lady Diana y Elizabeth. Decidió con firmeza que eso era absurdo e irguió la espalda. No corría ningún peligro. Y no tenía intención de hacer nada insensato. Tras reprenderse a sí misma por ser tan tonta, se volvió hacia los jardines y se recordó que había un montón de criados al alcance de su voz.

Hacía un día precioso para pasear, así que bajó los peldaños y tomó un camino situado a la derecha de la casa. Después de varios minutos recorriendo los terrenos perfectamente cuidados, encontró un banco de piedra a la sombra de varios sauces, cerca de una charca, y se sentó en él para disfrutar del zumbido de las abejas y de la fragancia de las lilas y las rosas que perfumaba el aire. El suave murmullo de los insectos y la calidez del día tuvieron un efecto soporífero en ella y, antes de darse cuenta, agachó la cabeza y se quedó dormida.

Se despertó sobresaltada, y se llevó un susto tremendo al ver que la señora Weston estaba sentada a su lado en el banco.

—Ah, no era mi intención asustarla, *petite* —dijo la señora Weston, dándole unas palmaditas en la mano.

Nell se enderezó e intentó despejarse del todo.

—Debo de haberme quedado dormida un momento —murmuró con el ceño fruncido—. ¿Se le ha olvidado algo?

—*Mais oui!* —respondió la señora Weston con una sonrisa—. Ha sido una suerte que la haya visto durmiendo aquí, en el jardín, y no haya sido necesario que el siempre tan cumplido Dibble me anunciara. —Borró la sonrisa de sus labios y clavó sus relucientes ojos negros de cobra en la cara de Nell—. Y ahora, *mon amie*, creo que será mejor que nos vayamos antes de que alguien se dé cuenta de que he vuelto, ¿no le parece? Ya lo hemos aplazado bastante —indicó con voz dura—. Diez años.

Al oírla, Nell lo comprendió todo, aterrada.

—¡Fue usted ese día! —exclamó con los ojos desorbitados—. Usted fue quien me golpeó la parte posterior de la cabeza. Lo que significa que... —Tragó saliva con fuerza, incapaz de decirlo en voz alta.

—Ya tendremos tiempo de hablar después —comentó la señora Weston mientras se ponía de pie—. Pero, de momento, vendrá conmigo tranquilamente o le disparará aquí mismo.

Nell se levantó despacio sin apartar la mirada de la pequeña pistola que la señora Weston empuñaba. Una sola cosa tenía clara: no iba a ir a ninguna parte con la señora Weston. No mientras estuviera viva. Y si conseguía que la señora Weston siguiera hablando...

—¿Por qué? —preguntó—. ¿Por qué mató su hijo a John?

—Porque mi hijastro mayor era un imbécil y decidió que mi hijo se casara con la hija de un sucio granjero. Esa furcia había sido lo bastante idiota como para quedarse preñada y creía que, de ese modo, atraparía a Raoul —explicó con impaciencia. Entonces, se le ensombreció la cara—. Mi Raoul. ¡Mi hijo! Casado con la hija de un vulgar granjero.

—¿Y mató a su hermano por eso? —preguntó Nell, incrédula.

—Da igual —espetó la señora Weston—. ¡Basta ya! Empiece a andar hacia el fondo del jardín. Nos está esperando en el coche.

—No —se negó Nell, con los pies paralizados tanto por el miedo como por pura determinación—. No hasta que me responda algunas preguntas.

Los dedos de la señora Weston sujetaron con más fuerza la pistola, y Nell temió que le disparara allí mismo. Pero le pareció que era mejor eso que morir descuartizada a manos de Raoul Weston... el hombre misterioso.

Al encontrarse inesperadamente con la actitud obstinada de Nell, la señora Weston pareció insegura de cuál tenía que ser su siguiente paso.

—Raoul no tenía intención de matar a John —soltó mirando con odio a Nell—. Sólo iba a hablar con él para hacerle comprender que estaba llevando el honor a un extremo absurdo. Pero John no quiso oír hablar del asunto. Soltó no sé qué tontería sobre no permitir que hubiera otro viejo conde en la familia. Juró que Raoul iba hacer lo que debía y que se casaría con ella, o que se lo contaría a su padre. Llegaron a las manos y John... murió.

—¿Y yo? Intentaron asesinarme y casi lo consiguieron.

—¿Qué más podíamos hacer? Se había tropezado con algo que no era asunto suyo. No podíamos dejar que viviera y contara a todo el mundo lo que había visto. —El rostro de la señora Weston adoptó una expresión de odio—. Es un milagro que lograra sobrevivir. Que reapareciera en nuestras vidas, casada con mi sobrino, fue mucho más que mala suerte. No sabe lo mal que Raoul y yo lo hemos pasado temiendo que recordara algo y lo reconociera. Ya debería estar muerta, pero esta vez no fallaremos.

Dio un paso adelante y le hizo un gesto con la pistola para que se moviera.

—O camina hacia el fondo del jardín o le dispararé aquí mismo.

Mientras levantaba el puño para lanzarle un magnífico gancho de derecha a la señora Weston, Nell pensó con fiereza que crecer en una casa llena de hombres tenía algunas ventajas.

La señora Weston se balanceó hacia atrás y cayó al suelo como un saco de patatas.

A pesar de la torpeza del embarazo, Nell se abalanzó sobre ella como una tigresa sobre una mula, y le quitó la pistola de la mano. Con el arma sujeta con firmeza, se levantó con cierta dificultad.

Jadeante, observó la figura tumbada boca abajo de la señora Weston el tiempo suficiente para cerciorarse de que estaba inconsciente. Cuando se volvió para salir corriendo hacia la casa, el mundo le explotó en la cabeza.

«Raoul —pensó, mientras todo se oscurecía—. Me he olvidado de Raoul.»

22

Nell volvió en sí con un dolor de cabeza terrible en medio de una oscuridad absoluta. Aturdida y desorientada, procuró deducir cuál era su situación. Estaba tumbada y, cuando intentó enderezarse, se quedó perpleja al darse cuenta de que tenía las manos atadas y estaba tumbada en el suelo... en un suelo de piedra... y entonces lo supo. Lo supo.

El miedo se adueñó de ella, pero lo combatió con un gemido. Estaba en la mazmorra. En los dominios del hombre misterioso.

El pánico acabó con cualquier aturdimiento que pudiera seguir sintiendo y, sentada en el suelo, retrocedió todo lo que pudo. No se detuvo hasta que tocó una pared con la espalda.

Se preguntó un instante por qué no la habrían amordazado... Pero entonces lo comprendió: porque no era necesario. Porque, como había ocurrido con esas otras pobres mujeres, daría lo mismo que gritara hasta el día del juicio final; nadie la oiría.

A pesar del terror que sentía, se juró que no se dejaría derrotar por él.

«Concéntrate —se dijo—. Concéntrate en liberarte. Así, al menos tendrás una oportunidad, ¿contra dos?» Un escalofrío le recorrió el cuerpo. En sus pesadillas, sólo veía al hombre misterioso... a Raoul. Rogaba a Dios que su condenada madre no fuera con él.

Intentó soltar las cuerdas que le ataban las manos delante del cuerpo mientras escuchaba atentamente para intentar captar cualquier ruido.

«Piensa —se dijo—. Piensa. Raoul te ha golpeado. Él y su madre te han traído a la mazmorra. Pero ¿cuánto rato hace de eso? ¿Qué hora es? ¿Cuánto tiempo llevas aquí? ¿Y en qué punto exacto de la mazmorra estás?»

Royó las cuerdas, pero fue en vano. Los nudos estaban muy fuertes, y después de un rato infructuoso se rindió. Recostó la cabeza en la pared y contempló la oscuridad total.

«Estás en la mazmorra. Pero ¿dónde?», pensó mientras se levantaba con dificultad, sin apartar la espalda de la pared. Cruzó el espacio de su cárcel. Soltó un grito ahogado de sorpresa cuando llegó a los barrotes de hierro. Recordaba vagamente que, en sus pesadillas, había dos celdas pequeñas que daban a la zona principal. Estaba en una de ellas.

Una cuidadosa exploración de la celda le permitió conocer sus dimensiones. No podía tener ni seis metros cuadrados, con tres paredes de piedra y los barrotes en la parte frontal. Y estaba vacía; no había nada en ella que pudiera utilizar como arma.

Derrotada de momento, se dejó caer contra la pared, cerca de los barrotes, y empezó a roer de nuevo los nudos que le mantenían atadas las manos. Soltarse las manos no mejoraría su situación, pero, sin duda se sentiría mejor y, por lo menos, no estaría completamente indefensa. Clavó los dientes en la basta cuerda con renovadas fuerzas.

Mientras tenía los dientes ocupados en los nudos, pensó en la posible cronología de los hechos. Se la habían llevado a última hora de la tarde. Para los Weston, lo más peligroso habría sido trasladarla desde el jardín hasta el coche, pero una vez dentro de él, estaban a salvo.

Frunció el ceño. Julian había ido a la casa viudal, de modo que dudaba de que se hubieran dirigido allí inmediatamente. No. Habrían esperado a que él se fuera. Era poco probable que se hubieran arriesgado a llevarla del coche a la casa antes del anochecer, de modo que tenían que haber transcurrido varias horas.

Para entonces, se habría dado la alarma. Se sintió reconfortada. En ese mismo instante, Julian la estaría buscando y removería cielo y tierra para encontrarla. Esa idea la consoló y le dio fuerzas para seguir intentando liberarse.

Se estremeció de emoción al notar que uno de los nudos cedía un poquito. Concentró febrilmente sus esfuerzos en él y, un momento después, logró deshacerlo. Tardó varios minutos más pero, al final, consiguió soltarse las manos.

Más segura de sí, se puso otra vez de pie con una mano sobre la tripa, donde crecía su bebé. Se recordó que no sólo su vida estaba en juego. Julian iría a buscarla. No tenía ninguna duda de ello. Lo único que tenía que hacer era conservar su vida y la del niño. Julian daría la alarma e irían a buscarla.

Nell no se equivocaba. A su regreso de la casa viudal, lady Diana y Elizabeth, que acababan de llegar hacía sólo un momento de casa del terrateniente Chadbourne, recibieron a Julian. Éste las dejó en el salón para reunirse con su mujer, y se dirigió a su dormitorio, donde creía que estaría echando un sueñecito. Al no encontrarla, corrió por todas las habitaciones, cada vez más angustiado, e incluso implicó a todos los miembros de la casa en la búsqueda. Cuando no se encontró ni rastro de Nell en la casa, ni en los terrenos adyacentes, ni en los jardines y ni siquiera en las cuadras, Julian parecía un poseso. Combatió el miedo y las náuseas que sentía, y ordenó a prácticamente todos los hombres, las mujeres y los niños de la finca que empezaran a buscar a Nell, de modo que sólo quedaron en la casa lady Diana, Elizabeth y Dibble.

Lady Diana organizó enseguida una tabla para mantenerse al corriente de las partidas de búsqueda y sus posiciones.

—Toda la información tiene que llegar aquí —dijo a Julian—. Tenemos que saber lo que está pasando en todas partes para poder avisar de los cambios a los demás lo antes posible. —Sonrió con dulzura a Julian—. No temas. La encontraremos. Estoy segura de que se ha alejado más de lo que pretendía y de que, cuando la encontremos, se sentirá muy avergonzada por haber provocado semejante revuelo. No te preocupes.

Una vez esa parte de la operación estuvo en marcha, Julian avisó a Charles, al terrateniente y a lord Beckworth de que Nell había desaparecido y que necesitaba urgentemente que lo ayudaran a encontrarla. En cuestión de pocas horas se había formado un ejército de voluntarios procedentes de las zonas circundantes para sumarse a la búsqueda. Poco dispuesto a confiar en nadie por miedo a estar hablando con el propio hombre misterioso, Julian contuvo su pánico. Pero nadie que viera su rostro sombrío tenía ninguna duda de que estaba pasando algo muy grave.

Charles y Raoul respondieron de inmediato a su llamada y fueron de los primeros vecinos en llegar. Después de indicar a Raoul que se uniera al grupo que salía entonces para ir a registrar el bosque del norte, que él lo alcanzaría en cuanto hubiera hablado con su primo, Charles subió deprisa los peldaños y entró en la casa. Una vez dentro, casi chocó con Julian en el vestíbulo. El conde, como ya había hecho todo lo que podía en la casa, se estaba preparando para empezar su propia búsqueda. Charles echó un vistazo a la cara de su primo y le sujetó por un brazo.

—No temas —dijo—. La encontraremos. Lo más probable es que simplemente se haya perdido en el bosque.

—Sí, la encontraremos... —afirmó Julian, reprimiendo el miedo y la rabia—. Y si le ha pasado algo... —Inspiró hondo—. Esto está relacionado con el hombre de la capa. Voy a la casa viudal. Tenemos que averiguar cómo desapareció con tanta facilidad aunque haya que desmontar la maldita casa ladrillo a ladrillo —añadió, con voz átona.

—¿Crees que la ha secuestrado? —preguntó Charles, con el ceño fruncido.

—Sí. Créeme si te digo que Nell no se ha alejado demasiado, no por voluntad propia. —Se pasó una mano por el pelo despeinado—. No puedo explicártelo todo ahora, pero tengo motivos, buenos motivos, para creer que es así —le aseguró. Cerró los ojos—. Charles, si me quieres, no hagas preguntas, cree que la vida de mi esposa corre peligro y que la única forma de encontrarla es dar con el rastro del hombre de la capa.

—Muy bien —asintió Charles bruscamente—. Vamos.

Se volvió hacia Dibble, que, angustiado, había entrado en el vestíbulo.

—Si llegan noticias, cualquier noticia, estaremos en la casa viudal —indicó el conde.

Dibble asintió.

—¿Vas armado? —preguntó Julian a su primo cuando salían de la casa.

—Siempre lo voy —aseguró Charles.

Al llegar a la casa viudal concentraron sus esfuerzos en la zona cercana a la cocina, el sitio donde Cesar había perdido al hombre de la capa. Con las facciones tensas, Julian se acercó a la pared que tenía delante, dispuesto, si era necesario, a desmontar la casa, piedra a piedra, tabla a tabla...

Nell entrevió el parpadeo de una luz en la oscuridad y contuvo un grito. ¡El hombre misterioso se acercaba! Oía los pasos que se aproximaban y, como una paloma hechizada por una víbora, observó cómo el brillo amarillo era cada vez más fuerte. Retrocedió hacia la pared de piedra, y quiso fundirse con ella y desaparecer.

Los pasos se detuvieron delante de la celda, que la luz inundó. Parpadeó, cegada por la repentina claridad. Pasado un segundo, distinguió la silueta del hombre que estaba de pie detrás de la antorcha y se le aceleró el corazón.

—Vaya, vaya, vaya, ¿qué tenemos aquí? —soltó Raoul—. Pero ¿es posible? ¿Lady Wyndham? —rio—. Le alegrará saber que su marido está removiendo cielo y tierra para intentar encontrarla —rio de nuevo—. Pero no lo hará... por lo menos, no a tiempo.

Nell se levantó despacio.

—Yo no estaría tan segura —dijo con frialdad, conteniendo su miedo—. Mi marido conoce la existencia de este sitio... y lo que usted hace. Encontrará este sitio... y también a usted.

—Y si lo hace —intervino la señora Weston, que se situó junto a su hijo—, morirá. Lo que no nos irá nada mal. Mi hijo será un conde de Wyndham excepcional.

—¿No se están olvidando de Charles? —preguntó Nell, a la que su descabellado plan ni siquiera sorprendió—. Aunque nos maten a mí, a mi marido y a mi hijo, Charles les seguirá estorbando.

—No nos hemos olvidado de Charles, créame —rio Raoul. Pareció pensar en ello—. Me temo que Charles sufrirá un trágico accidente. Que esta vez será mortal.

Un recuerdo vago inquietó a Nell. Un comentario sobre la malísima suerte de Charles... Soltó un grito ahogado.

—¡El yate! ¡Eso fue obra suya!

—Oh, sí —confirmó Raoul, volviéndose para colgar la antorcha de un gancho en la pared—. Eso fue, efectivamente, obra mía. El muy cabrón está resultando difícil de matar, pero ya me encargaré pronto de eso. —Calló un instante—. Pero no demasiado pronto; no queremos despertar las sospechas de nadie.

—¡Es su hermano! ¿Cómo puede hacerlo?

—Medio hermano —le espetó la señora Weston—. Y yo, de usted, me preocuparía por su propia suerte en lugar de perder el tiempo con el traspaso de mi hijastro.

Nell la miró, y no pudo evitar alegrarse de ver que la señora Weston lucía un hermoso cardenal en una mejilla.

Cuando la señora Weston vio su expresión, frunció los labios.

—Se cree muy lista porque me ha pillado desprevenida, pero no lo ha sido lo suficiente para huir de mi hijo, ¿verdad?

—Por lo menos, no me he portado como una cobarde y la he atacado sigilosamente por la espalda —replicó Nell encogiéndose de hombros.

—¡Mi hijo no es ningún cobarde! —se indignó la señora Weston, con el rostro ensombrecido de rabia.

Nell se preguntó si podría sacar provecho de algún modo de la ciega devoción de la señora Weston por su hijo, así que insistió:

—Lamento discrepar de usted. Alguien que ataca a otros más débiles solamente puede ser un cobarde. —Desvió la mirada hacia Raoul—. Un cobarde asqueroso y huidizo que se esconde en la oscuridad y que sólo es valiente cuando su víctima está completamente inmovilizada e indefensa.

Por un instante, Nell creyó que había ido demasiado lejos. La señora Weston sujetaba los barrotes de la celda como si fuera a arrancarlos con las manos.

—Es usted muy valiente hablando —dijo, jadeando de rabia—. Ya veremos si sigue siendo tan insolente cuando mi hijo la tenga bajo su cuchillo.

—¿Quiere apostarse algo? —preguntó despreocupadamente Nell, que intentaba con todas sus fuerzas sobreponerse al miedo que la invadía—. ¿O acaso no va a quedarse a ver la escena final? ¿Demasiado sucia para usted?

—Sí, eso me temo —contestó Raoul con desenvoltura, acercándose a los barrotes. Miró entonces a la señora Weston con cariño—. Pobre madre; tiene el estómago revuelto.

—¿Ha sabido siempre lo que su hijo hace aquí? —exclamó Nell, horrorizada.

—Por supuesto —aseguró la señora Weston con indiferencia—. No apruebo sus... diversiones, pero a él le gustan. Esas mujeres no eran nadie; simples miembros de la *canaille*. Basura. Están mejor muertas. —Miró a Nell—. Como va a estarlo usted muy pronto.

—Antes tiene que contestarme una pregunta —intervino Raoul con una expresión de desconcierto en la cara—. ¿Qué pasó entre ambos la otra noche? Usted me vio a mí y yo la vi a usted. ¿Cómo es eso posible? Noté que alguien me estaba observando y, cuando me volví, vi su cara. ¿Es algún tipo de magia? ¿De brujería?

Nell se planteó no explicárselo, pero al final descartó la idea.

—No lo sé —respondió simplemente—. Sólo sé que desde el día en que me lanzaron desde lo alto de ese acantilado he tenido una especie de... conexión con usted... con sus actos violentos.

—Sea lo que sea, hoy se acaba —afirmó Raoul, con aspecto de estar intranquilo y enojado a la vez.

Introdujo la llave en la cerradura y abrió la puerta para entrar. Cuando lo hizo, Nell, tan aterrada que apenas podía respirar, retrocedió en un intento de alejarse de él.

«No se lo pongas fácil —se dijo—. No permitas que salga ileso de ésta. ¡Dale patadas! ¡Muérdelo! ¡Aráñalo! ¡Déjalo marcado! ¡Lucha por tu vida!»

A medida que pasaba el rato y ni Charles ni él descubrían nada que les resultara útil, la rabia, el miedo y la frustración de Julian fueron en aumento hasta que llegó un punto en que creyó que iba a explotar. Con un mazo en la mano, golpeó una y otra vez la pared de aspecto macizo que tenía delante mientras se esforzaba por mantener controladas sus emociones. Se encontraba en el fondo de lo que había sido la despensa, en un lugar que le había parecido prometedor dada la forma en que estaba construida la pared. Además, estaba convencido de que destrozar ladrillos y mortero era lo único que le impediría volverse loco. Nell estaba allí, en alguna parte. El hombre misterioso la tenía cautiva, puede que incluso la estuviese torturando en ese mismo instante. Sólo un férreo dominio de sí mismo le impedía gritar de miedo y de dolor.

«¡Tengo que encontrarla! Se lo prometí. ¡Le juré que no iba a permitir que le pasara nada malo!»

Charles y él habían desistido de palpar con cuidado las paredes para encontrar una entrada secreta y habían optado por utilizar la fuerza bruta para demolerlas. Ya había perdido varios días buscando el condenado pasador, pestillo o lo que fuera que revelara la entrada, que él sabía que existía, sin encontrar nada. Se les había acabado el tiempo. El único recurso que les quedaba era la destrucción total.

Y, sin embargo, él fue el primero en asombrarse cuando, de repente, el mazo atravesó la pared y en lugar de encontrarse con otra habitación o con el exterior de la casa, lo que vio fue una gran oscuridad. El corazón casi se le salió del pecho, y dejó el mazo mientras llamaba a Charles.

Su primo, ocupado en otro punto de la cocina, corrió a su lado. Los dos hombres se quedaron mirando juntos el boquete.

—¡Vaya! —exclamó Charles—. Realmente hay una entrada secreta.

—¿Acaso lo dudabas? —preguntó Julian mientras empezaba a apartar ladrillos para ensanchar el agujero.

—Pues sí, la verdad —admitió Charles—. Pero tú parecías muy convencido, y la historia de Cesar tenía sentido, así que creí en la posibilidad de que la hubiera.

—Bueno, pues ayúdame a abrir más esta posibilidad para que podamos meternos por ella.

Con la entrada perforada, sólo tardaron un momento en encontrar el mecanismo que accionaba la puerta. Y ésta, medio rota, se abrió despacio para mostrar la angosta escalera que Nell había visto en su pesadilla.

Cuando Charles iba a buscar una vela, Julian sacudió la cabeza.

—No —dijo—. No debemos advertirle de nuestra presencia.

—Estás muy seguro de que está ahí abajo —se sorprendió Charles, que lo miró con curiosidad.

—Sí. Y de que se propone matar a mi mujer. —Con un pie en el primer peldaño, se sacó la pistola y volvió la cabeza hacia Charles para decirle—: Ten el arma a punto; vamos a enfrentarnos con un monstruo. Ese hombre es un asesino despiadado. Cuando te las veas con él no vaciles, porque nos matará si puede.

—Sabes más de lo que me has dicho —comentó Charles, tras observarlo un momento.

—Sí. Y te pido disculpas; yo no era quién para contar esa historia. Pero tienes que creerme: ese hombre asesinó a tu hermano y a incontables mujeres inocentes. Es un monstruo.

—¿Sabes que mató a John? —La mirada de Charles se había vuelto gélida.

Cuando su primo asintió, Charles sujetó con más fuerza su pistola.

—Pues adelante; llevo mucho tiempo esperando poder encontrarme con ese cabrón.

Nell luchó valientemente, pero no era rival para Raoul y la señora Weston. Estaba resuelta a no facilitarles las cosas y, cuando Raoul logró arrastrarla fuera de la celda y la lanzó al otro lado de la zona principal de la mazmorra, había logrado, gracias a sus dientes, sus uñas y sus pies, hacer sangrar a ambos Weston. Cayó con fuerza en el suelo, con un gemido de dolor cuando su cuerpo chocó con la dura piedra, pero se dio por satisfecha con el daño que les había infligido. Entre otras heridas diversas, el apuesto rostro de Raoul lucía un tajo en la mejilla, donde le había clavado las uñas; la oreja derecha le sangraba abundantemente, cortesía de sus dientes; y tenía el labio inferior partido a consecuencia del cabezazo que le había asestado. La señora Weston tenía que sumar un corte en la ceja y un ojo morado al cardenal cada vez mayor de la mandíbula.

«Les va a costar explicar esas señales», pensó Nell con tristeza mientras intentaba ponerse de pie.

—¡Bruja del demonio! Pagarás por esto, y muy caro, antes de que acabe contigo —bramó Raoul palpándose la herida de la mejilla—. ¿Estás bien, madre? —preguntó a la señora Weston, que salía tambaleándose de la celda, respirando con dificultad.

—Me ha dado una patada —contestó—. Me ha dejado sin aliento.

Una vez hubo conseguido incorporarse, Nell vigiló de cerca a los dos Weston. Ella tampoco había salido ilesa de la situación: tenía las muñecas ensangrentadas y magulladas de las cuerdas, le dolían las costillas, se le había rasgado el vestido en un hombro y le molestaba muchísimo la condenada pierna mala. Le escocía un arañazo que se había hecho en el mentón y sabía que el ojo derecho se le acabaría poniendo tan morado como el de la señora Weston; si vivía lo suficiente, claro.

Con la espalda apoyada en la pared de piedra, se enfrentó a los dos, pensando qué hacer a continuación. Bajó los ojos al suelo y los detuvo un segundo en la compuerta situada a un lado, la misma por donde había visto a Raoul lanzar tantos cadáveres. De ahí, su mirada se dirigió hacia la losa manchada de sangre ubicada en el centro de la habitación, y tragó saliva con esfuerzo. Comprobó histérica que sus pesadillas habían sido exactas, demasiado exactas. Le vinieron fugazmente a la cabeza imágenes de otras mujeres, y se juró que moriría antes de permitir que Raoul la atara a esa losa como había hecho con todas las demás.

Echó un vistazo a su alrededor para buscar desesperadamente un arma, algo que pudiera usarse como tal, pero no había nada. Salvo... Sus ojos se detuvieron en la antorcha que colgaba en la pared, a poca distancia de su mano y en los juncos del suelo. Los dirigió entonces al otro lado de la habitación, donde había una puerta que, por lo que sabía, tenía que dar a la escalera ascendente que la conduciría a la libertad. Si lograba...

Raoul observó la dirección de su mirada y soltó una carcajada.

—No lo conseguirá. —Una sonrisa desagradable le iluminó la cara—. Pero, adelante, la persecución hará que el resultado tenga más gracia.

—Mátala ya y acabemos con esto de una vez —pidió la señora Weston—. No puedes desaparecer mucho rato o se darán cuenta de que no estás y comentarán tu ausencia.

—Habrá que explicar esto —dijo Raoul mientras se tocaba la cara—. No puedo volver con este aspecto.

—Todo esto es culpa suya —siseó la señora Weston, mirando con odio a Nell—. Si no se hubiera casado con mi sobrino, nada de esto habría pasado. Ha estado a punto de arruinarlo todo. Todo.

Nell se la quedó mirando fijamente. ¿Todo aquello era culpa suya?

—No alcanzo a ver por qué es culpa mía; al fin y al cabo, ustedes me han traído aquí —señaló.

—Nos estorba —indicó la señora Weston de manera inexpresiva—. Todo iba a ser muy sencillo antes de que usted apareciera. Siempre esperé que el destino permitiera a Raoul obtener algún día el título de Wyndham, pero al principio había demasiadas personas por delante de él para que pudiera hacerse realidad. Entonces, la esposa de Julian falleció sin darle un heredero, luego John... y mi marido y el padre de Julian murieron. El suicidio de Daniel fue providencial, un golpe de suerte, y caímos en la cuenta de que teníamos nuestro sueño al alcance de la mano. Con la muerte de Daniel, y Julian sin un heredero, sólo Charles separaba a Raoul del título.

—Y a nadie le habría sorprendido que Charles muriera cuando su yate se hundió, ni que se partiera el cuello en un accidente de caza —añadió Raoul—. Ni siquiera que un marido celoso lo matara. Habíamos planeado que Julian muriera uno o dos años después, cuando nos pareciera que podíamos matarlo sin levantar sospechas.

—Un accidente, claro. Y, entonces, mi hijo habría sido conde —explicó la señora Weston, y hablaba tan satisfecha de sí misma que Nell deseó estrangularla—. Wyndham habría sido suyo. —Lanzó una mirada despiadada a Nell—. Y entonces llegó usted. Usted y ese mocoso que está esperando, y casi lo arruinan todo.

—Me sorprende que no me mataran antes —murmuró Nell.

—Bueno, lo habríamos hecho —admitió Raoul despreocupadamente—, pero tenía que parecer un accidente y nunca estaba sola. Siempre permanecía fuera de peligro en Wyndham Manor o con uno de mis primos o lady Diana y la señorita Forest. No hubo nunca una buena oportunidad de organizar las cosas a mi gusto. —Se encogió de hombros y añadió—: Si no hubiera sido por... por lo que pasó la otra noche, por su habilidad para verme; de no haber sido por eso habría esperado un momento más oportuno, pero me he visto obligado a actuar —comentó, y su mirada se volvió distraída—. Aunque da igual; no pensaba permitir que llegara viva al parto, de modo que ya no le quedaba demasiado tiempo.

Dio la impresión de que la conversación había llegado a su fin, y Nell siguió cautelosamente los movimientos de Raoul y de su madre. Se estaban separando para acercarse a ella desde dos direcciones distintas. Se arriesgó a mirar la antorcha que colgaba tan tentadoramente cerca. Se le había acabado el tiempo, y sabía que, si volvían a sujetarla, todo habría terminado; moriría.

A pesar de que el embarazo y la pierna mala la entorpecían, se abalanzó sobre la antorcha con una rapidez y una agilidad sorprendentes. Como los Weston esperaban que fuera en dirección contraria, su movimiento los pilló desprevenidos y se quedaron paralizados. Fue sólo una fracción de segundo, pero Nell no necesitaba más.

Tiró de la antorcha de la pared y la lanzó con todas sus fuerzas hacia la señora Weston, que era quien tenía más cerca. Impactó en el pecho de la madre de Raoul, que se tambaleó. La parte delantera del vestido de la señora Weston empezó a arder, y ésta tropezó y se cayó al suelo chillando y golpeando desesperadamente las llamas.

Raoul se olvidó de Nell. Gritó y corrió hacia su madre, que rodaba por el suelo y, al hacerlo, propagaba el fuego a los juncos secos. Empezó a salir humo de un puñado de ellos, y Nell aprovechó la distracción para correr a trompicones hacia la puerta que, en ese momento, nadie vigilaba.

Al ver lo que pretendía, Raoul saltó hacia ella y le agarró el pelo con una mano.

—¡No! —gritó—. ¡No escapará!

Nell se retorció y forcejeó para librarse de él, ignorando el dolor.

—¡Suélteme! ¡Suélteme! —bramó, a la vez que le daba una patada fortísima en la pierna.

En la escalera, Julian oyó la voz de Nell y bajó corriendo con un rugido los pocos peldaños que le quedaban. Entró como una exhalación en la mazmorra, seguido de Charles.

Los dos primos se detuvieron pistola en mano en cuanto entraron, mirando, estupefactos, cómo Raoul retenía a Nell por el pelo.

Sin hacer caso del horror que la identidad del hombre misterioso le producía, Julian se concentró en lo único que importaba entonces: Nell.

—Suéltala —ordenó con una voz mortífera—. Suéltala ahora mismo.

—¿Raoul? —exclamó Charles, horrorizado e incrédulo, con la cara blanca y la mandíbula tensa—. ¿Tú mataste a John?

—Tuve que hacerlo —contestó Raoul—. Iba a obligarme a casarme con la hija de un condenado granjero y no quiso atender a razones. No me dejó otra salida.

—Suéltala —repitió Julian con los ojos clavados en Raoul.

Raoul sonrió y tiró de Nell hacia atrás por el pelo.

—¿O qué? ¿Me dispararás? No creo que te atrevas a hacerlo. ¿Y si fallas? ¿Estás dispuesto a arriesgar su vida?

Nell hizo una mueca de dolor cuando le tiró más aún del pelo. Mientras Raoul la tuviera en sus manos, estaban en tablas. Ni Julian ni Charles se arriesgarían a disparar, por eso ella tenía que hacer algo para inclinar la balanza. Así que juntó las manos y clavó con toda la fuerza que pudo el codo en el vientre de Raoul. El movimiento lo pilló desprevenido, soltó un grito ahogado y se quedó sin aliento. Apenas aflojó un poco la mano con que le sujetaba el pelo, pero fue suficiente: Nell se soltó y corrió hacia su marido.

La pistola de Julian no tembló ni un ápice mientras situaba a Nell a su lado con el otro brazo.

—Diría que la situación ha cambiado, ¿y tú? —soltó, con una sonrisa peligrosa en los labios.

—No me dispararás —aseguró Raoul con desdén, mientras se metía la mano por debajo de la chaqueta—. Soy tu primo. El gran conde de Wyndham no querrá ningún escándalo, ¿me equivoco?

Cerca de la losa, la señora Weston se puso de pie, tambaleándose. Había sofocado las llamas y, aunque tenía algunas quemaduras dolorosas, no eran graves, porque la ropa había evitado que saliera peor parada. A sus pies, algunos juncos seguían ardiendo y desprendían volutas de humo.

—Tiene razón —dijo la señora Weston—. ¿Cómo explicarás el haberle disparado? ¿Quieres que todo el mundo se entere de lo que Raoul hace aquí?

—¿Y qué hace mi hermano aquí? —preguntó Charles en un susurro.

—Pregúntaselo a ella —replicó Raoul, señalando a Nell—. Parece saberlo todo.

—Tengo pesadillas —explicó Nell—, y en ellas he visto a Raoul, aunque no sabía que era él, matar a tu hermano John cerca de mi casa y, después, torturar y asesinar a mujeres jóvenes aquí... en esa losa.

—¡Demuéstrelo! —se mofó Raoul—. Estoy seguro de que el conde estará encantado de que se sepa que su esposa tiene sueños, visiones como una bruja de las de antes. Qué magnífico tema de conversación para nuestros elegantes amigos.

Un músculo se movió en la mejilla de Julian.

—¿Crees que voy a permitir que huyas para proteger mi nombre y mi reputación? —preguntó sin que su pistola dejara de apuntar ni un segundo a su objetivo.

—No, pero sí que lo harías para protegerla a ella.

«Ahí me tiene pillado —tuvo que reconocer Julian con amargura—. Sin revelar las pesadillas de Nell, no hay ninguna prueba de lo que hace, y no puedo disparar al muy cabrón a sangre fría. Haría cualquier cosa para proteger a Nell, hasta dejar que viva un ser infame como Raoul. Pero no libre —pensó—. No con libertad para matar cuando quiera. Eso nunca.»

La solución se le escapaba en ese momento, e insoportablemente consciente de cómo temblaba Nell a su lado, lo único que quería era irse de aquel lugar asqueroso y alejarse de la presencia ponzoñosa de Raoul... y de su querida tía Sofie. Todavía no se había desvelado el papel que ella había desempeñado en todo el asunto, pero estaba claro que era tan culpable como su hijo, por lo menos en lo que al secuestro de Nell se refería. En cuanto a lo demás... Sintió una rabia inmensa al pensar que la señora Weston estaba al corriente de los actos de Raoul y los consentía.

—¿Qué decides, entonces? —preguntó Raoul—. O me matas o dejas que me vaya.

—Deja que nos vayamos —pidió la señora Weston—. Nos iremos lejos, muy lejos. No volveréis a tener noticias nuestras.

Raoul sacó de repente la mano que se había metido debajo de la chaqueta. Julian alcanzó a ver fugazmente la pistola que sujetaba, empujó a Nell detrás de su cuerpo y disparó. En la pequeña habitación sonaron tres disparos.

Desde su posición cercana a la puerta, Julian y Charles habían usado su pistola a la vez. La bala de Raoul, que no había llegado a apuntar su arma, se incrustó en la pared, detrás de la cabeza de Julian, pero tanto éste como Charles dieron en el blanco. Con dos balas en el tórax, Raoul cayó hacia atrás en el suelo, cerca de la compuerta. Con una expresión de incredulidad en la cara, contempló la sangre que le empapaba el chaleco y miró después a Charles.

—¡Me has matado! ¡A mí! A tu propio hermano —le dijo.

—Sí —afirmó con compostura Charles, muy serio—, igual que tú mataste a nuestro hermano.

La señora Weston se abalanzó sobre Charles con un grito salvaje.

—¡Mi hijo! ¡Mi hijo! ¡Le has hecho daño! ¡Te mataré!

Rodeó con las manos la pistola de dos cañones de Charles y trató de apuntar a su hijastro con ella. Era una mujer fuerte y, gracias a su furia, forcejeó implacablemente con él por el control del arma.

Enzarzados en una lucha mortal, oscilaron juntos con los cuerpos pegados como un par de enamorados que se abrazan.

Julian empujó a Nell hacia un lado para pasar a la acción, pero la refriega terminó enseguida. Entre los cuerpos entrelazados de Charles y la señora Weston, se oyó la detonación de la pistola. Los dos permanecieron juntos un momento angustioso y, entonces, con el vestido hinchado a su alrededor, la señora Weston se desplomó en el suelo. Parpadeó una vez y, un instante después, estaba muerta.

Paralizado de terror, Charles observó el cuerpo sin vida de su madrastra.

—Yo no... —empezó a decir, tomó aliento y volvió a intentarlo—. No era mi intención... Ha sido un accidente.

—Nadie pensará otra cosa —aseguró Julian, con los ojos puestos en la figura inerte de la señora Weston—. Nell y yo declararemos lo que ha ocurrido. —Sujetó con fuerza el hombro de su primo—. Lamento mucho que haya tenido que pasar esto. Y me refiero a todo.

—¡Julian! —exclamó Nell—. ¡Mira! ¡No está!

Julian se volvió y observó el lugar que Nell estaba señalando. Raoul había aprovechado que el ataque de su madre a Charles los había distraído para desaparecer.

Julian soltó un taco y corrió hacia el sitio donde Raoul había caído herido. Como le habían disparado dos veces y estaba malherido, aunque no mortalmente, había creído que su primo estaba fuera de combate. Sin embargo, Raoul acababa de demostrarle que se equivocaba. Julian siguió el rastro de sangre, cada vez más abundante, hasta la compuerta. El borde estaba manchado de sangre, lo que hablaba por sí solo. Antes que enfrentarse a la justicia, Raoul había preferido tirarse por la compuerta... el mismo agujero por el que había lanzado de modo despreocupado los cadáveres de tantas jóvenes. Sabía que encontrarían su cuerpo allí abajo, entre los restos esparcidos de sus víctimas. Julian pensó lúgubremente que era el final que correspondía a un monstruo. Se volvió hacia el lugar donde yacía el cadáver de la señora Weston y se corrigió: a dos monstruos.

Regresó junto a Nell y la abrazó. Con ella a su lado y seguidos ambos de Charles, los tres dejaron atrás la sangre y la muerte, y subieron la escalera.

Una vez fuera de la casa viudal, Nell contempló las estrellas que titilaban en el cielo mientras inspiraba profundamente el aire fresco de la noche. Le dolían todos los huesos del cuerpo, pero estaba a salvo. Se llevó la mano al vientre. Notó una patadita vigorosa y sonrió. El doctor Coleman confirmaría lo que ella sabía con certeza: su hijo estaba bien. Recostó la cabeza en el hombro de Julian, que le rodeaba el cuerpo con un brazo firme, y suspiró de satisfacción. Habían vencido. Habían derrotado a los monstruos. Ya no tendría que volver a soportar ninguna de aquellas horripilantes pesadillas. Tenía un futuro prometedor por delante.

Alzó los ojos hacia su marido, al que amaba con todo su ser. Cuando él la miró, Nell vio reflejada en su rostro la misma expresión que sabía que tenía ella. Julian se la acercó todavía más contemplándola con ojos cariñosos y tiernos.

—Te he fallado, mi amor —dijo—. Te prometí que te mantendría a salvo y no lo he hecho.

—No me has fallado... —replicó Nell con una sonrisa—. Sólo has tardado un poquito, pero, al final, has llegado. Lo que importa ahora es que estamos juntos, que esperamos un hijo y que tenemos todo el futuro por delante.

—Te amo, Nell —dijo Julian en voz baja—. Eres mi mundo, mi luna, mis estrellas, mi todo. Te amaré hasta el día en que me muera, y te seguiré amando después de la muerte.

—Y yo a ti —le respondió Nell con un suave resplandor en los ojos.

—Todo eso está muy bien —replicó Charles, irascible—, pero ¿podríamos volver a vuestra casa, por favor? Va a haber mucho que hacer, y me gustaría acabar con todo esto de una vez.